Harald Lüders

Dunkelmacht

WESTEND *CRIME*

Mehr über unsere Autoren und Bücher:
www.westendverlag.de

Die Deutsche Nationalbibliothek verzeichnet diese Publikation in der Deutschen Nationalbibliografie; detaillierte bibliografische Daten sind im Internet über http://dnb.d-nb.de abrufbar.

FSC
www.fsc.org
MIX
Papier aus verantwortungsvollen Quellen
FSC® C083411

ISBN 978-3-86489-155-7

Umschlaggestaltung: Buchgut Berlin
Satz: Publikations Atelier, Dreieich
Druck und Bindung: CPI – Clausen & Bosse, Leck
Printed in Germany

Für Christine

Nur zögernd besiegt das Tageslicht die Schwärze der Nacht.

Ein Läufer hetzt in einem Höllentempo durch die New Yorker East Side.

Vorbei an Nachtschwärmern, die aus den Bars der 2nd Avenue fallen, vorbei an Paaren, die sich auf dem späten Nachhauseweg schon mal anheizen, für das, was da kommt, vorbei an Junkies und Alkoholleichen.

Er stoppt vor einem alten Gebäude in der 1st Street, betritt eine fast leere Wohnung.

Mehrere Hantelbänke, zwei Computermonitore, ein Tisch, ein Sofa, ein Flachbildschirm.

Der Raum atmet mönchische Kargheit und Konzentration.

Der Läufer reißt sich sein Kapuzenshirt vom verschwitzten Leib, trinkt gierig einen halben Liter Wasser. In einer Ecke des Zimmers sind mehrere silberne Kisten übereinander gestapelt. Der Läufer trinkt erneut, öffnet dann eine rechteckige, etwa zwanzig Zentimeter hohe und gut einen Meter fünfzig lange, silbrig glänzende Box. Auf dunklem Wildleder liegt mattschwarz schimmernd eine tödliche Schönheit der Firma Barrett Firearms, die legendäre M82, ein Präzisionsgewehr für Scharfschützen.

Der Mann lächelt, achtet darauf, dass kein Schweiß auf den Lauf tropft.

In seinem letzten Leben war er bei der CIA, jetzt arbeitet er auf eigene Rechnung.

Er fährt den Computer hoch, checkt seine Mails.

Ein erstaunter Pfiff. »Wow, eine Anfrage aus good old Germany, das hatte ich noch nie.« Die Mail mit dem Jobangebot aus Deutschland kommt von einem Exkollegen aus Langley.

Der Preis scheint zu stimmen. Er tippt: »Sag Deutschland, ich bin interessiert« – und schickt die Mail ab.

I

Punkt 7:30 flackert das Display des Radioweckers kurz hell auf, dann dröhnt die sonore Stimme eines Nachrichtensprechers durch das abgedunkelte Schlafzimmer und verkündet, dass in Sachsen bei einem Brandanschlag auf ein Flüchtlingsheim 4 Personen zum Teil schwer verletzt wurden.

Mitch drischt nach dem Wecker, verpasst ihn, fegt stattdessen ein Weinglas vom Nachttisch. Gerade als der Sprecher mit seiner unerträglich gut gelaunten Stimme verkündet, dass eine Mehrheit der Deutschen kein Vertrauen mehr in die Kanzlerin habe, trifft ein Handkantenschlag den Wecker.

Mitch kickt die Bettdecke zur Seite, bemerkt, dass er Jeans und ein völlig zerknittertes Hemd trägt.

Ein schlechtes Zeichen. Immerhin, keine Schuhe und keine Krawatte. Er schlürft einen Espresso aus seiner nagelneuen DeLonghi Maschine, ohne große Wirkung. Zwei Ibuprofen 600 helfen wenigstens gegen den Schmerz im Hinterkopf. Unter der eiskalten Dusche vergeht der Kater, dafür kommen erste Erinnerungen an den gestrigen Abend. Keine guten.

Dann bemerkt er die leere Flasche Wein auf dem Küchentisch. Er hatte es also nach Hause geschafft, nur um hier noch mal nachzulegen.

Er trinkt zu viel und er weiß das.

Heute dauert die Suche nach dem Wagen besonders lang.

Äußerlich ist das Auto okay, drinnen riecht es wie in einer Kneipe.

Er quält sich in die Redaktion. Um 12 Uhr folgt ein heftiger Anpfiff auf der großen Themenkonferenz. Er wird vorgeführt vom großen Boss. Geschlachtet, ohne größere Gegenwehr. Dass der Chefredakteur jünger und einige Kilo leichter ist, macht die Sache nicht besser.

Nur der Blick aus dem Fenster versöhnt, hier aus dem 20. Stock scheint die Frankfurter Skyline ihm ganz alleine zu gehören. Mitch spürt eine diffuse Wehmut in sich aufsteigen. Seit Lilly ihn verlassen hat, sind diese Stimmungen heftiger geworden. Aber den Grauschleier in seinem Leben gab es schon, als sie noch da war. Vielleicht waren es ja gerade diese Gefühlsschwankungen, die sie vertrieben haben. Jedenfalls ist Lilly nach München durchgestartet.

Mitch ist schon viel zu lange kreuzunglücklich in seinem Job. Er liebt seine Arbeit als Reporter, aber es ist nervig, immer mehr seichte, künstlich aufgepeppte Geschichten abliefern zu müssen. Sein Preis für die zunehmende Quotengeilheit der Fernseh-Chefs.

Er stürzt den dritten Espresso runter und bemerkt plötzlich vor sich auf dem Schreibtisch einen Umschlag. Grobes braunes Papier, sehr ordentlich mit Tesafilm verschlossen. Auf dem Adressensticker sein Name:

Herr Matthias Berger

Redaktion Star TV

60334 Frankfurt.

Niemand nennt ihn Matthias, alle Welt sagt Mitch zu ihm. Er hasst den Namen Matthias, verflucht auch mit Anfang fünfzig noch seine Eltern für die Schnapsidee. Persönlich/Vertraulich steht da. Drinnen etwas Flaches, Quadratisches. Er reißt den Umschlag auf und hält eine DVD ohne Beschriftung in den Händen. Er startet den Laptop, ein verrauschtes Bild, ganz unten am Bildrand läuft eine eingeblendete Zeitangabe, der Time Code. Kein Ton. »Matthias«, murmelt Mitch, dann erstarrt er vor dem Bildschirm.

Zwei Typen in einem Camper, die ihm bekannt vorkommen. Einer fummelt an seiner Knarre, der andere spricht hektisch in ein Telefon. Beide kurze Haare, Ende zwanzig.

Der Typ mit dem Telefon flucht, leider immer noch ohne Ton und tippt eine neue Nummer in sein Handy. Auf dem Tisch des Wohnmobils ist jetzt eine fette Pumpgun zu erkennen. Der andere dreht sich zum rückwärtigen Fenster, die Knarre schussbereit. Das Bild bricht ab, der Time Code unten aber läuft weiter.

»Fuck«, flüstert Mitch, er flucht immer auf Englisch, das ist er seinem Spitznamen schuldig. »Fuck, ich kenne die Typen«, er geht bei Google auf Bildersuche, gibt NSU ein. Treffer – die NSU Killer zweifellos, auf den Fotos sehen sie jünger aus, irgendwie ordentlicher als auf dem Band. Böhnhardt und Mundlos, die zehnfachen Mörder des Nationalsozialistischen Untergrunds.

Der Time Code der DVD läuft immer noch, erst jetzt bemerkt Mitch, dass die Zeitangabe auf Real Time gestellt ist, also die Uhrzeit zum Zeitpunkt der Aufnahme anzeigt. 11 Uhr 46 und 23 Sekunden liest er, 11:46:24. Bei 11:47:05 bricht der eingeblendete Time Code ab.

Er fährt die DVD zurück, Bildanfang bei 11:45:03, bei 11:45:54 bricht das Bild ab, der Time Code aber läuft noch über eine Minute weiter.

Star TV ist eine ziemlich große Fernsehproduktionsfirma, die im Auftrag privater und öffentlich-rechtlicher Sender arbeitet. Mitch greift zum Telefon, ruft in einem der Schneideräume an. »Timo, sorry, komm mal kurz rüber, ist dringend, ich brauche Hilfe.«

Timo ist ein junger Cutter, etwas wirr, aber blitzschnell und technisch der Beste weit und breit. »Mitch, hey, was ist los, du siehst fürchterlich aus. Hab schon gehört, dass der

Chef dich rund gemacht hat, aber das kann dich doch nicht so aus der Kurve tragen.«

»Timo, bitte lass mich in Ruhe mit dem Chef. Schau dir die Bilder hier an, ist das ein Fake, will mich jemand verarschen, ist das hier echtes Material oder was?«

Timo starrt auf die schlierigen schwarz-weißen Bilder, sieht sich die Aufnahmen mehrmals an. »Nagel mich nicht fest, müsste man in der Messtechnik überprüfen, aber aus dem Bauch sage ich dir, das sind keine am Computer bearbeiteten Bilder, das ist echtes Material, das sind Aufnahmen einer kleinen, aber sehr feinen, winzigen versteckten Gopro-Kamera, die ihre Aufnahmen drahtlos gesendet hat. Eine kleine Optik, aber verdammt leistungsstark und nicht ganz billig.«

Das muss Mitch erst mal verdauen.

»Warum läuft der Scheiß Time-Code länger als das Bild, habe ich selten so gehabt?«

»Mitch, keine Ahnung, entweder ist da einer eingepennt, als er das auf die DVD gepackt hat, oder…«

»Oder?«

»Oder, da will dir jemand sagen, dass die Aufnahme weitergeht.« Timo grinst, als er bemerkt, dass er Mitch mit dieser Bemerkung voll in den Bauch getroffen hat. »Ich muss los, sorry, wir schneiden nebenan ein Flüchtlingsstück für heute Abend, bin echt in Eile.« An der Tür hält er plötzlich inne. »Sag mal, sind das nicht die beiden durchgeknallten Nazikiller, die sich in einem Camper gegenseitig umgelegt haben. Ist ja der Hammer, woher hast du die Bilder?«

»Timo, bitte, kein Ton zu niemandem, du hast hier gar nichts gesehen. Ich sitze da an einer Story, brauche noch Zeit und kein Gerede, schulde dir was, gut?« Timo grinst, streckt den Daumen hoch, zieht die Tür hinter sich zu.

Mitch ist bedient, beginnt aber langsam wie ein Profi zu reagieren.

Am 4.11.2011 waren die beiden Nazis nach einem Banküberfall mit Fahrädern zu einem Wohnmobil geflüchtet und hatten, als sich die Polizei dem Camper näherte, Selbstmord begangen.

So die amtliche Fassung.

Er gibt das Datum in die große Datenbank ein, in der alle Agenturmeldungen gespeichert werden.

Am 4.11. meldete dpa um 12:08 eine Schießerei nach einem Banküberfall in Eisenach. Deutlich später auf einer Pressekonferenz der Polizei wird erklärt, um 12:05 erfolgte der Zugriff auf ein brennendes Wohnmobil, in dem zwei männliche Leichen gefunden wurden.

»Wahnsinn«, stöhnt Mitch, »die Aufnahmen sind 20 Minuten vor dem Zugriff der Polizei entstanden.«

Er gießt sich einen Fingerbreit Laphroig ein, Single Malt, Cask Strength.

Bilder aus dem Inneren des Campers, zwanzig Minuten vor dem Zugriff der Polizei, so etwas kann es nicht geben. Unmöglich. So etwas darf es nicht geben.

Aber es gibt sie, ganz augenscheinlich. Sie laufen auf seinem Computer.

Was hatte Timo gesagt: Bilder einer Gopro-Kamera, die drahtlos übertragen kann. Also eine kleine Kamera im Wohnmobil versteckt, die ihre Bilder drahtlos an einen Empfänger in einem Umkreis bis zu einem Kilometer sendet. Und solche Kameras laufen immer mit einem Echtzeit-Time-Code. Wie Überwachungskameras in einer Tankstelle.

Mitch merkt, dass ihm kalt wird, trotz des Single Malt.

Wenn die beiden während der Flucht nach einem Banküberfall mit einer Kamera überwacht wurden, dann kann man getrost mehrere zehntausend Seiten Akten diverser Untersuchungsausschüsse des Bundestages und einiger Landtage auf die Müllkippe werfen. Und das Verfahren gegen Beate Z. in München müsste neu beginnen.

Das wäre ein Riesenskandal.

Mitch spürt eine diffuse Angst in sich aufsteigen. Wer überwacht Nazikiller? Und warum? Wer kann so etwas überhaupt? Deutsche Dienste? Die Israelis? Die Amerikaner?

Der Laphroig hilft bei der Antwort – »Quatsch, nicht die Israelis, der Mossad hätte sie umgelegt, die Amerikaner interessieren sich nicht für Nachwuchsnazis, die kopieren lieber interne Akten von BMW und Mercedes und lauschen dem Handy der Kanzlerin.« Deutsche Dienste, schwer zu glauben.

Aber nicht unmöglich. Wer hatte ihm die Aufnahmen geschickt? Und warum?

Dieses Material ist eine Bombe für jeden Journalisten, die BILD, SPIEGEL TV, die Tagesschau, das heute journal würden sich zerreißen für diese DVD.

Warum sendet jemand so heißes Material an ihn, an Mathias Berger von Star TV?

Normalerweise schicken Informanten, die geheim bleiben wollen, Akten oder Bilder nur an Journalisten, mit denen sie schon in Kontakt stehen, oder aber an Kollegen, die aktuell mit einem bestimmten Thema auf sich aufmerksam gemacht haben.

Aber er hat gar keine Nazistory in der Mache.

Er hat schon seit Ewigkeiten keine intensiv recherchierte Story mehr gemacht. Sie alle, auch die Hamburger und Berliner Büros von Star TV, produzieren seit Wochen nur noch Flüchtlingsstories. Syrische Kinder mit großen runden Augen, bildfüllend. Anrührende Begleitreportagen. Helferporträts.

Niemand hat mehr Zeit für investigative Stücke, kein Sender bestellt so was. Wahrscheinlich weil niemand solche Berichte sehen will. Schon gar nicht Hintergrundstücke über mordende Neonazis.

Dann durchzuckt ihn ein Gedanke.

Ihm fällt plötzlich seine Recherche zu Caren ein. Verdammt, da gibt es sehr wohl einen Nazi. Caren allerdings ist kein Job, Caren ist eine Obsession. Eine vertraute alte Freundin, die in einem schicken Luxusresort in Thailand Selbstmord begangen hatte. Ihr Tod ließ ihm keine Ruhe, er wusste zwar um ihre Depressionen, dennoch: Er hatte nie begriffen, warum sie unbedingt sterben wollte.

Er hatte ein paar Mal rumtelefoniert, an einigen Türen geklopft auf der Suche nach einem Neonazi, der Caren angeblich nahe gestanden hatte. Fred hieß der Typ, aus Thüringen oder Sachsen. Eigentlich unvorstellbar, aber einige Briefe, die er und die anderen Freunde gefunden hatten, waren unmissverständlich: Dieser Nazi war Carens Lover.

Es war Mitch bisher nicht gelungen, mehr über diesen Fred herauszufinden. Er hatte sich allerdings auch kein Bein dafür ausgerissen, bis jetzt. »Was hat Carens Nazigigolo mit der NSU zu tun«, flucht Mitch und schlägt mit der Handkante auf seinen Schreibtisch. Wie auch immer, er muss ihn finden. Er starrt aus dem Fenster. Die Skyline hat nichts Tröstendes mehr. Es liegt Spannung in der Luft – und Ärger.

2

Mitch dreht gerade die dritte Runde um den Block. Er liebt sein Nordend, aber er hasst es, hier nach Mitternacht einen Parkplatz zu suchen. Er hat im Büro immer und immer wieder die DVD laufen lassen. Bis ihm schwindelig wurde.

Für morgen hat er einen Termin bei einer Firma für digitale Bildeffekte ausgemacht. Er muss völlig sicher sein, dass dieses Material echt ist. Es gibt heute sogenannte CGI, Computer generated images, die kaum von realen Bildern zu unterscheiden sind.

Das Material hier ist eine Bombe, keine Frage. Es könnte ihm den größten journalistischen Scoop seines Lebens bringen, seine Schaffenskrise mit einem Schlag beenden. Sollten diese Bilder aber gefälscht sein, und sollte sich das erst herausstellen, nachdem er damit an die Öffentlichkeit gegangen war, dann hätte er jede Reputation in der Branche verspielt. Viel gibt es ohnehin nicht mehr zu verspielen.

Mitch schaut nervös in den Rückspiegel.

Er hat noch einen Stopp im »Größenwahn« hinter sich, einer stets rammelvollen Kultkneipe im Viertel. Wie immer hat er an der Bar Bekannte getroffen, zwei Gläser Rioja sind es dann doch wieder geworden. Plus dem obligatorischen Grappa to go. Dann der abendliche Stress im Nordend, einen halblegalen Parkplatz suchen und dabei im Rückspiegel stets nach den Freunden und Helfern Ausschau halten.

Er hat Glück. Vor ihm schert ein Golf mit dem bei Frankfurtern berüchtigten Taunus-Kennzeichen MTK aus einer verdammt kleinen Lücke. Er rangiert seinen ohnehin angeschrammten Alfa Spider zwischen zwei fette Limousinen. Das würde er auch mit geschlossenen Augen nach vier Gläsern noch schaffen.

Beim Aussteigen fällt sein Blick auf einen Elektrokasten. Dort klebt ein schon leicht zerfetztes Konzertplakat, ein riesiger Fuchs, bedrohlich über einer Stadtsilhouette, der Himmel glüht in einem gefährlichen Rot-Gelb. The Prodigy kommt in die Festhalle. Er liest den Namen der Band und sein Gehirn schickt ihn auf eine Zeitreise. Im Sommer 1999 war er mit einem Team im Kosovo, wenige Tage nach dem die KFOR-Verbände der Nato eingerückt waren. Kein ungefährlicher Trip, zwei Kollegen vom Stern waren wenige Tage zuvor von serbischen Heckenschützen beim Durchqueren eines Waldstücks erschossen worden. Junge albanische Kämpfer der UÇK führten Mitch und sein Team in ein abgelegenes Tal, in dem fünf größere Gehöfte lagen, alle ausgebrannt. Sie näherten sich einem der Höfe. Auf der Wiese vor dem Haus lagen zerrissene Frauenkleider. Das Haus war weißgetüncht, schwarze Rußfahnen reichten von den Fenstern im Erdgeschoß hoch in den ersten Stock und weiter nach oben. Man hatte die Menschen in das Haus getrieben, dann Molotow Cocktails ins Erdgeschoss geworfen.

Eine fünfköpfige Familie war hier verbrannt, die Leichen fand man im Dachgeschoss.

An der Hofmauer frische Graffiti The Prodigy und Arkan was here.

Arkan war ein Belgrader Krimineller, der mit einer durchgeknallten Mörder-Gang das Geschäft ethnischer Säuberungen betrieb. Beim Morden und Vergewaltigen hatten die Männer wohl The Prodigy gehört. Stakkatomusik, knallhart, Mördermusik.

Nächste Woche also in der Festhalle.

Als Mitch von dieser Reise zurückgekehrt war, bekam er Krach mit vielen Freunden. Sein halber Bekanntenkreis ging damals zu Friedensdemos, erfreute sich an Menschenketten im Kerzenschein. Mitch kam vom Balkan zurück und erzählte allen, dass man gegen Killer nicht mit Kerzen kämpfen könne. Das allerdings wollte keiner hören.

Er schnauft die steile Treppe hoch in den dritten Stock. Abnehmen ist angesagt. Hatte schon Lilly immer gefordert. Zurecht. Die ganze Wohnung riecht noch nach ihr, atmet ihre Gegenwart. Er lässt die Wohnung jetzt bewusst verwildern. Doch all sein Chaos vermag einer schönen 4-Zimmer-Altbauwohnung in bester Nordendlage nicht den Charme zu nehmen.

Er tritt auf den Balkon und genießt in der Ferne das Glitzern der geliebten Skyline.

Im Bad ein kurzer Blick in den Spiegel. Er vermeidet es, sich länger in die Augen zu sehen, zu viel Trauer sieht er da, zu wenig Schlaf und zu viel Alk.

Seit kurzem trägt Mitch die Haare ganz kurz, er hasst Geheimratsecken und haarlose Löcher am Hinterkopf. Er hat einen Friseur, dem er blind vertraut, Frank heißt der Mann. Mit Frank war seit Langem abgemacht, werden die Haare zu dünn, zu wenig, dann kommt der amerikanische Astronauten-Look zum Tragen. Neulich war es soweit, Frank hatte ihn angeschaut und dann gemeint: »Houston is calling.«

Mitch streicht sich über den Kopf, er mag den neuen Look. Dann fährt er den Laptop hoch und beginnt zu arbeiten. Er liest über das schier unglaubliche Versagen der deutschen Sicherheitsbehörden in der NSU-Affäre.

Er liest, wie ein Referatsleiter des Bundesamtes für Verfassungsschutz Hunderte von Akten schreddern lässt, die vermutlich wichtige Hinweise auf das NSU-Trio und mögliche

Hintermänner und Mittäter enthielten. Und das, obwohl diverse Untersuchungsausschüsse die Akten verlangt haben.

Er sieht das berühmte Video einer Überwachungskamera aus der Kölner Keupstraße, in der die NSU-Leute eine mit Nägeln gefüllte Rohrbombe hochgehen ließen. Das Video zeigt zwei schmale junge Männer mit kurzen Haaren und T-Shirts, die zwei Fahrräder durch die Straße schieben, im Korb des einen die Bombe.

Wer dieses Video sorgfältig betrachtet, kann einfach nicht begreifen, wie deutsche Kriminalbeamte angesichts dieser Bilder auf die Idee kamen, die Täter im Umfeld der türkischen organisierten Kriminalität zu suchen. Die beiden Männer auf dem Video sahen nicht aus wie kurdische Heroin-Pusher, auch nicht wie türkische Nachclubbesitzer. Sie sahen aus wie typisch deutsche Neonazis.

Sie sahen aus wie die beiden Männer in seinem Campervideo.

Zu der Zeit waren Böhnhardt und Mundlos zur Fahndung ausgeschrieben. Man hätte auf sie kommen können. War man aber nicht.

Und der Wahnsinn ging weiter. In Kassel saß ein Verfassungsschützer in einem Internetcafe an der Holländischen Straße, als der Betreiber Halit Yozgat erschossen wurde. Der Verfassungsschutzmann Temme beteuerte immer wieder, die Tat nicht bemerkt zu haben. Er wurde freigelassen, stattdessen wurde auch hier wie immer im Umfeld der Familie recherchiert, die Angehörigen der Opfer wurden zu Verdächtigten oder gar Beschuldigten.

Es ist unglaublich. Konnten alle diese Pannen Zufall sein?

Auch bei der erschossenen Polizistin Michele Kiesewetter gibt es Ungereimtheiten ohne Ende. Mehrere glaubwürdige Zeugen berichten von drei flüchtenden Personen, die Polizei aber bleibt bei den bekannten zwei Tätern. Unter dem Schutt der zerstörten Wohnung des Trios fanden Ermittler eine Trainigshose mit Blutspuren. Blut der toten Polizistin. In einer akribischen Untersuchung wurde festgestellt, dass nicht der Todesschütze diese Hose getragen hatte, sondern ein Mann, der etwa einen Meter hinter dem Schützen gestanden hatte. Da zur selben Sekunde ein weiterer Täter auf den Kollegen von Frau Kiesewetter schoss, ergab auch diese Untersuchung, dass mindestens drei Personen an dem Mord beteiligt gewesen sein mussten.

Doch Ermittler und die Bundesanwaltschaft bleiben bei der Zwei-Täter-These.

Mitch liest Untersuchungsberichte, die unzählige Fehler und Unstimmigkeiten auflisten. Er wird hellwach, als er Berichte findet, die sich mit den Toten im Camper beschäftigen. Die ersten, die in dem Camper fotografierten, waren Feuerwehrleute. Polizeibeamte beschlagnahmten die Kameras der Feuerwehrleute, die Bilder gingen verloren, sie finden sich nirgends in den Akten.

Zufall?

Die offizielle These lautet: Böhnhardt und Mundlos sahen die Polizei draußen, fühlten sich in der Falle und verabredeten sich zum Selbstmord. Zunächst habe Mundlos Böhnhardt erschossen, dann sich selbst. Polizisten, die vor Ort waren, berichten von drei Schüssen, die beiden letzten aus einer großkalibrigen Waffe. Danach habe der Camper zu brennen begonnen. Wie aber kann Mundlos, der sich mit einem großkalibrigen Gewehr in den Kopf geschossen haben soll, danach noch einmal abgedrückt haben? Mitch liest mit wachsendem Entsetzen, dass der offizielle Bericht des Untersuchungsausschusses des thüringischen Landtages lapidar von der Selbstmordthese spricht und diese alles andere als belegt empfindet. In den Lungen der beiden Toten wurden keinerlei Rauchspuren entdeckt, das aber kann nur bedeuten, dass sie bereits tot waren, als der Brand ausbrach. Da Tote bekanntlich kein Feuer legen, muss mindestens eine weitere Person im Spiel gewesen sein. Wenn nun eine dritte Person das Feuer gelegt hat, dann war diese Person wahrscheinlich auch der Mörder der beiden NSU-Männer.

Mitch fühlt, wie er im Treibsand versinkt.

Wurden die Mörder ermordet? Von wem und warum? Hat die geheime Kamera im Camper darauf eine Antwort? Zeigt die Fortsetzung seiner DVD, was wirklich geschah?

Die ganze NSU-Chose stinkt zum Himmel. Zu viele Zufälle, zu viele Fehler. Geht man jedoch vom Versagen oder gar von aktiver Hilfe einiger Behörden aus, dann wird aus den wirren Puzzleteilen plötzlich ein Bild.

Sollten deutsche Dienste tatsächlich rechten Mördern geholfen haben?

Für Mitch nur schwer vorstellbar, verflucht, das hier ist die Bundesrepublik Deutschland, wir sind Weltmeister und lesen den SPIEGEL, wir sind keine Bananenrepublik.

Aber nur mit dieser Arbeitsthese werden Konturen eines klareren Bildes sichtbar. In dem Moment stolpert Mitch über einen Satz des zurückgetretenen Vizepräsidenten des Verfassungsschutzes: »Es dürfen keine Staatsgeheimnisse bekannt werden, die ein Regierungshandeln unterminieren.«

Ein Hammersatz.

Mitch liest Stunde um Stunde. Er wird immer wacher. Er liebt dieses Gefühl: volle Konzentration, voller Tunnelblick. Er kennt es von früher. Spätnachts in einem Schneideraum in irgendeinem Fernsehsender, draußen die Gänge dunkel. Viele Espressi, manchmal ein Joint, mit offenen Augen in das Material eintauchen und den Weg zu einem optimalen Film suchen. Damals hatte er noch Filme gemacht, die er selbst als wichtig empfand.

Star TV, sein heutiger Arbeitgeber, ist kein Sender, sondern eine Produktionsfirma. Sender bestellen bei Star TV fertige Filme. Manchmal Reportagen von 30 oder 45 Minuten Länge, manchmal kurze Stücke für Magazine, in der Regel harmlose, gefällige Filmchen. Wir begleiten die Autobahnpolizei, wir begleiten Rettungssanitäter usw. Journalistisch gesehen Meterware, aber Themen, die heutzutage gute Einschaltquoten versprechen. Deswegen bestellen die Sender sie bei Star TV, deswegen machen Autoren wie Mitch einen Film nach dem anderen, alle in derselben Machart. Mitch hat diese Jobs so satt, aber er weiß nicht, wie er aus der Nummer rauskommen soll. Er ist Anfang 50, kein gutes Alter für einen radikalen Neuanfang. Vor allem, wenn es klare selbstgesetzte Bedingungen gibt, kein Neuanfang ohne seine schöne Wohnung in einem angesagten Viertel von Mainhattan. Und auch den Alfa wird er nicht abgeben.

Und trotzdem: Mitch weiß, dass der Frust, der sein Leben vergiftet und Lilly vertrieben hat, genau von dieser Art Arbeit kommt.

Plötzlich spürt er, dass ihm das Schicksal eine Chance serviert.

Er wird zupacken und sie festhalten. Es ist jetzt drei Uhr, früher Morgen.

Er hat den Wecker auf 7:00 gestellt.

Neben dem Bett ein kleiner Kasten mit Unterlagen zu Caren, die will er noch durchgehen, bevor er in den Tag startet. Er ist müde, aber glasklar, kein Kater, das übliche flaue Gefühl im Magen wie weggeblasen. Zügig und doch sorgfältig macht er sich an den Inhalt des Kastens. Briefe, Notizen, so sorgfältig hat er noch nie gesucht.

Verdammt, Caren hatte mindestens dreimal Urlaub mit dem Typ gemacht. In Südfrankreich und Spanien. Caren hatte offenbar versucht, ihren Nazi zu einem Genießer zu erziehen. Lange Beschreibungen von Abendessen auf einer Terrasse mit Kerzen, besten Weinen und Armagnac zum Abschluss. Caren war verliebt gewesen, keine Frage, mehr als einmal stößt er auf weinerliche Briefe, in denen sie Fred anfleht, sich zu melden.

Aus vielen dieser Briefe weht ihn eine Einsamkeit an, die ihm die Luft nimmt. Dann findet er, was er gesucht hat, einen nicht abgeschickten Brief mit vollem Namen und Adresse. Fred Wagner, Friedenau, Thüringen.

Es ist kurz vor acht, als er Hanna anruft. Hanna gehört zu ihrer Clique, sie war eine gute Freundin von Caren, mit Mitch ist sie nicht wirklich eng. Aber sie ist zäh und zuverlässig.

»Hanna, hoffe, ich habe dich nicht geweckt. Ja, ungewöhnliche Uhrzeit, zugegeben, nein, ich bin nicht betrunken, nein, ich will nicht mit dir über Lilly reden. Hör zu, es geht um Caren, ich bin da auf etwas Wichtiges gestoßen. Wir müssen schnell und äußerst sorgfältig die Nachlasskiste durcharbeiten. Kannst du das machen, ich bin im Stress, hab echt viel zu erledigen. Schlüssel bei den Nachbarn, die Kiste steht neben meinem Bett.«

Mitch duscht, trinkt den ersten Espresso, machte sich ein kleines Marmeladenbrot. Er ist kein großer Freund von opulentem Frühstücken.

Wow, was ein Wunder, heute Morgen findet er seinen Spider auf Anhieb. Mitch grinst und vergewissert sich, dass die kostbare DVD an ihrem Platz ist. Die Firma, zu der er will, ist ein gehypter Laden in Sachen Bildbearbeitung. Sie haben die unglaublichsten digitalen Effekte drauf, vergeuden ihr Talent aber hauptsächlich für Werbung und Music-Clips. Sie verlangen und bekommen für ihre Dienste eine Mörderkohle. Er quält sich durch den morgendlichen Verkehr, er muss ans andere Ende der Stadt. Eine alte Lagerhalle aus Ziegel, schicker Eingang, davor einige fette Schlitten. Die Eigentümer können sich vom Panamera an aufwärts eigentlich alles leisten, was schick und teuer ist. Ein grelles Neon über dem Eingang »City Lights Post Production«.

Mitch geht ziemlich beeindruckt durch die Eingangstür.

Timo, sein Cutter, hat ihm ein Date mit André gemacht, einem Magier der digitalen Welten.

Er sieht André, einen schick und locker gestylten jungen Schwulen in einem Wartebereich, der mehr an eine Lounge für Nachtschwärmer erinnert als an die Teeküche einer Filmfirma. Es hätte ihn nicht überrascht, wenn André, dem Ambiente entsprechend, ihm ein paar Wachmacher zum Frühstück angeboten hätte, es gab dann aber doch nur Espresso mit Keks statt Champagner und Koks.

André führt ihn in einen futuristischen Schneideraum. »Okay, zeig mal, was du da hast. Timo hat sich fast in die Hose gemacht vor Geheimniskrämerei, hat mir mit allen Strafen der Hölle gedroht, wenn ich mit irgendjemandem über das Band reden würde. Geheimnisse bewahren ist eigentlich nicht meine starke Seite, ehrlich gesagt. Aber wenn es sein muss. Also lass sehen.«

Mitch gibt etwas zögerlich das Band heraus. André spielt die DVD auf einen riesigen Flachbildschirm, der, leicht nach vorne geneigt, den Raum dominiert. Schon nach zwei, drei Minuten pfeift André mit halbgeöffnetem Mund. »Nicht das Zeug, das wir hier normalerweise sehen. Der Hammer, wer sind die Typen, sehen böse aus. Und machen sich bald in die Hose vor Angst.«

Mitch murmelt was von Ossi-Gangstern und will dann wissen, ob das Material bearbeitet worden sei.

Vor seinen Augen verwandelt sich der etwas schrille MTV-André in einen Messtechniker, der routiniert von einem Menü ins nächste wechselt, Oszillografen dazu schaltet, die Bilder kippt und dreht. Schließlich sein erlösendes Urteil: »Dies hier ist unbearbeitetes Originalmaterial, von einer verdammt leistungsstarken gopro aufgenommen und drahtlos gesendet. Dann mehrfach kopiert, aber nicht bearbeitet, hundertpro, da wette ich meinen Arsch drauf.« Dann legt André seine sorgfältig manikürte Hand auf Mitchs Arm:« Du musst mich nicht für blöd halten, nur weil ich Musikclips schneide. Ich weiß, wer das da ist, und keine Sorge, bei so was kann ich mein Maul halten. Ich mag keine Nazis.«

André wirbelt weiter, es reizt ihn, mehr aus den Bildern herauszuholen. »Was hat der Typ da für ein Handy«, er zoomt auf das Telefon, markiert die Umrisse mit einer schmalen grünen Linie, während auf einem anderen Bildschirm eine Auswahl handelsüblicher Handys erscheint. »Hier«, er fährt eines der Internetbilder über das Handy aus der DVD. »Sag ich doch, der Junge hat ein Sony Xperia. Mal sehen, wo da die Wahltasten liegen, unteres Drittel bis Mitte.«

Er betrachtet die Abbildung des Telefons auf der Internetseite, legt dann ein grünliches Raster über die Fläche mit den Nummern und trägt die Ziffernbelegung in dieses Raster ein. Dann vergrößert er das Telefon aus der DVD auf gleiche Größe und überträgt das Raster auf das DVD-Bild.

Jetzt lässt er das Band in extremer Zeitlupe laufen.

Uwe Böhnhardt tippt plötzlich in das digitale Raster.

André ist hin und weg: »Es klappt, hier schreib mit, nein, wähl besser gleich 0, das war leicht, 170 und 3, nein 2, dann 00400 und eine 1.«

Mitch sitzt da wie ein kleines Kind in einer Zaubershow, trotzdem ist er Profi genug, um auf seinem Handy schnell die eigene Rufnummer zu unterdrücken. Von Andrés Zaubertricks begeistert, tippt er los.

0170 2004001.

Ein Freizeichen ertönt, drei-, viermal. Für eine Sekunde hat Mitch den Eindruck, dass jemand abgehoben hat, dann bricht die Verbindung ab.

Er erschrickt, stöhnt: »Mann, ich hätte das nicht mit meinem Handy machen dürfen. Ich hätte irgendein beschissenes Prepaidhandy nehmen sollen.«

Auch André ist verunsichert. Sie haben einen Riesenerfolg erzielt, sind aber auch ein unnötiges Risiko eingegangen.

Mitch fühlt sich unbehaglich, er muss das hier verdammt ernst nehmen. Der NSU-Mann hat in den letzten Minuten seines verpfuschten Lebens bestimmt nicht die Telefonseelsorge angerufen. Wem auch immer die Nummer 0170 2004001 gehört, der ist garantiert kein Zeitgenosse, der sich freut, dass irgendein Unbekannter mal eben telefonisch vorbeischaut. Mitch befürchtet, dass der Typ am anderen Ende der Leitung trotz der Nummernunterdrückung seine Identität ermitteln könnte. Dann beruhigt er sich, wahrscheinlich denkt der andere nur an eine Fehlverbindung, das gibt es ja häufig genug.

Jetzt aber muss er rauskriegen, wem die Nummer 0170 2004001 gehört. Und zwar schnell. Bevor die Nummer rauskriegt, wer da um 11:17 angerufen hat.

Er überlegt kurz, sein Handy wegzuwerfen, aber Mist, alle Kontakte, sein halbes Leben steckt in diesem Telefon.

»Ich muss aufpassen, ich Idiot«, flucht er, »das ist kein Spiel hier.«

3

Ein hochgewachsener älterer Herr im klassischen dunkelblauen Kaschmirmantel schlendert vor dem Gate Nummer 9 des Berliner Flughafens Tegel auf und ab. Unter dem Mantel blitzt ein eleganter dreiteiliger Anzug hervor, dazu ein weißes Hemd, eine klassisch gestreifte Krawatte.

Der Herr wirkt ruhig und doch irritiert, er ist es nicht gewohnt zu warten. Er hat ein hageres Gesicht, graumeliertes Haar, relativ kurz geschnitten, glatt zurückgekämmt.

Eine schwarze S-Klasse fährt vor, gibt kurz Lichtzeichen und hält dann vor dem plötzlich zufrieden wirkenden Mann. Ein Wagen mit 0-Nummernschild, eine Regierungskarosse, hier in Tegel nichts Besonderes. »Guten Tag, Herr Doktor, hoffe, Sie hatten einen angenehmen Tag.« Der Chauffeur öffnet die Tür zum Fonds, verbeugt sich und hilft seinem Fahrgast aus dem Mantel. Mit einem knappen Danke gleitet der auf die eleganten schwarzen Ledersitze. Leise und zügig setzt sich die schwere Limousine in Bewegung.

Ein Mercedes S 500 steht ihm als Chef der Hauptabteilung 2 des Bundesamtes für Verfassungsschutz eigentlich nicht zu, aber Werner Dickmann hat beste Beziehungen, sogar zur Fahrbereitschaft des Innenministeriums.

Die Hauptabteilung 2 ist für Rechtsextremismus/Rechtsterrorismus zuständig. Als die NSU-Affäre hochkochte, hatte er um seinen Stuhl zu kämpfen, jetzt sitzt er fester denn je im Sattel, die Abteilung wurde vergrößert, er bekam mehr Mittel, mehr Macht. Und er, Werner Dickmann, hatte die neuen

Beamten fast alle persönlich ausgewählt, handverlesen im wahrsten Sinne des Wortes.

Einige jüngere Herren, Führungsnachwuchs, waren ihm vom Ministerbüro reingedrückt worden, ansonsten passte seine Truppe.

Er hatte seine Leute auf Deutschland verpflichtet, auf das Vaterland. Die egoistischen Einzelinteressen wechselnder Minister oder Kanzler verachtete er zutiefst. Werner Dickmann und seine Truppe arbeiteten für Deutschland. Punkt.

Er bittet den Fahrer, die Nachrichten laut zu stellen.

Die ersten drei Meldungen beschäftigten sich, was sonst, mit den erneut steigenden Flüchtlingszahlen. Die Millionengrenze war längst überschritten, seine Experten sprachen intern von bis zu drei Millionen, mit denen man zu rechnen hätte.

Als dann der Nachrichtensprecher von einem neuen Termin für ein weiteres Krisengespräch der zerstrittenen Großkoalitionäre berichtet, kann sich Werner Dickmann einen kleinen Fluch nicht verkneifen. »Unverantwortlich, es herrscht Ausnahmezustand an der Grenze und Frau Merkel und Genosse Gabriel vertagen sich wieder einmal. Toll, armes Deutschland, du hast es ja.«

Der Fahrer nickt bestätigend. Er hat Dickmann schon häufig gefahren, kennt dessen Ansichten, die von einigen, vor allem aber von den Älteren im BMI geteilt werden.

Dickmann greift zum Telefon. Er senkt seine Stimme.

Am Apparat ist ein befreundeter Generalmajor, einer der Chefs des MAD, des Militärischen Abschirmdienstes. Die beiden Herren erregen sich über eine Studie des BMI zur Historie des Ministeriums. 64 Prozent der Männer der ersten Stunde des Ministeriums seien NSDAP-Mitglieder gewesen. »Hört nie auf, die Hexenjagd«, zischt Dickmann in den Hörer.

»Jetzt sind die Historiker dran, die natürlich alles brühwarm an die Presseheinis durchstecken.«

»Das waren gute Männer der ersten Stunde, Patrioten, was man von vielen gewählten Politikern nicht sagen kann. Macht mich wütend, diese ewige Hetze. Wird wieder einen Riesenartikel im SPIEGEL geben. Mir unverständlich, warum der Minister so einen Dreck überhaupt in Auftrag gibt. Man muss auch mal aufstehen gegen den Zeitgeist. Gut, wir sehen uns heute Abend auf dem Schloss, komm pünktlich, es gibt viel zu besprechen.«

Die Fahrt geht nach Schloss Meseberg, einem Gästehaus der Bundesregierung. Ein mokantes Lächeln spielt um Dickmanns schmale Lippen. Dass die Regierung für sein Treffen die Räume – wirklich stilvolle Räume – zur Verfügung stellt, amüsiert ihn. Es wird schwer werden heute Abend. Nicht risikolos.

Seit ewig schon trifft sich die Runde in wechselnder Besetzung. Man ist ein handverlesener Kreis, der in letzter Zeit etwas unter Nachwuchsmangel leidet. Bisher hatten sie sich meistens zum unverbindlichen Meinungsaustausch getroffen und bei altem Margaux und Cohibas über den Zeitgeist geschimpft. Leute, die verbal aufgeknüpft wurden, fanden sich immer, in der ersten Generation war es der verhasste Fritz Bauer, Jahre später wurde Willy Brandt das Hassobjekt, in neuerer Zeit ereiferte man sich über die rüpelhaften Emporkömmlinge Schröder und Fischer. Mit Angela Merkel führt nun erstmals eine Persönlichkeit aus der Union die Negativliste an.

Heute geht es nicht mehr ums Plauschen, heute ist Handeln angesagt. Am Abend wird Werner Dickmann einen Vorschlag machen, der es in sich hat.

Er zuckt die Schultern, er hat keine Wahl – bei drei Millionen zu erwartenden muslimischen Einwanderern. Merkel mit ihrem »Wir schaffen dass« ist schuld.

Deutschland geht vor die Hunde.

Er handelt in Notwehr. Ein Mann muss tun, was ein Mann tun muss.

Sein anderes Telefon klingelt, das geheime, abhörsichere. Diese Nummer haben vielleicht 30 Personen. »Ja, Wagner, fassen Sie sich kurz, ich bin unterwegs. Okay, das höre ich gerne. Ihr Problem in Fernost ist geregelt? Gut. Halten Sie sich bereit, es wird Arbeit geben.«

Er blickt aus dem Fenster, späht in die aufziehende Dämmerung, genießt den herben Reiz der brandenburgischen Landschaft. Fred Wagner ist ein Problem, mit dem er sich befassen muss. Der Mann weiß zu viel, ist nicht immer steuerbar. Diese Frauengeschichte jetzt, unverantwortlich. Außerdem hat der Mann ein Alkoholproblem.

Der Hauptabteilungsleiter Rechtsextremismus/Rechtsterrorismus wird sich auch um diesen – in seinen Kreisen prominenten – Neonazi kümmern.

Gerade als er das Handy wegstecken will, fällt ihm ein blinkendes Symbol auf – verpasster Anruf um 11:17, unbekannter Teilnehmer, verborgene Nummer. Er ist nicht gerade ein Experte in moderner mobiler Kommunikation, aber das hier kann nicht sein. Diese Nummer haben vielleicht dreißig Personen und alle sind mit ihren Decknamen in der Kontaktliste abgelegt. Alle sind gehalten, immer von denselben Handys aus dieses Telefon anzurufen. Es kann also keine Anrufe von unbekannten Teilnehmern geben, und verborgene Nummern schon gar nicht. Er ist irritiert, kann jetzt aber nichts veranlassen. Er tröstet sich mit dem Gedanken, dass es wahrscheinlich ein ganz banaler Irrläufer war. Jemand hat die falsche Nummer gewählt. Und wenn nicht? Dann hätte er ein Sicherheitsproblem, und das kann er jetzt überhaupt nicht gebrauchen.

Dickmann seufzt, schließt die Augen. Er erwacht, als der Wagen auf die Kieseinfahrt zum Schloss einbiegt.

Er liebt Schloss Meseberg. Hier riecht noch alles nach längst vergangenen großen Tagen. Der Portier grüßt, weist ihm den Weg zum vertrauten Zimmer.

Das Schloss ist herrlich renoviert, der umliegende Park eine Augenweide. Der Anblick erinnert ihn an die Hoffnungen, mit denen er seinerzeit auf den Umzug nach Berlin reagiert hatte. Die alte Hauptstadt Deutschlands würde den Bonner Krämerseelen Größe einhauchen, so hoffte er damals.

Das Gegenteil war passiert.

Nicht die überall spürbare Tradition der deutschen Geschichte hat die Gemüter beeinflusst, nein, der moderne Dreck des Multikulti-Molochs Berlin vernebelt die Hirne der politischen Klasse. Kreuzberg, Neukölln, das ist die Zukunft Deutschlands. Schwule, Schwarze, Araber sind auf dem Weg zur Mehrheit.

Heute gehört uns die Hauptstadt und morgen das ganze Land. Das ist das Lied, das in Berlin gespielt wird. Und die ostdeutsche Pfarrerstochter, die die Union entmannt hat, dirigiert den grausigen Chor.

Er merkt, wie die Wut wieder einmal in ihm aufsteigt.

Er macht sich frisch und eilt dann zum Dinner.

Eine illustre Runde ist seinem Ruf gefolgt. Ministerialdirigenten, Direktoren, Hauptabteilungsleiter aus dem Innersten der deutschen Sicherheitsbehörden. Sechs Herren vom Verfassungsschutz, dem BND, der Bundeswehr und dem Innenministerium geben sich die Ehre.

Für eine im Kern deutschnationale Runde lassen die Männer es beim Essen recht international angehen. Französische Gänsestopfleber mit Brioche und edlem Süßwein, gefolgt von italienischer Pasta mit frischen Trüffeln. Dann zum Höhepunkt des Abends Wildsau aus der Uckermark, allerdings begleitet von einem Saint Émilion Grand Cru.

Beim Essen nur Small Talk, Behördensnack, gepfeffert mit deftiger werdenden Witzen über die Kanzlerin. Angenehm beschwingt ziehen die Herren um ins legendäre Kaminzimmer: Ledersessel, dunkles Holz. Dickmann füllt persönlich die Cognacschwenker. Sein Blick gleitet über die Versammelten. Sie alle sind in die Jahre gekommen, das gilt nicht zuletzt für ihn selbst.

Da sitzt Karl Schwanberg, der stellvertretende Leiter des Thüringer Verfassungsschutzes. Neben ihm Hauptabteilungsleiter Gunther Kratscher vom Bundesnachrichtendienst, der es hasst, jetzt noch vom schönen Pullach an die Müllerstraße nach Berlin umziehen zu müssen, zwei Jahre vor der verdienten Pensionierung. Kratscher ist stark übergewichtig, sein Kardiologe sitzt ihm deswegen im Nacken. Zu Recht findet Werner Dickmann, der immer auf seine Figur geachtet hat. Sein Blick bleibt an Peter Neubert hängen, drahtige Erscheinung, alterslos, seines Zeichens Generalmajor beim militärischen Abschirmdienst. Ein harter Hund, unbedingt verlässlich, der Mann ist eine Bank.

Plötzlich fliegen Dickmann Zweifel an. Darf eine solche Altherrenrunde über die Zukunft des Landes entscheiden? Warum sind keine Jungen in ihrem Kreis. Haben sie die Schlacht nicht schon längst verloren? Er spürt ein Kratzen im Hals.

Er schüttelt sich, nimmt einen Schluck Cognac.

Dann beginnt er die vielleicht wichtigste Rede seines Lebens, auf jeden Fall die gefährlichste.

»Meine Freunde, die Türken haben für Leute wie uns einen wunderbaren Namen – der tiefe Staat. Das trifft exakt den Punkt. Die Ebene über uns, Minister, Staatssekretäre, sind ausschließlich ihrer Partei und der nächsten Wahl verpflichtet. Sie kommen und gehen, selbst die Kanzler kommen und gehen.

Wir aber bleiben. Wir repräsentieren Kontinuität, wir sind keinen wechselnden Moden oder dem wankelmütigen Zeitgeist verpflichtet.

Wir dienen dem deutschen Staat, wir dienen Deutschland.

Aus dieser Position ergibt sich unsere Legitimität, aber aus dieser Position lassen sich auch unsere Pflichten ableiten. Meine Freunde, unsere Vorgänger in dieser Runde – einige von uns waren als Novizen damals in Bonn noch selbst dabei – haben einst diesen Gesprächskreis scherzhaft als die Wacht am Rhein bezeichnet. Immer wachsam, immer bereit zum Eingreifen, wenn das Vaterland bedroht ist.

So ein Moment ist nun gekommen. Unser Deutschland ist in höchster Gefahr. Die Kanzlerin hat entgegen ihrem Amtseid dem eigenen Land den Krieg erklärt. Über 1,5 Millionen Muslime sind in Deutschland einmarschiert, weitere 2 Millionen stehen bereit, um ebenfalls zu kommen. Unsere rotgrünen Gutmenschen vergießen humanitäre Krokodilstränen über das Elend der Flüchtlinge. Die meisten Mitglieder der grünen Bundestagsfraktion würden ja noch den letzten rumänischen Zigeuner persönlich am Hauptbahnhof abholen und erst Ruhe geben, wenn er Kindergeld für 12 Personen erhält und sein Hartz-IV-Antrag positiv beschieden wird.

Von diesen Grünen ist nichts anderes zu erwarten.

Was aber ist mit der Union? Was tut unsere Kanzlerin? Sie posiert rechts mit einem Syrer und links mit einem Afghanen im Arm und ruft entzückt, you are welcome.

Solche Bilder wurden auf Facebook hunderttausendmal geliked, solche Bilder sind zu Waffen gegen Deutschland geworden.

Mittlerweile besorgen sich Pakistanis zu Tausenden syrische Pässe, von den Afghanen ganz zu schweigen. Das muss aufhören. Jeder von uns hier hat sich bereits eingebracht, wir alle haben mit den Entscheidungsträgern in der Union diskutiert, wir haben versucht, für einen Richtungswechsel zu werben. Vergeblich. An der Kanzlerin führt kein Weg vorbei. Nach den Anschlägen in Paris haben wir Sicherheitsleute immer wieder darauf hingewiesen, dass sich unter den Flüchtlingen natürlich in großer Zahl Schläfer des IS befinden, die den klaren Auftrag haben, hier in Deutschland, in Europa Anschläge durchzuführen.

Die Stimmung in der Union beginnt sich zwar zu drehen, aber noch bleibt Merkel bei ihrem fatalen Kurs. Die Bayern, die als einzige noch einen halbwegs klaren Kopf behalten haben, fordern von der Regierung ein deutliches Zeichen, dass Deutschland nicht unbegrenzt junge islamische Männer aufnehmen wird. Jedoch die Kanzlerin weigert sich, dieses notwendige Zeichen zu geben.

Ich sage euch, die Zeit läuft uns davon. Jeden Tag drängen Tausende neuer Muslime in unser wehrloses Land. Wenn aber Deutschland ein Zeichen gegen die Einwanderung braucht, die Bundeskanzlerin aber nicht bereit ist, dieses Zeichen zu setzen, dann sind wir verpflichtet, es zu tun.

Deutschland wartet darauf. Die Zeit ist gekommen. Wir müssen eingreifen.«

Es gibt Beifall für Dickmann, der Generalmajor klopft Dickmann anerkennend auf die Schulter. »Hat jemand Vorschläge.«

Einer dreht sich zu Dickmann um: »Lass deine rechten Kettenhunde von der Leine. Jede Woche sich steigernde Randale vor den Heimen. Mehr Brandanschläge.«

Dickmann steht auf, jetzt ist der Moment gekommen: »Freunde, ihr wisst, dass ich recht kreativ mit den rechten Schlägern umgehen kann. Ich bin da schon deutlich weitergegangen, als viele hier ahnen. Das aber reicht nicht mehr. Bilder von brennenden Heimen laufen hier bei uns in den Nachrichten, aber sie erreichen niemanden in Kabul oder in

Damaskus. Wir haben nichts davon, wenn wir die Zahl der Pegida-Demonstranten erhöhen, wir haben nur wenig davon, wenn in Umfragen und bei Landtagswahlen die ja ganz nützliche AfD ungefähr bei 15 Prozent landet. Es ist doch so: Jeder Brandanschlag der Glatzen produziert eine Gutmenschendemonstration mit Kerzen und kirchlicher Begleitung. Und jeder Chefredakteur, der bei der Kanzlerin punkten will, sendet die Bilder der Gegendemo. Langhaarige mit Kerzen in der Hand sehen einfach öffentlich-rechtlicher aus als kokelnde Dachstühle mit rechten Biertrinkern im Vordergrund. Nein, meine Freunde, so wird es nicht gehen.«

Dickmann nippt am Cognacglas, nimmt einen Schluck Wasser hinterher. Dann fährt er fort: »Wir müssen die Herrschaft über die Bilder erlangen, und zwar international. Das aber heißt, wir müssen das Undenkbare denken, uns verhalten, als wären wir im Krieg – und wir sind ja auch im Krieg. Wir müssen Bilder liefern, die jeder Kameltreiber im Orient begreift. Bilder, die unter die Haut gehen, Bilder, deren Botschaft klar und eindeutig ist. Bilder, die Angst verbreiten.

Bilder, die um die Welt gehen, Bilder, die man senden muss.

Die Botschaft, die wir in den Orient senden, lautet: Bleibt zu Hause, ihr seid hier weder willkommen noch sicher. Ja, lasst Deutschland in Frieden.

Liebe Freunde! Ich kann und will die geplante Aktion jetzt nicht weiter präzisieren, dafür ist es noch zu früh. Aber ihr dürft versichert sein, ich denke an einen klaren, radikalen und vor allem effektiven Schlag.«

Es ist totenstill im Raum, das Schweigen fast unerträglich. Dickmann spürt, dass er leicht zu schwitzen beginnt. Ist er zu weit gegangen? Dann räuspert sich hinten am Kamin Generalmajor Neubert vom MAD, er steht auf, drückt seinen Rücken durch, nimmt Haltung an: »Danke, Werner, ich glaube, dass ich für alle hier im Raum sagen darf: Das war eine klare Ansage eines echten Patrioten. Das, was du da forderst, klingt nach Risiken und Opfern von allen Beteiligten, aber angesichts der täglich schlimmer werdenden Lage, angesichts der Not unseres Vaterlandes stimme ich zu. Zu Ihrer Verfügung, Doktor Dickmann.«

Jetzt weicht bei den anderen die Beklemmung, sie murmeln zustimmend und klopfen auf die Tische. »Moralisch in Ordnung, lieber Dickmann, aber wer soll, was auch immer du da planst, organisieren? Das muss ja alles in einer Hand liegen, nur so ist strengste Geheimhaltung gewährleistet.« Kratscher verspürt wenig Lust, so kurz vor der Pensionierung nochmal alles zu riskieren.

Dickmann reckt sich zu voller Größe: »Liebe Freunde, ich will heute nur euer prinzipielles Einverständnis, denn so eine Verantwortung kann kein einzelner vor der Geschichte auf sich nehmen. Ich werte eure Reaktion jetzt als Zustimmung. Ich werde die operative Planung selber übernehmen, ich werde zu gegebener Zeit auf einzelne aus unserer Gruppe zukommen und Hilfe einfordern. Sollte etwas scheitern, sollten wir verraten werden, so hat es dieses Treffen nie gegeben, dann trage ich die alleinige Verantwortung.«

Man sieht Kratscher die Erleichterung an. Es werden Schnäpse gereicht, viele suchen die Nähe und das kurze persönliche Gespräch mit Dickmann. Neubert, der Mann vom MAD, zieht ihn zur Seite. »Das war ein wenig kryptisch, Werner. Ich bin bei dir, aber du wirst schon präziser werden müssen. Willst du ein Flüchtlingsschiff versenken?«

Dickmann deutet ein Lächeln an:«Ich bin nicht der Mann für Seeschlachten. Du wirst bald mehr erfahren, ich werde gerade deine Hilfe, deine Kontakte brauchen.«

Generalmajor Neubert hat viele Talente, vor allem aber ist er der Mann in der deutschen Geheimdienst-Community, der über die besten Kontakte zu den großen Brüdern jenseits des Atlantiks verfügt. Wer auf dem kleinen Dienstweg etwas von CIA oder NSA will, wendet sich an Neubert.

Die Atmosphäre entspannt sich nun. Plaudermodus ist angesagt. Dickmann bekommt Komplimente für sein Handling der NSU-Affäre. Keiner der zahlreichen Untersuchungsausschüsse, keines der journalistischen Vollstreckungskommandos war in Dickmanns Verteidigungsring eingedrungen. Dickmann ergreift nur noch einmal das Wort. Er erinnert an den letzten Vizepräsidenten des Bundesamtes für Verfassungsschutz, der vor dem Edathy-Auschuss zu Protokoll gab:« Es durften keine Staatsgeheimnisse bekannt werden, die ein Regierungshandeln unterminieren.«

Dickmann lobt die tadellose, beispielhafte Haltung des Zurückgetretenen. Man trinkt auf den Mann. Absolute Vertraulichkeit ist vereinbart, eine Selbstverständlichkeit. Gegen Mitternacht gehen die Herren zu Bett.

Dickmann beschließt, noch eine Runde allein im Park zu laufen. Er muss seine Gedanken ordnen, muss Dampf ablassen. Darf er seinen Plan tatsächlich umsetzen, hat er das Recht dazu?

Er seufzt, steht auf, atmet tief durch und betrachtet die Silhouette des Schlosses im Mondschein. Er streicht sich über die Wange, als müsse er sich selber Mut machen. Ein Mann muss tun, was ein Mann tun muss.

Dann fällt ihm plötzlich wieder der merkwürdige Anruf auf dem geheimen Handy ein, sofort meldet sich die Unruhe wieder. Muss morgen geklärt werden, darf er auf keinen Fall vergessen. Das Kaminzimmer von Schloss Meeseberg gehört in der nächsten Stunde einer türkischen Reinigungskolonne.

4

Der Wind peitscht, die Wellen sind mannshoch und werden immer noch gewaltiger. Das Wasser kracht aus wechselnden Richtungen über das kleine Boot, als mache es ihm Spaß, die Menschen zu Tode zu erschrecken.

Amir wimmert leise vor sich hin, klammert sich an die Hand seiner größeren Schwester Mayla.

Amir ist acht, er selbst allerdings antwortet auf die Frage nach seinem Alter immer mit achteinhalb. Er sieht aus wie maximal sieben, ist dürr, wiegt mehrere Kilos zu wenig. Tiefe Schatten um die Augen verraten, dass der Kleine unter Schlafentzug leidet. Amir ist zum ersten Mal auf dem Meer, er hat Angst, schreckliche Angst, am liebsten würde er laut losheulen, aber sein Vater Basim hat ihm vor Antritt der Fahrt eingeschärft, er müsse tapfer sein. Also ist Amir tapfer. Nur seine Augen verraten die Panik.

Amir hat schon viele Dinge gesehen, die ein kleiner Junge nicht hätte sehen dürfen. Auf das Meer hat er sich eigentlich gefreut, Vater Basim und seine Mutter Samira haben ihm immer wieder davon erzählt: »Wir werden über ein großes Wasser reisen nach Europa. Da werden wir sicher sein, und Du wirst zur Schule gehen und Fußball spielen.« Das mit dem Fußball hat ihn schließlich überzeugt, denn Amir liebt Fußball.

Da wo er herkommt, gibt es kein Meer, keine Wellen.

Dafür gibt es Panzer, Fassbomben, einen Präsidenten, der gegen sein Volk Krieg führt, und eine Menge verrückter mordender Männer. Amir und seine Familie kommen aus Homs in Syrien.

Sein Vater, Basim Marwan, ist kein wirklich frommer Mann, aber jetzt betet er für seine Familie. Er hat mit Frau und Kindern seine Heimatstadt verlassen, als die Truppen des Diktators zu Eroberung von Homs ansetzten. Basim Marwan und seine Familie hatten Artilleriebeschuss und Fassbomben getrotzt, hatten in ihrem halbzerstörten kleinen Haus ausgeharrt. Als Mörsergranaten den Anbau mit dem kleinen Laden zerstörten, verlegte Basim Marwan seine Elektrowerkstatt in die heil gebliebene Küche. Basim ist Mitte dreißig, zweifacher Vater, ein Mann mit Verantwortung. Er und seine Frau Samira wurden Meister der Improvisation. Samira gelang es immer wieder, Brot, Reis, Öl und Oliven aufzutreiben, um die 13-jährige Mayla und Amir halbwegs satt zu kriegen.

Doch dann wurde der Ring der Assad-Truppen um die Stadt immer enger. Die Aussicht auf Straßenkämpfe, auf blutige Schießereien Haus um Haus, war für Basim Marwan und Samira zu viel. Sie hatten ein paar Habseligkeiten gepackt, alles verfügbare Geld eingesteckt, die Handys geladen und waren dann Richtung türkische Grenze aufgebrochen.

Der Wind wird stärker, immer häufiger krachen Brecher in das übervolle Schlauchboot. Auch ein erfahrener Bootsführer hätte Mühe, das Boot richtig in die Wellen zu legen, der Mann am Motor aber macht das alles zum ersten Mal.

Basim und Samira sehen die Angst in den Augen ihrer Kinder, haben aber nicht mehr die Kraft, beruhigend zu lächeln.

Amirs Hände werden steif, er schafft es nicht mehr, sich an dem Seil festzuhalten. Drei Seile sind in Längsrichtung gespannt. Daran müssen sich alle Insassen festklammern, sie sind der einzige feste Halt in dem rutschigen Boot.

Jetzt hält ihn nur noch der Griff seiner Schwester.

Amir fühlt eine entsetzliche Übelkeit in sich aufsteigen. Um nicht einfach loszukotzen, träumt Amir sich einfach aus dem Boot hinaus.

Er hat das schon zu Hause manchmal gemacht, immer wenn das Schießen und die Explosionen zu laut wurden, zu nahe kamen, wenn die ganze Welt sich in ohrenbetäubenden Lärm auflöste, dann verfiel Amir in eine Art Starre, schloss die Augen und wechselte in seine eigene Welt. Wie jetzt auch. Amir ist nun auf dem Fußballballplatz unweit der Chalid ibn al-Walid-Moschee im Zentrum der Stadt. Dort hat er seinen Helden kennengelernt, einen jungen Mann, den alle in Homs lieben, den Torwart der Jugendnationalmannschaft, liebevoll Baset gerufen. Als Baset zum ersten Mal mit Amir sprach, ihm die Hand auf die Schulter legte, da war dem Kleinen schlagartig klar, dass auch er Torwart werden würde.

Doch Baset und seine Freunde spielten nicht nur Fußball, sie organisierten Demonstrationen gegen das Regime von Baschar al-Assad. Sie luden alle ihre Aktionen auf You Tube hoch, und schon bald war der gut aussehende Baset ein Internetstar. Auch Amir bewunderte Baset auf You Tube. Seine Schwester Mayla ebenfalls, obwohl sie sich eigentlich nicht für Fußball interessierte. Maylas dunkle, sanft geschwungene Augen begannen zu leuchten, wenn sie Baset auf You Tube und Facebook bewunderte.

Das Boot kracht in ein Wellental, scheint in der Mitte einzuknicken, richtet sich dann wieder auf. Mayla verstärkt ihren Griff auf Amirs Schulter. Jedes Mal, wenn sich das Boot hebt, wird der Kleine gefährlich hoch geschleudert. »Amir, halt dich am Seil fest, bitte. Wir müssen bald da sein, sind doch nur zehn Kilometer.«

»Sind doch nur knapp zehn Kilometer vom türkischen Behram rüber zur Nordspitze von Lesbos.« Das hatte auch der türkische Schlepper zu Basim gesagt, als er für die vier Personen 4000 Dollar kassierte. Dafür rückte er auch vier Schwimmwesten heraus. Die meisten Syrer kaufen Schwimmwesten, den Afghanen sind sie zu teuer. An dem türkischen Ufer ging es zu wie auf einem Basar. Hunderte von Flüchtlingen drängten sich um die Schlepper, die ihre Boote anpriesen. Von türkischer Polizei oder Armee keine Spur. Die Türken unternahmen nichts gegen den ständigen Strom der Flüchtlinge. Wahrscheinlich zahlten die Schlepper für das Wegsehen der Staatsgewalt. Das Geld holten sie sich doppelt und dreifach zurück. Der Familienvater Basim Marwan erschrak, als er bemerkte, dass keiner der Schleuser Anzeichen machte, mit in das Boot zu steigen, stattdessen begannen zwei Männer einem der jüngeren Flüchtlinge die Funktionsweise des altertümlich wirkenden Außenbordmotors zu erläutern.

»Ihr werdet in Lesbos festgenommen werden, wir holen das Boot später zurück. Macht euch keine Gedanken, die Strecke schafft ihr auch so. Gott ist mit euch, habt Vertrauen.« Dass der Schleuser dabei einen Stapel Geldscheine zu einer speckigen Rolle drehte, ließ ihn nicht vertrauenswürdiger wirken. Aber Basim sah für sich und seine Familie keine Alternative. Also schob er Frau und Kinder in das schlingernde Schlauchboot.

25 Personen, eng gedrängt. In den nahegelegenen Badeorten an der türkischen Riviera lassen sich jetzt wohlhabende Türken und Touristen zum Abendessen nieder. Man kann sehr gut speisen an der Küste, auch die Weine sind ausgezeichnet.

»Amir, bitte halt dich fest«, flüstert Mayla ihrem frierenden Bruder ins Ohr. Doch Amir flüchtet sich nur tiefer in seine Träume.

Aber diesmal schenkt ihm sein Traum keinen Frieden. Er hatte wieder an seinen großen Freund Baset gedacht, aber dann hatte Baset plötzlich selber Tränen in den Augen und Blut an den Händen. Der junge Torwart hatte mit seinen Demoaufrufen im Netz den allmächtigen syrischen Geheimdienst provoziert. Ein Killerkommando im Dienste Assads stürmte die Wohnung von Basets Eltern. Sie verpassten den Torwart knapp, aber da sie nun schon mal da waren, töteten sie seinen Bruder Walid und zwei weitere nahe Verwandte. Als Baset nach Hause kam, fand er seinen Bruder tot mit drei Kugeln im Kopf. Baset fühlte sich schuldig am Tod des Bruders. Er stürmte los, versammelte seine Freunde um sich, und sie begannen im Zentrum der Stadt eine Demonstration. Diesmal eröffnete das Militär ohne zu zögern das Feuer. Es gab viele Tote. Danach war Baset und seinen Freunden klar: Die Zeit der Demonstrationen ist vorbei, wir müssen kämpfen, müssen uns bewaffnen. In dieser Zeit versäumte es der Westen, den demokratischen, moderaten Gruppen mit Waffen und Ausbildern zu helfen. Baset und seinen Freunden blieb keine Wahl: Wer wirklich kämpfen wollte, der fand Waffen und Anleitungen zum Krieg nur bei militanten sunnitischen Gruppen, die den Dschihad predigen und von Saudi Arabien mit Waffen aller Art versorgt werden.

Aus modernen jungen Männern, die vom Fußball und einem lockeren Leben schwärmten, wurden bewaffnete Kämpfer, in deren Leben der Islam eine immer größere Rolle spielt. Den Baset, den Amir kannte und bewunderte, gibt es nicht mehr.

Jetzt ist Amir auch in seinen Träumen allein.

Wieder schießt das Boot in die Höhe. Mayla schreit auf, merkt, dass sie den Bruder nicht mehr halten kann. Amir scheint einen entsetzlich langen Moment in der Luft zu schweben. Trifft jetzt die nächste Welle das Schlauchboot seitlich, dann ist Amir verloren, er wird unweigerlich im dunklen, fast schwarzen Wasser landen. Samira erfasst die Situation am schnellsten. Sie lässt das Seil los, springt hoch, erwischt im letzten Moment die Schulter ihres Sohnes, krallt sich fest und kracht mit ihm auf den ölverschmierten stinkenden Boden des Bootes. Amir wimmert, er hat sich weh getan, hat vergessen, dass er versprochen hat, tapfer zu sein. Er will hier raus, er hasst das Meer, sein Magen dreht sich, die Schulter schmerzt. Amir lässt den Tränen freien Lauf.

Der Kahn schaukelt noch wilder jetzt, das Heck fliegt weit aus dem Wasser, die Schraube heult auf, dreht sich rasend ohne den Widerstand des Wassers, der Motor stottert, fängt sich dann wieder.

Basim wirft sich über seine Frau und seinen Sohn. Er hilft Samira auf, sie hat jetzt wieder das Seil erreicht und Halt gefunden. Basim holt einen Strick aus seiner Jacke, wickelt ihn einmal um Amirs schmale Taille und verknotet ihn dann an seinem Gürtel. Durchatmen. Noch immer kein Land in Sicht.

Nie hätte Basim gedacht, dass er einmal nach Europa fahren würde – und schon gar nicht in so einem elenden Schlauchboot. Nie hätte Basim gedacht, dass er Frau und Kinder sehenden Auges in Lebensgefahr bringen würde. Aber was sollte er tun? Er hatte keine Wahl. Seine Welt lag in Trümmern. Sie hatten immer gedacht, es könne nicht schlimmer kommen, und es kam schlimmer.

Sie hatten gebetet und geflucht, nichts hatte geholfen.

Als die Meldungen immer deutlicher sagten, Assads Truppen würden die Stadt belagern und sie irgendwann einnehmen, da stieg in ihm Panik hoch. Denn er wusste genau, was das bedeutete, er wusste es besser als viele in Homs, den er hatte so etwas schon einmal erlebt.

Nur Samira kannte seine Geschichte, er hatte sie ihr unter Tränen erzählt, als sie wissen wollte, warum er so häufig im Schlaf weinte und schrie. Erst schämte er sich, aber Samira machte ihm sanft, aber unmissverständlich klar, dass sie es nicht hinnehmen würde, wenn ihr Mann ihr gegenüber nicht ehrlich wäre. Basim liebte Samira wirklich, ihre Ehe war zwar halb arrangiert, aber die beiden hatten zueinander gefunden, und dass Basim in jener Nacht ehrlich war, brachte sie noch näher zusammen. In Syrien ist es gefährlich, über Verbrechen des Regimes zu sprechen. Darüber, was Basim als Kind erlebt hatte, durfte man in Syrien nur flüstern. Basim Marwan kam aus Hama, einer 350000 Einwohner zählenden Stadt, nördlich von Homs gelegen.

Anfang der achtziger Jahre war Hama eine Hochburg der Moslembrüder. Im Jahre 1982 erhob sich die Bruderschaft und brachte die Stadt weitgehend unter ihre Kontrolle. Der Vater des heutigen Diktators, Hafiz al-Assad, beschloss den Aufstand niederzuschlagen und gleichzeitig der Opposition eine Lektion zu erteilen, die sie nie vergessen würde. Er befahl den Angriff auf Hama. Spezialkräfte unter Führung eines Bruders des Präsidenten gingen rund um die Stadt in Stellung. Zunächst bombardierte die Luftwaffe alle Ausfallstraßen. Dann begann ein gnadenloser Granatenbeschuss, der die historische Altstadt von Hama fast vollständig zerstörte. Als es kaum mehr Gegenwehr gab, rückten die Spezialkräfte vor und beendeten das blutige Werk. Man schätzt, dass etwa 30000 Menschen bei dieser Bestrafungsaktion ermordet wurden. Unter den Toten war Basims Vater, zwei Onkel und eine Tante.

Basims Mutter rettete ihn und seinen jüngeren Bruder. Fluchtartig verließen sie Hama. Jeder in Syrien wusste, was in Hama passiert war. Doch kaum jemand getraute sich, darüber zu sprechen. Der Diktator hatte allen eine Lektion erteilt. Das Volk hatte verstanden. Widerstand ist Selbstmord. In Syrien herrschte fortan Friedhofsruhe. Und Basim Marwan konnte nicht mehr schlafen. Er war vier Jahre alt, als er seinen Vater sterben sah. Und jetzt schickte sich der Sohn des Präsidenten Hafiz al-Assad an, aller Welt zu zeigen, dass auch er, der Präsident Baschar al-Assad, weiß, wie man mit einem aufmüpfigen Volk umgeht.

Basim wollte nicht, dass sein Sohn Amir eines Tages seinen Vater mit eingeschlagenem Schädel unter dem Küchentisch finden würde. So hatte er es erlebt. Er verfluchte die Sippe der Assads. Vater Hafiz hatte ihm die Jugend genommen und sein Herz mit unerträglichen Bildern gefüllt, jetzt war dessen Sohn dabei, Amirs junges Leben zu zerstören. Deswegen hatten sie fliehen müssen. Deswegen hatten sie in dieses dreckige, glitschige Schlauchboot steigen müssen. Lieber mit der ganzen Familie im Meer sterben, als hilflos auf Assads Mörder warten.

Wieder stottert der Motor. Er fängt sich – und stottert erneut. Ein würgendes Geräusch, dann plötzliche Ruhe, nur noch das Pfeifen des Windes und das Klatschen der Wellen sind zu hören. Das Boot ist jetzt endgültig ein Spielball der Wellen. Zwei junge Männer versuchen mit ihren Handys einen Notruf abzusetzen. Im Display ihrer Telefone steht Turkcell, sie sind immer noch im türkischen Netz. So erreichen sie nie eine griechische Notrufnummer. Die Kinder wimmern, einige der Erwachsenen beten. Basim und zwei andere Männer machen sich an dem Motor zu schaffen. Plötzlich dröhnt das Tuckern eines schweren Dieselmotors durch den Lärm des Windes. Ein Suchscheinwerfer flammt auf, beleuchtet ihr Schlauchboot taghell. Sogar Amir reist seine Augen auf, staunt über das große Schiff, dass vorsichtig beidreht. Rufe auf Griechisch, ein junger Syrer antwortet auf Englisch.

In gebrochenem Englisch mit starkem griechischen Akzent erklärt ihnen ein Offizier der griechischen Küstenwache, dass er ihr Boot abschleppen will. Ein Übersetzen sei zu gefährlich. Eine Leine fliegt in ihr Boot. Der junge Syrer fängt es und vertäut es recht fachmännisch an einem Haken im Bug des Schlauchboots. Der Kutter der Küstenwache nimmt vorsichtig langsam Fahrt auf, und schon nach wenigen Minuten erkennen sie vor sich die Küstenlinie, blinkende Lichter. Etwa fünfzig Meter vor der Küste dreht der Kutter ab, das Seil wird gelöst, und vom Strand her rennen Helfer ins Wasser. Sie alle tragen farbige Westen, es sind Freiwillige aus allen möglichen europäischen Ländern. Das Schlauchboot schrappt auf den Kieselstrand, Helfer strecken die Arme aus, holen zunächst die Kinder aus dem Boot. Jetzt lässt Samira Amir los und reicht ihn einem jungen Mann, der beruhigend auf den weinenden Achtjährigen einredet. »Hey kiddie, everything is fine, welcome to Lesbos, welcome to Europe.« Amir versteht kein Wort, aber die Stimme klingt freundlich, und das Schaukeln hat endlich aufgehört.

Samira springt aus dem Boot, wirft sich auf den steinigen Strand, greift mit beiden Händen tief zwischen die glatten, fast runden Steine und beginnt hemmungslos zu weinen. Basim hilft Tochter Mayla aus dem Kahn, und dann steht plötzlich die ganze Familie Marwan auf festem Boden, ein Helfer klatscht sie ab: »Welcome to Europe.« Die Menschen schreien vor Erleichterung, vielen Frauen, aber auch nicht wenigen Männern laufen die Tränen über das Gesicht. Alle reden wild durcheinander. Sie sehen sich um. Soweit der Blick jetzt in der Dunkelheit reicht, ist der Strand bedeckt mit Schwimmwesten. Hier müssen Tausende vor ihnen angekommen sein.

Basim öffnet seinen wasserdichten Brustbeutel, checkt, ob seine Dollars noch da sind, und holt sein Handy heraus.

Google Maps verrät ihm, dass er sich in Skala Sykamineas an der Nordküste von Lesbos befindet. Amir schaut zu seinem Vater hoch, immer noch mit Tränen in den Augen: «Ich will nie wieder auf das Meer, ich hasse es, ich will nach Hause, lass uns nach Hause gehen.« Basim legt dem Sohn den Arm um die Schulter, er schluckt: « Amir, mein Großer, du weißt, dass wir weg mussten, es ist Krieg, wer weiß, ob unser Haus überhaupt noch steht. Aber schau mich an, wir müssen jetzt zusammenhalten und tapfer sein. Wir haben das Schlimmste geschafft, wir gehen nach Deutschland. Die magst du doch, die Deutschen, du hast doch immer zu ihnen gehalten, bei der WM.« Samira nimmt Amir fest in den Arm, Basim läuft ein paar Schritte den Strand entlang. »Muss schön hier sein im Sommer«, denkt er, »aber jetzt ist es eine einzige Müllhalde.« Helfer kommen und erklären ihnen, wie es jetzt weitergeht. Sie müssen nach Mytilini, in die Inselhauptstadt zur Registrierung.

Junge, kräftige Männer machen sich zu Fuß auf den Weg, vor allem die Afghanen marschieren sofort los. Die syrischen Familien warten, die Kinder sind einfach zu müde, um noch einen Schritt machen zu können. Die Helfer bringen heißen Tee und etwas Brot. Es soll einen Bus in die Hauptstadt geben, unklar nur, wann der kommt. Ein freundlicher Holländer mit blonden Rastalocken reicht ihnen Thermodecken, Amir findet es lustig, sich mit goldener Alufolie zuzudecken, er merkt schnell, dass ihm warm wird. Der heiße Tee hilft auch, Amir schläft auf den Steinen am Straßenrand ein. Auch Mayla nickt ein. Basim betrachtet seine Frau, sie ist müde, hat verweinte Augen, aber sie ist immer noch schön. Im Sturm und in den Wellen hat sie ihr Kopftuch verloren. Basim findet, die offenen Haare stehen ihr gut, er ist stolz auf seine Frau.

Es dämmert langsam und noch immer ist kein Bus in Sicht. Jetzt im ersten Licht des Tages sehen sie die Berge von Schwimmwesten am Strand, überall Müll, weggeworfene Kleidungsstücke. Und draußen auf dem Meer Dutzende von kleinen Booten, die nächsten Flüchtlinge kommen. Basim will sich noch einmal ihr Boot anschauen, aber es ist nicht mehr da. Er sieht, dass sich in einiger Entfernung griechische Fischer an Holz- und Schlauchbooten zu schaffen machen. Basim ahnt, wie das Geschäftsmodell funktioniert. Die Griechen bringen die Boote zurück an die türkische Küste, kassieren, ein Fischkutter begleitet sie, bringt sie zurück auf die Insel. Leicht verdientes Geld.

Basim und Samira wecken die Kinder und gehen die paar Schritte zur Straße hoch. Endlich kommt der Bus, seine Türen öffnen sich zischend. Alle erschrecken, als zwei bewaffnete Polizisten den Bus verlassen. In schlechtem, schnarrenden Englisch erklären sie den übermüdeten Flüchtlingen, dass die Fahrt zur Inselhauptstadt Mytilini gehe, jeder der weiter wolle, müsse sich dort registrieren lassen. Ohne Registrierung werde niemand die Insel verlassen. Ein junger Flüchtling zeigt den Beamten sein Handy mit einem Bild von Angela Merkel: We go Germany, Germany good. Bus go Germany?« Der griechische Beamte ist wegen des Merkelbildes etwas mürrisch, nickt dann aber resigniert: »Go Germany, yes, okay.«

Als alle einen Platz gefunden haben, setzt sich der Bus ächzend in Bewegung. Die Fahrt entlang der Küste mag im Sommer sonnenhungrigen Nordeuropäern gefallen, von den Insassen des Busses hatte kaum jemand Augen für die Reize der Fahrt. Amir starrt voller Abscheu auf das Meer und die Wellen. Mayla versucht mit ihrem Handy Neues aus der Heimat zu erfahren. Samira ist eingeschlafen und Basim verliert sich in seinen Gedanken. Er hatte in den unruhigen Nachtstunden an seinen älteren Bruder Mehmet denken müssen. Mehmet hatte die Schockerlebnisse der Jugend noch schlechter verdaut als Basim. Mehmet beendete die Schule, machte eine Lehre als Feinmechaniker, suchte aber nie ernsthaft Arbeit. Er wurde ein grüblerischer, introvertierter Mann, der viel Zeit in der Moschee verbrachte und Basim häufig für seinen unislamischen Lebensstil kritisierte. Mehmet hasste die Assad-Sippe noch glühender als sein Bruder. Mehmet, der keine Frau und keine Kinder hatte, war seit Längerem Mitglied in einer bewaffneten Widerstandsgruppe. Die letzte SMS, die Basim von seinem Bruder erhalten hatte, war aus Raqqa, der heimlichen Hauptstadt des IS, gekommen. Mehmet schrieb, er habe seinen Weg gefunden, er folge dem Kalifen und sei in Frieden mit sich und mit Gott. Er wünsche Basim und seiner Familie Glück und Allahs Segen. Er bat Basim, auf Mayla aufzupassen, er, Mehmet, habe sie einmal in einem unziemlichen Gespräch mit einem Jungen gesehen.

Basim war geschockt, sein älterer Bruder hatte sich Terroristen angeschlossen. Basim schüttelte sich, sein Bruder Mehmet war jetzt bei den Halsabschneidern und machte sich Sorgen um Maylas Moral.

Der Bus erreicht jetzt städtisches Gebiet, Basim weckt die Familie, die Bebauung wird dichter, sie fahren an Cafés und Tavernen vorbei, manche menschenleer, vor anderen Trauben von Flüchtlingen. Am Hafen hält der Bus. Im Becken gegenüber liegen zwei große Fähren, davor Hunderte von Menschen. Beim Austeigen schreit der Fahrer: »All go Moria, register, go Moria first.«

Niemand versteht, was der Mann meint. Bald werden sie es wissen.

Samira zeigt auf ein nahe gelegenes Hotel. »Können wir ein Hotel nehmen, einmal ausschlafen, duschen, Kleider trocknen?« Basim macht sich auf, drängt sich durch eine Gruppe Afghanen und steht dann vor dem Eingang des Hotels Blue Sea. Ein vierstöckiges Gebäude, halbrund, Balkone mit Blick auf den Hafen. Als Basim die vier Sterne auf dem Hotelschild sieht, weiß er, dass er sich die Frage nach dem Preis sparen kann. Der türkische Schlepper hat ein gewaltiges Loch in die Ersparnisse gerissen, undenkbar, jetzt mehr als 100 Euro für ein Zimmer zu bezahlen. Er sieht aber, wie nicht wenige seiner syrischen Landsleute die Scheine an der Rezeption hinblättern.

Basim verlässt das Hotel wieder, drängt sich durch die Afghanen, die voller Wut auf die Syrer starren, die ins Hotel einziehen.

Mit einem Blick des Bedauerns setzt er sich neben seine Familie. Sie nehmen in einem Strassencafé Platz, zahlen viel zu viel für zwei Tee und zwei heiße Schokoladen. Dann kommt plötzlich die Wirtin aus dem Gastraum, eine ältere Dame mit einem gütigen Gesicht, und stellt einen Teller mit Dolmadakia und Tzatziki und etwas Brot auf den Tisch. Sie zeigt auf Amir und Mayla: »For the children, you eat.« Samira küsst der Frau dankbar die Hand.

Politiker der EU haben immer wieder von den zu errichtenden Hot Spots an den EU-Außengrenzen geschwärmt. Davon weiß Familie Marwan nichts.

Moria soll ein solcher Hot Spot sein. Moria ist Chaos, ist zunächst erst einmal eine riesige Schlange, Tausende von Menschen im Staub der Straße. Zum Glück regnet es nicht, es ist mild für die Jahreszeit.

Immer wieder kommt es zu Schlägereien. Und immer wieder baut sich Basim schützend vor seiner Familie auf. Er ist nicht groß, das Haar schon etwas schütter, aber er macht jedem jugendlichen Schläger aus dem Hindukusch klar, dass er keinen Angriff auf seine Familie duldet. Die Afghanen sind hart drauf. Es hat sich rumgesprochen, dass Europa Syrer bevorzugt aufnimmt.

Da bricht ein junger Afghane vor ihnen aus der Reihe aus und stürmt nach vorne. Er drängt rücksichtslos Menschen zur Seite, um ein paar Meter Schlange gutzumachen. Polizisten stürzen sich auf ihn, plötzlich riecht es beißend nach Pfefferspray. Samira hält ein Tuch vor Amirs Gesicht.

Zwei Tage bringen sie in der Schlange zu, erledigen ihre Notdurft im Gebüsch, aus Angst, den Platz in der Schlange zu verlieren.

Dann endlich sind sie drin. Vier Registrierkarten werden ausgefüllt, sie bekommen einen Zettel mit vier Nummern. »Don´t loose it, nicht verlieren«, murmelt der Beamte. »An der Fähre zeigen. Boat to Piräus tonight.«

Die vier taumeln zum Hafen zurück. Sie fühlen sich leer, hungrig und schmutzig. Einen Stopp noch an der Taverne der älteren Dame, die ihnen so nett geholfen hatte. Basim bestellt vier Portionen Moussaka, das Günstigste auf der Karte. Die Besitzerin stellt jedem der Kindern unaufgefordert eine Limonade hin, einen Tee für Samira und für Basim ein Bier. Er pfeift auf seinen Bruder, den IS-Kämpfer, und trinkt es mit Genuss.

Sie starren auf das Schiff der Hellenic Seaways, es ist groß wie ein Haus. »Das Schiff wird nicht schaukeln, Amir, keine Sorge«, flüstert Samira ihrem Sohn ins Ohr.

Noch sind die Grenzen offen. Auf die Marwans wartet die Balkan-Route – Mazedonien, Serbien, Kroatien, Slowenien, Österreich und dann endlich Merkelland.

Als sie die Fähre besteigen, trunken vor Glück, fordert im deutschen Fernsehen ein Ministerpräsident namens Horst Seehofer die Kanzlerin ultimativ auf, endlich Obergrenzen für Flüchtlinge festzulegen.

5

Er ist gereizt heute – als wäre jemand mit Stollenschuhen über den stets perfekt gepflegten Rasen seines Reiheneckhauses gelaufen. Er nimmt die Grüße der Wachleute an der Pforte entgegen, fährt zügig auf seinen reservierten Parkplatz.

Aufzug hoch in die Chefetage.

Schwungvoll öffnet er die Tür des Vorzimmers, doch statt eines respektvoll freundlichen »Guten Morgen Chef« geifert ihn der lächerliche Dackel seiner Sekretärin an, die wohl mal wieder im Haus unterwegs ist. Ein kurzer Tritt, und das Vieh verkriecht sich unter dem Schreibtisch von Ursula Bettner.

Er verflucht den Tag, an dem er seiner Sekretärin erlaubt hat, einmal die Woche den Köter mit ins Büro zu nehmen. Die Bettner hatte ihm leidgetan damals, sie war gerade von einer Krankheit genesen, und der Hund war ihr ein und alles. Aber Freundlichkeit schafft eben immer nur Ärger.

Werner Dickmann nimmt hinter seinem Schreibtisch Platz, sein Blick schweift über sein repräsentatives Eckzimmer, mit das Beste, was das architektonisch nicht gerade umwerfende Gebäude des Bundesamtes für Verfassungsschutz in Köln zu bieten hat. Ein großer Schreibtisch, penibel aufgeräumt, moderne Möbel. Zu Hause bevorzugt er schweres, dunkles altdeutsches Mobiliar, sein Büro aber ist streng, hell und klar.

Dickmann hatte am Morgen sehr zeitig Schloss Meseberg verlassen, in Berlin die frühe Maschine nach Köln genommen. Während der Fahrt vom Flughafen zum Büro hatte er die ganze Zeit an den merkwürdigen Anruf auf dem geheimen Handy denken müssen.

Wieder meldet sich sein Magen mit einem leichten Brennen und Pochen, er ist nervös. Und wieder starrt er auf das Display.

Gestern, 11:17 Anruf unbekannter Teilnehmer, Rufnummer unterdrückt.

Die Tür zum Vorzimmer öffnet sich, Ursula Bettner stürzt herein: »Guten Tag, Chef, ich wollte eigentlich zurück sein, bevor Sie kommen. Hoffentlich hat der Hund Sie nicht erschreckt.«

Dickmann blickt irritiert von seinem Handy hoch, er fühlt sich gestört: »Liebe Frau Bettner, ich weiß sehr wohl, dass ich Ihnen in Ausnahmefällen gestattet habe, dieses Tier mitzubringen, aber es war nie die Rede davon, dass der Köter hier alleine im Büro herumrennt. Bitte halten Sie ihn angebunden, wenn Sie das Zimmer verlassen, und jetzt möchte ich sofort mit Dirk Schulz von der Technischen Aufklärung verbunden werden. Danke, schließen Sie bitte die Tür.«

Nur wenige Sekunden später blinkt Leitung eins auf seinem Tischtelefon. »Tag Schulz, ich habe ein Problem, bitte kommen Sie kurz zu mir ins Büro. Und Achtung, Bettners Dackel ist im Vorzimmer.«

Wer zum Teufel hatte um 11:17 auf dieser Nummer angerufen? Alle, die diese Nummer haben, sind unter ihren Tarnnamen auf der Kontaktliste abgelegt, alle sind gehalten, immer von denselben gespeicherten Handys aus anzurufen, und doch steht da: unbekannte Rufnummer.

Das Telefon schnarrt: »Chef, Herr Schulz für Sie.« Dirk Schulz, ein fitter Mitdreißiger, Typ Halbschwergewicht, betritt das Zimmer. Schulz bewundert an Dickmann Haltung, Erfahrung, Härte und seine klare politische Position. Er hat öfter den Ausputzer für Dickmann gemacht, er ist der Mann für den kurzen Dienstweg. »Schulz, welche Freude, Sie zu sehen. Ich habe unter Umständen ein Sicherheitsproblem mit dem zweiten Telefon, das Sie mir eingerichtet haben. Kein Unbefugter hat diese Nummer. Dennoch erhalte ich einen Anruf auf diesem Telefon mit unterdrückter Nummer. Ich muss wissen, wer da angerufen hat, entweder ist es ein dummer Zufall, jemand mit einem Nummerndreher, falsch verbunden, oder aber ich habe ein echtes Sicherheitsproblem. Also, ich will wissen, wer hat gestern um 11:17 auf diesem Telefon angerufen, und zwar sofort. Legen Sie los, beschaffen Sie diese Information, ich will nichts von Problemen hören, sondern eine Antwort.«

Schulz steht auf, gibt Dickmann die Hand: »Dies ist ein informeller Job?« Dickmann nickt und wendet sich seinem Aktenstapel zu, dann stoppt er Schulz noch einmal: »Schulz, ich will ein neues Telefon, ganz egal was Ihre Recherche ergibt. Bitte richten Sie eine automatische Umleitung aller Anrufe, die von Nummern aus meiner Kontaktliste kommen, auf das neue Telefon ein. Für diese Kontakte bleibt alles beim Alten, alle nicht gespeicherten Nummern landen im digitalen Nirwana. Danke.«

Er lächelt über den eigenen Witz, blickt kurz aus dem Fenster, denkt dann über den gestrigen Abend nach. Er war überzeugend – ja, und doch hat er leichte Zweifel. Er hat seine Befugnisse immer großzügig interpretiert, aber das, was jetzt im Raum steht, der in Meseberg skizzierte Plan, hat eine ganz andere Dimension.

Sein Blick gleitet über seinen Schreibtisch, bleibt an zwei gerahmten Fotos hängen. Das eine zeigt seine vor zwei Jahren verstorbene Frau Hildegard, eine elegante, aber auch strenge Erscheinung, ihre glatten grauen Haare, nach hinten gekämmt. Eine am Hals geschlossen Bluse, die Augen in die Kamera gerichtet. Sie mochte es nicht, fotografiert zu werden, trotzdem lächelte sie warm und freundlich. Die Ehe war kinderlos geblieben, doch sie verband eine tiefe Vertrautheit und gemeinsame Werte.

Seit ihrem Tod sieht Dickmann vieles noch schärfer, härter, radikaler. Hat er sich verändert, Grenzen überschritten? Solche Gedanken kommen ihm häufiger. Er versteht sie als Schwäche, verbietet sich diese Momente der Selbstprüfung. Doch die Gedanken bleiben.

Dann betrachtet er das zweite Bild. Eine Gruppe junger Männer, strahlende Gesichter, alle um die zwanzig Jahre alt, alle in Anzügen, Krawatte, glatt gescheitelt. Sie posieren hinter einem älteren Herrn, der mit strenger und doch jovialer Miene an einem großen, Respekt heischenden Schreibtisch thront und aus stahlblauen Augen den Fotografen anlächelt. Trotz des Lächelns hat die Szene etwas Steifes, Gezwungenes.

Werner Dickmann liebt dieses Bild. Er ist der dritte von links, direkt hinter der Schulter des BKA-Direktors Paul Dickopf. Er war damals Jurastudent, absolvierte ein Praktikum beim BKA. Paul Dickopf, der zweite Chef des BKA nach Gründung des Amtes, war auf Grund seiner SS-Vergangenheit umstritten. Von links und von der Presse angefeindet, war er im Amt selbst ein hoch populärer Mann. Er imponierte dem jungen Werner auf ganzer Linie. Als er dem respektheischenden Direktor vorgestellt wurde, hatte der ihn mit einem Witz begrüßt: »Na, junger Mann, bei mir ist nur der Kopf dick, bei Ihnen gleich der ganze Mann.« Erstmals war Werner Dickmann stolz auf seinen Namen.

Der Kontakt mit Dickopf hatte ihn geprägt. Als er in den aktiven Dienst kam, waren Männer wie Dickopf längst im Ruhestand, aber sie hatten den Ämtern ihren Stempel aufgedrückt. Ihre Seilschaften dominierten das BKA, den BND, das Auswärtige Amt, den Verfassungsschutz und viele Behörden mehr.

Dickmann ruft sich zur Ordnung, das Bild macht ihm Mut, wie immer. Ein Mann wie Paul Dickopf würde nicht zweifeln, der wusste immer, was seine Pflicht ist.

Als nächstes wird er Neubert vom MAD kontaktieren. Er muss über amerikanische Kanäle Kontakt zu einem vertrauenswürdigen Profi bekommen. Er braucht einen in Deutschland nicht bekannten Spezialisten für Kommandoaktionen. Er braucht jemand mit genügend Hirn, um eine komplexe Aktion auszutüfteln, zu planen und sie anschließend auch zu leiten. Handlanger für die Ausführung hat er genug, er braucht einen Kopf.

Werner Dickmann residiert im obersten Stock des Bundesamtes. Der Chef belegt das Eckbüro, davor sind, rechts und links auf dem Gang, die Büros seiner engeren Mitarbeiter.

Knapp hundert Meter entfernt vom Chef sitzt ein junger Mann, der gerade heftig über Werner Dickmann flucht. Hundert Meter bedeuten, dass er nicht zum inneren Kreis gehört. Ein kleines zweiachsiges Büro, sehr aufgeräumt, viel Technik, auf dem fast leeren Schreibtisch ein silbergerahmtes Foto einer sehenswerten Brünetten mit halblangem Haar. Das auffälligste an ihr sind die großen, perfekt geschwungenen Augen und ein ironischer und zugleich anmachender Blick.

»Sofia, ich sage dir, der Mann macht mich noch fertig. Der spielt nach seinen eigenen Regeln, ohne mir je diese Regeln erklärt zu haben. Ich kann arbeiten für zwei, und doch gibt Herr Dr. Dickmann mir jedes Mal das Gefühl, es sei nicht genug. Ich glaube, es stinkt ihm, dass ich über einen Kontakt zum Präsidenten in das Amt gekommen bin und nicht über ihn. Sonst sitzen hier auf dem Flur doch nur Dickmann-Jünger.«

»Komm, Julian, jetzt verbeiß dich nicht so in den alten Sack, in gut einem Jahr geht der in Ruhestand, und dann tanzen wir auf seinem Grab. Lass dich nicht so verdammt unterkriegen von dem Typ, du redest ja nur noch Dickmann, Dickmann, Dickmann. Heute Abend bitte eine andere Platte, versprochen? Ciao Bello, ich muss los, hier geht gerade die Post ab. Wir sehen uns heute Abend, komm früh und bitte ohne Dickmann. Habe Sehnsucht nach dir.«

Es klackt in der Leitung, Regierungsrat Julian Mahler legt auf, wirft dem Foto seiner Sofia einen Kuss zu. Sie ist nicht nur schön, sie ist klug, arbeitet bei einer Niederlassung einer englischen Bank. Sie hat ja recht, er ist nur noch auf den Alten fixiert. Julian ist Ablehnung nicht gewohnt, er ist der Typ für die Überholspur, sieht gut aus, kantiges Gesicht, leicht dunkler Teint. Er ist ein zäher Arbeiter, hat ein passables Juraexamen geschafft, leider nicht gut genug, um in einer der begehrten amerikanischen Großkanzleien landen zu können. Familiäre Kontakte zur NRW-CDU haben ihm beim Einstieg in das Bundesamt für Verfassungsschutz geholfen. Mittlerweile ist er fünf Jahre dabei und hat das Gefühl, dass es nicht vorwärts geht. Der Grund heißt Werner Dickmann. Anfänglich hatte er gehofft, zu Dickmanns legendärem Stammtisch eingeladen zu werden, die Hoffnung hat er inzwischen aufgegeben.

Julian Mahler hatte begonnen, Dickmann zu beobachten. Bisher ohne Erfolg, aber das Gefühl, dass Dickmann seine Stellung sehr eigenwillig interpretiert und Politik auf eigene Rechnung macht, hat sich verstärkt.

Sein Verhältnis zu Wagner beispielsweise. Julian begreift es nicht. Dickmann deckt und schützt einen üblen Neonazi, ohne dafür erkennbar Gegenleistungen in Form verwertbarer

Informationen zu bekommen. Warum? Welche Leichen haben die beiden im Keller? Es ist ein offenes Geheimnis auf dem Dickmann-Flur, dass Wagner in die NSU- Cover-up-Operationen eingebunden war.

Seit einem Jahr schon sammelt Julian Mahler Material über seinen Chef. Und jetzt ist er fündig geworden.

Er hatte einen Kollegen, Ottmar Bahr, zu einem Rotweinabend in dessen Büro überredet. Bahr ist ein enger Dickmann-Vertrauter, dessen Schwäche die Frauen sind, besser: sein mangelnder Erfolg bei ihnen. Julian erzählte ihm von Sofia und ihren Freundinnen, die auf der Suche seien. Es wurde ein langer promillereicher Abend. Bahr stürzte irgendwann auf die Toilette – und die Tür seines Safes für Geheimsachen stand offen. Julian nutzte die Gelegenheit.

Jetzt konnte er sich rächen.

Auf Dickmanns Telefonanlage blinkt Leitung 1: »Chef, Julian Mahler möchte Sie sprechen.«

»Soll reinkommen.«

Ein gut aussehender Mann Anfang dreißig, schlank, volles schwarzes Haar, gekleidet mit einem eng geschnittenen Einreiher und einer leicht zu grellen Krawatte nähert sich leicht zögernd dem Schreibtisch. »Chef, äh Herr Hauptabteilungsleiter, es gibt ein Problem, das wir angehen sollten. Die Randale vor dem Flüchtlingsheim in Friedenau hat an Intensität zugenommen. Die Medien, die Politik machen Druck, die Polizei will jetzt härter durchgreifen.«

»Was hat das mit uns zu tun?«

»In den Polizeiberichten fällt häufiger der Name Fred Wagner. Der Polizeichef weiß, dass wir an Wagner dran sind, er will wissen, ob unsererseits etwas gegen eine härtere Gangart einzuwenden wäre.«

Dickmann betrachtet sein Gegenüber. Er mag den jungen Regierungsrat nicht sonderlich. So ein unbestimmtes Bauchgefühl. Er kann seine Loyalität nicht einschätzen. Ein tüchtiger Volljurist, passables zweites Examen, guter Arbeitswille. Er hat einen CDU-Hintergrund, aber leider auch Kontakt zu den liberalsten Zirkeln der NRW-CDU. Nicht Dickmanns Welt. Außerdem – er hat ihn nicht ausgesucht, er kam auf Empfehlung des Präsidenten.

»Sie haben dem Polizeichef hoffentlich gesagt, dass unsere Interessen Priorität haben?«

»Chef, mit Verlaub, die Begründung fällt mir zunehmend schwerer, ich sehe nicht, was Wagner uns bringt, die Polizei braucht einen Erfolg, ich denke, wir sollten sie gewähren lassen.«

Dickmann spürt, dass sein Blutdruck steigt. Seine Stimme ist jetzt kalt und schneidend: »Ich brauche von Ihnen keine Belehrung in Sachen V- Mann-Führung, bitte nehmen Sie das zur Kenntnis.«

Leitung 1 blinkt, Dickmann nimmt ab, hört Ursula Bettners leise Stimme: »Chef, Dirk Schulz ist hier. Er meint, es sei dringend.«

»Soll reinkommen«, Dickmann legt auf, mustert Regierungsrat Mahler kühl: »Sie warten bitte draußen, ich lasse Sie rufen.«

Schulz und Mahler drücken sich aneinander vorbei. Schulz kommt sofort zur Sache: »Das war kein Verwähler, das Telefon gehört zur Frankfurter Redaktion von Star TV, wird benutzt von einem Mathias Berger. Ein Journalist, also wahrscheinlich kein zufälliger Anruf. Sie bekommen Ihr neues Telefon in einer Stunde. Die Kontaktliste ist Verschlusssache, vertrauen Sie mir.«

»Danke, Schulz, gute Arbeit, ich werde mich kümmern. Bitte eine Telefonüberwachung für diesen Herrn Berger, informell, einen Vorgang lege ich beizeiten an. Schicken Sie Mahler rein, wenn Sie gehen, und – ich schulde Ihnen einen Gefallen.«

Dickmann ist jetzt ganz ruhig. Ein Journalist bedeutet Ärger. Er hat das vage Gefühl, den Namen Berger schon mal gehört zu haben. In irgendeiner Randnotiz, in irgendeinem unbedeutenden Dossier. »Mahler, die Kommunikation mit der Polizei Thüringen läuft über mich oder über das Landesamt Thüringen, den Kollegen Schwanberg. Keine Alleingänge mehr. Ich habe für Sie etwas anderes, oberste Priorität, ich brauche alles über einen Frankfurter Fernsehmann namens Mathias Berger, Star TV, seine Telefonnummer bekommen Sie von Schulz. Erst mal keine Überwachung, aber ich will seine Daten: Wie viel Geld hat er, wie viel trinkt er, wen oder was vögelt er, wer ist sein Chef, hat er Dreck am Stecken, wo steht er politisch. Wahrscheinlich ein heimatloser Linker – wie alle Journalisten. Und keine Alleingänge mehr. Danke.«

Mahler steht auf, sein leicht geröteter Hals verrät seinen Ärger. Eine knappe Verbeugung, er geht grußlos. Draußen auf dem Gang holt Regierungsrat Mahler Luft. Er tritt auf die Feuerleiter, ein Geheimversteck für Raucher, und nimmt einen tiefen Zug. Es war wie immer gewesen. Voll auf die Hörner. Mahler weiß, dass er unter Dickmann nicht weiterkommen wird. Mahler weiß auch, dass Dickmann verdammt viel Einfluss hat, manchmal mehr als der wirkliche Chef des Ladens. Wenn Mitarbeiter unter sich vom Chef sprechen, dann ist Dickmann gemeint und nicht der Präsident.

Mahler hat die ständigen Demütigungen satt.

Auch politisch passt ihm Dickmann nicht. Mahler versteht sich als liberal, mit ein paar konservativen Wurzeln, er ist überzeugter Großstädter, Kosmopolit. Dickmann hält er für einen verqueren Rechten, für eine Art lebendes Fossil, allerdings eines, das immer noch beißen kann.

Aber er hat ja jetzt eine Chance.

Ein leichtes Lächeln umspielt seine Mundwinkel. Ihm hat der Name Mathias Berger alias Mitch sofort etwas gesagt. Er wird Dickmann einen schönen Bericht liefern, eine wichtige Info aber wird fehlen.

Julian Mahler greift zu seinem Handy, wählt eine Nummer. »Sofia, Süße, hör zu ich habe wieder Ärger mit dem Alten, werde aber trotzdem früh kommen, freue mich auf dich. Nein, keine Sorge, alles im Griff. Der Tag der Rache naht. Bis später, ich liebe dich.« Er eilt in sein Büro, fährt seinen Laptop hoch, ein paar Klicks, und schon hat er gefunden, was er sucht. Er hat ein fertiges Dossier zu Mathias »Mitch« Berger, er hat den Mann schon einmal recherchiert. Dickmann war damals in Sorge gewesen wegen Fred Wagner, dauernd drehte sich alles um diesen verdammten Wagner. Seine V-Mann-Berichte, zumindest die, die Julian gelesen hatte, waren alle vage, Neonazi-Lyrik mit wenig Substanz. Mahler war natürlich immer schon klar, dass Dickmann ihm nicht die gesamten Berichte zukommen ließ, da musste mehr sein. Aber das ist eben das verfluchte System Dickmann, man hat immer den Eindruck, als liefe hinter der Fassade des routinierten Hauptabteilungsleiters noch ein anderer Film, einer, zu dem Julian Mahler keinen Zutritt hat.

Seinerzeit war es um eine Frau gegangen, um eine freie Journalistin namens Caren. Wagner schien mit der Lady eine heiße Affäre zu haben, für Dickmann ein Alptraum, V-Mann vögelt Journalistin, noch dazu ein V-Mann, von dem man weiß, dass er viel trinkt und zu viel prahlt. Ein nicht ungefährlicher Mix.

Dickmann hatte ihm damals befohlen, die Dame Caren zu durchleuchten. Dies erwies sich als wenig ergiebig. Carmen, freie Journalistin, Schwerpunktthema Rechte, aber auch islamistische Gruppen, hatte Kunstgeschichte studiert, reiste gern, hatte ein Faible für mondäne Hotels. Es gab einige Ersparnisse, kaum Familie, keine Geschwister, Vater tot, die Mutter lebte in einem kleinen Ort im südlichen Odenwald. Caren hatte mehrfach Psychotherapien besucht, das war auffallend. Keine feste Beziehung, wechselnde Männerbekanntschaften, aber alles im normalen Bereich.

Sie hatte Wagner eher zufällig kennengelernt. Zwischen den beiden schien es echt gefunkt zu haben, Julian Mahler nahm nicht an, dass sich Caren gezielt an Fred Wagner rangemacht hatte. Als möglichen Gefahrenbereich hatte er in seinem Dossier ihr Umfeld bezeichnet. Da gab es Journalisten, wie eben diesen Mitch Berger, und einen recht bekannten Frankfurter Strafverteidiger. Würde sie, aus welchen Gründen auch immer, gegen Wagner etwas unternehmen wollen, dann würde sie es mit Hilfe dieser beiden machen.

Er hatte zweimal für kurze Zeit ihr Telefon überwachen lassen, ihre Gespräche mit Wagner waren nicht wirklich jugendfrei. Sex war zentral in dieser Beziehung gewesen, aber da war noch etwas: Carens Wunsch, den ungeschliffenen Fred zu erziehen. Dauernd machte sie ihm kostbare Geschenke, kaufte ihm schicke Klamotten, auf die ein Ossi-Schläger wie Wagner nie alleine gestoßen wäre. Sie bestellte ihm erlesene Speisen und Weine, schwärmte von Plätzen, die der gute Wagner normalerweise nie erblicken würde. Manchmal aber, wenn Fred sie enttäuscht oder versetzt hatte, brachen Hass und Ekel aus ihr heraus. Hass auf den ungeschliffenen Lover, aber mehr noch Hass auf sich selbst. Julian hatte bald die Telefonüberwachung abgesetzt, das Seelenleben der Dame war für den Verfassungsschutz nicht relevant.

Julian hatte das Dossier geschlossen. Fazit: eine labile Frau, Ende vierzig, mit zu hohen Ausgaben für Hotels (Frage: woher kam das Geld?), aber keine akute Gefährdung des V-

Mannes. Dennoch sollte der zuständige V-Mann-Führer, also Dickmann, auf ein Ende der Beziehung hinwirken. Dickmann hatte das Dossier seinerzeit überflogen und mehrfach »dieser verdammte Idiot« und »danke, gute Arbeit« gemurmelt.

Julian Mahler nimmt sich jetzt das alte Dossier Mathias Berger vor und aktualisiert die Eckdaten.

Mitch würde staunen, wenn er läse, auf wie wenig Zeilen sich sein doch so kompliziertes Leben reduzieren lässt.

Mathias »Mitch« Berger. Anfang fünfzig. Gesundheitlich i.O., in letzter Zeit allerdings mehrfach Termine beim Kardiologen. Schwäche für Alkohol. Tendenz steigend. Das Konto bei der Sparkasse nicht unerheblich überzogen. Bewohnt eine nicht abbezahlte Eigentumswohnung in Frankfurt. Seine von ihm getrennt lebende Frau leitet eine große Stiftung in München. Politisch gut vernetzt. Früher investigativer Autor bei verschiedenen öffentlich- rechtlichen Formaten, jetzt bei Star TV Redakteur und zuständig für Reportagen. Großer Bekanntenkreis, nach der Trennung von der Ehefrau ein eher normales, nicht ausschweifendes Sexualleben, wechselnde, sehr kurzfristige Beziehungen eher unverbindlicher Art. Politisch inaktiv. Keine Gefährderkontakte. Karriere eher stagnierend, gilt bei Star TV nicht als Mann mit Zukunft. In früher Jugend einige Drogenerfahrungen und die üblichen Einträge für einen aus der Nach-68er-Generation. Demos, Kleinkram. Eine Menge Bekannte in Journalistenkreisen, könnte – wenn angegriffen – sich mit Hilfe dieser Kontakte wehren.

Gut, das geht morgen hoch zu Dickmann. Er grinst in sich hinein, endlich kann er dem intriganten Alten eins auswischen. Denn das Spannendste an Mitchs derzeitigen Aktivitäten fehlt in diesem Bericht. »Habe von dir gelernt, Werner

Dickmann, immer eine Karte in der Hinterhand haben. Ich will nach oben, ich will nach Berlin, und du wirst mich nicht daran hindern.«

Er beschließt, heute früh Schluss zu machen, er freut sich auf Sofia. Sie ist sein Glück, eine schöne, warme Frau mit herrlichen intensiven Augen. Sie sind in einer tollen Phase ihrer Beziehung, kennen sich schon lange genug, sodass Vertrauen und Nähe entstehen konnten, gleichzeitig aber ist das Feuer des Anfangs noch nicht geringer geworden.

Eine schnelle Fahrt durch die Stadt, er öffnet das Schiebedach seines Audi TT, lässt den Wind den Frust und die bösen Gedanken wegblasen. Als er die Wohnungstür öffnet, kommt Sofia auf ihn zu und küsst ihn leidenschaftlich. Julian freut sich auf das, was jetzt kommen wird. Er spürt ihre weiche Haut, sucht den Blick ihrer Augen. Sie zeigt offen ihre Vorfreude, ihre Erregung. Er hat jetzt beide Hände auf ihrem Hintern, zieht sie an sich. Sie küsst ihn, führt ihn in Richtung Bett. Sie lassen es langsam angehen, verliebt in ihre Körper. »I want a lover with a slow hand, I want a lover with an easy touch«, singt Sofia und beginnt Julian mit ihrer Hand und ihrer Zunge wahnsinnig zu machen.

Mitch hat alles aufgeboten, was er hat, hat alle alten Kontakte angesprochen. Hat Kollegen aus den investigativen Abteilungen von ARD und ZDF, Kollegen vom SPIEGEL abtelefoniert. Er ist auf der Suche nach einer Telefonnummer. Auf der Suche nach 0170 2004001.

Er hat seinen Freund, einen richtig guten Anwalt, um Hilfe gebeten, der Mann hat interessante Quellen. Es hagelte eine Entschuldigung nach der anderen: »Sorry, Mitch, ich kenne Leute, die haben Zugang zu den Rechnern der Handyprovider, klares No, es gibt diese Nummer nicht. Tut mir leid, vielleicht ein Irrtum deiner Quelle, vielleicht ein Zahlendreher. Was soll das denn für eine Nummer sein?«

Mitch läuft gegen eine Gummiwand. Er hatte André und das City Lights Studio voller Euphorie verlassen. Seitdem waren Stunden vergangen – ohne Ergebnis, ohne Fortschritt.

Vielleicht hat André mit seiner Rasterhexerei einfach danebengelegen, vielleicht ist eine der Nullen eine 9 oder eine 8. Oder ... es war ganz anders. Er hatte die Nummer aus dem Campervideo, von einer Überwachungskamera, die die letzten Minuten eines Mörderduos filmt. Nur Geheimdienste haben solche Kameras an solchen Orten. Und nur Geheimdienste haben Handys, deren Nummern nirgendwo gelistet sind. Und – Geheimdienste sind leider verdammt humorlos, wenn ungefragt bei ihnen angerufen wird.

Scheiße, wo war er hier reingeraten?

»Mensch, Mitch, wo bleibst du, wir haben gleich Redaktionssitzung, sind schon spät, mach jetzt, sonst hast du wieder Krach mit Herbert.«

Sie betreten den großen Konferenzsaal. 20. Stock, herrlicher Blick nach Süden über den Main. Im Hintergrund gehen im Minutentakt die Flieger runter. Immer wenn ein Flugzeug hinter einem Hochhaus verschwindet, muss Mitch an 9/11 denken. Herbert Ahlers sitzt wie immer an der Stirnseite des großen Konferenztisches. »Kollegen, ich muss mich für den Einsatz in der letzten Woche bedanken. Wir haben mit drei Produktionen die Quotenvorgabe des bestellenden Senders übertroffen. Die strategische Grundausrichtung bleibt, wir fahren das Flüchtlingsthema weiter, wir personalisieren, wir brauchen sympathische Flüchtlinge, wir brauchen Leute, die in Sachen Spracherwerb Fortschritte machen. Und wir brauchen Helferporträts. Wir verschweigen nicht die Probleme, aber wir sind mit der Bundeskanzlerin optimistisch. Wir schaffen das, was zum Teufel sollten wir sonst senden?«

Mitch hebt die Hand, wartet nicht erst, bis ihm Ahlers das Wort erteilt, sondern poltert los. »Wir alle haben die Tragödien von Paris und Brüssel erlebt. Wir sollten Hintergrundstories zum Terror anbieten, Analysen zur Gefährdung durch den IS. Lasst uns Erdogan anpissen. Lasst uns versuchen, ein Team nach Syrien reinzukriegen.«

»Mitch«, Herbert Ahlers spricht jetzt betont akzentuiert, »Ich habe keinen Bock, jede Woche mit dir dieselbe Diskussion zu führen. Wir sind kein Sender, wo du nach journalistischen Kriterien eine Rangliste der wichtigsten Themen abarbeiten kannst. Wir sind Zulieferer und wir drehen genau das, was bestellt wird. Nicht mehr und nicht weniger. Auch dir dürfte aufgefallen sein, dass niemand bei uns investigative Terrorstücke in Auftrag gegeben hat. Wenn du es schaffst, welche zu akquirieren, dann bitte. In Sachen Terror haben wir Aufträge für Magazinstücke zur Angst in Deutschland, Filme für Formate wie brisant und hallo Deutschland. Was du da machen willst, das machen die Sender selber. Kapiere bitte endlich, im ZDF zum Beispiel erklärt nur einer den Terror, und das ist Elmar Thevesen, der hauseigene Terrorismusexperte. Jeder Sender, der was auf sich hält, hat heutzutage einen eigenen Experten. Die brauchen keinen in die Jahre gekommenen Autor von Star TV. Wer zahlt, der bestellt, so einfach ist das. Kapiert?«

Ahlers lacht, eine Spur zu laut, aber er hat sein Ziel erreicht. Niemand sagt mehr etwas, die Themen werden verteilt.

Mitch wird wieder eine Begleitreportage machen. Er soll an der deutsch-österreichischen Grenze eine Flüchtlingsfamilie in Empfang nehmen und sie bis zu ihrer endgültigen Unterkunft begleiten. Vielleicht würde der Sender eine Langzeitbeobachtung oder auch etwas Serielles kaufen, man sei da noch im Gespräch, alles hänge von der Qualität der Protagonisten ab. »Ein idealer Job für dich, Mitch«, spottet Ahlers,

»eine Lebensaufgabe. Bis so ein kleiner Syrer Abitur gemacht hat, kannst du in Rente gehen.«

Touché, denkt Mitch, verdammter Idiot.

Also wieder eine Begleitreportage, gut, als Langzeitbeobachtung kann man da schon was draus machen. Aber dann bitte richtig. Nicht nur Jubelstories, auch mal ein Scheitern. Echte Probleme mit echten Menschen, auch mit Deutschen, die volle Möhre einen Zorn auf die ganze Richtung haben. Kein Kanzlerinnenfernsehen. Das nimmt kein Mensch mehr ab.

Er bittet einen der Hospitanten, die bayrischen Erstaufnahmelager nach einer passenden Familie abzutelefonieren.

Mitch fühlt sich in der Flüchtlingsfrage gespalten – wie viele Kollegen. Klar muss man den Syrern helfen, auch den Irakern und den Afghanen. Wer aus einem Bürgerkrieg flieht, der hat alles Recht der Welt, in einem reichen Land aufgenommen zu werden.

Aber da kommen auch ganz andere Leute aus dem Balkan, aus Rumänien, aus Bulgarien, aus Pakistan, Marokko und Algerien, denen geht es vor allem um ein gutes Winterquartier und um einen Scheck von Herrn Hartz IV. Oder schlichtweg um bessere Chancen im Leben. Alles verständlich, hat aber nichts mit Asyl zu tun.

Mitch war in vielen dieser Länder gewesen. Er weiß, wie beschissen es sich da lebt, versteht gut, was die Leute nach Deutschland treibt. Angesichts der Not in Syrien und der Massenflucht vor dem Krieg dort können all diese Menschen aber unmöglich auch noch aufgenommen werden.

Das wird die Bevölkerung nicht akzeptieren. Da sprechen die aktuellen Wahlergebnisse eine klare Sprache. Auch wenn im Bundestag die Pastorin der Grünen Krokodilstränen über die soziale Kälte weint. Frau Göring-Eckardt ist Mitchs Liebling. Sie klingt immer unglaublich betroffen. Man merkt ihr an, wie gerne sie auch die letzte Roma-Familie aus Priština oder Bukarest persönlich am Berliner Hauptbahnhof abholen und in einen Bioladen in Mitte auf einen laktosefreien Latte macchiato einladen würde.

Wie oft nach der Sitzung geht Mitch noch mit zwei Kollegen in die Cafeteria, sie bestellen Espressi und trockenen Weißwein. »Die Gutmenschen gehen mir gewaltig auf den Sack«, schimpft Mitch. »Jetzt am Wochenende gab es wieder so ein massenhaftes Angrapschen von Frauen, wie Silvester in Köln, durch eine Gruppe Pakistanis. Statt sich über die Täter aufzuregen, heißt die Reaktion einer Beratungsstelle hier in Frankfurt, Zitat: Wir haben unsere Integrationsleistungen noch nicht optimal erbracht. Toll, das ist objektiv Wahlhilfe für die AfD. Die Schuld immer nur bei sich suchen. Leute, ich sage euch, die kauen alle immer noch an ihrem Nazi-Schuldgefühl. Warum müssen wir die besten Menschen der Welt sein? Klar, weil unsere Großväter Killer waren. Warum müssen wir alle Welt nach unserem liberalen Asylrecht aufnehmen, obwohl jeder weiß, dass die Väter unserer Verfassung dabei nicht an Masseneinwanderung aus der Sahelzone gedacht haben, sondern eher an verfolgte Intellektuelle, an Leute also, die den bedrohten Deutschen ähneln, die vor den Nazis nach England oder in die USA geflohen sind?

Weil unsere Vorfahren die größten Faschisten unter der Sonne waren.

Was mich nervt an Deutschland: Wir übertreiben immer alles, entweder sind wir glühende Nazis oder genauso glühende Pazifisten. Alles hier geschieht mit einem Hauch Sendungsbewusstsein und moralischer Rigorosität. Am deutschen Wesen soll die Welt genesen. Jetzt halt als Gutmensch global. Schwachsinn. Nur damit das klar ist: Natürlich lebe ich lieber in einem Multikulti-Viertel als nur unter Rentnern mit Schäferhunden. Aber wenn etwas schiefläuft mit unseren Flüchtlingen, dann müssen wir darüber berichten – ohne falsche Rücksichtsnahme.«

»Hey Mitch, weißt du, wie du klingst?«

»Sag jetzt bitte nicht wie ein Rechter aus Dresden.«

»Nein, aber wie einer mit viel zu viel Sendungsbewusstsein. Du warst doch damals für den Kosovo-Krieg, du warst für Afghanistan, und wahrscheinlich willst du jetzt in Syrien einmarschieren.«

»Niemand will in Syrien einmarschieren, aber Diktatoren betest du nicht weg, die flüchten nicht vor Kerzen, sondern da braucht es Militär.« Mitch nimmt einen Schluck Weißwein und stöhnt resigniert. Er kennt diese Konstellation aus unendlichen Diskussionen. Linke halten ihn für einen rechten Kriegstreiber, Rechte sehen in ihm einen Opa, der immer noch Sponti-Idealen nachhängt.

Mitchs Kollegen haben plötzlich genug von Geschichte und Weißwein und verabschieden sich in den Feierabend. Mitch flucht, er wollte heute trocken bleiben, jetzt ist es 18:25 und er hat schon zwei Sancerre intus.

In seinem Büro starrt er grüblerisch aus dem Fenster. Seine Gedanken kreisen immer noch um die Nazigeschichte. Die DVD lässt vieles hochkommen. In seinem Kopf dreht sich ein Karussell, und er denkt plötzlich an einen Film, den er vor Urzeiten über die Geschichte des BKA gemacht hat. Da war ein alter SS-Mann namens Saevecke vorgekommen, den man in Italien wegen Geiselerschießungen in Abwesenheit zum Tode verurteilt hatte. Der Mann durfte im Amt bleiben, er wurde gestützt vom damaligen BKA-Chef Paul Dickopf, der selber ehemaliger SS-Mann und Absolvent der Führerschule der Sicherheitspolizei in Berlin-Charlottenburg war. Dieser Dickopf galt im BKA als Leiter der nach dieser Schule benannten Charlottenburger Seilschaft. Mitch könnte kotzen bei der Erinnerung an die bleiernen fünfziger Jahre. Es gab in der jungen Bundesrepublik keinen echten Bruch mit der Nazizeit, die Eliten aus Wirtschaft, Politik und Verwaltung machten bruchlos weiter. Alles war noch schlimmer und verfilzter, als sich das die 68er in ihren schlimmsten Vorstellungen ausgemalt hatten. Glücklicherweise war das verdammt lang her.

Während sich Mitch jetzt durch den Abendverkehr kämpft, kuscheln Julian und Sofia in Köln in ihrem Bett. Beide sind glücklich und entspannt. Sofia streicht Julian zart über die Stirn: »Ich muss dich loben, du bist jetzt schon zwei Stunden bei mir und hast noch nichts über Dickmann gesagt. Gut, wir haben nicht viel Zeit zum Reden gehabt ...«

Julian nickt, lächelt: »Du weißt schon verdammt gut, wie du mich runterholen kannst. Aber abgesehen von deinen Zaubertricks, ich bin viel besser drauf als die letzten Tage, ich habe was gegen Dickmann laufen, das sieht richtig gut aus.«

»Pass bloß auf, mein Held, das ist ein harter Brocken, mach keinen Mist.«

Julian setzt jetzt das ganz coole Gesicht auf.«Keine Sorge, Lady, ich mache gar nichts. Ich habe da jemanden, der zieht für mich in den Krieg. Ich muss nur warten.«

Bei Mitch in Frankfurt klingelt das Telefon. Als Mitch sich meldet, hat er das unbestimmte Gefühl, es sei ein leichter Hall in der Leitung. Es ist der Hospitant. Er hat sich die Finger wund gewählt und ist fündig geworden. »Mitch, pass auf, du kannst in zwei Tagen anfangen. Die haben eine neu angekommene Familie in Aussicht, müssen die Leute nur noch um Zustimmung bitten. Eine vierköpfige Familie, die Marwans aus Homs, Vater, Mutter, Tochter und Sohn. Vor wenigen Tagen angekommen, ziemlich fertig. Alle Daten morgen gegen Mittag im Büro.«

Als Mitch auflegt, ist da wieder dieser leichte Hall.

Entweder bin ich paranoid, oder die Nummer 0170 2004001 hat mich schneller gefunden als ich den Besitzer der Nummer, denkt Mitch und gießt sich ein großes Glas Wasser ein.

Er will trocken bleiben heute Abend. Besser so

6

Julian Mahler summt vor sich hin, als er beschwingt zur Arbeit ins Bundesamt für Verfassungsschutz fährt. Der Abend und die lange Nacht mit Sofia haben Gespenster vertrieben. Er weiß, auf ihn wartet ein Kampf mit Dickmann, aber er weiß auch so klar wie schon lange nicht mehr, dass es Wichtigeres, Schöneres auf der Welt gibt. Würde es zu schlimm im Amt mit Dickmann, dann würde er eben in den Sack hauen, auf eine Karriere im Bund pfeifen und etwas ganz Neues anfangen. Er ist noch jung, ist in eine schöne Frau verliebt, die auch ihn liebt. Sofia ist das Glück seines Lebens – und ihnen beiden steht die Welt offen.

Julian stellt das Dossier über Mitch sorgfältig zusammen, klar gegliedert, wie Dickmann es liebt. Nie länger als drei Seiten, mehr liest der Chef nicht.

Pünktlich auf die Minute erscheint Julian im Vorzimmer des Chefs. Er wird sofort vorgelassen. Dickmann, schlank und elegant wie immer, wirkt auf Julian heute erstmals leicht angeschlagen. Die Haut fahl, die Mundfalten tief. Julian tritt vor, legt das Dossier vor Dickmann auf den wie immer tadellos aufgeräumten Schreibtisch.

»Herr Hauptabteilungsleiter, die Person Mathias Berger, die ich recherchieren sollte, ist uns bekannt. Sie war bereits einmal Gegenstand einer informellen Untersuchung. Ich muss leider wieder auf Fred Wagner zurückkommen: Bei der erstmaligen Befassung mit Mathias Berger ging es um das Umfeld einer gewissen Caren, einer ehemaligen Gespielin von Wagner, die in Thailand Selbstmord begangen hat. Berger gehörte zu ihrem Freundeskreis. Sie entschieden damals, dass keine weiteren Maßnahmen gegen Herrn Berger eingeleitet werden sollen.«

Julian hat den Eindruck, dass Dickmann bei der Erwähnung des Namens Caren leicht zusammenzuckte, und er genießt diesen kleinen Moment. Dickmann hat sich aber sofort wieder im Griff, überfliegt das Dossier.

Er blickt auf, bedankt sich knapp und bedeutet Julian, er könne gehen. Als der junge Regierungsrat den Raum verlassen hat, nimmt Werner Dickmann einen tiefen Schluck aus seiner wie immer mit grünem Tee gefüllten Bürotasse. Zwei Sachen sind ihm schlagartig klar geworden: Es gibt keinen Zweifel, dass Berger es geschafft hat, sich seine Geheimnummer zu besorgen, und zweitens ist die leidige Caren-Affäre mitnichten erledigt und ausgeräumt. Caren ist die einzige mögliche Verbindung zwischen ihm und Berger, sonst gibt es keine Berührungspunkte. Noch allerdings scheint Berger im Nebel zu stochern.

Wagner ist das Problem.

Wahrscheinlich hat der Idiot im Bett oder im Suff mit seinen hochrangigen Kontakten geprahlt, Berger muss irgendwie in den Unterlagen dieser verdammten Caren auf seine Nummer oder auf Hinweise auf ihn gestoßen sein. Eine andere Möglichkeit kann es nicht geben.

Dickmann spürt, wie die Wut in ihm hochkocht. Er hasst es, wenn Leute, mit denen er Geheimnisse teilt, sein Vertrauen missbrauchen. Er wird Wagner zusammenfalten. Mehr noch, jetzt ist sein Blick klar und hart, er wird Wagner aus dem Spiel nehmen müssen.

Werner Dickmann bleibt völlig emotionslos bei diesem Gedanken.

Er ist jetzt Profi durch und durch.

Wagner weiß von Sachen, die auch Dickmann gefährlich werden können. Also gibt es nur eine mögliche Art der Reaktion.

Das Spiel würde weitergehen, nur mit einer Figur weniger.

Dickmann drückt auf den Freisprecher, bittet Frau Bettner, umgehend Dirk Schulz zu rufen. Binnen weniger Minuten steht der Telefonspezialist vor Dickmanns Schreibtisch. »Schulz, danke für das schnelle Kommen. Es geht um die Nummer, die Sie gestern ermittelt haben. An der Sache ist mehr dran, als ich zunächst dachte. Bitte richten Sie eine volle Telefonüberwachung für Herrn Mathias Berger ein. Sein privater Festnetzanschluss, vor allem sein Handy. Das Festnetz in der Redaktion lassen wir außen vor, das könnte zu heiß werden, sollten wir auffliegen. Ich höre schon das Gejaule von wegen Angriff auf die Pressefreiheit. Vor allem seine Handydaten will ich haben. Nehmen Sie das große Besteck, wir ziehen in den Krieg. Danke, Schulz.«

Schulz verlässt heute das Büro ohne die obligatorische Frage, ob dies ein informeller Auftrag sei. Er kennt Dickmann lang und gut genug, um zu wissen, dass der Chef gerade in den Kampfmodus gewechselt ist. Dann stört man besser nicht mit Fragen. Dickmann ist der Boss, das ist Dirk Schulz wichtiger als jede dienstrechtliche Vorschrift.

Mitch sitzt in der Redaktion und bekommt den Produktionsplan für die Flüchtlingsstory gemailt. Als er sieht, dass sein Freund Jan für die Kamera disponiert wurde, ist er erleichtert. Mit Jan hat er schöne Geschichten gedreht, Jan ist ein Garant für perfekte Bilder, mehr noch, er ist ein Mann, der selber denkt, der völlig selbständig an eine Story herangeht. Er braucht keine Anleitung seines Reporters, er braucht nur eine klare Richtung, und dann marschiert er los.

Und genau so einen braucht Mitch jetzt.

Er bekommt den Kopf nicht frei, statt an die Arbeit denkt er ständig im Kreis. Caren, Fred Wagner in Friedenau, der NSU-Camper, 0170 2001 400.

Er hat Fred Wagner und Friedenau gegoogelt. Wie zu Carens Tagen lebt Wagner immer noch in dem Städtchen, betreibt ein kleines Speditionsunternehmen. Friedenau ist zurzeit ein Renner in den News, ständig gibt es Randale vor einem Flüchtlingsheim. Gerade mal 25 syrische Bürgerkriegsflüchtlinge sind hier untergebracht, doch der Ort mit gut 6000 Einwohnern fühlt sich dadurch hoffnungslos überfordert. Die recht starke örtliche Skinszene hat ein neues Abendritual gefunden, erst ein paar Kästen Bier abschlucken, dann grölend den syrischen Familien einen heillosen Schrecken einjagen und dabei noch schnell das Leergut gegen Wände und Fenster des Heims entsorgen. Macht Spaß, jeden Abend aufs Neue.

Schnell fanden sich auswärtige Unterstützer, auf den Erfurter Kundgebungen des AfD-Shooting-Stars Bernd Höcke und auf den Dresdner Pegida-Spaziergängen wurde immer wieder der heldenhafte Kampf der Friedenauer Bürger gegen die Islamisierung der Heimat auf Transparenten gefeiert.

Mitch will nach Friedenau, und zwar noch heute. Er kann sowieso an nichts anderes denken. Er muss rauskriegen, ob der Nazilover irgendetwas mit der NSU-Story zu tun hat. Fakt ist doch Folgendes: Kurz nachdem sich Mitch in der rechten Szene nach Caren und ihrem ominösen Freund erkundigt hatte, wurde ihm die NSU-DVD zugespielt. Mitch begreift nur nicht, was das eine mit dem anderen zu tun hat.

Er will eigentlich nur verstehen, warum sich Caren mit einem Nazi eingelassen hat, gerade bei ihrer Geschichte. Wie häufig hatte sie von ihrem antifaschistischen Vater erzählt, der wegen seiner klaren Worte ins KZ geschickt wurde. Mitch hatte immer geglaubt, dieser Vater sei Carens Vorbild gewesen. Warum zum Teufel vögelt sie dann mit einem Nazi?

Mitch will Fred Wagner provozieren, er hofft auf irgendeine Reaktion des Mannes, dem er eine Mitschuld an Carens Tod gibt.

Der Hospitant hat Rückmeldung aus Bayern. Familie Marwan ist bereit, an dem Film mitzuarbeiten.

Mitch trifft Jan, erklärt ihm, dass er an einer Riesenstory sitze, die viel Potential habe, die aber noch lange nicht so weit ist, um sie der Redaktion vorstellen zu können. »Jan, tu mir einen Gefallen. Ich muss morgen einfach nach Ossiland, muss da eine Recherche voranbringen. Bitte fahr mit dem Team alleine nach Bayern und halte hier in der Redaktion deinen Mund. Sag den andern, Mitch fährt mit seinem eigenen Wagen, und dann hat Mitch halt eine Panne. Du kannst ohnehin viel besser als ich Menschen öffnen. Flirte mit den Syrern, schenke ihnen ein kleines Familienvideo. Ich bin mir sicher, wenn ich da unten ankomme, seid ihr beste Freunde. Du kriegst ein Abendessen im Größenwahn und drei Flaschen Haut-Médoc, 2004. Okay?«

Jan zuckt die Schultern: »Habe ich eine Wahl? Sechs Flaschen!«

Sie lachen, klatschen sich ab.

Mitch verabredet sich mit Hanna für den Abend, um noch einmal den Berg Papiere durchzugehen, den Caren hinterlassen hat.

Am nächsten Morgen ist er auf der Autobahn. Die A 5 von Frankfurt Richtung Kassel ist ein Schlaglochacker. Nach dem großen Hinweisschild auf die ehemalige innerdeutsche Grenze wird es besser. Schöne Landschaft, denkt Mitch, der die ganze

Zeit etwas besorgt auf den Sound seines Alfa Spiders hört. Lang her, dass das kleine rote Teil über die Autobahn gehetzt wurde. Mitch hat schon oft mit dem Gedanken gespielt, sich einen anderen Wagen zu besorgen, aber dann wurde Alfa Romeo Sponsor von Eintracht Frankfurt, seiner Mannschaft. Mitch sah das als Fingerzeig Gottes, der Spider blieb.

Als er die Autobahn verlässt, sieht er eine eher triste Melange aus knalligen Supermärkten und verfallenden Fabrikhallen. Er verfährt sich, landet auf Kopfsteinpflasterstraßen, kommt durch merkwürdig entvölkert wirkende Dörfer, am Straßenrand spielen Jungs in Lederhosen Fußball. Heile Welt, leicht angeknockt. Dann kommen prächtige kleine, liebevoll restaurierte Städte.

Friedenau allerdings begrüßt ihn mit einem trostlosen Außenbezirk, Getränkemärkte, Tankstellen, das Übliche. Die Graffitis fallen ihm auf. »Asylschmarotzer raus«, »Es lebe der Heimatschutz«, einige Hakenkreuze. Die Innenstadt macht einen schmucken Eindruck. Mitch parkt, klopft dem Alfa anerkennend auf den Kotflügel und zieht los.

Auf dem Hauptplatz der kleinen Gemeinde versammeln sich einige tausend Menschen. Der mutige Bürgermeister hat die Beleuchtung des zentralen Brunnens und des Rathauses abgeschaltet, er hat von der Dresdner Semperoper gelernt, die jeden Montag zur Pegida-Zeit die Lichter abschaltet und stattdessen auf dem großen Außenmonitor einen Satz zeigt: Wir sind keine Kulisse für Intoleranz.

Der dunkle Platz macht die Atmosphäre noch düsterer. Mitch erlebt eine merkwürdig ruhige Masse, alle eher schwarz oder dunkelgrau gekleidet, mit Gesichtern, denen man lebenslange Unzufriedenheit und mühsam unterdrückten Zorn ansieht. Dieser Zorn macht sich immer wieder in fast hysterisch kreischenden Sprechchören Luft.

»Abschieben, Abschieben!« »Lügenpresse, auf die Fresse«, »Merkel muss weg«, bellt es durch die Straßen der kleinen Stadt. Fahnen aller möglichen Regionen werden gezeigt, sächsische, fränkische, brandenburgische.

Es sind deutlich mehr Männer als Frauen auf der Straße, mehr alte als junge.

Mitch ist überrascht über die zahlreichen russischen Flaggen. Manche haben ihre Fahnen diagonal geteilt, oben die deutschen Farben, unten die russischen. »Friede mit Russland« wird lautstark gefordert. Mitch staunt, früher waren deutsche Rechte Russlandfresser, hier und heute aber ist Putin ein großer Star. Obama hingegen ein lächerlicher Schwarzer, der den Deutschen Chlorhühnchen verkaufen will.

Plakate gegen Merkel, Witze wie »Was ist der Unterschied zwischen Angela Merkel und einer Lokomotive? Antwort: Eine Lok hat Anhänger« werden begeistert beklatscht. Ein Redner tobt, es gehe nicht an, dass deutsche Soldaten in Syrien kämpfen müssten, während Hunderttausende junge Syrer in Strassencafés auf Berliner Prachtstraßen Cappuccino testen würden. Mitch muss grinsen, der Redner klingt so, als würden Tausende deutscher Infanteristen in Schützengräben vor Damaskus liegen ... Was für ein Unsinn!

Mitch lässt sich erst in der Menge treiben, fragt dann nach der Richtung zum Flüchtlingsheim. Das Gedränge wird dichter, die Stimmung verändert sich. Mitch sieht in etwa hundert Metern Entfernung eine Straßensperre der Polizei. Die Beamten tragen volle Montur, Helme, Knie-und Armschoner.

Hier bestimmen Skins das Straßenbild. Junge bullige Typen, die Hände und die Hälse tätowiert. Einer mit Hakenkreuz ganz offen auf dem Nacken. Es hämmert ein harter, böser Beat aus mitgebrachten Boxen. Mitch denkt an The Prodigy, aber der Typ aus den Boxen grölt auf Deutsch. Unmittelbar vor

Mitch recken zwei übergewichtige Hünen die Hände zum Hitlergruß. Beide haben Tattoos auf der Hand, auf jedem Finger einen Buchstaben – HASS. Einer grölt »ins Gas, ins Gas«, die Menge antwortet mit einem zischenden Geräusch. Eine erste Flasche fliegt in Richtung Polizeikette. Die Polizei antwortet mit einer noch recht freundlichen Ansage und bittet, das Werfen von Gegenständen zu unterlassen. Mitch sieht, wie im Hintergrund ein Wasserwerfer in Stellung gebracht wird. »Der Dreck muss weg, der Dreck muss weg« skandiert der Mob, und immer wieder krachen ohrenbetäubende Polen-Böller. Die Polizeikette bleibt cool, Mitch bewundert die jungen Beamten.

»Wir sind das Pack, wir sind das Pack«, viele trinken hastig, der tägliche Kasten ist erst zur Hälfte geschafft, der Rest wird bis zum Ende der Demo durch die heiser gebrüllten Kehlen fließen. Wieder und wieder klirrt es, als die Flaschen unmittelbar vor den Beamten auf den Boden klatschen. Die Polizei unternimmt nichts, um die Würfe zu unterbinden, verhindert aber, dass das Heim selbst getroffen wird. Alle Fenster im Haus sind dunkel, die Bewohner müssen sich in die hinteren Räume zurückgezogen haben.

Okay, denkt Mitch, wenn du aus Homs oder Aleppo kommst, hältst du das hier immer noch für einen Luftkurort. Aber schon Scheiße, da läufst du durch halb Europa, willst zu Mama Merkel und landest dann hier in der letzten Ecke von Thüringen, wo dich kein Schwein haben will. Wieder krachen die Böller. Geht echt aufs Trommelfell.

Dann hat auch die Hundertschaft die Schnauze voll und stürmt nach vorne. Sie erobert 15 Meter Straße, zweieinhalb Bierkästen und nehmen eine Alkoholleiche in Gewahrsam. »Wir sind das Pack, wir sind das Pack.«

Mann, denkt Mitch, ihr wisst gar nicht, wie recht ihr habt.

Er hat genug gesehen.

Er macht sich auf die Suche nach der Brandenburgerstraße 14, laut Google die Adresse des Speditionsunternehmens Fred Wagner. Mitch hofft, dass der Speditionsunternehmer sein gesuchter Nazilover ist. Carens nie abgeschickter Brief hatte leider keine genaue Adresse genannt. Es hat zu nieseln begonnen, das Licht der Straßenlaternen spiegelt sich auf dem Kopfsteinpflaster. Eine eher trostlose Straße, wenig Leute unterwegs, es wird stiller, je weiter er sich von dem Gegröle vor dem Heim entfernt.

Ein älterer Herr führt seinen Dackel spazieren, Mitch fragt ihn höflich nach der Brandenburgerstraße. »Zweite rechts abbiegen«, nuschelt der Alte.

Einige Häuser entlang der Straße sind renoviert und neu gestrichen, die meisten aber zeigen noch ihre grauen DDR-Fassaden. Mitch sieht das Schild Brandenburgerstraße und bleibt erst mal stehen. Was zum Teufel will er Fred Wagner eigentlich fragen? Was, wenn der ihn hochkant rauswirft. Schon eine Weile her, dass Mitch sich zum letzten Mal geprügelt hat. Er hat einen kleinen Flachmann mit seinem geliebtem Single Malt dabei, nimmt einen Schluck. Er denkt an den Abend gestern in Frankfurt, daran, wie er sich mit Hanna über Carens Papiere gebeugt hat. In ihren Aufzeichnungen gibt Caren Fred Wagner die Schuld an ihrem Tod – indirekt. »Er ist mein Mörder, ohne selbst Hand anzulegen«, hatte sie geschrieben. »Er mordet die Gefühle, den Stolz, die Emotionen. Er demütigt, er lügt, er betrügt. Ein mieser Gauner – und ich habe ihn geliebt, ich bin schuldig, schmutzig.«

Mitch nimmt noch einen Schluck und merkt, wie die Wut in ihm aufsteigt. Wie verdammt einsam muss Caren gewesen sein. Sie hatte die scheinbar jahrelange Beziehung zu Fred vor all ihren Freunden geheim gehalten. Mitch hatte sich manchmal Gedanken gemacht, warum Caren für Tage, manchmal Wochen, nicht zu erreichen war. Aber gut, hatte er gedacht, so ist sie halt. Sie waren Freunde, er war nicht ihr Kindermädchen.

Jetzt erst, Monate nach ihrem Tod, das ganze Ausmaß ihrer Einsamkeit und Verzweiflung zu verstehen, war deprimierend. Caren hatte Reisen zusammen mit Wagner unternommen, sie war mit ihm in Südfrankreich gewesen und in Andalusien, nahe Granada. Er hatte in ihren Aufzeichnungen gelesen, wie sie versucht hatte, dem Ex-Skin aus der DDR französisches Savoir-vivre nahe zu bringen. Mit Pousse Rapière und steinaltem Armagnac.

Passt zu Caren, sie liebte Luxus, liebte Übertreibungen, bei ihr musste alles perfekt sein. Zu ihren legendären Abendeinladungen servierte sie Mehrgangmenüs, und selbstverständlich gab es Messerbänkchen.

War das mit Wagner einfach ein erotischer Kick? Nicht wenige Frauen stehen auf Bad Boys, auf schwarzen Gangster-Rappern zum Beispiel. Caren hielt sich halt einen Nazi. Aber warum schrieb sie dann von schuldig und schmutzig? Er begreift, dass er vom Seelenleben seiner guten Freundin Caren keine Ahnung hatte. Sie hatten Texte gefunden, in denen sie von einer trostlosen Kindheit in einem in Schweigen erstarrten Elternhaus berichtete, aber auch Zeilen, in denen sie liebevoll über ihren Vater schrieb, den sie ausdrücklich als antifaschistischen Helden bezeichnete.

Caren, wer zum Teufel bist du, denkt Mitch und fragt sich, wie häufig sie wohl diese miese Kopfsteingasse hochgelaufen war, voller Freude auf eine Nacht mit Fred Wagner.

Mitch hat im Netz ein Bild von Wagner gefunden und einige biographische Daten. Der Mann sah früher nicht schlecht aus, aber war auch wirklich kein California Dream Boy. Wagner hat braune Haare, dunkle eng stehende Augen, kann wahrscheinlich verträumt aus der Wäsche gucken. Er war schon vor dem Mauerfall als Skin aufgefallen, hatte nach der Wende Kontakt zu Westnazigrößen gesucht und gefunden. Mehr der Typ Organisator, wohl nicht nur dumpfer Schläger und Säufer.

Er war kein Star am Nazihimmel, aber hatte es doch zu einer lokalen Bekanntheit geschafft.

Mitch steht jetzt vor der Nummer 14. Ein zweistöckiges Haus, graue Fassade, alle Fenster dunkel. Daneben ein Flachbau mit einem großen Fenster, aus dem diffuses Licht nach außen dringt. Vor dem Haus ein ramponiert wirkender Lkw und ein Ford Transit, der auch schon bessere Zeiten erlebt hat. Beide Wagen stehen zentimetergenau vor dem Haus.

Spedition Wagner, denkt Mitch, scheint ein Riesenunternehmen zu sein.

Er nähert sich dem Anbau, versucht durch das Fenster zu blicken. Es fällt schwer, durch das schlierige Glas etwas zu erkennen. Mitch sieht das Profil eines Mannes am Computer, könnte Wagner sein. »Gut«, murmelt Mitch, »auch Nazis werden dicker und verlieren Haare. Tröstlich.« Mitch tritt noch etwas näher, er ist sich jetzt sicher, der Typ da drin ist der Nazi-Lover oder das, was die Zeit von ihm übriggelassen hat. Mitch starrt durch die Scheibe, da fährt Wagner plötzlich herum. Die Tür fliegt auf, Geruch nach Zigaretten und abgestandener Luft dringt nach draußen. Wagner baut sich auf: »Was starrst du hier ins Büro, willst du ne Fuhre buchen, oder was hast du hier zu suchen?«

Mitch versucht cool zu bleiben. Sie stehen sich jetzt direkt gegenüber. Wagner ist etwas größer, nicht viel. Mitch hält den Blick: »Darf ich reinkommen?« Wagner zögert, macht dann einen Schritt nach hinten, Mitch ist drin. Geht doch, denkt er.

»Was wollen Sie? Einen Umzug, eine Fuhre? Ich mag es nicht, wenn Fremde um mein Haus schleichen.«

Er ist zum Sie gewechselt, eins zu null für mich, denkt Mitch und wird übermütig. »Ich habe kein Interesse an deiner Lkw-Flotte, wir beide sind heute Abend in einem anderen Film. Ich komme aus Frankfurt und soll dich herzlich von Caren grüßen.«

Fred starrt ihn an, ist einen Moment sprachlos, dann flucht er los: »Wer zum Teufel bist du, verdammter Idiot.«

»Dein ganz persönlicher Bote aus der Hölle.«

»Red keinen Scheiß, wer bist du?«

Mitch weiß genau, in jedem guten Film würde er jetzt das Maul halten und seine Knarre ziehen. Nur, das hier ist kein Film, schlimmer noch, er hat keine Knarre. »Ich bin ein Freund von Caren, ich will wissen, was in den Wochen vor ihrem Tod passiert ist, ich will wissen, was zwischen euch beiden gelaufen ist, ich will wissen, warum Caren mit einem Nazi zusammen war, ich will wissen, warum sie tot ist.«

Wagner hat sich wieder im Griff, er steckt sich eine Marlboro ins Gesicht. »Und warum sollte ich mit dir linkem Wessiarsch reden. Wer bist du überhaupt. Sie hat ja immer gerne von ihren ach so gebildeten Freunden erzählt. Bist du Wilhelm Romer, der Anwalt, nein, den habe ich mal in einem Artikel gesehen, der hat mehr Haare. Du musst der Scheißjournalist sein, der immer auf Diät gehen will und es nicht schafft. Warum sollte ich mit dir reden, du linke Socke?«

»Weil ich dir sonst zu einem Auftritt im Fernsehen verhelfe.«

»Und was willst du senden, du Clown. Ostdeutscher Nationaler vögelt Westjournalistin, die das Heulen kriegt, als er mit ihr Schluss macht. Super. Willst du mit Dreck auf die tote Caren werfen? Toller Freund.«

Mitch schnappt nach Luft, er weiß, dass er jetzt abkühlen muss. »Okay, was lief da zwischen euch? Caren war keine Rechte. Sie hat über Rechte berichtet, die Affäre mit dir war beruflich für sie gefährlich. Habt ihr euch bei einer Recherche von ihr kennengelernt?«

Auch Wagner rüstet etwas ab. »Sie hat mich wegen einer Geschichte für eine Zeitung angerufen, wollte Kontakte. Wir haben uns getroffen, es hat gefunkt. Das war alles. Wir waren eine Weile zusammen, ihr Deppen in Frankfurt habt davon nichts mitgekriegt. Dann hatte ich keine Lust mehr auf sie, zu alt, zu kompliziert, zu anstrengend. Ich habe Schluss gemacht und dann ist sie ausgerastet. Wenn ein Mann keinen Bock mehr hat, dann hat er keinen Bock mehr. Das muss die Alte halt fressen. So ist das, bei uns zumindest. Caren hat das nicht kapiert. Ihr Problem. Kann ich doch nichts dafür. Hab mir halt ne Jüngere geholt. Redet nicht so viel, vögelt genauso gut.«

Er redet kalt und verächtlich, Mitch überlegt eine Sekunde, ob er Fred eine reinhauen soll, aber wer nachdenkt, hat die Chance auf einen guten Schlag schon verpasst. Mitch brüllt stattdessen. »Aber du hast dich die ganze Zeit fein aushalten lassen, Reisen, Einladungen, bestimmt mal ein Anzug hier, ein paar Schuhe da. Du Nazistricher, rede nicht so über Caren. Kotzt mich an.«

Mitch ist aus der Übung, er sieht den Schlag noch nicht einmal kommen. Er kriegt die Arme nicht schnell genug hoch, er spürt, wie seine Lippe platzt und ihm Blut übers Kinn läuft. Fred Wagner hat nicht nachgedacht, sondern sofort zugeschlagen. Drohend packt er Mitch am Kragen: »Raus jetzt, du linke Sau. Von dir lasse ich mich nicht beleidigen. Verpiss dich.«

Mitch leckt sein Blut und kommt sich vor wie der letzte Looser. »Das war es noch lange nicht, Fred Wagner. Mit dir bin ich noch nicht fertig.« Wagner stößt ihn Richtung Ausgang. Hinter ihm kracht die Tür ins Schloss.

Mitch taumelt ein paar Schritte Richtung Straße. Er holt seinen Flachmann aus der Tasche, nimmt einen großen

Schluck. Der Whisky brennt auf seiner aufgeplatzten Lippe. Mitch hat Tränen in den Augen. Er schämt sich wie selten in seinem Leben. Wagner hat ihm aufs Maul gehauen und Mitch damit tief in der Seele getroffen.

Ein letzter Schluck, dann schmeißt er den Flachmann krachend gegen die Hauswand. Das ist noch nicht das Ende, so wird Fred Wagner nicht davonkommen. Er hat sich gehen lassen, hat wirklich zu viel gesoffen in den letzten Monaten. Er wird trainieren, abnehmen, die Entscheidung ist plötzlich klar. Er wird sich eine Knarre kaufen und trainieren, bis die Muskeln brennen. Er wird sich nie wieder von einem Nazi verprügeln lassen.

»Wer nicht weiß, wie man sich schlägt, ist deswegen noch lange kein Feigling«, tröstet sich Mitch und wird ruhiger.

Er muss mit seinen Mitteln kämpfen, muss zäh und unerbittlich recherchieren.

Das ist er Caren schuldig. Und vor allem sich selbst.

7

Am Morgen danach wacht Fred Wagner übelgelaunt auf. Er versteht seine eigene Stimmung nicht so recht, zumal er mit dem befriedigenden Gefühl eingeschlafen war, endlich mal einem der Scheißfrankfurter die Fresse poliert zu haben.

Er hatte keinen von Carens Freunden wirklich kennengelernt, trotzdem alle als voll arrogant empfunden. Caren hatte jedes mögliche Aufeinandertreffen sorgsam umschifft. Ihn hatte das immer geärgert, ohne es allerdings je zugegeben zu haben.

Fred Wagner war nicht der Typ für Beziehungsdiskussionen. Aber er hatte gespürt, dass Caren ihn nicht für präsentabel hielt. Es ging ihr wohl nicht nur darum, dass er als Mann des nationalen Widerstands in einer linksliberalen Clique nicht vorzeigbar war, nein, da war mehr, er spürte, dass sie sich im Innersten seiner schämte. Er fühlte, wie sie manchmal bei Tisch zuckte, wenn er einen Wein hinunterstürzte, statt die große Weinkennernummer mit Schwenken, Riechen und Schlürfen zu bringen. In Gesprächen ließ sie ihn seine Unwissenheit spüren. Er hasste sie dafür.

Fred hatte sich auf die Macho-Tour gerächt. Er ließ Dates platzen, er rief nicht an, obwohl er wusste, dass Caren es hasste, warten zu müssen. Und er gab sich kälter, abweisender, als er wirklich war.

Caren litt wie Hund an dieser Beziehung, aber auch Fred hatte zu kämpfen. Waren ihm Carens Sozialisationsversuche anfangs nur lästig, begann er sie später ein Stück weit zu genießen. Es war eine andere Welt, die sie ihm aufblätterte. Tolle Speisen, exotische Getränke, schöne Hotels in herrlichen Landschaften. Er konnte sich immer nur tageweise darauf einlassen, hatte schnell das Gefühl, den Boden unter den Füßen zu verlieren. Dagegen halfen nur sofortige Abreise und zwei durchsoffene Nächte mit seinen Kumpels aus der Glatzenszene. Fred trägt zwar seit Längerem Scheitel, wird von den Glatzen auch als »Scheitel« angemacht, er weiß aber, wo er herkommt. In der letzten Nacht hat er von Caren geträumt, so intensiv wie schon lange nicht mehr. Zum ersten Mal in seinem verpfuschten Leben fühlt er sich schuldig. Schuldig an Carens Tod.

Er kann mittlerweile vor sich selber zugeben, dass ihm Caren viel bedeutet hat. Er wäre allerdings eher verreckt, als ihr jemals Einblick in seine Gefühle zu ermöglichen. Er liebte die Momente voller Erotik mit ihr, das Versprechen fremder Genüsse, aber er hasste Carens Schwäche. Schwäche macht Fred aggressiv, auch gestern Abend hatte ihn Mitchs fehlende Gegenwehr gereizt, er hätte wieder und wieder zuschlagen können. Sich in einen Rausch hinein zu kämpfen, das hatte er in seiner Jugend in einem freudlosen DDR-Kinderheim gelernt.

Irgendwann hatte er Dickmann von der Beziehung zu Caren erzählt – und der war ausgerastet. Er hatte den gefürchteten V-Mannführer selten so in Rage erlebt. »Bist du völlig übergeschnappt und vögelst eine Journalistin. Ist doch klar, was die von dir will. Wenn du Idiot glaubst, der Dame geht es um deine schönen braunen Augen oder um deine Qualitäten im Bett, dann hast du dich geschnitten. Die will Informationen. Und wo plaudert ein Typ wie du am besten, nach ein paar Flaschen im zerwühlten Bett, wenn du der Alten zeigen willst, was für ein toller Hecht du bist. Du wirst diese Beziehung beenden und sicherstellen, dass sie keine Unterlagen,

Namen und Nummern notiert hat. Hast du kapiert?« Vor Wut zitternd hatte sich Dickmann damals vor Fred Wagner aufgebaut.

Nach diesem Auftritt hatte sich Wagner zum ersten Mal eingestanden, dass Werner Dickmann ihm Angst machte. Am Anfang war der Kontakt zum Verfassungsschutz für ihn eine Art Spiel gewesen. Viele führende Neonazis unterhielten solche Kontakte, glaubten immer, sie seien es, die die Spielregeln bestimmen. Eine kleine Info hier, ein Tipp da, dafür gab es gutes Geld, das man sofort wieder in die Infrastruktur des nationalen Widerstands investieren konnte. Und mit der Patte ließ sich mächtig Eindruck schinden bei den Kameraden. Der halbe Thüringer Heimatschutz war damals mit Geldern des Verfassungsschutzes aufgebaut worden. Aus dieser Zeit kannte er die NSU-Leute. Und es kam der Tag, da ihm sein Erfurter V-Mannführer sagte, dass ihm eine große Ehre widerfahren solle.

Er wurde nach Berlin bestellt und traf Werner Dickmann.

Das Gespräch verlief völlig anders, als Fred Wagner es sich vorgestellt hatte. Dickmann redete nicht als Vertreter des Staates mit ihm, sondern als Mann, der sich selbst als Teil einer patriotischen Rechten verstand. Er machte Wagner mit schneidenden Sätzen klar, dass seine Skinhead-Geschichten allesamt Kindergartenstücke seien. Wirklich vorankommen würde die nationale Sache nur in einem Bündnis ausgesuchter Kader der rechten Kameradschaften mit Männern aus dem Sicherheitsapparat. Von einem Mann wie Dickmann ausgesucht zu werden, war für Wagner eine Ehre. Er verpflichtete sich zu absolutem Schweigen auch gegenüber seinen alten Kameraden. Er begann Jobs für Dickmann zu erledigen, für die er bezahlt wurde. Er war in eine klare Struktur eingebunden, so etwas brauchte Wagner. Er war froh dazuzugehören, er hatte seinen Platz in einem wirklich wichtigen Spiel gefunden. Die Jobs wurden gefährlicher, Fred Wagner war jetzt ständig bewaffnet.

Dann kam es zum Krach wegen Caren. Dickmann reagierte knallhart. Wagner hatte Scheiße gebaut, Caren musste weg. Was das genau bedeutete, blieb vage. Eines war ganz klar: Sollte je aus Carens Umfeld eine Bedrohung für Wagners Operationen erwachsen, dann war ihr Leben in Gefahr. Und Wagner fürchtete sich vor dem Moment, in dem Dickmann voll Kälte sagen würde: »Du hast den Mist angerichtet, jetzt räume auch auf.« Er war sich sicher, nie wichtige Details erzählt zu haben, aber er wusste auch, dass es natürlich Abende gegeben hatte, an denen er Andeutungen gemacht und geprahlt hatte, er würde längst in einer Liga spielen, von der Caren keine Ahnung hätte.

Wagner steht auf, trinkt einen Kaffee. Er denkt nach und ihm wird plötzlich klar, dass er Dickmann von Mitchs Besuch berichten muss. Ihm ist auch klar, dass Dickmann mehr als sauer sein wird. Mitch kann nur über Hinweise aus Carens Nachlass auf ihn gekommen sein. Genau die Konstellation, vor der Dickmann immer gewarnt hat.

Scheiße, hilft nichts, er greift zu seinem Zweithandy und wählt 0170 2004001. Es dauert länger als sonst, bis er das Freizeichen hört. Dickmann meldet sich, er will in wenigen Minuten zurückrufen. Als sein Handy klingelt, spürt Fred Wagner, wie sein Magen krampft.

»Wagner, Sie sollen diese Nummer nur in Notfällen benutzen, ich habe gerade viel um die Ohren, was gibt es?«

Hastig steckt sich Wagner eine Zigarette an, nimmt einen tiefen Zug. »Chef, gestern Abend ist ein Typ aus Frankfurt bei mir aufgeschlagen, einer aus dem Umfeld von Caren, ein Journalist namens Mitch Berger. Er wollte mit mir über Caren und ihren Tod reden. Ich habe keine Ahnung, wie er an meinen Namen und meine Adresse gekommen ist. Er hatte keine konkreten Fragen, er ist frech geworden. Ich habe ihm eine gelangt und ihn rausgeschmissen, dachte aber, ich sollte sie besser informieren.«

Eisiges Schweigen am anderen Ende. Schließlich beordert Dickmann ihn zu einem Treffen nach Düsseldorf. Morgen 14:00, gewohnter Ort. Wagner spürt, dass Dickmann stinksauer ist. Er ist froh, dass das Gespräch abrupt und ohne jede Verabschiedungsfloskel beendet wird.

Werner Dickmann hat das Gespräch aus seinem Kölner Eckbüro geführt. Er verzieht während des Gesprächs keine Miene, aber er ist etwas weiß um die Nase, und seine Augen haben einen harten Glanz. Mitch Berger, schon wieder Mitch Berger. Gut, wenigstens ist die Sache jetzt klar. Der Frankfurter Amateurschnüffler hatte erst seine Nummer angerufen und war dann bei Wagner aufgetaucht. Damit ist für Dickmann die Sachlage klar. Mitch Berger muss in Carens Nachlass Hinweise auf die Beziehung zu Wagner gefunden haben, mehr noch, es muss dieser Caren gelungen sein, an seine Geheimnummer zu kommen. Wahrscheinlich hat diese neugierige Journalistin in einem ruhigen Moment Fred Wagners Handy durchsucht und war auf die Nummer gestoßen. Dickmann hasst Unzuverlässigkeit – was Wagner da abgezogen hat, ist unverzeihlich. Er wird morgen auf dem Treffen sehr kühl und kontrolliert auftreten, wird Wagner auf keinen Fall jetzt schon zeigen, dass er draußen ist.

Wagner kann noch nützlich werden und Werner Dickmann weiß auch schon wie.

Dann gibt er die Befehle, die jetzt nötig sind. Dirk Schulz wird angewiesen, die telefonische Überwachung von Mitch zu verstärken. Dann lässt Dickmann den Chef der Abteilung für spezielle Operationen kommen. Er befiehlt einen Peilsender an Mitchs Wagen anzubringen. Werner Dickmann wird in Zukunft über jede Bewegung von Mitch informiert sein.

Fred Wagner erreicht gegen 13:30 den Düsseldorfer Hauptbahnhof und nimmt ein Taxi nach Oberkassel. Er steigt an der Düsseldorfer Straße Nähe Rheinkniebrücke aus und macht sich auf den Weg zum Rheinufer. Man sieht nur wenige Jogger, die großen und meist leeren Rheinwiesen sind ein Lieblingsort von Dickmann. Der Platz ist von Köln aus schnell erreichbar, die Wahrscheinlichkeit, auf bekannte Gesichter zu treffen, ist äußerst gering. Ein gutes Terrain für konspirative Treffen. Dickmann wartet bereits an der gewohnten Stelle. Seine Begrüßung ist äußerst knapp, reserviert, fast ein wenig herablassend. Er stellt von Anfang an klar, wer der Chef im Ring ist. Wagner steckt sich eine Zigarette an, Dickmann beobachtet ihn abschätzend. »Könntest dir mal wieder eine neue Garderobe zulegen, zumindest für unsere Treffen, wirkt sonst merkwürdig, wenn wir beide nebeneinander laufen. Das Geld dafür solltest du haben.« Womit klargestellt ist, wer hier wen bezahlt.

Wagner wittert sofort dieselbe herablassende Missachtung, die ihn in der Beziehung zu Caren manchmal rasend gemacht hat. Er schnippt seine Kippe vor Dickmanns glänzende Budapester: »Ich brauch keine Kleidungstipps, ich will wissen, wie ich mit dem Frankfurter Schnüffler Mitch Berger verfahren soll. Wenn der noch mal bei mir auftaucht, garantiere ich für nichts.«

»Und was willst du unternehmen? Ihn umlegen, ihn deinen Skinfreunden zum Abendessen servieren? Was meinst du, wie schnell die Polizei bei dir auf der Matte steht, wenn ein toter Frankfurter Journalist in der Nähe deiner Firma oder nur in der Nähe deines Wohnortes gefunden wird. Außerdem: Wenn, dann hättest du das sofort beim ersten Treffen erledigen müssen. Jetzt hast du keine Ahnung, wem der Mann alles erzählt hat, dass er mit einem Thüringer Neonaziboss aneinander geraten ist. Du lässt Herrn Berger in Zukunft in Ruhe, du krümmst ihm kein Haar – um den Mann werde ich mich kümmern. Du hältst bitte überhaupt in der nächsten Zeit den Ball absolut flach. Wir stehen kurz vor einer großen Aktion, für die du eingeplant bist. Also jetzt bitte keinen Scheiß, keine Sauftouren mit den Glatzen, du verhältst dich ruhig und bekommst ein Signal, wenn der Einsatz beginnt. Geduld und Disziplin, Mann, ist das klar?«

Dickmanns Ton wird jetzt noch kälter: »Als ich hörte, dass deine famose Geliebte tot ist, dachte ich, du hättest den Mist, den du angerichtet hast, selber aufgeräumt. Dem ist augenscheinlich nicht so. Gut, die Dame ist weg, aber sie hat in ihrem Nachlass Papiere und Aufzeichnungen gehabt, die Berger auf deine Spur gebracht haben. Hast du irgendeine Ahnung, was das für Unterlagen sein könnten? Hast du Briefe mit voller Absenderadresse geschickt? Hast du jemals das Gefühl gehabt, dass Madame Caren dein Handy durchsucht hat?« Bei der letzten Frage verengen sich Dickmanns Augen unmerklich.

Doch – natürlich – wird er enttäuscht. Wagner eiert herum, gibt keine klare Auskunft, hat keine eindeutige Erinnerung. Eines aber weiß er noch: Die Geheimnummer war in seinem normalen Telefonspeicher abgelegt unter D-Punkt. Wenig beruhigend.

»Lieber Fred Wagner, ich habe dich trotz heftiger Bedenken in das Kernteam aufgenommen. Du spielst jetzt eine Rolle im wirklichen Widerstand, nicht bei eurem kindischen Straßenkarneval vor dem nächstbesten Flüchtlingsheim. Ich erwarte Disziplin, sonst bist du draußen, und vergiss bitte nie: Ein Tipp von mir und bei dir steht nicht nur der Staatsschutz, sondern auch mindestens eine Mordkommission vor der Tür. Dann war es das mit dem erfolgreichen Speditionsunternehmer Fred Wagner. Haben wir uns verstanden?«

Wagners Reaktion überrascht Werner Dickmann, der mit devotem Einknicken vor einer harten Ansage gerechnet hat. Wagner aber hasst nicht nur Schwäche, er kann auch Autoritäten hassen, wenn er das Gefühl hat, dass sie ihm mit Verachtung begegnen.

Jetzt beißt er um sich. »Willst du mir drohen? Du hast doch tausendmal mehr zu verlieren, ich weiß genauso viel von dir wie du von mir. Also komm runter von dem hohen Ross, sonst hol ich dich runter.« Werner Dickmann reagiert nicht auf den Angriff, geht ruhig einige Schritte weiter, dreht sich dann plötzlich zu Wagner um: »Mein Junge, dein Dossier bei uns beginnt mit deiner Hilfe für die abgetauchten NSU-Leute. Sorgfältig dokumentiert. Dann stehen einige Brandstiftungen zu Buche, für die du zusammen mit deinen Kumpels verantwortlich zeichnest. An eine Aufräumaktion in Sachen NSU brauche ich dich wohl nicht zu erinnern? Und, mein Lieber, sollten wir wirklich mal gegeneinander antreten, meinst du ernsthaft, du würdest das überleben?«

Wagner bereut längst seine vorschnelle Attacke, aber er weiß nicht, wie er aus der Nummer wieder rauskommen soll. Also greift er weiter an, obwohl er genau weiß, dass Dickmann der Chef ist und es ihm eigentlich nur um dessen Wertschätzung geht. »Rede bloß nicht vom NSU, wer hat denn da die Befehle erteilt? Du. Und wenn du schon darüber reden willst, da waren wir zu zweit. Maik ist mein Freund, der würde immer mit mir aussagen, mich nie in die Scheiße reiten.«

Ein böses Lächeln zieht über Dickmanns Gesicht: »Und wem willst du und der liebe Maik davon erzählen, dem SPIEGEL? Hör auf, Fred. Komm runter vom Baum. Wenn ich deiner Szene stecke, wie sehr du dem Verfassungsschutz geholfen hast, dann kannst du gleich nach Paraguay auswandern oder in der Ukraine für die Rechten Schützengräben ausheben.«

Wagner hat genug. Zu stark ist die Wirkung des Älteren auf ihn. Er will jetzt nur noch dazugehören, will seinen Platz in der großen Ordnung behalten. »Tut mir leid, Chef, Verzeihung. Sag, was ich tun soll, ich bin dabei.«

»Alles klar, mein Junge, du bleibst dabei. Ich melde mich rechtzeitig, es gibt viel zu tun. Für unser Land.«

Die beiden trennen sich, nach ein paar Schritten bleibt Wagner stehen, dreht sich zu Dickmann um. Er sieht den älteren Herrn in tadelloser Haltung Richtung Straße schreiten. Wagner ist stolz auf ihn, sein Zorn ist verraucht, der aufrechte Mann da, das ist sein Chef, er gehört dazu, nur das ist wichtig.

Dickmann spürt die Blicke in seinem Rücken, ahnt aber nicht, dass Fred Wagners Rebellion so völlig zusammengebrochen ist. Dickmann wird sich nicht umdrehen, er wird Wagner diesen kleinen Triumph nicht gönnen. Dickmann ist stocksauer. Ein hergelaufener kleiner Neonazi, den er selbst erst aufgebaut hat, wagt es, ihm zu drohen. In seinem Kopf hallt Wagners Satz nach: »Wir waren zu zweit, Maik würde nie gegen mich aussagen.«

Wagner hat ihn da auf etwas aufmerksam gemacht.

Dickmann hat die Düsseldorfer Straße erreicht, vor einer Jugendherberge gerät er in das quirlige Gewusel einer gerade angekommenen Schulklasse. Dickmann blickt die 13-, 14-Jährigen an, als sähe er eine ihm unbekannte Lebensform, jeder zweite hat einen Knopf mit einem weißen Kabel im Ohr, viele tragen löchrige Jeans. Viele Kinder mit dunkler Hautfarbe, einige Asiaten, einige Mulatten, viele arabisch aussehende. Ist das die Zukunft? Ist sein Kampf nicht längst verloren? Das hier ist nicht mehr sein Deutschland. Machen da eine oder zwei Millionen mehr wirklich noch einen Unterschied? Hat Merkel vielleicht doch recht? Bin ich ein lebendes Fossil? Die Kinder sehen aus, als hätten sie Spaß miteinander.

Dickmann schüttelt sich, ist froh, als er neben einem Restaurant seinen Dienstwagen samt Chauffeur warten sieht. Er nimmt auf dem Rücksitz Platz, grüßt den Fahrer und befiehlt die Rückkehr zum Bundesamt. Er greift zum Autotelefon, lässt sich mit Generalmajor Neubert vom MAD verbinden. »Hallo Peter, Werner hier. Warst du erfolgreich? Bestens. Kannst du mich in einer guten Stunde auf einer sicheren Leitung im Büro zurückrufen? Ja, es ist alles in Ordnung, aber es gibt eine Planänderung. Wir haben noch eine Kleinigkeit zu erledigen. Ja, hat Priorität. Bis gleich.«

Zur selben Zeit heizt Mitch mit seinem Alfa Spider über die A7 nach Bayern. Er muss endlich zu seinem Team und der Flüchtlingsfamilie Marwan. Seine Lippe brennt noch ziemlich und erinnert ihn ständig an seine Schmach. Mitch ist fertig mit sich und der Welt. James Bond erlegt ein nordkoreanisches Exekutionskomitee, ohne seine Frisur zu gefährden, und selbst ein nuschelnder deutscher Tatortkommissar wie Til Schweiger schafft es, vier Russengangster, die ihm mit einer Kettensäge die Fingernägel schneiden wollen, in 15 Sekunden flach zu machen. Und er, Mitch Berger, lässt sich von einem Nazi die Lippe demolieren, ohne auch nur ein einziges Mal selber zugeschlagen zu haben. Jämmerlicher geht es nicht.

Seit einer Viertelstunde fährt er Vollgas, der arme Alfa muss zahlen, Frustabfuhr. »Wenn ich es wenigstens versucht hätte, einen Tritt in die Eier oder einen Schlag in die Fresse, aber gar nichts. Mann, ich melde mich in einem Boxklub an! Ich hätte angreifen müssen, der Impuls war da, aber dann hat im Hirn eine Schaltung nicht funktioniert.«

Nach einer halben Stunde auf der linken Spur mit deutlich über 200 Stundenkilometern geht es ihm etwas besser. Wenigstens Autofahren kann ich, denkt Mitch. Sein Navi sagt ihm, dass er die Autobahn in 1 000 Metern verlassen muss, dann sind es noch 18 Kilometer Landstraße zum Flüchtlingslager und zu den Marwans.

Werner Dickmann ist wieder im Büro. Er hat seine Sekretärin Ursula Bettner angewiesen: keine Telefonate, keine Besuche.

Dickmann verstößt heute gegen seine Prinzipien, geht zu einem Wandschrank und gießt sich einen gut bemessenen Carlos Primeiro Brandy ein. Ein seidenweiches Getränk. Dickmann lässt für einen guten Spanier die meisten französischen Cognacs stehen. Dann klingelt das sichere Telefon, auf Generalmajor Neubert ist Verlass. »Peter, danke dir für den Rückruf. Lass uns zur Sache kommen, bitte. Die Zeit drängt. Bist du in unserer Personalangelegenheit weitergekommen?«

Die Leitung ist ohne jedes Nebengeräusch – als säße Neubert neben ihm am Schreibtisch. Fast irritierend, kein noch so leises Rauschen, nichts. »Natürlich, Werner. Ich habe schon vor geraumer Zeit mit absolut sicheren Kontakten in Langley gesprochen, habe vage unser Problem geschildert und – auch nicht ganz unwichtig – habe einiges an Verständnis für deine Pläne bekommen. Sie haben mir einen Kontakt zu einem Ex-Agenten der Agency gemacht. Der Mann ist Deutsch-Amerikaner, hat eine Sonderausbildung bei den Navy Seals durchlaufen. Er war in Afghanistan drei Wochen in Taliban-Gefangenschaft. Ist gefoltert worden. Hat danach bei der CIA gekündigt, arbeitet nur noch freiberuflich. Meine Vertrauensleute sagen, er sei seit der Taliban-Erfahrung etwas eigen, aber voll belastbar. Er scheißt auf Politik, er arbeitet für Geld, und zwar für viel. Der Mann ist hier, ich habe ihn im Raum Frankfurt geparkt, er ist ab sofort einsatzbereit. Er hat einen ordentlichen Wagen bereitstehen, alle seine Spielsachen sind auf sicherem Weg über die Army angekommen. Er wartet auf Anweisungen. Allerdings erst, wenn 1 Millionen Dollar elektronisch auf ein bestimmtes UBS-Konto in Zürich eingezahlt worden sind.«

»Du hast ständigen Kontakt, Peter?«

»Ja.«

»Gut, dann sag ihm Folgendes. Ich freue mich auf die Zusammenarbeit, bestehe aber auf einer kleinen Planänderung. Wir kaufen nicht die Katze im Sack, wir werden einen kleinen Testlauf vorschalten. Als Zeichen unserer Ernsthaftigkeit transferiere ich in 15 Minuten 100000 Dollar nach Zürich. Es geht um einen einfachen Job im schönen Thüringen, ganz in der Nähe von Friedenau. Am besten setzt sich dein Mann sofort in Bewegung, die Angelegenheit ist eilig und sollte noch heute Nacht über die Bühne gehen. Ich schicke dir die Daten und das Bild der Zielperson auf dem üblichen Weg. Erledigt er die Sache zufriedenstellend, möchte ich ihn treffen, um alle Einzelheiten der großen Aktion mit ihm zu besprechen. Das Geld ist kein Problem, wir haben gut gehaushaltet und rechtzeitig Reserven aufgebaut.«

»Okay, Werner, Vertrauen ist gut, Kontrolle ist besser, war kein Dummkopf, der alte Lenin. Ich werde unseren Mann in wenigen Minuten kontaktieren, ist er einverstanden, schicke ich dir ein Okay als SMS auf dein sicheres Handy.«

»Danke, übrigens Peter, die eigentliche Sache, um die es geht, heißt ab sofort Operation Uckermark.« Dickmann hört Neubert am anderen Ende kichern: »Ist doch mal ein super Tarnname, würde der Kanzlerin gefallen. Wann übrigens planst du mir Details über die Operation Uckermark zu verraten? Es wäre langsam Zeit.«

»Kein Problem Peter, du hast mein volles Vertrauen – und du weißt das auch. Binnen 48 Stunden nach dem Testlauf möchte ich dich und unseren Problemlöser bei mir empfangen. Der Plan steht, für ein wichtiges Detail allerdings werden wir noch einmal deine US-Kontakte bemühen müssen, aber das sind Peanuts.«

»Okay, Werner, over and out.«

Dickmann atmet tief ein, genehmigt sich noch einen kleinen Schluck des edlen Spaniers. »Auf dein Wohl, Angela.« Dann seufzt er und holt aus den Tiefen seines Schreibtisches eine Karte des Bundeslandes Hessen.

Hundert Meter entfernt vom Eckbüro des Chefs sitzt Julian Mahler und blättert gut gelaunt in einem Aktenstapel. Er hat in den letzten Tagen alte Verbindungen aktiviert, hat versucht herauszukriegen, welche möglichen Stellen es in Berlin im Innenministerium für ihn geben könnte. Die Antworten waren nicht gerade vielversprechend, aber er fühlt sich trotzdem gut, denn er ist endgültig aus der Opfernummer ausgebrochen. Er wird sich von Dickmann nicht mehr das Leben versauen lassen. Entweder klappt eine Versetzung oder aber Plan B führt zu einer Lösung. Er hat jedenfalls begonnen, ein Dossier über Dickmanns Verfehlungen anzulegen.

Je mehr er liest, desto wütender wird der Regierungsrat Mahler. Sein Hauptabteilungsleiter hat in eklatanter Art und Weise seine Befugnisse überschritten, hat sich zahlreicher Verbrechen schuldig gemacht und in mindestens drei Fällen vor Untersuchungsausschüssen des Bundestages und des Landes Thüringen gelogen.

Das Problem ist nur, dass das vorhandene Material nicht ausreicht, um vor dem Innenminister eine juristisch wasserdichte Schlacht gegen Dickmann zu beginnen. Er hat Angst vor Kontern, traut Dickmann jederzeit zu, noch ein Ass aus dem Ärmel zu zaubern.

Sein Blick fällt auf Sofias Porträt im Silberrahmen. Er liebt dieses Bild, er liebt Sofias Blick, der so eindeutig zweideutig ist, dass er ihn immer wieder erregt.

Gestern erst hatte sie genau diesen Blick auf ihn gerichtet, hatte sich im Bett aufgerichtet, sodass ihre Brüste genau vor seinen Augen standen, hatte den Kopf geneigt und ihn dann spöttisch ein Schoßhündchen seines Chefs genannt. Es war schwer zu ertragen gewesen, von einer attraktiven, ihn erregenden Frau gehänselt zu werden. Trotzdem hatte er der Versuchung widerstanden, ihr seinen Plan zu enthüllen. Er hatte den Coolen gemacht und ihr erklärt, dass in spätestens zwei Monaten das Schoßhündchen zur finalen Attacke ansetzen würde. »Ich habe Unterstützung bekommen, ich habe eine Lawine gestartet, die gerade erst ins Rollen gekommen ist.« Mehr wollte er Sofia nicht sagen, dann aber hatte er »Fuck Dickmann« gemurmelt und sich Sofias Brüsten gewidmet.

Damit war das Thema gestern beendet gewesen, aber Sofia würde weiter nerven. Sie hält Dickmann für seinen bösen Geist und wird keine Ruhe geben, bis Julian versetzt oder Dickmann in Ruhestand ist. Mahler flucht: »Von wegen Ruhestand, du Dreckskerl, ich habe andere Pläne mit dir, du bist eine Schande für das Amt, eine Gefahr für unser Land. Ich werde dich vom Hof jagen, und wenn es das Letzte ist, was ich tue.« Julian Mahler ist klug genug zu wissen, dass er sich damit selber Mut macht. Tief in seinem Inneren ist er nervös, hat Angst.

Er weiß, er hat einen einzigen verdammten Fehler gemacht. Er ist bei dem Versuch, endlich etwas Handfestes in die Finger zu kriegen, ein sehr hohes Risiko eingegangen. Er hat einen Kollegen aufs Kreuz gelegt: den Regierungsrat Ottmar Bahr, spießig, übergewichtig, sehr helle Haut. Dieser Supermann hat, aus welchem Grund auch immer, bei Dickmann einen Stein im Brett. Bahr soll an einigen der legendären informellen Operationen beteiligt gewesen sein. Julian Mahler hat sich an den Kollegen herangemacht. Er wusste: Bahrs Schwäche ist sein Privatleben, er ist Single wider Willen, ständig auf der Suche und ständig erfolglos.

Julian erzählte ihm von Sofias heißer Freundin Carla, die sich – so Julian – geradezu nach Verfassungsschutzmännern verzehrt. Und bei diesem Thema wurden die beiden Freunde – dachte Ottmar Bahr.

Um das neue Bündnis zu feiern, hatten sie zwei Flaschen Rotwein in Bahrs Büro abgebohrt. Als Julian dann noch Grappa zum Abschluss besorgte, verabschiedete sich Bahr zu einem dringenden Termin auf die Toilette. Julian, der bemerkt hatte, dass Bahrs Stahlschrank für Verschlusssachen nicht korrekt verschlossen war, federte aus seinem Sessel. Als Bahr bleich um die Nase zurückkehrte und etwas von plötzlichem Harndrang murmelte, stopfte Julian eine DVD in die Innentasche seines Jacketts. Jetzt musste er nur noch die DVD kopieren und wieder zurückbringen. Er nötigte Bahr noch einen Grappa auf: »Komm mit in mein Büro, ich hab da ein paar heiße Bilder von Carla.«

Bahr stand auf, wankte Richtung Bürotür, sein Verschlusssachenschrank war immer noch geöffnet. Bahr verbrachte die Nacht auf einer Couch in Mahlers Büro, Julian kopierte eine DVD, deren Inhalt ihn schwindelig machte, und brachte sie zurück zum Aktenschrank, den er anschließend verschloss. Leider hatte der Grappa auch bei ihm Auswirkungen auf das Gedächtnis, und er war sich nicht sicher, ob er die DVD an den richtigen Ort zurückgelegt hatte. Bisher hatte sich Bahr ruhig verhalten, obwohl er Carla immer noch nicht kennengelernt hatte.

Werner Dickmann ist in die Generalstabskarte des Landes Hessen vertieft, sein Augenmerk gilt der Region zwischen Hanau und Aschaffenburg. Dickmann greift in eine Schublade seines Schreibtisches und holt körnige, alte Schwarz-Weiß-Bilder hervor, Luftbilder eines großen Kasernenareals.

In diesem Moment vibriert sein geheimes Telefon.

Es ist die SMS von Neubert. Dickmann liest »okay« und ballt die Faust. Es geht los. Er lächelt erleichtert, öffnet dann seinen Laptop. In seiner Brille spiegelt sich das flackernde Licht des Bildschirms, er scannt ein Foto ein, tippt einen Namen, eine Adresse, als pdf-Datei hängt er ein Kurzdossier mit sehr genauen Angaben zu Kontakten und Lebensgewohnheiten an. Zwischen den Diensten steht eine sichere Datenleitung zur Verfügung, der Werner Dickmann vertraut. Er holt nun aus seiner Hosentasche den Zettel, auf dem er sich die Schweizer Kontoverbindung seiner neuen amerikanischen Wunderwaffe notiert hat. Der immer hilfsbereite Dirk Schulz hatte die nötige Software für Überweisungen auf Schweizer Nummernkonten installiert, Dickmann muss jetzt nur noch die UBS anwählen und die Kontonummer eintragen. Ein Mausklick und 100000 Dollar verlassen ein auf Dickmann persönlich laufendes schwarzes Konto, auf das er im Laufe der Zeit Gelder für Sonderaktionen transferiert hat. Dickmann atmet tief, schüttelt sich, die Operation Uckermark hat soeben begonnen. Seinen Teil der Vereinbarung hat er erfüllt, jetzt muss der amerikanische Freund zeigen, was er drauf hat.

8

Mayla weint, hält sich die Ohren zu, um Basims laute, wutverzerrte Stimme nicht mehr zu hören. Mutter Samira drängt sich zwischen Vater und Tochter, bereit, die beiden jederzeit zu trennen. Der kleine Amir sitzt zu Tode erschrocken in einer Ecke des kleinen Verschlags, der zurzeit das Zuhause der Flüchtlingsfamilie Marwan aus Syrien ist. Mayla spürt einen blinden Zorn auf ihren Vater in sich aufsteigen. Noch wirkt ihr anerzogener Gehorsam, ihr Respekt gegenüber dem Vater. Sie unterdrückt ihre Wut.

Mayla ist wütend, sie fühlt sich ungerecht behandelt. Sie hat sich schutzsuchend an den Vater gewendet und erntet statt Hilfe wüste Beschimpfungen.

Der Verschlag, in dem die Marwans hausen, hat vier Betten, einen kleinen Tisch, zwei Stühle, ist eng, aber abgeschlossen. Fenster fehlen den Marwans am meisten, von Frischluft können sie nur träumen. Ihr Verschlag steht in einer riesigen Lagerhalle, die für die Flüchtlinge geräumt wurde. Die nächsten Außenwände sind gut vierzig Meter entfernt, statt Tageslicht sehen sie das fahle Licht altersschwacher Neonröhren, wenn sie nach oben schauen.

Auf dem Weg zu den Waschräumen und zur Kantine müssen die Marwans die Familienzone verlassen. Im großen Mittelgang lungern häufig junge Männer herum, die – wenn Mayla vorbeikommt – tuscheln, pfeifen und manchmal nach ihr grapschen. Heute war der Rückweg vom Waschen ein einziger Spießrutenlauf für Mayla. Sie hat, zitternd vor Wut, ihren Eltern von der neuerlichen Anmache erzählt.

Basim rastete aus, wollte los, um die jungen Männer zur Rede zu stellen. Samira hielt ihn zurück, flehte ihn an zu bleiben, warnte vor einer Schlägerei, die ihren Aufenthalt gefährden könnte. Basim begriff, dass seine Frau im Recht war, er blieb, hatte dann aber aus blinder Wut begonnen, Mayla Vorhaltungen zu machen, sie solle gefälligst nicht ohne Kopftuch den Familienbereich verlassen.

Für Mayla klingt das so, als gebe ihr eigener Vater ihr die Schuld an den Belästigungen. Basim versteht sehr wohl, dass er seine Tochter zu Unrecht beschimpft hat, aber sein Zorn musste raus. Er hasst sich dafür, dass er seine Familie nicht beschützen kann, er spürt, wie die Tatsache, dass sie auf der Flucht sind, das normale gottgegebene Gefüge seiner arabischen Familie unterspült. Seit der Botschaft seines Bruders Mehmet, der sich aus Raqqa, der IS-Hauptstadt, gemeldet hat, fragt sich Basim ununterbrochen, ob die Flucht die richtige Entscheidung für seine Familie war. Basim ahnt, dass das Leben im ungläubigen Europa für die Kinder attraktiv sein kann, er ahnt aber auch, dass es ihm nicht leicht fallen wird, das zu akzeptieren.

Bei den Marwans liegen die Nerven blank. Einerseits sind sie froh, endlich das sichere Deutschland erreicht zu haben, andererseits ist das Leben hier mit dem Lärm und den Gerüchen mehrerer Hundert Menschen unter einem Dach alles andere als ihr erfüllter Traum vom neuen Leben.

Amir fragt immer nach dem versprochenen Fußballfeld, aber das einzige, was hier an Fußball erinnert, ist ein ständig von aggressiven Halbwüchsigen umlagerter Kicker.

Die Marwans haben eine wochenlange Odyssee überstanden. Sie saßen lange in Athen fest, wurden an der mazedonischen Grenze bespuckt und geschlagen, kamen halbwegs heil durch Serbien, machten dort aber erstmals die Erfahrung, dass Europa verdammt kalt sein kann. Amir und Mayla haben den ersten Schnee ihres jungen Lebens gesehen. Eigentlich ein schönes Erlebnis, aber nicht, wenn man mit leichten Sommerschuhen und viel zu dünnen Klamotten täglich 30 Kilometer zu Fuß schaffen muss. Amir hat für sich beschlossen, dass Schnee weniger schlimm sei als das Meer, dass er in Zukunft aber sowohl auf Salzwasser als auch auf das weiße Zeug gut verzichten könne. Er träumt von tiefgrünen Fußballfeldern, seine Eltern hatten ihm immer wieder versprochen, am Ende der Reise würden die Stadien der deutschen Weltmeister auf ihn warten. Sein Glaube daran aber wurde mit jedem Kilometer geringer.

Da die ungarische Grenze längst geschlossen war, mussten sie sich auf den Weg über Kroatien machen. Amir bemerkte, dass die Eltern immer wieder besorgt auf ihre Handys starrten, dann miteinander tuschelten. Gerüchte machten die Runde, in Europa würde sich die Stimmung drehen, selbst in Deutschland geriete Mama Merkel unter Druck, vielen Einheimischen seien die ankommenden Scharen einfach zu groß.

Und sie bemerkten, dass neben ihnen Leute liefen, die sich als Syrer ausgaben, die aber, wenn man mit ihnen reden wollte, überhaupt nicht antworten konnten. Oft waren das junge Männer aus Pakistan oder Afghanistan. Mit einigen der falschen Syrer gab es ständig Probleme. Sie zischten hinter Mayla her, selbst Samira hatte mit anzüglichen Bemerkungen zu kämpfen. Vater Bassam fühlte sich verdammt unwohl, versuchte ständig Frau und Tochter in Blickweite zu haben. Als sie Österreich erreicht hatten, dachten viele, sie seien schon in Deutschland. Die Marwans waren zu schwach, um die Berge zu genießen. Beide Kinder, Amir und Mayla, kämpften mit hartnäckigen Erkältungen, brauchten dringend ärztliche Versorgung.

Mitch nähert sich dem bayerischen Durchgangslager, in dem die Marwans untergebracht sind. Er hat ein längeres Telefonat mit Jan, dem Kameramann, geführt, der eigentlich gute Nachrichten durchgab. Die Marwans seien eine prima Truppe, nur der Vater mache häufig Probleme. Außerdem zicke die Lagerleitung. Sie dürften kaum Totalen mit vielen Flüchtlingen drehen, die Leitung verlangte schriftliche Einverständniserklärungen von jedem, der auch nur halbwegs durch das Bild huscht. Diese Forderung ist kaum zu erfüllen. Trotzdem ist Jan guter Dinge, der kleine Amir, aber auch Schwester Mayla seien echte Sympathieträger, beide könnten schon ein paar Brocken Deutsch, es würde schon werden.

Der Alfa liegt gut auf der Landstraße, nur noch wenige Kilometer. Mitch steuert in ein Gewerbegebiet, wo eine ehemalige Lagerhalle im Rekordtempo in eine Erstaufnahmeeinrichtung verwandelt wurde. Die Bayern, die zwar mit ihrem Ministerpräsidenten Horst Seehofer am meisten über die Flüchtlingswelle lamentieren, sind in der Bewältigung des Alltags weit vorne. Zum Winteranfang gibt es in Bayern schon keine Zeltunterkünfte mehr, die Bedingungen in den Lagern hier sind besser als im Bundesdurchschnitt. Mitch bremst abrupt, eine Schranke versperrt die Einfahrt.

Er steigt aus und präsentiert dem grantelnden Herrn im Security-Outfit seinen Presseausweis und gibt sich als Teil des Star TV Teams zu erkennen. »Noch einer mit dem Stern, ihr habt doch schon zwei Mann drin. Wie lange wollen´s den bittschön noch machen, wir haben den BR, das ZDF und SPIEGEL TV auf der Warteliste!«

»Wir sind so schnell durch, wie es geht, ich würde gerne Ihren Chef sprechen und wissen, wo ich mein Team und die Familie Marwan finde.«

Der Uniformierte nimmt Mitchs Personalien auf, brummelt ins Telefon, dreht sich nach einer Weile zu dem Besucher um: »Der Chef ist in Gesprächen, er kommt auf Sie zu. Sie fahren zu dem länglichen Gebäude links, da können Sie parken. Zweiter Eingang, dann links, da sollten Sie Ihre Leute finden. Und, ein Tipp, schließen Sie Ihren kleinen Italiener gut ab!« Mitch legt die Hand an eine imaginäre Mütze und bedankt sich.

Wer zum Teufel will einen alten Spider klauen, denkt Mitch und antwortet sich selbst: »Okay, wenn du 18 bist, noch nie so ein Auto gesehen hast, dann verwechselst du meinen angeschlagenen Alfa schnell mit einem nagelneuen Ferrari.«

Beim Aussteigen wird sein Wagen sofort von einer Gruppe Heranwachsender bestürmt. Die Jungs erinnern Mitch allesamt an das Frankfurter Bahnhofsviertel und an die berühmten Antänzer vom Kölner Hauptbahnhof. Jetzt ist er dem Pförtner dankbar für den Hinweis. Mitch legt den härtesten Gesichtsausdruck auf, den er im Repertoire hat, springt energisch aus dem Wagen und macht eine klare Ansage: »Leute, Finger weg von dem Auto, ich bin hier Gast der Lagerleitung, komme vom Fernsehen, und jeder, der an meiner Karre rumschraubt, kriegt mächtig Ärger, kapiert?«

Die jungen Männer scheinen ihn zu verstehen, und einer zieht verächtlich die Schultern hoch. Die Gruppe wirkt auf Mitch, als hätten sie alle schon länger auf der Straße in deutschen Großstädten gelebt, und nicht, als wären sie gerade über die Balkanroute gekommen.

Mitch denkt an all die Diskussionen in der Redaktion und im Freundeskreis. Er begreift die Gutmenschen nicht, die sich dafür einsetzen, dass auch Mitglieder krimineller Straßengangs im Lande geduldet werden. Viele dieser Jugendlichen werden immer wieder straffällig und werden von hyperliberalen Richtern immer wieder nur zu Jugendarrest oder zu Bewährungsstrafen verdonnert. Worüber sie dann herzlich lachen. Mitch glaubt zu wissen, wie diese Kids ticken. In ihrer Machokultur wird verstehende Sozialarbeit als Schwäche empfunden, sie reagieren nur auf Härte. Mitch hat mal in London mit einem Mann gedreht, der mehrere Monate unter englischen Hooligans gelebt hat. Das Einzige, was in dieser Szene verstanden werde, erzählte der, sei »draconic punishment and tyrannic policing«, also drakonische Strafen und tyrannische Polizeiarbeit. Das gilt wohl nicht nur für englische Hooligans, sondern auch für Testosteron gesteuerte Jünglinge aus dem Maghreb.

Mitch betritt den Flur, der in die ehemalige Lagerhalle führt. Man hat hier Areale mit Sichtblenden abgetrennt. Mitch folgt dem Hinweisschild »Familienzone«. Und dann sieht er Jan, seinen Kameramann, der mit einem kleinen Jungen an der Hand auf ihn zukommt. »Hey, du musst Amir sein, verstehst du mich, mein Junge?« Amir nickt. »Du Amir, ich Mitch, okay?« Okay, nickt Amir. Mitch klatscht Jan ab, zeigt auf die Kamera und wendet sich zu Amir: »Hey, Junge, komm mal mit, ich muss dir was zeigen, sofort.«

Er dreht sich um und steuert dem Ausgang zu, Jan hat jetzt die Kamera auf der Schulter. Mitchs Spider ist immer noch von den coolen Jungs umringt. Als sie die Kamera sehen, weichen sie zurück, einige halten die Hände vors Gesicht. »Leute, wer nicht ins Bild will, bitte gehen, wir drehen hier«. Amir ist fasziniert von dem Auto, aber es kommt für ihn noch besser. Mitch öffnet den kleinen Kofferraum, holt einen Lederball heraus, wirft ihn Amir zu. »Das ist deiner, wer Tormann werden will, braucht einen Ball.«

Amir schnappt den Ball, hält ihn fest, lässt ihn aufspringen, fängt ihn wieder, strahlt über das ganze Gesicht. »Wow, danke, toll der Ball. Ist echt meiner?«

»Deiner, aber pass gut auf ihn auf.« Als Mitch dann noch den Alfa aufschließt und Amir hinter das Lenkrad lässt, ist der Kleine sicher, einen neuen Freund gefunden zu haben. »Okay, jetzt muss ich aber erst mal deinen Eltern guten Tag sagen. Bringst du mich hin?« Amir nickt, Mitch holt noch schnell ein paar Geschenke aus dem Wagen. Er hat eine Thermoskanne dabei, ein paar Schachteln mit Tee und etwas Schokolade.

Die Marwans begrüßen Mitch freundlich, Basim etwas reserviert, er weiß nicht, ob ihm die Filmerei gefällt. Jan hat ihnen erzählt, dass viele Millionen Menschen den Film sehen würden und dass es Spenden gäbe und vielleicht auch Job- und Ausbildungsangebote. Als die Eltern Amir mit dem Fußball sehen, müssen sie lachen, die Spannung löst sich. Mitch erklärt Samira und Basim mit Hilfe des Lager-Dolmetschers das Prinzip einer begleitenden Reportage, versichert, nichts zu drehen, was der Familie schaden oder gar gegen ihre Ehre verstoßen könnte. Das mit der Ehre ist Basims Punkt, Mitch nickt ihn ab, ohne genau zu wissen, was der Mann damit meint.

Als dann Basim erklärt, er wünsche nicht, dass das Team allein mit Mayla dreht, betont glücklicherweise Samira, sie sei ja auch noch da. Amir ist das Gerede zu viel, er hält den noch ganz neu duftenden Ball fest an sich gedrückt und lächelt. Mitch streichelt dem Kleinen über den Kopf, Amir gefällt ihm. Am nächsten Morgen soll den Marwans mitgeteilt werden, wohin sie verlegt werden sollen. Das Team will mitkommen und die Szene filmen.

Mitch und Jan bringen die Familie zum Erzählen. Samira berichtet, wie toll es war, bei der Einfahrt in den Münchner Hauptbahnhof von so vielen freundlichen Menschen begrüßt zu werden. Mayla hält einen kleinen Bären in die Kamera, den sie an diesem Abend geschenkt bekam. Als sich Samira bei den Deutschen bedankt, weiß Mitch, dass er eine gute Szene im Kasten hat.

Zum Abschied gibt Mitch allen die Hand, die von Basim hält er länger, blickt dem Familienvater fest in die Augen und verspricht, sein Möglichstes zu tun, um der Familie zu einem guten Start zu verhelfen.

Einige Hundert Kilometer weiter nordöstlich, in der Nähe von Friedenau, Ostthüringen. Es ist dunkel draußen, die Hauptstraße des Dorfes Bergroda ist nur von wenigen Laternen erhellt. Bergroda ist ein Kaff, jeder kennt jeden, es gibt zwei Kneipen, eine rechte und eine mehr oder weniger unpolitische.

Nur selten holpert ein Wagen über das Kopfsteinpflaster des Dorfes. Jetzt aber rollt ein schwerer, dunkler Wagen heran, kommt halb verdeckt von einem Baum und einer Hecke zum Stehen. Auf der Fahrerseite surrt die Scheibe nach unten, die Flamme eines Feuerzeugs spiegelt sich auf dem schwarz glänzenden Kotflügel. Der Fahrer raucht in aller Ruhe eine Zigarette, blättert dabei in seinem Smartphone. Die Kippe drückt er sorgfältig in einen kleinen silbernen Aschenbecher mit Klappdeckel aus.

Die Fahrertür öffnet sich, ein Mann, ganz in Schwarz gekleidet, steigt aus. Er ist mittelgroß, trägt unter der dicken Lederjacke einen schwarzen Kapuzenpulli. Die Lichter flackern kurz auf, als der Mann den Wagen verriegelt. Er nimmt einen Feldweg, der aus dem Dorf hinausführt. Der Weg steigt steil an, der Mann sprintet nach oben – seit er in Deutschland angekommen ist, fehlt ihm sein morgendlicher Fünf-Meilen-Lauf, den er zu Hause in New York nie ausfallen lässt. Schon nach fünfzig Schritten hat er einen kleinen Hügel erreicht, von dem er freien Blick auf die Hauptstraße hat. In etwa 300 Meter Entfernung leuchtet ein gelbliches Kneipenschild: Gaststätte zur Eiche. Das ist die Kneipe der Rechten. Der Mann, athletische Figur, mittelgroß, holt nun eine Art Fernrohr aus der Tasche seiner Lederjacke und beobachtet den Eingang der Gaststätte. Dann blickt er auf seine Uhr, es ist 22:07.

Der Mann geht ruhig zurück zum Wagen. Er lässt den Land Rover an, wendet auf der Hauptstraße, fährt dann ohne Licht den Feldweg hoch. Er wartet zehn Minuten, ob es irgendeine Reaktion aus den anliegenden Häusern gibt, nichts, Stille. Er wendet den Wagen, der jetzt mit der Heckklappe Richtung Dorf steht. Im Kofferraum des Geländewagens liegen zwei längliche silberne Kästen. Der Mann überlegt kurz, öffnet dann den linken der beiden Kästen. Vor ihm liegt ein Scharfschützengewehr des amerikanischen Herstellers Barrett Firearms, das legendäre M 82. Er montiert in aller Ruhe ein Zielfernrohr und ein Zweibein. Seine Hand, die in einem schwarzen, sehr dünnen Lederhandschuh steckt, streichelt fast zärtlich über den Lauf der Waffe. Er glaubt die Kühle des Materials durch den Handschuh spüren zu können.

Bei den Amerikanern heißt die Waffe Long Range Sniper Rifle, und genau das ist sie, das Modell für Heckenschützen. Er liebt diese Waffe, liebt ihre Präzision und Zuverlässigkeit. Vor allem ihre Zuverlässigkeit. Sie ist ihm das Wichtigste. Besonders im Kampf.

Er hat die Erfahrung machen müssen, dass man sich auf Vorgesetzte und auf das eigene Land nicht bedingungslos verlassen kann. Es war eine mit höllischen Schmerzen verbundene Erfahrung, die sein altes Leben beendet hat. Er hat sich in einen Mann verwandelt, der mit kalter Präzision andere Menschen tötet, Menschen, die er überhaupt nicht kennt. Und der sich dafür fürstlich bezahlen lässt.

Mit wenigen Griffen lässt sich die Rückbank des Land Rovers wegklappen, er findet so Platz genug für sich und das Gewehr. Er besitzt die Langversion des Wagens mit vergrößertem

Abstand der Achsen und hat den Wagen innen nach seinen Angaben modifizieren lassen, alles passt perfekt. Er holt tief Luft, genießt die kalte und klare Nacht, geht dann in Position.

Von außen sichtbar ragt jetzt ein Gewehr etwa einen halben Meter aus dem Wagen. Alles ist still, niemand ist auf den Wagen am Waldrand aufmerksam geworden. Bergroda schläft. Es ist jetzt genau 22:48.

In der Eiche sitzen noch etwa acht Personen um einen runden Tisch und sind längst in der Phase verschärften Trinkens angekommen. Hier tagt der Stammtisch der harten rechten Szene Ostthüringens. Alles redet durcheinander, lautes Gegröle, es werden die jüngsten Heldentaten vor dem Flüchtlingsheim in Friedenau nochmal durchlebt.

Ein großer Mann mit Glatze hält sich etwas abseits, wirkt nachdenklich. Er steht auf und geht an den Tresen, wählt eine Nummer auf seinem Handy. »Hallo Fred, Maik hier. Hör mal, dein Anruf geht mir nicht aus dem Kopf. Willst du mir sagen, wir haben Stress mit dem Alten, darauf habe ich überhaupt keinen Bock. Ich mag den Mann, ich habe keine Lust, gegen den anzutreten. Das wäre chancenlos.«

Ein Moment Schweigen am anderen Ende, dann antwortet Fred Wagner. »Nein, keinen Stress, keinen Krach, ich will nur, dass wir beide uns mal zusammensetzen und überlegen, wie wir uns absichern können, sollte der Chef mal seine Meinung ändern. Verstehst du, reine Vorsicht, ich will keinen Ärger, aber ich will auch nicht naiv sein, dafür ist die Nummer längst zu heiß.«

»Okay, reden können wir, komm halt die Tage vorbei. Bei mir ist es besser, in Friedenau ist zu viel los, ist mir zu viel Presse da, sind zu viele Bullen unterwegs.«

»Maik, hör zu, das bleibt unter uns. Verdammt, wir sind Kameraden und der Alte ist der Alte. Wir müssen zusammenhalten. Ich bin mir einfach nicht sicher, ob wir uns immer und in jedem Fall auf ihn verlassen können.«

»Gut, Fred, komm rum, sag vorher kurz Bescheid.«

Maik legt auf und kippt einen Kurzen. Was zum Teufel reitet Fred Wagner? Er, Maik, will keinen Ärger mit Dickmann, er verehrt Dickmann, für ihn ist Dickmann jemand, der seinem Leben einen Sinn gegeben hat. Er ist bis jetzt gut damit gefahren, Dickmann zu folgen, daran soll sich nichts ändern. Er hat für Dickmann harte Sachen zu erledigen gehabt, aber der Alte hat ihm immer klar gemacht, dass es für die Sache richtig war. Manchmal ist es Maik schwergefallen, weil es gegen alte Kameraden ging, aber schließlich hat Dickmann einen besseren Kopf als er und Fred zusammen.

Er schüttelt sich, kippt den nächsten Kurzen.

Um 23:19 raucht der Mann hinter dem Gewehr eine Zigarette, ohne seine Position zu verändern. Wieder landet die Kippe in dem kleinen Aschenbecher. Der Mann ist Profi, er hinterlässt keine Spuren. Beziehungsweise nur die, die er hinterlassen will. In Afghanistan hat er oft Stunden so gesessen und gewartet, häufig umsonst. Stunden in glühender Hitze, ohne das befreiende Gefühl, einem Talib das Ticket ins Paradies ausstellen zu können. Er hatte auch an jenem Nachmittag im Lashkar Gah Bezirk der Höllenprovinz Helmand so gewartet, als plötzlich aus dem Nichts zwei Taliban hinter ihm auftauchten, ein Gewehrkolben auf seinen Kopf krachte und die Lichter ausgingen. Ein amerikanischer Elitesoldat hatte von den Taliban nichts zu erwarten außer Qualen und am Ende den Tod. Qualen gab es reichlich, dann aber hatte er Glück, seine Peiniger verkauften ihn an Opiumschmuggler, die von der US-Army ein üppiges Lösegeld erpressen wollten. Dreimal wurde er vor laufender Kamera gefoltert, bis endlich ein Sesselfurzer in Washington das Lösegeld genehmigte. Eine

Million Dollar hatten die Taliban gefordert, eine Million Dollar hatte er seitdem zu seinem Preis gemacht.

Um 23:35 verlassen zwei Skinheads die Kneipe, er vergleicht das Foto auf seinem Handy mit dem Bild im Sucher des Zielfernrohrs und entspannt sich wieder.

Um 23:47 tritt ein einzelner großer Mann vor das Lokal, holt in der kalten Luft draußen tief Luft und schüttelt sich. Der Mann im Land Rover wirft einen kurzen Blick auf das Foto in seinem Handy, lässt dann das Telefon fallen, konzentriert sich, krümmt zweimal blitzschnell den Zeigefinger.

Das G 82 ist eine höllisch präzise Waffe. Es trifft aus bis zu 1 800 Meter Entfernung. Die 300 Meter zwischen dem Land Rover und dem Eingang der Gaststätte zur Eiche sind für die Waffe ein Witz.

Maik Milber ist bereits tot, als die zweite Kugel ihn trifft. Er bricht geräuschlos auf den Stufen des Lokals zusammen. Die thüringische Neonazi-Szene hat ein führendes Mitglied verloren.

Der Schütze packt in aller Ruhe sein Gewehr ein, bringt den Rücksitz wieder in normale Position. Dann entnimmt er dem Handschuhfach einen kleinen Plastikbeutel, in dem sich eine zusammengeknüllte ukrainische Zigarettenschachtel befindet. Er platziert das Päckchen so unter einem kleinen Strauch, als hätte jemand die Schachtel achtlos weggeworfen. Er lässt den Motor an und fährt die wenigen Meter bis zur Dorfstraße. Erst nach etwa 200 Metern geht das Licht an, der schwere Wagen beschleunigt mit der ganzen Kraft seines Achtzylindermotors und Bergroda bleibt in der Dunkelheit zurück.

Der geübte Fahrer tippt bei hoher Geschwindigkeit »mission accomplished« in sein Handy und verschickt die Meldung verschlüsselt. Er wird morgen früh die Reifen wechseln, die von heute Nacht werden entsorgt.

Generalmajor Neubert wird Werner Dickmann den Vollzug der Aktion melden.

9

Vier Monate davor.

Sie liebt den Anflug auf den kleinen Flughafen der thailändischen Insel Koh Samui. Von oben sieht sie das blau blitzende Meer, die grünen Wipfel der Palmen. Beim Aussteigen streichelt die warme, feucht wabernde Luft ihre Haut. Sie genießt die schwüle Hitze, unter der viele ihrer Mitpassagiere stöhnen. In Samui werden die Neuankömmlinge von offenen Wägelchen am Flieger abgeholt, jeweils drei dieser Wagen werden von einer Zugmaschine geschleppt.

Caren fällt unter den Wartenden am Band auf. Sie trägt ein weites, fließendes dunkles Kleid ihres japanischen Lieblingsdesigners Issey Myake, dazu eine große tiefschwarze Sonnenbrille.

Sie blickt leicht angewidert auf die schwitzenden tätowierten Bierbäuche in enganliegenden ärmellosen T-Shirts, die auf das Gepäckband starren. Ihr silberner Rimowa-Koffer kommt als einer der ersten, erstaunlich kräftig wuchtet sie das gute Stück auf den Gepäckwagen und strebt dem Ausgang entgegen.

Sie entdeckt mühelos in der Traube der Abholer den Mann mit dem Schild Royal Lotus Villas. Ihr Gepäck verschwindet in dem weißen Kleinbus. Caren steigt ein, die Kühle der Air Condition umfängt sie, der Fahrer überreicht ihr ein kleines geeistes Handtuch, über die Musikanlage läuft klassische Hintergrundmusik. Fast lautlos startet der Motor, Caren schmiegt sich in den Ledersitz, sieht das Strassenchaos Samuis durch eine tiefschwarze Scheibe.

Getrennt von allem, so liebt sie es. Umgeben von Luxus, den sie genießt, der eine Schutzmauer bietet.

Das pralle Leben draußen, das quirlige und chaotische Gewühl der Insel, das Durcheinander von Menschen und Tieren, den Lärm und den Gestank der Mopeds hat sie ausgesperrt. Sie will Ruhe, nur noch Ruhe. Den Preis dafür ist sie gewohnt zu zahlen.

Caren ist einsam, seit sie denken kann.

Die unnahbare geheimnisumwitterte Lady, die sie so perfekt gibt, ist eine hart erarbeitete Rolle.

Caren hat eine lange Reise hinter sich. Sie war in Pakistan, um in der Gegend von Quetta, einem brandgefährlichen Ort, über die pakistanischen Taliban zu recherchieren. Keine Redaktion der Welt hätte ihr dafür einen Auftrag erteilt. Sie ist auf eigenes Risiko gefahren. Bei dem Wort Risiko muss sie lächeln, was ein unpassender Begriff, sie kennt kein Risiko, sie sucht die Gefahr. Wenn die Kollegen umdrehen, fährt sie weiter, wenn andere Journalisten und Kameraleute ein Land verlassen, dann bleibt sie alleine zurück. Sie sucht keinen Scoop, keinen journalistischen Ruhm, die äußere Gefahr hilft ihr, ihre inneren dröhnenden Stimmen zu übertönen.

Als ihr ein pakistanischer Talib einmal erzählte, der Westen liebe das Leben, die muslimische Welt aber den Tod, da lächelte sie und erwiderte kühl, das gelte nicht für alle im Westen

Der eisgekühlte Kleinbus hat die Samui Ring Road verlassen und nähert sich seinem Ziel. Zwei livrierte Bedienstete öffnen die Tür, ein dritter kümmert sich um das Gepäck, das sofort auf einen kleinen Elektrowagen verladen wird. Vor ihr liegt eine etwa fünf Zentimeter tiefe spiegelglatte Wasserfläche, auf der ausgesucht schöne Blüten treiben. Ein kleiner Steg aus alten thailändischen Ziegeln führt über das Wasser direkt zur *Rezeption.*

Caren trägt sich ein, hinterlegt ihren Pass, die Rezeptionistin, die problemlos eine Nebenrolle in jedem Hollywood-Film ergattern könnte, hat Schwierigkeiten, in Carens Pass unter all den Stempeln die aktuelle thailändische Einreise zu entdecken. Die Rezeptionsschönheit überreicht Caren den Begrüßungscocktail und begleitet sie dann zu einem Elektrowagen, der sie zu ihrer Villa fahren wird.

Der American Express Gold Card Computer prüft eine zu erwartende Belastung von 4 200 Euro für sechs Tage. Warum soll sie jetzt noch sparen?

Die Villa erfüllt ihre Erwartungen: bodentiefe Fenster, die einen fantastischen Blick auf die kleine hoteleigene Bucht zulassen. Ein Boxspringbett King Size, ein stilvoller Mix aus Ultramodern und Alt: vom riesigen 4K-Fernseher bis zu alten Möbeln aus Burma. Der Clou ist ein Pool, der im Wohnzimmer beginnt und dann gut sechs Meter weit auf die Terrasse geführt wird.

Caren öffnet die Tür zum Außenbereich, betrachtet sich im Spiegel und gleitet dann, mit ihrem Designerkleid noch am Körper, in den Pool und lässt sich langsam aus dem gekühlten Wohnzimmer in die Hitze der Terrasse treiben. Sie liebt die schwere Luft, sie riecht den Hauch exotischer Blumen, bemerkt aber auch den leichten Modergeruch, der in der prallen Schönheit der tropischen Natur an den Tod erinnert.

Sie liegt auf dem Rücken, bewegt sich kaum. In Gedanken hat sie Samui schon wieder verlassen, ist jetzt zu Hause in Frankfurt, denkt an den bitteren letzten Abend mit Fred Wagner, denkt an die leidenschaftlichen, fast verzweifelten Umarmungen.

Sie hatte alle Kraft zusammengenommen, hatte Fred für seine Kälte verflucht, hatte ein Glas und schließlich eine Champagnerflasche nach ihm geworfen und ihn dann vor die

Tür gesetzt. Anschließend war sie weinend zusammengebrochen.

Sie dreht sich im Pool, taucht, macht einige kräftige Züge und versucht möglichst lange unter Wasser zu bleiben. Nach Luft keuchend, taucht sie auf. Ertrinken ist definitiv keine würdige Todesart.

Ihre Gedanken gleiten zurück, sie ist jetzt nicht mehr bei Fred, sie sieht die Wohnung ihrer Eltern, sieht den Flur, sieht wieder die verschlossenen Türen.

Das ist ihr Leben, ständig muss sie darauf achten, dass alle Türen geschlossen sind, nie dürfen alle Türen gleichzeitig geöffnet sein, es muss immer eine Möglichkeit des Wegschließens, des Aussperrens, des Verriegelns geben.

Sie liebte ihren Vater, sie konnte stundenlang über den stolzen Mann sprechen, der selbst vor den Nazis nicht gekuscht und für seinen Mut mit zwei Jahren Lagerhaft gezahlt hatte. Wie häufig hatte sie Fred Wagner von ihrem Vater vorgeschwärmt. Am Anfang ihrer Beziehung versuchte Wagner zu kontern und ihr klarzumachen, dass der kämpfende Nationalsozialismus keine Rücksicht auf Einzelschicksale nehmen konnte und ihr Vater wahrscheinlich ein Idiot gewesen sei. Carens Reaktion darauf war blanker Zorn, und Fred lernte, bei dem Thema den Mund zu halten.

Dabei verteidigte Caren ihren Vater eigentlich nicht gegen Wagners Sprüche, sondern gegen die Mutter, die hinter einer verschlossenen Tür hockte und verbittert den Kopf schüttelte. Immer wenn es um den Vater ging, musste Caren ganz besonders auf die Türen achten, ganz genau überprüfen, dass sie verschlossen waren

Immer wieder sah sie ein kleines Mädchen von vielleicht fünf Jahren, das alleine in einem langen Flur stand und auf verschlossene Türen starrte.

Sie taucht auf, streicht sich das Wasser aus dem Gesicht und bemerkt, dass sie weint. Kann man unter Wasser weinen? Jetzt weiß sie es. Auch das kleine Mädchen weinte, stand verängstigt vor den Türen, links saß die Mutter, rechts hielt sich der Vater die Ohren zu, weil er das dröhnende Schweigen nicht mehr ertrug. Die Kleine wusste genau, das alles war ihre Schuld, sie war böse gewesen, deswegen hielten die Eltern die Türen zu, deswegen sprach niemand mit ihr. Sie war böse, der letzte Beweis dafür war ihre Beziehung zu einem Nazi.

Lust war Strafe, Zärtlichkeit eine Beleidigung.

Sie steigt aus dem Wasser, lässt das nasse Kleid achtlos zu Boden fallen und holt sich eine kleine Flasche Champagner aus der Minibar. Mit dem Glas in der Hand legt sie sich auf eine elegant geschwungene Liege und bewundert den Blick über die Bucht und die vorgelagerten Inseln.

Dann holt der Flur sie wieder ein.

Das größte Schloss war am Zimmer des Vaters. Es gab eine Zeit, da schrie und schimpfte die Mutter immer und immer wieder. Die Kleine stand weinend in der Ecke und hoffte, es würde vorbeigehen. Doch als es vorbeiging, wurde alles nur noch schlimmer. Kein Schreien mehr, keine Vorwürfe, das Schweigen hatte begonnen. Kein Wort fiel mehr zwischen Vater und Mutter, kaum ein Wort wurde an die hilflose kleine Tochter gerichtet. Einmal, viel später, als sie schon älter war, wurde die Tür geöffnet, die Mutter packte sie an den Armen und mit einem bösen, triumphierenden Blick flüsterte ihr die Mutter ins Ohr: »Dein Vater ist böse, ist ein Verbrecher, er hat Gelder veruntreut, er hat seine Arbeit verloren, er war im Gefängnis, deswegen haben wir kein Geld, deswegen verachten uns die Nachbarn, deswegen hasse ich ihn, deswegen rede ich nicht mehr, das ist seine Strafe.«

Caren glaubte der Mutter kein Wort, riss sich los, rannte in den Flur, trommelte an der Tür des Vaters, die verschlossen blieb. Als sie an diesem Abend in ihrem Bett lag, begann Caren erstmals damit, sich einen neuen Vater zu erträumen. Anfänglich war der Vater ein Adeliger, ein versteckt lebender Prinz, der sich vor bösen Feinden verbergen musste. Dann, sie wurde älter, begann sie sich für Politik zu interessieren, jetzt wurde ihr Vater langsam zum Widerstandskämpfer, von dem sie voller Stolz ihren Freunden erzählte. Die Geschichte bekam Ausschmückungen, wurde im Lauf der Jahre immer dichter und gefestigter. In der Fassung für die Freunde in Frankfurt war der Vater ein Adliger, der in der KPD gegen die Nazis gekämpft und auf seinen Adelstitel verzichtet hatte und schließlich für zwei Jahre ins Lager gekommen war. Längst glaubte sie selbst an die Geschichte. Je älter sie wurde, desto souveräner beherrschte sie die Kontrolle der Türen. Ihr Vater starb, als sie 16 war. Caren sorgte dafür, dass niemand aus ihrer Familie jemals Menschen aus ihrem heutigen Leben traf.

Aber verschlossene Türen rauben Kraft. Machen müde, verbrauchen Energie, zwingen zu immer neuen Lügen.

Sie spürte ihre Depressionen wachsen, auch ihre Freunde bemerkten, wie sie sich veränderte. Einmal hatte Mitch ihr eine Therapie empfohlen und war dafür mit mehreren Wochen Aufmerksamkeitsentzug bestraft worden. Caren hasste Seelenklempner, sie wusste, warum.

Sie fährt von der Liege hoch und beschließt den Sundowner Cocktail um 18 Uhr oben auf der Terrasse des Restaurantgebäudes einzunehmen. Sie beginnt das Ritual des Ankleidens und Schminkens, lässt sich Zeit dafür. Als sie kurz nach sechs die Terrasse betritt, drehen sich einige Herren nach ihr um. Wieder die große Sonnenbrille, wieder ein elegantes, weit ge-

schnittenes Kleid. Caren hält sich für zu dick, deswegen ist Issey Miyake und sein weiter eleganter Schnitt ihr Mann.

Sie bestellt eine Margarita, genießt das Prickeln des Salzes an ihren Lippen. Sie hat noch Zeit, nicht mehr lange, aber noch ist Zeit. Der Blick von hier oben ist spektakulär. Der Himmel ist perfekt, nur ganz wenige Wolken. Gerade vor ihr versinkt der dunkelrot glühende Ball im tiefen Blau des Ozeans. Caren wartet noch den in Samui legendären Afterglow ab, den Moment, in dem die bereits untergegangene Sonne die wenigen Wolken erst zartrosa und dann blutrot färbt. Der schönste Moment eines tropischen Sonnenuntergangs. Schönheit, die schmerzt.

Sie bleibt auf der Terrasse, bestellt ein leichtes Abendessen. Sie wählt Lachs- und Thunfisch-Sashimi, dazu ein wenig Reis und eine gut gekühlte halbe Flasche Puligny-Montrachet, ihre Lieblingslage unter den Weißen aus Burgund. Dieser Wein kostet hier in Asien ein mittleres Vermögen, aber Caren hat keinen Grund mehr zum Sparen. Im Gegenteil, sie will sich noch einige Tage verwöhnen, bevor sie auf die letzte Reise geht.

Caren ist zum Sterben nach Samui gekommen. Sie will den Schmerz beenden, der sie seit frühester Jugend begleitet. Alle ihre Ausbruchsversuche sind gescheitert. In der Wahl ihrer Männer lag sie meist fürchterlich daneben, immer wieder suchte sie Beziehungen, die ihr schadeten, die sie verletzten.

Immer war der Flur stärker.

Fred Wagner war die ultimative Provokation, wie geschaffen, um ihrem Selbsthass Feuer zu geben. Und doch gab es Momente, die echt waren, Momente, in denen wilde Zärtlichkeit sie zusammenführte. Dann erlaubte sie sich zu hoffen, träumte von einem Ende der Einsamkeit, träumte von Nähe, Wärme und Glück.

Doch nie währten diese Momente lang.

Manchmal war es Fred, der Nähe nicht aushielt, sie mit dumpfen Sprüchen provozierte, häufiger aber war sie es, die von ihrem Vater, immer in der Rolle des antifaschistischen Helden, brutal zur Ordnung gerufen wurde. Das eingebildete, selbstgemachte Bild des Vaters war stärker als das reale. Sie wusste, seit ihre Mutter damals die Tür weit aufgerissen hatte, dass ihr Vater nie als Widerstandskämpfer in einem nationalsozialistischen Lager gewesen war, sondern wegen Unterschlagung einige Monate in einem bundesrepublikanischen Gefängnis verbracht hatte, aber dieses Wissen blieb abgespalten, fremd, hatte keine Macht über das selbstgemalte Bild des Helden.

War ihr Vater aber der Widerstandskämpfer, dann war ihre Beziehung zu Fred Wagner Verrat. Dann gab es für sie keine Nähe, keine Hingabe, sondern nur Scham und Schmutz.

Es ist dunkel geworden auf der Terrasse des Restaurants. Fackeln brennen, vom Strand wehen Reggae-Klänge nach oben. Caren hat zwei Herren einen Korb gegeben, die sie auf einen Drink einladen wollten, sie möchte früh in die Villa zurückkehren. Bedienstete haben in ihrer Abwesenheit das Bett aufgedeckt, die dezente Poolbeleuchtung ist eingeschaltet. Sie ist müde von der langen Reise, erst der Flug von Karachi nach Bangkok, dann weiter auf die Insel.

Einen Moment noch auf der Liege am Pool, dann will sie zu Bett gehen.

Sie öffnet ihre Handtasche und nimmt zwei Pillenschachteln heraus. Ein Beruhigungsmittel, das sie aber erst dann einnehmen wird, wenn es soweit ist. Dann, eine gute halbe Stunde danach, etwa 10 bis 15 Pillen, Oxycodonhydrochlorid, ein starkes Schmerzmittel aus der Gruppe der Opioide, in Deutschland nur mit einem BtM-Rezept erhältlich. In Pakis-

tan nimmt man es damit deutlich weniger genau. Stark überdosiert genommen, lähmt das Mittel die Atmung, man »vergisst« einzuatmen, erstickt letztendlich, aber das in größter Ruhe und Gelassenheit.

Caren trinkt noch einen Schluck Champagner und starrt in die schmerzlich schöne Tropennacht. Sie hofft inständig, dass sie schlafen kann, ohne stundenlanges Wachliegen und ohne die wilden, bösen Träume des Halbschlafs.

Der Flur und das Schweigen verfolgen sie im Traum, und seit einigen Jahren, immer wiederkehrend, Szenen einer grausamen Feier in Österreich, wenige Tage vor dem Einmarsch der Roten Armee, am 24. März 1945. Caren hatte, kurz nachdem sie Fred Wagners Geliebte geworden war, einen Artikel im Feuilleton der FAZ gelesen, der sie nie mehr losließ. Der sie oft in ihren Träumen begleitete. In dem Artikel wurde ein Fest auf Schloss Rechnitz im Burgenland beschrieben, ausgerichtet von Margit von Batthyány, einer Tochter des schwerreichen Industriellen Heinrich Thyssen. Schloss Rechnitz war während des Krieges eine Art Erholungsheim für höhere SS-Chargen. Die Thyssentochter verbrachte die meiste Zeit des Krieges auf ihrem Schloss, genoss augenscheinlich die Gesellschaft der uniformierten Herren.

Ende 1944 wurden in den Kellern von Schloss Rechnitz einige Hundert jüdische Zwangsarbeiter untergebracht, die in der Nähe des Schlosses Befestigungsanlagen bauen sollten. Die Rote Armee rückte näher und näher, unter den Menschen im Schloss machte sich Endzeitstimmung breit.

Am 24. März wurde zum Ball mit Musik, Tanz und reichlich Alkohol gebeten. Man hatte sich in Schale geworfen, Orden blitzten, Damen kicherten. Gegen Mitternacht wollte man den Gästen etwas Besonderes bieten und ließ von SS-Leuten ungefähr zweihundert der jüdischen Gefangenen zu einer fußläufig vom Schloss gelegenen Scheune bringen. Ein NSDAP-Ortsgruppenleiter und ein Gestapomann verteilten Waffen an Gäste der Feier und forderten auf, doch bitte ein paar Juden zu erschießen. Nicht wenige der Gäste beteiligten sich an der Treibjagd. Dann ging es zurück zu Tanz und Musik. Orden blitzten, Damen kicherten.

Der Thyssenfamilie gelang es lange, den Mantel des Schweigens über diese Höllenfeier im Hause von Margit von Batthyány, geborene Thyssen-Bornemisza, zu legen.

Caren war besessen von diesem Artikel. Sie begann von der Feier auf Schloss Rechnitz zu träumen. Zunächst sah sie sich als eine der jüdischen Häftlinge, spürte deren Angst, hörte das Grölen der betrunkenen Mordgesellen und versuchte sich hinter Sträuchern zu verstecken. Neben ihr wurde ihr Vater getroffen. Als ihre Beziehung zu Fred Wagner intensiver wurde, verkehrten sich ihre Träume langsam ins Gegenteil. Jetzt tanzte sie mit heißem Gesicht und langem Kleid mit Fred Wagner, der einen eleganten Smoking trug. Ein perfekter Walzer, bis sie plötzlich das Gewehr über Wagners Schulter und das Blut auf seinen gestärkten Manschetten bemerkte. Sie schrie auf, Wagner drehte sie weiter, lachte höhnisch, bis beide in einer immer schneller werdenden Pirouette zu Boden gingen. Hinten im Saal sah sie ihren Vater stehen, der stumm in den Kamin starrte. Nach dem Erwachen war sie erfroren vor Scham.

Heute hat Caren Glück, ein kleiner Cognac noch, dann schläft sie traumlos ein. Wie immer wacht sie gegen drei Uhr morgens auf, geht auf die Terrasse, bewundert den Sternenhimmel. Der Tod, den sie näherkommen spürt, macht Angst und doch fühlt sie sich bereit. Zwei Tage gibt sie sich noch, dann wird sie gehen.

Die letzten Tage vergehen eintönig. Äußerlich, denn in Carens Kopf läuft der Film ihres Lebens. Sie hat, akribische Planerin, die sie ist, alles bestens vorbereitet. Bei einem Frankfurter Beerdigungsinstitut hat sie eine Seebestattung weit draußen im Ozean bereits bezahlt. Ein Brief an das deutsche Konsulat liegt bereit. Sie will keine Abschiedsbriefe schreiben, sie hat sich etwas anderes ausgedacht.

Sie nimmt am Schminktisch Platz. Sie pudert ihr gebräuntes Gesicht sehr blass, es ist fast maskenhaft starr jetzt. Sie holt ein kleines altertümliches Diktiergerät aus ihrer Handtasche, will gerade mit der Aufnahme beginnen, als ein Geräusch auf der Terrasse sie hochschrecken lässt. Sie eilt nach draußen, glaubt eine Gestalt hinter der Außenhecke zu erkennen, geht näher, ruft, keine Antwort. Dann hört sie wieder ein Rascheln. Ein Lächeln huscht über Carens maskenhaftes Gesicht.

Die Gäste der Royal Lotus Villas legen größten Wert auf Diskretion und Ruhe. Das ist dem Personal mit aller Härte eingebläut worden. Die Zimmermädchen beginnen ihre Runde morgens um 9 Uhr zunächst in den Villen, an denen das grüne Schild sie zum Aufräumen auffordert. Vor Carens Tür hängt deutlich das rote Please-do-not-disturb-Schild. Zwei Zimmermädchen, die zur gewohnten Zeit die Morgenreinigung der Villa vornehmen wollen, bleiben taktvoll vor der Tür stehen. Die beiden kommen nach einer guten Stunde wieder, immer noch rot. Die Tür der Villa bleibt verschlossen.

Als sie gegen Mittag immer noch vor dem roten Schild stehen, klopfen sie leise. Keine Reaktion. Jetzt verständigen sie per Walkie Talkie ihre Schichtleiterin, die ihnen gegen 13:30 die Erlaubnis erteilt, die Tür zu öffnen und mit aller gebotenen Diskretion die Villa zu betreten. Sie wählen den Weg über die Terrasse, dabei fällt ihnen im Vorbeigehen ein niedergedrückter Strauch in der Hecke auf. Ein Fall für die Gärtner, nicht ihr Job.

Die große Schiebetür zum Wohnzimmer ist geöffnet und die beiden betreten zögernd und unter ständigen Hallo-Madame-Rufen das Innere der Villa. Auf dem Schminktisch liegen zwei aufgerissene Schachteln Pillen, ein Brief, eine Puderquaste sowie Make-up-Utensilien. Auf dem großen Bett im Schlafzimmer finden sie, friedlich auf dem Rücken liegend, Caren. Das eine der Mädchen rennt aus dem Zimmer, redet hektisch in ihr Funkgerät. Die andere sieht auf dem Nachttisch ein merkwürdig aussehendes Gerät, das sie für eine ihr unbekannte Variante eines iPods hält.

Ein kurzer Blick über die Schulter, dann verschwindet Carens altes Diktiergerät in den tiefen Taschen des Zimmermädchens.

10

Mitch und sein Team sind heute sehr früh aufgestanden, ein schnelles Frühstück, dann starten sie zum nahegelegenen Flüchtlings-Durchgangslager der Marwans. Die syrische Familie soll heute erfahren, wohin für sie die Reise geht. Es hat Mitch einige Telefonate und viele warme Worte gekostet, bis sie die Erlaubnis hatten, diesen Moment mit der Kamera begleiten zu können. 7:30 ist Abfahrt vom Hotelparkplatz. Mitch will unabhängig sein und steigt in seinen Alfa, das Team folgt in einen Volvo Kombi. Weder Mitch noch seinen Kollegen konnte auffallen, dass seit heute Nacht ein kleiner metallischer Kasten hinten unter Mitchs Wagen klebt. Die technische Überwachungseinheit des Bundesamtes für Verfassungsschutz hat auf Dickmanns Anweisung reagiert: Mitch fährt jetzt einen Peilsender durch Deutschland spazieren, der es ermöglicht, seinen Aufenthalt bis auf circa 15 Meter genau zu orten. Mitch hat keine Ahnung, wie nah sein unbekannter Gegner ab jetzt bei ihm ist.

Heute passieren sie problemlos die Pforte, keine Maghreb-Jungs belagern ihre Wagen. Das Team geht zügig durch die Halle in die Familienzone. Die Marwans erwarten sie bereits, alle frisch gestriegelt, Amir spielt mit seinem neuen Ball und strahlt Mitch an. Mitch begrüßt den Dolmetscher und erklärt kurz, wie so ein Dreh abläuft. Die Familie soll das Team ignorieren, so tun, als wären die Filmleute gar nicht da. Erst wenn die Heimleitung ihnen mitgeteilt hat, wohin es geht, wird Mitch Fragen an die Familie richten. »Hey Amir, pass auf, schau nicht direkt in die Kamera, sei ganz cool, okay?«

Amir nickt und die Familie läuft los. Jan überholt sie, dreht von vorne, Amir hält sich tapfer, lacht nicht, als Mitch sich einmal hinter einen Schrank drückt, um nicht ins Bild zu kommen. Dann ist das Büro der Heimleitung erreicht, Basim Marwan klopft höflich und betritt dann an der Spitze seiner Familie das schmucklose Büro. Hinter dem Schreibtisch ein Fahnenständer mit der bayrischen, der deutschen und der EU-Flagge.

Mitch flüstert Jan, dem Kameramann, zu: »Kein Seehofer-Bild hier, eigentlich schade.« Dann ergreift der Leiter der Einrichtung, der freundliche Herr Waldbichler, ein Mann mittleren Alters, das Wort: »Liebe Familie Marwan, ich hoffe, es hat Ihnen hier bei uns in Bayern gefallen. Wie Sie wahrscheinlich wissen, sind wir hier ein Durchgangslager, Sie werden jetzt in eine deutlich kleinere Einrichtung geschickt, in der Sie auch eine abgeschlossene Wohnung bekommen, zumindest wahrscheinlich.« Als der Übersetzer bei der »abgeschlossenen Wohnung« angekommen ist, lächeln Basim und Samira Marwan erwartungsvoll. Ihre Gebete scheinen erhört zu werden, endlich raus aus der großen Halle. »Für Sie geht die Reise in den Osten Deutschlands, Sie werden zunächst in einer Kleinstadt in Thüringen untergebracht, in Friedenau.«

Mitch zuckt zusammen, als er Friedenau hört, versucht aber seinen Gesichtsausdruck zu kontrollieren, er will den Marwans keine Angst machen. »Von allen Scheißkäffern in Deutschland ausgerechnet Friedenau, da gibt es zweimal die Woche Randale vor dem Haus«, zischt Mitch Jan ins Ohr.

«Na und, ist doch super. Gut für die Story, wir werden geile Bilder kriegen! Du wolltest doch die Wirklichkeit und keine süßlichen Geschichten für das Angela-Merkel-Flüchtlingsfernsehen.«

Mitch weiß, dass Jan recht hat, für seinen Film kann es keinen besseren Ort als Friedenau geben, aber die Marwans und vor allem der kleine Amir tun ihm leid, das wird hart für sie werden.

Herr Waldbichler steht auf, schüttelt den Marwans die Hände, klopft Amir auf den Rücken und erklärt, in circa einer Woche sei Aufbruch. Amir zerrt an Mitch und an dem Dolmetscher: »Kennst du den Ort, du hast so komisch geguckt?«

Mitch verflucht seine ausgeprägte Mimik, er war immer ein mieser Pokerspieler. Auch Basim, Samira und Mayla blicken ihn jetzt erwartungsvoll an. Mitch stottert etwas: »Nun, Friedenau ist ein ganz netter kleiner Ort und das Haus, in das ihr kommt, ist auch okay, es gibt in Friedenau halt ein paar Leute, die mögen keine Flüchtlinge, die haben Angst vor Muslimen. Aber das sind wenige, die Mehrheit in Friedenau ist in Ordnung.«

Mitch spürt die Verunsicherung der Marwans, er gibt sich einen Ruck und bittet den netten Herrn Waldbichler um ein Wort unter vier Augen.

Die Marwans und das Team verlassen den Raum. Mitch ist alleine mit dem Leiter und staunt über sich selbst: Er versucht gerade, seine eigene Story kaputt zu reden. »Hören Sie, Herr Waldbichler, ich drehe eine Langzeitbeobachtung über die Marwans. Sie wissen so gut wie ich, was in Friedenau los ist. Wollen wir wirklich, dass im nationalen Fernsehen ein Film läuft, in dem ständig Randale zu sehen ist? Kann die Entscheidung nicht noch einmal überprüft werden?«

Der freundliche Herr Waldbichler schaut plötzlich eine Spur strenger. »Herr Berger, wir können unmöglich behördliches Handeln von Fernsehbedürfnissen abhängig machen. Friedenau gilt als sicher, sonst wäre das Heim dort nicht in unseren Listen. Außerdem bin ich ein klein wenig verwundert über Ihren Ansatz. Drehen Sie eine Reportage oder inszenieren Sie einen Film über das schöne Leben der Flüchtlinge in

Deutschland?« Jetzt ist Mitch baff, sprachlos und geschlagen. Er ist Reporter, sein Job ist es, Wirklichkeit abzubilden und nicht zu beeinflussen. Aber dass ihm ein bayrischer Lagerleiter einen Grundkurs in Journalismus erteilt, trifft ihn.

Draußen warten die Marwans, alle haben Fragen zu Friedenau. Basim hat gehört im Osten gäbe es Nazis, Samira fragt, ob es da sicher sei, Mayla will wissen, was Nazis sind, und fragt dann nach Geschäften. Amir will wissen, ob es einen Fußballplatz gibt. »Leute, hört auf, ich bin kein Auskunftsbüro für Friedenau. Ich war ein einziges Mal da, und das war rein privat. Ja, es gibt da Nazis, aber die gibt es überall in Deutschland, mal mehr, mal weniger. Ihr werdet da sicher sein, es gibt da Läden und auch einen Fußballplatz. Außerdem kommen wir mit und drehen, wie es euch da geht. Niemand greift Leute an, die gerade vom Fernsehen gedreht werden.«

Der letzte Satz war natürlich Blödsinn, sie können die Marwans nicht jeden Tag drehen, aber der Satz beruhigt und die Marwans beginnen ihre Sachen zu packen. Mitch und das Team wollen zurück nach Frankfurt, die Marwans werden sich melden, sobald ihr Abreisetermin definitiv fix ist.

Als sie draußen vor den Wagen stehen, flucht Mitch laut los: »So eine verdammte Scheiße, die Leute tun mir echt leid, ich habe nichts gegen den Osten, aber Friedenau ist kein gutes Pflaster, gerade für den Kleinen. Der wird da nie in einer Fußballmannschaft kicken, weil im Zweifelsfall der Jugendtrainer ein Scheißskinhead ist. Denke ich jetzt mal. Und Jan, ich bin nicht blöd, ich weiß selber, dass die Wahl des Ortes für unsere Story ein Segen ist, trotzdem, ich mag die Leute – und das wird dort bitter für sie werden.«

»Gut, Mitch«, Jan knufft ihn in die Seite, »du wirst halt ein bisschen sentimental auf deine alten Tage, das ehrt dich. Wir werden auf die Familie aufpassen, soweit es geht. Lass uns einen guten Film machen, wenn die Familie sympathisch rüberkommt, melden sich Leute mit Hilfsangeboten, dann haben sie eine Chance, schnell da wegzukommen.«

Sie klatschen sich ab und springen in die Autos. Als Mitch die A 3 erreicht, meldet der Peilsender unter dem Alfa Romeo eine schnelle Bewegung Richtung Norden.

In der Gegend von Würzburg stellt sich Mitch auf Staus ein und wechselt zu hr-iNFO, seinem Nachrichtensender. In den Nachrichten ist von einem mysteriösen Mord in Thüringen die Rede. Das Opfer sei ein polizeibekannter Neonazi namens Maik Milber. Spuren am Tatort würden nach Polizeiauskunft in Richtung Ukraine weisen. Möglicherweise sei das Opfer in Waffengeschäfte verstrickt gewesen. Der Alfa kommt gut durch, erst kurz vor Frankfurt ein fetter Stau. Mitch fährt direkt zum Größenwahn, so gegen 18:00 kriegt man immer einen Platz. Ein schneller Happen, dann nach Hause, noch ein bisschen arbeiten und dann pennen. Guter Plan, aber es wird dann doch wieder etwas später und promillehaltiger. Immerhin, er schafft es zu den Tagesthemen. Der tote Maik Milber hat es auf Platz 1 des Nachrichtenblocks gebracht. Ein Foto des Opfers zeigt einen massigen, großen Glatzkopf, Anfang 40. Jetzt sind die Angaben der Polizei schon etwas präziser. Die ukrainische Spur scheint sich zu erhärten. Ein Polizeisprecher wird interviewt, er redet von einem absoluten Profijob, begangen mit einer militärischen Präzisionswaffe. Dann spricht er von Erkenntnissen, die klar in Richtung Ukraine deuten würden. Tatverdächtig seien Mitglieder einer bewaffneten Gruppe des sogenannten rechten Sektors, es sei wahrscheinlich eine Auseinandersetzung im Waffenhändlermilieu. Es folgen Bilder vom Tatort, man sieht den abgesperrten Eingang einer trist wirkenden Kneipe. Bei der dann folgenden Graphik erkennt Mitch, dass der Tatort Bergroda höchstens 20 Kilometer von Friedenau entfernt liegt.

»Scheiße«, murmelt Mitch, »Friedenau, immer wieder Friedenau. Was zum Teufel verbindet mich mit diesem Kaff, warum muss ich immer wieder über Friedenau stolpern.«

Am nächsten Morgen ruft Mitch als erstes in der Redaktion an, meldet, er müsse zu einer dringenden Vorbesichtigung nach Friedenau, dort spielten die nächsten Szenen seiner Flüchtlingsstory.

Nach zehn Minuten klingelt sein Telefon, Herbert Ahlers, der Chef von Star TV Frankfurt, ist am Rohr. »Wieso ein dringender und plötzlicher Reiseantrag nach Friedenau? Ich dachte, wir seien uns einig, dass du eine Begleitstory über eine Flüchtlingsfamilie machst, was soll dann die Randale in Friedenau? Will doch kein Mensch sehen, stört doch nur.«

Mitch grinst.«Sorry, Chef, aber die von mir porträtierte Familie Marwan hat gestern erfahren, dass sie nach Friedenau verlegt wird. Wir haben die Szene im Kasten, sie ist gut. Das ist eine Behördenentscheidung, mit der ich rein gar nichts zu tun habe.«

Ahlers ist sauer, die Story scheint ins Politische zu kippen, das passt ihm gar nicht. »Gut, ich kümmere mich drum, vielleicht kann man da ja noch was ändern.«

»Sorry, Chef«, Mitch flötet jetzt fast, »das habe ich gestern versucht und einen Vortrag über die Verpflichtung der öffentlich-rechtlichen Sender zur Wahrheit bekommen. Würde ich lassen, sonst droht von der Lagerleitung aus ein Hinweis an Kollegen.«

Ahlers fühlt sich aufs Kreuz gelegt, ist wütend, hat aber nichts in der Hand, um Mitch anzupampen. »Okay, sei's drum. Deine Dienstreise ist genehmigt, aber es muss dir klar sein: Ich will den Kleinen beim Kicken mit seinem ersten deutschen Freund sehen und keinen grölenden Skinhead-Chor. Kapiert?«

»Aye, aye Sir«, säuselt Mitch, der froh ist, dass es noch keine Bildleitung für Telefonate mit dem Chef gibt. Er zeigt der Wand den Stinkefinger und legt auf.

Noch ein paar Telefonate, ein paar Besorgungen, dann steuert er den Alfa wieder auf die Autobahn. Sein Peilsender meldet schnelle Fahrt auf der A 5 Richtung Norden, Mitch ist unterwegs nach Friedenau. Er merkt, wie sich seine Stimmung verdüstert, je näher er seinem Ziel kommt. Immer noch kaut er an der verlorenen Prügelei mit Wagner. Verletzte Männlichkeit kann verdammt schmerzhaft sein. Ihm ist nicht ganz klar, was er eigentlich in Friedenau will. Okay, das Team muss im Heim angemeldet werden, aber da eine generelle Drehgenehmigung durch das Innenministerium vorliegt, ist das nur Formsache. Mitch weiß genau, das eigentliche Ziel dieser Fahrt ist wieder Fred Wagner. Will er eine zweite Runde im Boxring?

Mitch rätselt immer noch, warum ihm jemand die NSU-DVD geschickt hat, er ist überzeugt, dass es eine Verbindung zu Wagner geben muss. Aber er muss sich auch eingestehen, dass er in der Sache keinen Zentimeter weitergekommen ist.

Er flucht, während er am Hattenbacher Dreieck auf die A 7 wechselt. Vielleicht sollte er mit der DVD nach Hamburg zum SPIEGEL gehen und versuchen, möglichst viel Kohle zu ergattern. Er weiß, warum er das nicht macht. Er sieht mittlerweile eine Chance für sich. Dies ist die Art von Story, auf die ein Journalist ein Leben lang wartet, Mitch riecht förmlich, dass es da irgendwo ganz gewaltig stinkt. Dies ist seine Chance zu beweisen, dass er noch lebt und nicht nur blind durch sein Leben stolpert.

Kirchheimer Dreieck, Wechsel auf die A 4, denkt Mitch und in derselben Sekunde schickt der kleine, unter dem Wagen versteckte Peilsender dieselbe Info in den Äther. Es dämmert schon, als Mitch in Friedenau ankommt. Heute scheint alles ruhig zu sein. Mitch parkt in der Nähe des Marktplatzes. Alles ist friedlich, eine nette Kleinstadt erwartet die Besucher. Ein kurzer Espresso, dann geht Mitch die Straßen runter zum Flüchtlingsheim. Auch hier ist es ruhig heute Abend. Rechts und links der kopfsteingepflasterten Straße stehen noch die Absperrgitter der Polizei.

Der Peilsender unter Mitchs Wagen hat über einige Relaisstationen den neuen Standort nach Köln gesendet und im dortigen Computer ein Signal ausgelöst. Die Überwachungsmannschaft ist von Dickmann instruiert worden, Annährungen an die Adressen wichtiger V-Männer zu melden. Mitch hat Alarm ausgelöst, er parkt in der Zone um die Adresse Friedenau, Brandenburgerstraße 14, die Anschrift von Fred Wagner. Der Kölner Schichtleiter greift zum Telefon, erklärt seinem Gegenüber die Lage und mailt dann Mitchs Namen, sein Foto, ein Foto des Alfa und Wagners Adresse an ein Team des Thüringer Landesamtes für Verfassungsschutz.

Mitch sieht jetzt das Heim. Ein Streifenwagen parkt gegenüber dem Haus, das einen freundlichen Eindruck macht. Ein großes dreistöckiges Gebäude, in dem zurzeit etwa 25 Bewohner untergebracht sind. Vor dem Haus stehen einige Kerzen und Blumen und ein Schild mit dem Text: Das bunte Friedenau grüßt seine neuen Mitbürger. Als Mitch sich dem Gebäude nähert, kommt ein kräftiger Security-Mann aus dem Eingang, Mitch weist sich als Journalist aus, bittet, zum Heimleiter gebracht zu werden. Zu seiner Überraschung ist das ohne Voranmeldung möglich und Mitch sitzt nach wenigen Minuten einem sehr müde wirkenden Mann gegenüber, dem Heimleiter Dieter Stiller. Mitch stellt sich vor, zeigt seinen Presseausweis, die Star TV Visitenkarte sowie das Schreiben der Presseabteilung des Innenministeriums, das alle betroffenen Behörden bittet, diesem Filmprojekt jede nur mögliche Unterstützung zu gewähren.

Der Heimleiter fixiert Mitch aus leicht geröteten Augen. »Und was kann ich für Sie tun, Herr Berger? Ich schätze, Sie haben sich Friedenau ausgesucht, weil es hier so schöne lebhafte Straßenbilder gibt, auf die man dann wunderbar texten kann, dass alle Ossis hirnamputierte Nazis sind, oder?« Mitch widerspricht, aber der jetzt gar nicht mehr müde Herr Stiller lässt ihn nicht zu Wort kommen. »Wenn Sie wüssten, wie leid ich das alles bin, wir wissen selber, es gibt hier einen nicht ganz kleinen Anteil von rechten Spinnern, aber die überwiegende Anzahl der Bürger von Friedenau ist nicht brauner als die Bürger in einer vergleichbaren Kleinstadt im Westen. Wir arbeiten hier wie die Blöden, um den ankommenden Flüchtlinge zu helfen. Berichtet aber wird über saufende Skins. Bei uns im Ort sind seit der Wende eine Menge guter Leute abgewandert, vor allem junge Frauen. Bei denen, die hiergeblieben sind, gibt es Trotz und Wut gegen die sich ständig verändernden Lebensumstände, denen gegenüber die Menschen sich hilflos fühlen. Alle schrillen Beiträge im Fernsehen tragen nur dazu bei, den Kreislauf nach unten zu beschleunigen. Viele Menschen fühlen sich abgestoßen von den Bildern, Unternehmer sagen, nie im Leben werde ich in diesem Kaff investieren und unsere Glatzen freuen sich, wenn sie wieder mal in den Hauptnachrichten laufen. Das kopieren die sofort, laden es auf You Tube hoch und fühlen sich wie die Kings.«

Dieter Stiller lässt sich in seinen Stuhl zurückfallen, holt erschöpft Luft und fixiert Mitch erwartungsvoll.

»Herr Stiller, ich drehe eine Langzeitbeobachtung über die Familie Marwan und kein Sittengemälde von Friedenau. Ich bin nicht hier, weil ich Reklame für eure Skins machen will, sondern weil irgendeine bayrische Behörde die Marwans nach hier verlegt hat. Ich habe nicht um diesen Drehort gebeten, ich habe ihn zugeteilt bekommen. Ich habe keinerlei Interesse daran, Friedenau als Nazikaff zu zeigen, aber ich werde das drehen und das berichten, was die Marwans hier erleben. Kann die Familie hier zur Ruhe kommen, dann ist das meine Story, kann Amir hier Fußball trainieren, dann ist das meine Story. Wenn allerdings ihre armen, verlassenen, frauenlosen Skins den Marwans jeden zweiten Abend die Fenster einwerfen, dann ist auch das meine Story.«

Stiller seufzt und bietet Mitch ein Bier an. »Klingt fair, Herr Berger, wir werden Sie unterstützen. Wann wird die Familie ankommen, mir liegen noch keine Infos vor.«

»Sorry, weiß ich auch nicht, in Bayern war von etwa einer Woche die Rede.«

Die beiden tauschen Visitenkarten aus, lächeln und wünschen sich gute Zusammenarbeit. Draußen auf der Straße dreht Mitch sich noch einmal um. Ein super engagierter Typ, denkt Mitch, es ist selten, dass er Männer der Verwaltung gut findet, aber Stiller hat ihm gefallen.

Er läuft los, ohne Ziel, merkt plötzlich, dass er ganz in der Näher der Brandenburgerstraße angekommen ist. In etwa fünfzig Meter Entfernung liegt die Nummer 14. Wieder stehen die beiden Trucks vor Wagners Spedition, Haus und Büro sind stockdunkel, ganz augenscheinlich ist niemand da. Mitch blickt sich um, nichts zu sehen, er ist allein, alles still. Er starrt in das Büro, in dem Wagner ihn verdroschen hat. In ihm kocht die Wut hoch, schon ist er auf der Rückseite des Büroanbaus, immer noch ist niemand zu sehen. Mitch weiß, dass er jetzt Mist baut, aber da hat er seine Handschuhe angezogen, einen Stein aufgehoben und vorsichtig eine Glasscheibe der hinteren Eingangstür eingeschlagen. »Scheiße, was mache ich hier«, murmelt Mitch. Er greift durch die Tür nach innen, bemerkt, dass ein Schlüssel steckt. Er kann den Schlüssel abziehen, öffnet dann die Tür von außen. Er nimmt sein Handy, aktiviert die Taschenlampe und holt erst einmal tief Luft. Mitch sieht, dass zwei Türen von dem Flur abgehen, entscheidet sich für die linke, die in den Anbau, ins Büro führen müsste. Er öffnet die Tür, es riecht intensiv nach abgestandenem Zigarettenqualm. Mitch sieht im doch recht schwachen Licht der Handylampe halbrechts den Schreibtisch stehen.

Plötzlich kickt er mit seinem Schuh gegen eine Flasche, die scheppernd über den Fliesenboden rollt. Sein Blutdruck steigt, für endlos wirkende zwei, drei Minuten wagt Mitch keine Bewegung, kaum einen Atemzug. Alles bleibt still, es ist wohl wirklich niemand zu Hause. Glück gehabt. Mitch weiß, dass der Lichtschein des Handys von außen durch die trüben Scheiben gesehen werden kann. Er löscht das Licht. Der Schreibtisch wirkt leer, viele geschäftliche Vorgänge scheint die Spedition Wagner nicht zu haben. Mitten auf dem Schreibtisch liegt ein Foto, etwa 20x15, schwarz-weiß. Mitch lässt noch einmal die Handylampe aufblitzen, sieht einen deutlich jüngeren Fred Wagner neben einem Kerl, der Mitch merkwürdig bekannt vorkommt. Der Typ ist gut einen Kopf größer als Wagner, ein Glatzkopf mit verdammt breiten Schultern. Die beiden strahlen in die Kamera und strecken den rechten Arm zum deutschen Gruß. Mitch schätzt, dass das Foto etwa fünf Jahre alt sein dürfte. Irgendwo hat er den anderen Mann schon einmal gesehen, gar nicht so lange her. »Scheiß beginnende Demenz«, murmelt Mitch, und dann beginnt sein Hirn zu rattern. »Mann, das ist der Typ aus den Tagesthemen, der Nazi, den so ein Ukrainer abgeballert hat. Wagner ist also best friend mit einem Waffenhändler, gibt es irgendetwas Mieses, in dem der Scheißkerl nicht seine Finger hat?«, flucht Mitch leise vor sich hin. Er nimmt sein Handy, deaktiviert die Taschenlampe, stellt den Blitz an und macht ein Foto von dem hübschen Pärchen. Mitch wird mutiger, setzt sich auf den abgewetzten Schreibtischsessel und beginnt die Schubladen des Schreibtisches zu inspizieren. Drei rechts, drei links, Mitch beginnt oben links.

Inzwischen hat ein schwarzer Mercedes Vito mit abgedunkelten Scheiben die Innenstadt von Friedenau erreicht und dreht eine Kurve um den Marktplatz. Auf dem Rücksitz starrt ein Mann auf einen Bildschirm und gibt dann Kommandos: »Hier die nächste rechts, jetzt muss die Karre maximal fünfzig Meter von uns entfernt stehen.«

Der Fahrer pfeift: »Ja, ich sehe das Teil, da vorne ein roter Alfa Spider, leicht angeschimmelt, Frankfurter Kennzeichen.«

Der Beifahrer lässt die Scheibe runter surren und macht mit einer Kamera während des langsamen Vorbeifahrens vier, fünf Bilder des geparkten Alfas. »Keine Spur von Herrn Berger, lasst uns direkt zum Objekt Brandenburgerstraße fahren, vielleicht hat er es ja tatsächlich darauf abgesehen.« Der Mann auf dem Rücksitz klappt den Laptop zu, lehnt sich zurück. Der Vito beschleunigt seidenweich. Alle drei Männer in dem Wagen sind dreißig bis Mitte dreißig Jahre alt, sind kräftig, tragen dunkle Lederjacken zu schwarzen Jeans. Der Beifahrer legt die Kamera weg, drückt eine Kurzwahltaste auf seinem Handy: »Zentrale, Wagen geortet, leer. Wir checken jetzt das Objekt Brandenburgerstraße. Ja, melden uns vor jeglicher Aktivität.«

Der Fahrer grinst: »Kölner Hosenscheißer.«

Fred Wagner hat einen hochroten Kopf, seine Stimme überschlägt sich fast. Vor ihm steht das obligatorische Herrengedeck, Bier und Korn. Er sitzt mit ein paar Skinheads in der Eiche. Die Polizei hat die Kneipe wieder freigegeben, der

Stammtisch der Rechten hat nur ein Thema: Wer hat Maik Milber abgeschossen? »Schwachsinn«, brüllt ein Mann, der eine ähnliche Statur wie Milber hat, »Schwachsinn, ich kenne Maik, der hat einen Scheiß mit Waffen in die Ukraine zu tun. Ist dummes Bullengelaber.«

Auch Fred, der hier als Chef das große Wort führt, haut in dieselbe Kerbe. »Maik hat nie im Leben Waffen vertickert und schon gar nicht an die Kameraden aus der Ukraine. Warum soll jemand von denen von uns Waffen kaufen, die sind im Krieg, die sitzen an der Quelle, wir könnten uns zur Not von denen was besorgen, aber doch nicht andersrum. An die Maulhelden von der Antifa glaube ich auch nicht, keiner von denen ist doch in der Lage, mit einem verdammten Snipergewehr umzugehen, ist eine Nummer zu groß für Scheißstudenten. Wer aber dann?« Die Runde starrt ratlos in die Gläser, dann wird ein weiterer Schnaps auf den toten Kameraden gekippt.

Wagner will sich mit den Freunden besaufen heute Abend, aber etwas hindert ihn daran, sich in das wohlige Gefühl der Gemeinschaft fallen zu lassen. Er denkt an das Telefonat, dass er mit Milber kurz vor dessen Tod geführt hat. Er hat eine Ahnung, wer hinter der Tat stehen könnte, und dieser Gedanke macht ihm höllische Angst.

Mitch ist mittlerweile im vollen Jagdfieber, zieht gerade rechts die mittlere Schublade raus. Einige Papiere, obendrauf ein goldener Adler auf weinrotem Untergrund, Mitch hat Wagners Pass in den Händen, grinst über ein wenig schmeichelhaftes Foto, blättert dann im Pass nach hinten und erstarrt. Der letzte Stempel springt ihn an, Mitch entziffert … Immigration, Suvarnabhumi Airport, Thailand. Darunter leichter lesbar ein Datum: 15.04.

In Mitchs Kopf jagen sich die Gedanken, er checkt den Kalender in seinem Handy, um sicher zu gehen, es stimmt, der 21. April ist Carens Todestag. Fred Wagner ist eine knappe Woche vor Carens Tod in Bangkok gelandet.

»Scheiße«, flucht Mitch, »der Drecksack ist ihr nachgeflogen. Am 15. in Bangkok, dann ist er mühelos einen Tag später auf Carens Lieblingsinsel Koh Samui.« Mitch fröstelt. »Der ist ihr nachgeflogen, weil sie eine Gefahr für ihn bedeutete, verdammt, Caren hat keinen Selbstmord begangen, der Drecksack von Wagner hat sie getötet.«

Plötzlich kann er wieder klar denken, aktiviert die Kamera, um den Einreisestempel zu fotografieren. Schwer, im Dunkeln so einen kleinen Stempel scharf zu erwischen, es blitzt, Mitch checkt das Bild, alles drauf, gut lesbar. Er fotografiert noch Wagners Passbild, wieder blitzt es in dem dunklen Büro.

Für Mitch nicht sichtbar haben draußen die drei sportlichen Herren aus dem Vito Position bezogen. »Hallo Zentrale, wir sind vor dem Objekt, ganz augenscheinlich ist die Zielperson eingedrungen und fotografiert gerade Dokumente ab. Erbitte Anweisungen.« Er lauscht eine knappe Minute, lächelt dann und legt auf. »Okay, wir gehen rein. Ich erwarte keine Gegenwehr, der Typ ist ein Fernsehfuzzi. Er soll eine Warnung bekommen, nichts wirklich Heftiges. Zwei Stunden aus dem Verkehr nehmen.« Jetzt wendet er sich an den Mann, der auf dem Rücksitz am Laptop gearbeitet hatte. »Alle Fotos von heute Abend löschen, das Handy so präparieren, dass Köln ihn über sein eigenes Handy abhören kann. Kriegst du das hier und vor allem schnell hin?« Der dritte Mann nickt. Jetzt bewegen sie sich langsam, mit sicher wirkenden Bewegungen auf das Haus zu.

Mitch hat gerade den Pass in die Schublade zurückgelegt, als er ein Knacken im Gang zu hören glaubt. Er springt auf, huscht lautlos durch das Büro in Richtung Vordertür, kriegt die Klinke zu fassen, will die Tür aufreißen. »Verdammter

Mist«, flucht Mitch, »abgeschlossen, kein Schlüssel im Schloss.« Er wirbelt herum, erwartet Wagner zu sehen, ist entschlossen, nicht wieder zu kneifen, und sieht zu seinem Entsetzen drei dunkle Gestalten auf sich zukommen. »Wer seid ihr«, zischt Mitch, dann sieht er, dass der ihm am nächsten stehende schwarze Schatten einen Gummiknüppel in der Hand hält. Mitch springt auf den Schatten zu, erwischt ihn, dann aber gehen bei ihm die Lampen aus. Ein Volltreffer mit dem Hartgummistock direkt an die Schläfe, ein Tritt in den Bauch, Tritte in die Seite, in die Nieren, er stöhnt und spürt dann nichts mehr.

Der dritte Mann schnappt sich Mitchs Handy, checkt das Album, löscht die Bilder des heutigen Tages. Dann macht er sich in den Tiefen des Menüs zu schaffen. Die beiden anderen haben Mitchs Hände mit Kabelbindern auf seinem Rücken fixiert, verbinden ihm nun die Augen, rollen seinen Jackenärmel hoch und geben Mitch gekonnt eine Injektion in die Vene des rechten Arms.

»Köln will keinerlei Verbindung zu dieser Adresse. Wir müssen unseren Fernsehstar etwas außerhalb des Ortes deponieren«, kommandiert der Chef der Gruppe und schnappt sich Mitchs Beine. Sie schleppen den regungslosen Körper zu ihrem Wagen, deponieren ihn auf dem Rücksitz. »Ganz schön schwer, der Kerl«, mault der Mann, der Mitchs Oberkörper hält, »dachte immer, die Fernsehschwuchteln hätten alle Untergewicht.«

Die Brandenburgerstraße liegt ruhig und finster, niemand bekommt etwas mit, als der dunkle Vito losprescht. Der Wagen passiert den Marktplatz, beschleunigt, hat bald die Außenbezirke von Friedenau hinter sich gelassen. Es geht einen halben Kilometer auf der Landstraße, dann stoppt der Vito an einem Feldweg. Mitch wird unsanft aus dem Wagen gezogen und hinter einem Busch deponiert. Mitch stöhnt ab und zu, bekommt aber von alledem nichts mit.

»Komm«, sagt der Kommandochef, »wir sind doch keine Unmenschen, mach ihm die Kabelbinder ab, sonst erfriert uns der Gute noch.« Der Techniker des Teams deponiert das Handy wieder in Mitchs Jacke, dann steigen die drei ein, der Vito beschleunigt und verschwindet in der Dunkelheit.

Es dauert gut eine Stunde, bis Mitch langsam wach wird. »Wo bin ich, was habe ich getrunken«, murmelt er und betrachtet die dunklen Wolken über sich. Ihm ist eiskalt, er schüttelt sich, versucht aufzustehen, schwankt erbärmlich und langsam, ganz langsam kommt die Erinnerung zurück. Der Pass, verdammt, der Pass, Wagner hat Caren gekillt, drei Schatten, was war da nur, der Pass, er hatte den Pass doch fotografiert. Er tastet seinen schmerzenden Körper ab, bis er in der Jackentasche sein Handy fühlt. Er entsperrt das gute Stück, klickt auf Album und sieht ein Bild, das er gestern in Bayern von Amir gemacht hat. Alle Bilder von heute Abend sind weg. Komplett weg, gelöscht.

Er sieht ein paar Scheinwerferlichter, hört einen Wagen vorbeipreschen und fragt sich, wo zum Teufel er eigentlich ist. Die eiskalte Luft tut gut, er läuft noch etwas wackelig, hat aber bald die Landstraße erreicht. Er fasst sich an die schmerzende Schläfe und spürt Blut an seiner Hand. Wieder donnert ein Wagen vorbei, Mitch reißt den Arm hoch und stöhnt bei der plötzlichen Bewegung. Natürlich hält der Wagen nicht. Mitch stolpert auf der Landstraße Richtung Friedenau, hofft er zumindest.

Dann hat er Glück, ein Lkw blinkt, bremst und ein etwas misstrauisch blickender Thüringer Trucker ist bereit, ihn mitzunehmen Richtung Innenstadt. Mitch murmelt was von Streit mit Kneipenbekanntschaften, der Trucker zeigt auf Mitchs Schläfe und meint, damit solle er besser zum Arzt.

Wenige Minuten später sitzt Mitch in seinem Alfa und startet. Er erinnert sich, kurz hinter der Autobahnabfahrt ein Hotel gesehen zu haben, das er jetzt ansteuert. Dort muss er einem misstrauischen Nachtportier die Übernachtung vorab und bar bezahlen. Oben in seinem Zimmer sieht er sich im Spiegel und wundert sich, dass er das Zimmer bekommen hat. Er duscht lange, sein Körper brennt wie Feuer, aber die Wärme tut gut. Am nächsten Morgen hat er Probleme hochzukommen, Mitch ruft Jan an, erklärt ihm, dass er einen Unfall gehabt habe und zur Kontrolle ins Krankenhaus müsse. Der Dreh sei angemeldet, der Heimleiter Stiller ein fairer Typ.

Zur Polizei kann er nicht, er müsste den Einbruch zugeben. Die drei, die ihn erledigt haben, waren keine Skins, sondern eiskalte Profis – wie hätte er das der Polizei erklären sollen? Mitch trinkt mehrere Espressi, mehr kriegt er nicht runter. Trotz aller Schwindelattacken fährt er zurück nach Frankfurt.

Er hat es eilig, er will sehen, ob es eine Chance gibt, wieder an seine Fotos zu kommen. Endlich hatte er was in Händen gehabt, das Foto von Fred Wagner mit dem Waffenhändler und den Pass, der den Verdacht nahelegte, dass Wagner etwas mit Carens Tod zu tun hatte.

Er fährt nicht nach Hause, sondern sofort zu einem ihm bekannten Hacker und Telefonfreak, den er bittet, sich das Telefon anzuschauen und wenn möglich die Fotos zurückzuholen. Der Mann macht sich an die Arbeit und kommt nach einer guten halben Stunde zu Mitch zurück. »Mit wem immer du da zu tun hast, lass es sein. Deine Gegner sind Vollprofis. Ich sage dir, nicht nur deine Bilder sind auf immer und ewig weg, mehr noch, dein nettes Handy ist umgedreht worden. Dein Handy ist dazu gebracht worden, dich abzuhören. Jedes Gespräch, jede SMS, ja sogar wenn es neben dir liegt, kann von außen aktiviert werden, sendet dann deine Unterhaltungen. Sowas habe ich noch nie gesehen.«

»Fuck«, stöhnt Mitch, »dann hören die auch jetzt unsere Unterhaltung?« Der Hacker schüttelt den Kopf, zeigt Mitch die SIM-Karte in seiner Hand. »Was kann ich mit dem Telefon machen?«, fragt Mitch fassungslos.

Statt einer Antwort nimmt der Hacker einen Hammer und zerlegt mit kräftigen Hieben das Handy. »So, aus die Maus, manchmal helfen nur sehr alte Mittel.«

Mitch verabschiedet sich, merkt aber beim Rausgehen, dass ihm schwindelig wird. Er beschließt, einen befreundeten Arzt im Frankfurter Bürgerhospital aufzusuchen.

Vollprofis, dröhnt es in seinem Kopf, Vollprofis.

Sein Medizinerfreund hat ebenfalls keine guten Nachrichten. Mitch muss sich stationär aufnehmen lassen, er soll einmal ganz durchgecheckt werden, das volle Programm. Was für eine verdammte Glückssträhne, denkt er und bittet die Schwester um eine Schlaftablette.

II

Mitch fühlt sich beschissen, als er das Frankfurter Bürgerhospital verlässt. Dabei war die Diagnose ganz tröstlich: nichts gebrochen, keine ernsthaften inneren Verletzungen.

Trotzdem ächzt er beim Aufstehen wie ein alter Mann. Darüber hatte schon Lilly ihre Witze gerissen. Er fasst einen Entschluss, der längst überfällig war.

Mitch greift zu seinem neuen Telefon, nicht ohne über die verlorenen Daten zu fluchen, ruft die 11833 an und lässt sich mit seinem Reisebüro verbinden. Er bucht für übermorgen einen Flug nach Bangkok mit Weiterflug nach Koh Samui. Er ruft in der Redaktion an, meldet sich krank. Er informiert Jan, gibt ihm die Nummern des Heimleiters in Friedenau, erklärt, dass alles besprochen sei und dass Jan sich auf Stiller verlassen könne. Dann führt er einige Telefonate mit Informanten aus der Computerszene. Er sucht einen Mann, der ihm die Informationen wieder beschaffen kann, die ihm die Schläger gestohlen haben.

Verflucht, er hatte den Thai-Stempel in Wagners Pass gesehen mit dem Einreisedatum sechs Tage vor Carens Tod. Mit dem Foto hätte er einen Beweis gehabt, dass Fred Wagner zu Carens Todeszeitpunkt in Thailand war. Alle waren immer davon ausgegangen, dass Caren Selbstmord begangen hatte. Doch jetzt erscheint ihm alles in einem ganz anderen Licht. Vielleicht war dem verdammten Nazi die Nummer mit Caren zu heiß geworden, er hatte die Notbremse gezogen und seine Geliebte getötet.

Das Beweisfoto auf seinem Handy aber ist verloren, ist professionell gelöscht worden. Das aber kann nur bedeuten, dass Wagner geschützt wird. Von wem? Vom Geheimdienst? Warum?

Hat Mitch die DVD bekommen, weil er Wagner gesucht hat? Wer ist sein Informant, wer ist Wagners Gegenspieler?

Mitch traut Wagner den Mord an Caren absolut zu. Wie verdammt verächtlich er über sie gesprochen hat. Mitch muss beweisen, dass Wagner zum Todeszeitpunkt in Thailand war, mit der Information kann er Wagner unter Druck setzen oder sogar zur Frankfurter Mordkommission spazieren.

Sein neues Telefon mit der alten Nummer klingelt – ein Anruf eines stadtbekannten Computerfreaks: »Hey Mitch, was zum Teufel spielst du da eigentlich? Erst wird dein Telefon von sauguten Profis verwanzt, und jetzt willst du den zentralen Computer der thailändischen Einwanderungsbehörde hacken. Super. Sonst noch was? Was zum Teufel willst du in dem Scheißrechner? Dir ne Thai kommen lassen? Pass auf, Mann, alles geht, aber ich hätte einen anderen Weg für dich. Du musst mit Infos aus dem Land arbeiten, ich kenne einen sicheren Mann in Thailand, der kann das sauber für dich erledigen. Ist besser so als von hier. Okay? Dann schreib mit: Ben Strandner in Chiang Mai in Nordthailand. Ist ein Deutscher mit ner Thai Lady, gibt es da viele. Ich schicke dir seine Daten auf dein Handy, hast ja deine Nummer behalten. Wird was kosten, aber weniger als ein Hack von hier.«

Mitch nickt und ruft bei seinem Reisebüro an »Änderung, ich fliege von Bangkok nach Chiang Mai, dann von da nach Samui.«

Mitch ist sich nicht sicher, ob der Trip etwas bringen wird, aber er ist froh, endlich eine Entscheidung getroffen zu haben. Ihm schmerzen alle Knochen, ein Tapetenwechsel ist kein Fehler. Er packt schnell ein paar Sommersachen, spricht noch einmal mit Jan. Er bittet den Kameramann, ihn in Thailand zu informieren, sobald die Marwans nach Friedenau verlegt werden. Er erzählt Jan, dass er eine private Fehde in Friedenau habe, und bittet Jan für den Fall, dass ein Fred Wagner auftauchen sollte, um äußerste Vorsicht. Jan versteht zunächst Bahnhof, hat am Ende aber die Basics begriffen.

Der Flieger geht am nächsten Mittag, also ist noch Zeit für einen Abschiedsbesuch im Casa Pintor, seinem Stammspanier um die Ecke. Er trifft die üblichen Verdächtigen, die ihn alle zu seinem Entschluss beglückwünschen, mitten im Winter in die Sonne zu fliegen. »Das ist kein Urlaub, Leute, das ist ein stressiger Trip, den ich auch noch selber bezahlen muss. Ist kein Auftrag, ist mein privater Kreuzzug.«

Mitch genießt seine Tapas und den vorzüglichen Rioja. Das Gespräch am Tisch dreht sich schnell wieder um die Flüchtlinge, Silvester in Köln hat einigen ganz gewaltig die Laune verdorben. »Geht doch gar nicht, wir nehmen die hier freundlich auf und zum Dank fangen die an, Frauen zu begrapschen. Das müsstest du mal im Orient machen, dann kommen die sofort mit dem Messer. Und bei uns gibt es eine Woche Jugendarrest auf Bewährung. Die lachen doch über uns, die halten uns alle für kleine Wichser, ist doch klar.«

Mitch erzählt von seinem Dreh mit den Marwans, beschreibt sie als total nette Leute in einer echten Notlage. Die Runde ist sich schnell einig, dass alles verdammt kompliziert sei, dass es natürlich echte Flüchtlinge gäbe, aber eben auch eine Menge Mistkerle , die, Rechtsstaat hin oder her, ziemlich schnell wieder in ihre Heimat geflogen werden sollten. Der reichlich fließende Rioja feuert an, ein ehemaliger Straßenkämpfer fordert jetzt die volle Härte des Staates. »Verdammt«, brüllt er, »ich habe lange gebraucht, bis ich das Gewaltmonopol des Staates anerkannt habe, aber dann soll der Staat jetzt auch Gebrauch davon machen und nicht vor ein paar nordafrikanischen Gangs den Schwanz einziehen.«

Die Diskussion dreht sich wie immer im Kreis. Einige betonen die deutsche Verantwortung, und ausgiebig wird über die wirtschaftliche Verflechtung mit Saudi-Arabien, dem großen Finanzier des Terrors, geschimpft. Andere warnen vor der Laschheit der deutschen Institutionen. Warum wirkt Deutschland in seinen Reaktionen so merkwürdig gehemmt, so langsam und ohne Selbstbewusstsein? Gefühl und Härte fordert Mitch, natürlich müsse man Menschen aufnehmen, aber auch, wenn nötig, Härte zeigen.

Hier im linksliberalen Frankfurter Nordend ist es nur eine hitzige Diskussion. In den Stadtteilen weiter draußen aber, wo arme Deutsche und alteingesessene Türken auf die Neuankömmlinge treffen, da wird an den Kneipentischen längst ein viel böseres Lied gespielt. Wenn Menschen glauben, dass ihre Ängste und Sorgen von den Eliten weggewischt werden, dann haben immer nur die Rechten Kasse gemacht.

Am nächsten Morgen leichter Kater, zwei Espressi, eine Ibuprofen und dann ein Taxi zum Flughafen. Mitch ist auf den Mittagsflieger der Thai Airways gebucht, einen fetten Airbus A 380, der eine halbe Kleinstadt mitnehmen kann.

Elf Stunden Niemandsland zwischen den Kontinenten liegen vor ihm. Mitch, der noch nie in Thailand war, ist mehr als angetan von den feingliedrigen, eleganten Stewardessen, die ihn ausgesucht freundlich behandeln. Kurz vor der Landung macht Mitch zum ersten Mal Bekanntschaft mit der Institution, die ihm helfen kann, das Rätsel um Carens Tod aufzuklären. Es werden Landekarten der Thai-Immigration an die Passagiere verteilt: Name, Alter, Passnummer, Flugnummer und dergleichen mehr werden erfragt und von allen Reisenden handschriftlich ausgefüllt. Angehängt eine Departure

Card, die bis zur Ausreise in den Pass getackert wird. Mitch fragt sich, wie all diese Hunderttausende Einreisekarten digitalisiert werden

Der Pilot landet die fliegende Kleinstadt sanft auf dem riesigen internationalen Flugplatz von Bangkok. Auch alle Transit-Passagiere müssen hier durch die Passkontrolle. Hunderte Menschen hasten riesige Gänge entlang, Mitch hört ständig Hinweise auf Abflüge nach Traumplätzen wie Krabi, Koh Samui, Luang Prabang und Vientiane.

Mitch folgt einer Horde Touristen, die so aussehen, als hätten sie diesen Flughafenparcours schon ein paarmal durchlaufen. Endlich, Transfer Desk East, Bordkartencheck, dann Passkontrolle.

Mitch hat noch gut 45 Minuten Zeit und beobachtet, was jetzt passiert. Jeder Einreisende wird fotografiert, die schmuck aussehenden Beamten tippen ein paar Angaben in ihre Computer, aber nie im Leben den gesamten Sermon der Landekarte. Das alles dauert – aber dann ist er durch und hat in seinem Pass genau den Stempel, den er bei Wagner fotografiert hat.

Nach einem angenehmen neunzigminütigen Flug landet Mitch in Chiang Mai. Der unbekannte Ben Strandner, wahrscheinlich heißt der Typ gar nicht so, hatte Mitch die Adresse eines italienischen Restaurants mitten in Chiang Mai gemailt, Treff in gut einer Stunde. Mitch japst erst einmal nach Luft, aus dem deutschen Winter kommend, hauen die 28 Grad gut rein. Er ergattert ein Taxi, zeigt dem Fahrer die Adresse. Der Fahrer, ein muskulöser Typ mit dunklem Teint, zeigt keinerlei Anzeichen von Erkennen, gibt aber kräftig Gas. Der Wagen braust über Highways, vorbei an einer zersiedelten Landschaft, an allen Kreuzungen riesige Reklameschilder. Alles sehr amerikanisch, so in etwa stellt sich Mitch die Einfahrt nach Houston, Texas vor.

Dann wird die Bebauung dichter, kleine Gassen, volle Kneipen und Cafés, überall Foodstände. Dann hält der Wagen tatsächlich vor einem italienischen Restaurant mit großer schöner Terrasse.

Niemand der Gäste scheint auf jemanden zu warten, Mitch ist irritiert, nimmt Platz, bestellt einen Rotwein und ein Wasser. Es ist jetzt 15 Minuten über der Zeit. Fuck, denkt Mitch, 11 Stunden Flug, umsteigen, kaum gepennt, Jetlag für zwei und dann kommt dieser Clown nicht. Da sieht er aus dem Augenwinkel einen Mann aus dem Gang, der zu den Toiletten führt, näher kommen.

»Mitch Berger?«, fragt der Unbekannte, der eine lockere Leinenhose trägt, dazu ein blauweißes Hemd. Schüttere Haare, Brille, leichte Augenringe.

»Ja, und Sie sind Ben Strandner?«

Sein Gegenüber nickt und setzt sich. »Wir können hier reden. Was genau wollen Sie von mir, davon hängt der Preis ab. Ich arbeite nicht für Drogenkuriere und Kinderpornohändler, das muss klar sein.«

Mitch ist empört: »Sehe ich aus wie ein verdammter Kinderficker? Ich will auch keine Drogen kaufen oder verkaufen, ich bin Journalist und brauche eine einfache Information. Und zwar: Wann ist ein bestimmter Mann aus Deutschland in Thailand eingereist, und wann hat er das Land wieder verlassen? Der Mann heißt Fred Wagner, geboren am 12.4.1974, ich habe hier ein Foto von dem Mann, leider keine Passnummer.«

Der Hacker hat aufmerksam zugehört, gleichzeitig aber auch die nähere Umgebung nicht aus dem Auge gelassen. Mitchs Aufmerksamkeit ist durch bleierne Müdigkeit und durch die reizende Bedienung abgelenkt, die ihm ständig neuen Rotwein anbietet. Strandner nickt: »Das dürfte nicht schwer sein, dauert aber einen oder auch zwei Tage. Ich kenne eine Lady im Umfeld der Einwanderungsbehörde. Sie wird mir zu einem Namen eines echten Beamten verhelfen, und der gute Mann wird uns dann Einlass gewähren!«

»Kostenpunkt?«, knurrt Mitch.

»Gut 200 Euro für die Dame, 800 für mich.« Als Mitch empört die Arme hebt bleibt Strandner knallhart: »In Deutschland zahlst du für so einen Job leicht das Doppelte, also spiel hier nicht Orientbasar, das ist der Preis oder tschüss.«

Mitch, der keine Ahnung von international üblichen Hackertarifen hat, fügt sich in sein Schicksal. Standner wird freundlich und erkundigt sich, ob Mitch bereits ein Hotel hat. Mitch verneint und Strandner fragt: »Was willst du, Downtown mit Action oder außerhalb und etwas verträumt und friedlich?« Mitch entscheidet sich angesichts der immer stärker werdenden Müdigkeit für Variante zwei.

Strandner fährt einen schwarzen Toyota Pickup, ein Kraftpaket und ein in Thailand scheinbar angesagtes Statussymbol. Sie verlassen die Innenstadt, wieder geht es über Highways, und endlich landen sie in einem dörflich anmutenden Vorort. »Welcome to Bosan«, murmelt Strandner und kurbelt durch enger werdende Gässchen, bis sie unter einem Torbogen hindurch in einer zauberhaften Anlage landen. »Das ist der Secret Garden, ein Platz, um die Seele baumeln zu lassen. Check hier für zwei Nächte ein, ich melde mich, wenn es weitergeht.« Strandner wendet den Pickup und lässt Mitch staunend stehen.

Zwei Hunde kläffen ihn an, er läuft durch einen wunderschön eingewachsenen Garten auf ein Haupthaus zu, rechts und links liegen Bungalows, manche klein, manche zweistöckig, alle originell und etwas verwunschen aussehend.

Ein netter weißhaariger Cowboy kommt auf Mitch zu und begrüßt ihn. Mitch mietet Haus Bougainvillea für zwei Nächte, kriegt von dem Cowboy ein Singha Bier aufs Haus, verstaut seine Habseligkeiten und checkt die Anlage. Nach zehn Minuten liegt er an einem kleinen Pool in der Sonne und dämmert friedlich vor sich hin. Er lässt sich ein zweites Bier bringen und spürt, wie der Stress langsam von ihm abfällt. Die Geräuschkulisse ist überwältigend: Hunderte unterschiedliche Vogelstimmen, ein Locken und Pfeifen aus dichten grünen Wipfeln, der volle Sound der Tropen.

Mitch merkt, wie er langsam zu sich kommt. Dies ist der erste ruhige Moment, seit dieser ganze Irrsinn anfing. Stimmt nicht, eigentlich hat er seit Lillys Abschied keine Ruhe mehr gefunden. Seine alte Frage, ist er traurig, weil Lilly ihn verlassen hat oder hat Lilly in verlassen, weil er traurig ist? Wenn er noch zwei Bier trinkt, heißt die Antwort – ist mir doch egal.

Während Mitch am Pool mit Gedanken über sein Seelenleben einschlummert, klingelt Ben Strandner bei einer Dame im 8. Stock eines Wohngebäudes in der Innenstadt. Ein elegantes, für Thaiverhältnisse nicht gerade billiges Domizil mit Blick über Fluss und Innenstadt. Sie arbeitet für die Provinzregierung, hat aber beste Beziehungen nach Bangkok. Die Dame, sehr elegant, vielleicht etwas zu stark geschminkt, bittet Strandner herein. Strandner kennt ihre Geldnöte und legt zur Gesprächseröffnung 100 Euro auf einen kleinen Glastisch. »Es freut mich, nach langer Zeit mal wieder mit Ihnen Geschäfte machen zu können. Ich brauche einen kleinen Hinweis, für Sie bestimmt kein Problem. Ich benötige das Organigramm der Datenverarbeitungsabteilung der Immigration und die E-Mail-Adressen der Mitarbeiter. Sonst nichts. Machbar?«

»In welcher Angelegenheit?«

»Es geht um eine deutsche Ehefrau, die glaubt, ihr Mann habe sich zu einem bestimmten Zeitpunkt in Pattaya vergnügt, statt mit ihr silberne Hochzeit zu feiern.« Sie lächelt charmant, kräuselt ihre erst unlängst korrigierte Nase und meint dann, der Dame könne geholfen werden. Allerdings erfordere das einen weiteren grünen Schein. Strandner stimmt zu, dafür müsse sie aber bitte jetzt sofort eine Mail auf ihrem Computer mit Thai-Tastatur schreiben und an ihn weiterleiten. Die Dame nickt und macht sich an die Arbeit. Sie verspricht Strandner eine Mail innerhalb der nächsten drei Stunden.

Mitch liegt entspannt am Pool. Die Geräuschkulisse ist noch besser geworden. Von einem nahe gelegenen buddhistischen Kloster dringt, von einem billigen Lautsprecher zerhackt, der eintönige Singsang der Mönche durch die schwere Luft. In seiner Tasche brummt das Telefon, das der Hacker ihm gestern zum Abschied in die Hand gedrückt hat. Mit einer Thai-SIM-Karte drin, Ben Strandner ist ein kostenbewusster Mann. »Ben hier, die Sache ist eingetütet, wird aber leider zwei grüne Scheine teurer werden. Denke, morgen früh steht unser Zugang. Sei ab 7:30 abholbereit, die Thai-Bürokraten fangen früh an.« Mitch versteht Bahnhof, flucht über die Preiserhöhung, bestellt sich ein Abendessen und ein eiskaltes Singha Bier und genießt die Geräuschkulisse.

Um 7 Uhr morgens wühlt sich Probchon Longawaton auf seinem Moped durch den dichten Verkehr von Bangkok. Vor den Ampeln stauen sich bereits Hunderte von Autos, umgeben von Pulks von Mopeds. Die feuchtheiße Luft riecht nach Abgasen, Probchon trägt Helm und Mundschutz, er schwitzt trotz des Fahrtwinds, schon früh morgens bietet Bangkok knapp 30 Grad bei 99 Prozent Luftfeuchtigkeit. Probchon ist müde, hofft, die noch gut drei Kilometer zu seinem Arbeitsplatz ohne größere Verzögerungen hinter sich zu bringen. Insgesamt hat er einen Weg von gut neun Kilometern zu bewältigen, von seinem kleinen Häuschen in einer der endlosen Vorstädte zu dem Glaspalast der Immigrationsbehörde in der

Nähe des internationalen Flughafens. Probchon träumt bereits von seinem gut gekühlten Arbeitsplatz im Rechenzentrum und von seiner schmucken Uniform, dem schneeweißen gestärkten Hemd mit den blank polierten Rangabzeichen. Noch gut ein Kilometer und die Höllentour auf dem Super Highway liegt hinter ihm.

In Chiang Mai holt Strandner Mitch ab, sie fahren zu einem großen eiskalten Café in der Innenstadt. Strandner will sicher gehen und sucht einen freien WLAN-Zugang, der bei Rückverfolgung keine Schlüsse auf den Nutzer zulässt. In einer Ecke im ersten Stock sind sie ungestört. Es beginnt ein längeres Warten, Mitch versteht allerdings nicht, auf was.

Probchon Longawaton ist angekommen, hat sich umgezogen und das makellose Hemd glatt gestrichen. Er fährt gerade seinen Rechner hoch. Er registriert einige Maileingänge, eine mit Priorität gekennzeichnet. Überrascht liest er den Absender, sein Vizehauptabteilungsleiter, ein Mann, mit dem er sonst nichts zu tun hat. Er holt die Mail aus der Vorschau und öffnet sie. Der Big Boss fordert ihn auf, sein Passwort zu ändern, mit höflichen Worten, aber doch unmissverständlich. Probchon ist irritiert, ist das eine Misstrauenserklärung? Dann tröstet er sich, wahrscheinlich haben alle Kollegen seiner Zugangsstufe diese Mail erhalten. Er loggt sich ein, öffnet die Maske für die Passworteinstellungen und ändert sein Passwort. 10 Zeichen, 2 Ziffern, 2 Sonderzeichen.

In Chiang Mai gibt in dieser Sekunde Bens Computer ein leises Signal, Ben beginnt schnell und konzentriert Befehle zu tippen, auf seinem Bildschirm flackern diverse Zahlenkolonnen, dann erscheint das Symbol der Thai Immigration Authority und die Aufforderung, das Passwort einzugeben. Ben tippt – 10 Zeichen, 2 Ziffern, 2 Sonderzeichen. »Wir sind drin, yap«, er ballt triumphierend die Faust. Mitch staunt und macht runde Augen. »Kurz gesagt, die Dame, bei der ich gestern war, hat mir zwei E-Mail-Adressen aus der Immigration besorgt, außerdem das offizielle Layout einer internen Memo. Dann habe ich einem Immigration-Offizier in Bangkok eine vorübersetzte Mail im Namen eines seiner Chefs geschickt und ihn aufgefordert, sein Passwort zu ändern. An diese Mail angehängt war ein Programm, das mir Zugang zu seinem Computer verschafft und automatisch sein neues Passwort kopiert. Alles klar?«

Mitch staunt. Ben ist mittlerweile, vorsichtig navigierend, auf einer Suchmaske gelandet und startet eine Anfrage nach dem German National Fred Wagner, Date of Entry 15.04., Port of Entry Bangkok.

Der Computer akzeptiert die Anfrage und beginnt die Suche. Der Bildschirm verändert sich, Mitch liest Match found und dann zu seinem Entsetzen: Date of Departure 20.04. Port of Departure Koh Samui. Er sieht zwei Bilder eines verschwitzt wirkenden Fred Wagners, aufgenommen bei der Einreise und bei der Ausreise.

Carens Todestag aber ist der 21.04.

Mitch hat voll danebengelegen, Wagner ist einen Tage vor Carens Tod abgereist. Er kann sie nicht getötet haben. Wagner ist aus dem Schneider. Aber was zum Teufel hat der Typ auf Samui gemacht, warum fliegt jemand für fünf Tage nach Thailand?

Ben Strandner drängt zum Aufbruch, sie fahren den Computer runter, verlassen zügig das Café. Ben nimmt im Auto ungerührt zwei weitere grüne Scheine entgegen, fährt Mitch dann zum Hotel zurück. Mitch stöhnt, der Hacker hat ihn 1 200 Euro gekostet und die falsche Antwort geliefert. Fred Wagner ist nicht Carens Mörder. Es sei denn, etwas stimmt nicht mit dem Todesdatum. Ein resignierter Mitch verabschiedet sich von dem Cowboy, seiner reizenden Frau und der Tochter und bestellt einen Wagen zum Airport.

Ziemlich verwirrt streunt Mitch durch die Abflughalle des Flughafens. In einer Dreiviertelstunde geht sein Flieger nach Samui. Dort wird sich entscheiden, ob er umsonst Zeit und Geld verbrannt hat. Mitch ist niedergeschlagen, überlegt einen Moment, seinen Flug nach Samui gegen ein Ticket nach Bangkok zu tauschen und von dort direkt nach Hause zu fliegen. Alles war in seinem Kopf so klar gewesen. Und jetzt? Er versucht zu rekapitulieren: Carens Tod ist ihnen von der deutschen Botschaft mitgeteilt worden, allerdings war kein deutscher Beamter vor Ort gewesen, alles war von der thailändischen Polizei abgewickelt worden. Sachen aus Carens Besitz waren nach Deutschland geschickt worden, wohl zu ihrer Familie. Wilhelm Romer, der Anwalt in ihrer Freundesgruppe, hatte einmal Kontakt mit der Familie aufgenommen, in dem Gespräch wurde nichts von etwaigen Abschiedsbriefen erwähnt. Die deutsche Botschaft hatte von einem eindeutigen Selbstmord gesprochen. Und doch bleibt Mitch misstrauisch, er kann sich nicht so schnell von der Vorstellung trennen, dass Wagner Caren getötet hat. Warum gab es keine Abschiedsbriefe? Warum war Wagner für fünf Tage nach Samui geflogen?

Unruhig wandert Mitch durch die Abflughalle, ist froh, als endlich sein Flug aufgerufen wird. Er sinkt in seinen Platz und fällt fast sofort in einen unruhigen Halbschlaf. Die neunzig Minuten sind schnell vorbei, der Flieger geht über einer Postkartenbucht in eine enge Kurve, überfliegt eine chinesische Tempelanlage mit ausgesucht hässlichen Statuen und setzt dann recht unsanft auf der Piste auf.

Welcome to Samui Island.

Als er den Flieger verlässt, läuft er gegen eine Wand aus feuchtheißer Luft. Auf Mitch wartet niemand, er hat schnell noch von Chiang Mai aus in einer kleinen Anlage direkt am Strand einen Bungalow ergattert. Er steht etwas verloren in dem Gewusel vor dem Arrival-Gebäude, nimmt sich dann ein Taxi nach Lamai Beach.

Mitchs bescheidene Unterkunft liegt nur einen knappen Kilometer entfernt von den Royal Lotus Villas, Carens luxuriöser letzter Adresse. Mitch checkt ein, beschließt, sich eine Pause zu gönnen, zieht seine Badehose an, findet sich viel zu weiß und viel zu dick und springt dann, plötzlich gut gelaunt, in das herrliche Wasser. Er gibt sich den Rest des Tages frei, eines nur will er noch erledigen, von seinem Bungalow aus ruft er in den Royal Lotus Villas an und wird nach einigen Minuten zum Geschäftsführer durchgestellt. Manchmal muss man Glück haben, der Mann ist ein Deutscher, sehr umgänglich, er erklärt sich bereit, Mitch morgen früh zu empfangen. »Fragen Sie am Eingang nach Kun Hagen, dann geht das klar.« Mitch bedankt sich und eilt sofort zurück an den Strand.

Er vergammelt den Tag und genießt am Abend ein paar kühle Singha Bier und den spektakulären Sonnenuntergang. Er bleibt in der Anlage, vertilgt einen wunderbar scharfen Tintenfisch und beschließt, noch einmal in aller Ruhe und ohne Recherchestress hierher zurückzukehren. Er schläft tief und traumlos.

Um 10 Uhr ist er mit dem Geschäftsführer verabredet. Mitch will einen vernünftigen Eindruck machen und holt das einzige mitgenommene Jackett aus der Reisetasche. Dann macht er sich auf den Weg und kapiert schnell, dass lange Hosen und ein Jackett auch morgens um halb zehn keine gute Idee in den Tropen sind.

Endlich sieht er die imposante Einfahrt. Zwei grimmige Security-Männer stoppen ihn sofort, Fußgänger sieht man hier eher selten. Mitch wischt sich den Schweiß von der Stirn, bemüht sich um einen seriösen Gesichtsausdruck und fragt nach Kun Hagen. Erst jetzt begreift er, dass Kun auf Thai ganz offensichtlich Herr bedeutet.

Die Security führt Mitch zu einem künstlichen Steg aus alten Ziegeln, der auf eine schneeweiße Rezeption zuläuft. Mitch steht schwitzend und staunend vor einer Schönheit an der Rezeption und fragt, leicht stotternd, erneut nach Kun Hagen. Die Dame flüstert in ihr Telefon, weist dann mit einer eleganten Handbewegung auf einen wartenden Elektrowagen. Herr Hagen lässt bitten.

In dem Moment hat Mitch eine Idee. Er holt ein Foto von Fred Wagner aus seiner Tasche, zeigt es der Dame: »Eine Frage, Madame, war der Mann hier schon einmal bei Ihnen, hat hier nach jemandem gefragt oder jemanden besucht?«

Die Lady schüttelt sehr energisch ihr dichtes schwarzes Haar. Mitch bittet sie, die Männer der Security zu fragen, und zu seiner Überraschung tut sie ihm den Gefallen. Sie winkt den beiden Preisboxern, redet in Thai auf sie ein. Sie zeigt beiden das Foto, und Mitch zuckt zusammen, als einer der beiden auf das Foto klopft und aufgeregt zu erzählen beginnt.

»Was sagt der Mann, bitte, es ist sehr wichtig.«

Die Herrin der Rezeption zeigt erste Anzeichen von Gereiztheit. »Sir, der Manager wartet auf sie, aber okay, der Mann sagt, er glaube den Herrn zu kennen, er war hier und wurde weggeschickt, weil er nicht sagen konnte, wen er eigentlich besuchen wollte.«

Mitch fährt herum, macht einen Schritt auf den stämmigen Doorman zu. Er spricht ein möglichst langsames und einfaches Englisch. »Erinnern Sie sich, wann das war und zu welcher Tageszeit?« Der Mann murmelt, es sei wohl mehrere

Wochen her, es sei am frühen Abend gewesen, seine Schicht habe gerade begonnen.

Mitch bedankt sich und wird von der Schönen in den Elektrowagen bugsiert. Der Fahrtwind erfrischt Mitch, lautlos gleiten sie an fetten Villen vorbei. Die Fahrt endet vor dem Restaurant, eine weitere, ebenfalls extrem gut aussehende Angestellte führt Mitch am Haupteingang des Restaurants vorbei zu einem Seitentrakt, in dem sich Büros befinden. Mitch wird in ein mittelgroßes, mit modernen europäischen Möbeln ausgestattetes, sehr kühl und sehr ordentlich wirkendes Büro geführt.

Ein drahtiger, gut trainierter Enddreißiger mit perfekt gebräuntem Gesicht kommt mit einem breiten Dienstleistungslächeln auf ihn zu und überreicht ihm seine Visitenkarte: Hagen Hofer, General Manager. Glücklicherweise hat Mitch einige leicht zerbeulte Visitenkarten in der Innentasche seines Jacketts. »Danke, Herr Berger, aha, von Star TV. Herzlich willkommen in den Royal Lotus Villas. Lassen Sie mich eines gleich klarmachen: In meinem Gewerbe und vor allem in einem Haus des gehobenen Preissegments ist Diskretion alles. Sie hatten sich gestern am Telefon etwas unklar ausgedrückt, Sie sprachen von ihrer Freundschaft zu der Verstorbenen, erwähnten aber nicht, dass Sie Journalist sind. Jetzt sehe ich Ihre Karte. Also, über was reden wir hier? Planen Sie einen Artikel oder einen Film unter der Überschrift tragischer Tod in tropischer Luxusvilla? Wenn dem so ist, dann ist unser Gespräch in diesem Moment beendet und ich dürfte Sie dann bitten, alle Ihre Fragen an eine Berliner Anwaltskanzlei zu richten, die unsere Interessen in Deutschland vertritt.«

Mitch spürt, dass die Temperatur im ohnehin gut gekühlten Büro noch um einige Grade sinkt. Welch Idiotie, dem gestern noch freundlichen Mann seine Visitenkarte vor den Latz zu knallen. Die Hitze bekommt ihm nicht. »Hören Sie, Herr

Hofer, das ist ein Missverständnis, ich stehe hier zu hundert Prozent als Privatmann vor Ihnen. Ja, ich arbeite als Fernsehjournalist, aber alles hier ist eine reine Privatsache, da draußen wartet kein Kamerateam, ich werde Ihre kostbaren Gäste weder stören oder belästigen, ich werde nichts über Ihre Anlage veröffentlichen, bitte, glauben Sie mir das.«

Hagen Hofer wird freundlicher, bietet Mitch ein Wasser an. »Und was genau kann ich für Sie tun, Herr Berger?«

Mitch legt ein Foto von Caren auf den Glasschreibtisch. »Diese Dame war vom 14.4 bis zum 21.4 Gast in ihrem Haus. Am 21.4 wurde sie gegen Mittag tot in ihrer Villa gefunden. Die Tote war eine gute Freundin von mir. Ich möchte verstehen, was passiert ist. Drei Sachen frage ich mich: Erstens, gibt es irgendeinen Zweifel an dem Selbstmord? Zweitens, hatte sie während ihres Aufenthaltes Besuch, insbesondere von diesem Mann?« Mitch legt ein Foto von Fred Wagner neben das Foto von Caren. »Drittens, sind hier noch Sachen aus Carens Besitz, die aus irgendeinem Grund nicht nach Deutschland geschickt wurden?«

Hofer, der aufmerksam zugehört hat, murmelt einige englische Anweisungen in sein Telefon und wendet sich wieder Mitch zu: »Der Security-Chef wird jeden Moment hier sein. Soviel einstweilen: Die Untersuchung wurde seinerzeit von der Polizei durchgeführt. Das Ergebnis war eindeutig, Selbstmord durch Medikamenteneinnahme, keinerlei Anzeichen für Fremdeinwirkung. Die Polizei hat die Akte geschlossen, das deutsche Konsulat hat einen Haken drangemacht. Die Leiche wurde freigegeben, verbrannt und wunschgemäß im Ozean bestattet. Aller Besitz ihrer Freundin wurde vom deutschen Konsulat an die Familie im südlichen Odenwald geschickt.« Es klopft und ein hagerer Enddreißiger betritt den Raum. »Herr Berger, das ist Steve Boulter, unser Sicherheitschef. Er hat für uns die Untersuchung begleitet.«

Boulter fixiert Mitch aus wachen blauen Augen. »Ja, ich kann nur bestätigen, am Ende gab es keinerlei Zweifel, obwohl uns zunächst das Fehlen von Abschiedsbriefen stutzig gemacht hat. Die Tote ist gerichtsmedizinisch untersucht worden, es waren keinerlei Spuren äußerer Gewalt zu finden, kein Anhaltspunkt, dass die Pillen unter Zwang eingenommen wurden. Schwer zu akzeptieren vielleicht, aber Ihre Bekannte hat unzweifelhaft Selbstmord begangen.«

Mitch deutet auf Wagners Foto, das immer noch auf dem Schreibtisch des Managers liegt. »Und was ist mit ihm, Ihr Mann am Eingang hat ihn gesehen, wurde der Vorfall damals notiert? Wissen Sie, wann der Mann hier war?«

»Herr Berger, dass zwischen diesem Mann und Madame Carens Tod irgendein Zusammenhang bestehen könnte, höre ich gerade zum ersten Mal. Was wir wissen, ist Folgendes: Dieser Kerl da«, er klopft heftig auf Wagners Foto, »war laut heutiger Aussage eines unserer Guards am Haupteingang und wurde abgewiesen, weil er nicht sagen konnte oder wollte, bei wem wir ihn anmelden sollten. Der Vorfall ist damals eingetragen worden, und zwar am 19. April gegen 19 Uhr. Madame Caren aber starb in der Nacht vom 20. auf den 21. Wo soll da ein Zusammenhang sein?«

»Er war ihr Liebhaber, und ich frage mich: Was wollte er hier?«

»Keine Ahnung, vielleicht wollte er eine Aussprache, eine letzte Nacht, und sie hat ihn nicht sehen wollen. Wir wissen nur, dass er nicht nach ihr gefragt hat.«

Mitch starrt den Engländer unverwandt an, bis der sich räuspert: »Okay, die Thais haben einen niedergetretenen Busch auf der Terrasse von Madame Caren bemerkt. Aber keinerlei Spuren eines Eindringlings führten von der Terrasse ins Schlafzimmer, auch im Haus wurden keine Spuren einer dritten Person entdeckt. Sorry, es war Selbstmord.« Der Sicherheitschef blickt kurz zum Manager, der nickt. »Ich hoffe, Ihnen geholfen zu haben, Mister Berger« – und damit verbeugt sich der Engländer und verlässt das Büro.

»Ich glaube, Herr Berger, das war es so langsam, ich leite ein Spitzenhotel und keine Staatsanwaltschaft. Ich gebe Ihnen gerne den Namen des Herrn vom Konsulat, der mit der Angelegenheit befasst war. Er hat alle Papiere, auch die Übersetzung des Abschlussberichts der Polizei. Vielleicht ist das Ihr Mann, Herr Berger.«

General Manager Hofer erhebt sich von seinem Chefsessel, ein klares Zeichen. Mitch zögert noch, will nicht wahrhaben, dass er feststeckt – alles, was er gerade gehört hat, ist schräg, aber da ist nichts Konkretes, gar nichts.

Plötzlich schnippt Hofer mit den Fingern. »Einen Moment noch, Herr Berger, mir fällt da gerade was ein, Moment bitte.« Nichts ist Mitch lieber als das. Er will dieses Büro nicht ohne eine echte Spur verlassen, sonst wäre die gesamte Thailandtour ein verdammt teurer Kurzurlaub.

Hagen Hofer kommt zurück mit einem braunen Papierumschlag. »Wir hatten, das kommt in allen Häusern vor, ein Problem mit einem Zimmermädchen. Die Gute hat geklaut wie ein Rabe. Sie wurde vor drei Wochen überführt, fast alle bei ihr gefundenen Gegenstände konnten wir Gästen zuordnen und zurückgeben. Diese zwei Teile sind übriggeblieben. Erkennen Sie etwas?« Er fischt zwei Gegenstände aus der braunen Papiertüte. Mitch sieht eine elegante Schreibmappe, drinnen zwei teuer aussehende Füllfederhalter. Daneben eine rechteckige, längliche, ziemlich abgewetzte Lederhülle, in der ein Aufnahmegerät steckt.

Das Ding kommt Mitch irgendwie bekannt vor. »Darf ich«, fragt er Hofer und greift nach dem Gerät. Mitch starrt auf das nicht mehr ganz taufrische Diktiergerät, dreht das Ding hin und her, sieht, dass ein Band eingelegt ist, drückt auf den Wiedergabeknopf und verliert den Boden unter den Füßen.

»Will niemandem einen Vorwurf machen, aber ich glaube, einigen von euch kommt die Nachricht von meinem Tod gar nicht so ungelegen«, tönt eindeutig Carens Stimme aus dem kleinen Lautsprecher.

Mitch drückt den Stopp-Knopf, wirbelt auf Hagen Hofer zu und schreit fast: »Das ist Caren, das ist ihre Stimme, verdammt, sie hat eine Tonaufzeichnung hinterlassen, deswegen haben wir keine Briefe bekommen. Das gibt es doch gar nicht, warum hat das monatelang in ihrem Safe gelegen?«

»Hat es nicht. Und beherrschen Sie sich bitte, Herr Berger! Wir haben das erst vor drei Wochen im Diebeslager des Zimmermädchens entdeckt. Ist ein Hammer, die Schlampe hat sogar eine Tote beklaut.«

Hofer schluckt, er fühlt sich unbehaglich, Mitch setzt sofort nach. »Herr Hofer, das hier ist für mich und meine Freunde bestimmt, sie redet zu uns, das ist ganz wichtig, bitte, ich muss dieses Band haben.«

Hofer denkt nach, zuckt mit den Schultern. »Der korrekte Weg ist zweifellos ein anderer, ich schicke das Ding zur Botschaft nach Bangkok, sollen die damit machen, was sie wollen. Es sei denn«, er klopft Mitch auf die Schulter, »es sei denn, Sie quittieren mir mit Name, Passnummer und allen anderen üblichen Angaben den Erhalt dieses Gerätes. Ich schicke diese Ihre Daten und eine unterschriebene Erklärung an die Botschaft. In dieser Erklärung verpflichten Sie sich, das Gerät den Erben zu übergeben, okay?«

Mitch ist mit allem einverstanden, er ist sogar bereit, Hagen Hofers Füße zu küssen. Er hat das Band, er legt seinen Pass vor, unterschreibt zwei Erklärungen und verabschiedet sich dann sehr schnell und zutiefst aufgewühlt.

Mitch wird auf dem Elektrowagen zurück zur Rezeption gebracht. Er ist so high, dass er die Schönheit an der Rezeption fragt, ob sie Lust habe, morgen mit ihm essen zu gehen. Zu seinem Erstaunen ist die Lady einverstanden. Mitch hat ein Date für morgen Abend!

Er stürmt die Straße hinunter zu seinem Hotel. Der Schweiß läuft ihm in Strömen über das Gesicht, er ist aufgekratzt und geschockt zugleich. Carens Stimme zu hören, war wie ein Tritt in die Magengrube. Er stürmt in seinen Bungalow, dreht die Air Con auf Frost und öffnet vorsichtshalber ein Singha Bier aus der frisch aufgefüllten Minibar. Schließlich klemmt er sich hinter den winzigen Schreibtisch, spult das Band zurück und drückt dann auf Play.

Er erschauert, als er Carens vertraute Stimme hört. Sie bittet die Freunde, sich das Band gemeinsam anzuhören, richtet dann das Wort an jeden Einzelnen. Mitch spult vor, bis Caren sich an ihn wendet, er findet ihren Tonfall herablassend, ein wenig spöttisch. Caren gibt ihm kurz vor ihrem Tod eine volle Breitseite mit. »Wach endlich auf, Mitch, du vergeudest deine Zeit in einer mittelmäßigen Firma mit mittelmäßigen Themen. Warum? Ich sag es dir. Weil du Schiss hast, ohne einen fetten monatlichen Scheck dazustehen, weil du Angst um deine Bankraten für deine zu groß geratene Wohnung hast. Mann, du hast Talent, mach was draus. Fahr in die Länder, in denen die wirklichen Geschichten spielen, schreibe mal auf Risiko, ohne sichere Abnehmer, steig aus dem Sicherheitsgurt aus, den Lilly dir verpasst hat.«

Mitch schüttelt sich, holt ein neues Singha. »Ein Anpfiff von einer Toten, das ist es, was ich brauche, danke.« Er spult nach vorne, jetzt spricht Caren über ihre Eltern, verliert sich in Hasstiraden gegen die Mutter. Wird hart sein, der alten Dame dieses Band zu geben, denkt Mitch. Dann wird er hellhörig, sie spricht über Wagner, beklagt seine emotionale Grausamkeit, beschreibt ihre Abhängigkeit von ihm.

Dann stockt Mitch der Atem.

»Ich hatte mich von ihm getrennt, in Frankfurt schon, um in Ruhe auf meine letzte Reise zu gehen. Ich habe nichts von ihm gehört, nicht in Quetta, nicht in Karatschi, nicht hier. An dem Abend aber, an dem ich endlich sterben wollte, hatte ich plötzlich so was wie eine Vision, ich dachte, ich hätte ihn auf der Terrasse gesehen, verdeckt hinter einem Busch. Es war dämmerig, alles schwer zu erkennen, aber als ich näherkam, war da nichts, nur ein niedergedrückter Busch. Bis in den Tod verfolgt er mich. Wie sehr muss ich ihn lieben, wie sehr mich nach ihm sehnen, dass ich mir im letzten Moment einbilde, er sei gekommen, um mich zu retten. Aber es war wie immer, natürlich war da niemand, den Busch wird irgendein Gärtner schon letzte Woche niedergetreten haben. Wer von Fred gerettet werden will, der ist verloren. An dem Abend war ich so aufgewühlt, dass ich mir einen weiteren Tag geschenkt habe. Fürs Sterben braucht man Ruhe.«

Das Band knackt, Caren hatte abgeschaltet, dann aber wieder angeschaltet. »Ich schulde Fred Wagner nichts, aber ich schulde den Ideen etwas, an die ich lange geglaubt habe. Wilhelm und Mitch, hört zu, das ist vielleicht etwas für euch. Dass Fred ein Nazi ist, mit all dem Mist, den das bedeutet, ist klar. Aber da ist noch etwas. Es gab immer den Fred mit seinen Kumpels, grölend, prügelnd, manchmal auch brandstiftend. Und dann gab es einen anderen Fred, der manchmal fast ängstlich war, der hat sich abgeschottet, total zugemacht. Ich hatte den Eindruck, er bekam manchmal Befehle übers Telefon, nach einem Anruf war er oft verschwunden, manchmal für Tage. Einmal nachts, nachdem er wieder so ein geheimnisvolles Gespräch hatte, habe ich sein Handy mit ins Bad genommen. Ich habe die letzte gewählte Nummer aufgerufen, es ist die Nummer 0170 2004001, in seinen Kontakten ist sie abgelegt unter D.«

Mitch ist plötzlich elend kalt, er reißt die Tür des Bungalows auf, steht in der prallen tropischen Sonne und friert. Sein Gehirn beginnt wie wild zu rotieren. Wagner hat dieselbe Nummer angerufen wie der NSU-Killer. Wer ist D., wer ist der Mann, der Wagner Befehle gibt? Gab D. auch dem NSU Befehle? Soll mich die DVD auf D. aufmerksam machen? Er holt tief Luft, versucht sich zu beruhigen.

»Danke, Caren, für deinen Mut, danke für deine Aufmerksamkeit.« Er kehrt in den Bungalow zurück, drückt wieder auf Play. »Ich habe keine Ahnung für wen oder was dieses D. steht, aber ich bin sicher, es hat eine Bedeutung und keine gute. Vielleicht könnt ihr das rauskriegen, vielleicht kann ich damit etwas gutmachen, etwas zurechtrücken.« Es knackt, die Aufnahme ist beendet. Tapfere Caren …

Mitch holt noch ein Bier aus der Minibar und spult dann das Band auf Anfang. Viel später, als es draußen bereits zu dämmern beginnt, ruft er in Deutschland an, spricht mit zwei der Freunde in Frankfurt, mit Wilhelm, dem Anwalt, und mit Hannah, erzählt ihnen, dass Caren sehr wohl etwas zum Abschied hinterlassen hat. Mitch fühlt sich plötzlich leer und traurig, verdammt allein. Er schleppt sich hoch ins Restaurant, bestellt denselben scharfen Tintenfisch von gestern, versinkt in Gedanken.

Später geht er an den Strand und läuft dann einfach los, er umrundet ein paar Felsen, steht plötzlich vor einem großen hell erleuchteten, mehrstöckigen Privathaus direkt am Strand. Sieht prächtig aus, denkt Mitch, er hört von weit oben Lachen und Stimmengewirr, wohl eine Party auf der Dachterrasse. Er bleibt stehen und lauscht den Geräuschen, dem Gelächter, dem Kindergeschrei. Das ist das Leben, denkt Mitch und sieht vor sich Caren, die sterben wollte.

Mitch läuft weiter, jetzt kommt laute Reggae-Musik aus einem Hotel mit rot illuminierten Palmen. Passt, denkt Mitch und legt sich in den noch warmen Sand. Er schaut hoch in den geheimnisvollen tropischen Sternenhimmel und merkt plötzlich, dass er weint.

Er ist froh, dass Caren nicht wortlos gegangen ist, er ist erleichtert, dass sie nicht von Wagner ermordet wurde. Wenn ihr schon das eigene Leben nicht gehört hat, dann wenigstens der Tod. Mitch hat schon lange verlernt zu beten, er schaut in die Sterne, lauscht der Brandung und der Musik, wünscht dann der alten Freundin eine gute Reise.

Und er gibt ihr ein Versprechen mit auf den Weg. Er wird D. finden, wird Wagner zur Rechenschaft ziehen.

12

Mitch sitzt mit einem blöden Dauergrinsen im Gesicht an Bord eines Airbus A 380 auf dem Rückweg von Bangkok nach Frankfurt. Immer wieder vergewissert er sich, dass in der Innentasche seines Jacketts Carens Aufnahmegerät steckt.

Mitch ist hundemüde. Er hat wilde Stunden hinter sich.

Vorletzte Nacht war er am Strand eingeschlafen, nachdem er sich von Caren verabschiedet hatte. Er wurde gegen 3 Uhr morgens wach, schleppte sich in seinen Bungalow, wo er Stunden später von den Zimmermädchen gestört wurde. Ihm blieb noch ein Tag auf Samui, er wollte sich ausruhen, schwimmen, entspannen. Da fiel ihm sein Date ein, verdammt, er war um sechs mit der Schönen von der Rezeption verabredet.

Gut, warum nicht, er hatte Grund zu feiern. Er besorgte für kleines Geld einen Jeep für einen Tag, eine fürchterliche Möhre, aber was soll's, jetzt war er gewappnet, sollte seine Schönheitskönigin ein Lokal weit außerhalb vorschlagen.

Punkt 18:00 fuhr er mit seinem zerbeulten Suzuki Jeep in die strahlende Einfahrt der Royal Lotus Villas. Die Dame stand bereit und betrachtete etwas amüsiert seinen Wagen. Aber sie stieg ein, berührte Mitch leicht am Arm und bat ihn loszufahren. Als sie die Einfahrt verlassen hatten, veränderte sich der Gesichtsausdruck der Schönheitskönigin, das Starre verschwand, sie kicherte und bemerkte, dies sei ihr erstes Date mit einem Mann, dessen Namen sie nicht kenne. Mitch bremste, sprang aus dem Wagen, lief blitzschnell um den Jeep, riss die Türe auf, verbeugte sich und stellte sich als Mitch, den glücklichsten Mann der Insel, vor.

Sie kicherte, war geschmeichelt und nannte ihren Namen: Mon. Zu Mitchs Erstaunen schlug sie kein teures Lokal vor, sondern sie landeten in einer kleinen Strandbar, wo eine Jamaica-Fahne wehte und chilliger Reggae lief. Sie tranken Gin Tonic und verstanden sich prächtig. Mon war selbstbewusst, wirkte kultiviert, sprach ein fantastisches Englisch, erzählte aber nur wenig von sich: Sie sei geschieden, habe einen kleinen Sohn, lebe allein. Manchmal müsse sie raus, ausbrechen, deswegen sei sie auf Mitchs Einladung gerne eingegangen.

Mitch bemerkte einen süßlichen Geruch vom Nebentisch, sah ein europäisches Pärchen seelenruhig einen Joint rauchen. Mon lächelte, fragte, ob er rauche wolle, und sprach dann mit einem Thairasta an der Bar, der prompt mit dem nächsten Gin einen Joint verbeibrachte. Paradise Island, dachte Mitch, mehr geht nicht.

Doch es ging noch mehr. Mon erklärte ihm, dass der Job sie nerve, jeden Tag lauter blasierte reiche Kerle, meistens Chinesen, die häufig dächten, sie sei im Preis der Villa inbegriffen. Mitch habe ihr gefallen, weil er so anders wirke, leicht verloren, ernsthaft, emotional.

Mitch war sich nicht sicher, was hier gerade abging, und das lag nicht nur an dem Joint. Gefiel er ihr wirklich oder würde sie – trotz aller Eleganz und trotz des guten Englisch – irgendwann mit einem Preisschild um die Ecke kommen? Mitch beschloss, dass ihm das egal sei, der Abend war viel zu schön, um ihn mit Gedanken über egalitäre Geschlechterbeziehungen zwischen Erster und Dritter Welt zu belasten.

Dann hatten sie die Rasta Bar verlassen, liefen über den Strand und küssten sich, erst sehr zart, dann leidenschaftlich. Sie waren beide auf der Umlaufbahn, Gin, Gras und nichts gegessen. Sie stolperten in ein Fischlokal, Mon bestellte, sie hatten kaum Augen für die Speisen, sahen sich unverwandt erstaunt an, kicherten und steckten sich gegenseitig die Happen in den Mund. Mon lächelte ihn an: »Special night for a special man.« Danach waren sie tanzen gegangen, zwei schöne schweißgebadete Stunden. Dann waren sie wieder am Strand, ließen sich in den warmen Sand fallen, küssten sich leidenschaftlich, seine Hand war längst unter ihrer Bluse. Sie schaute ihn an, fragte wie lange er bleiben würde. Mitch zögerte kurz, war dann ehrlich und sagte, dies sei sein letzter Abend.

»Darf ich Ihnen noch etwas bringen, Sir?« Mitch schießt hoch und starrt die Stewardess verständnislos an. Er bestellt einen Rotwein, nimmt einen Schluck, schließt wieder die Augen. Und schnell ist er wieder am Strand.

Ihre Augen waren dunkel und ein wenig traurig, als sie flüsterte: »Dann ist dies die erste und die letzte Nacht, aber du wirst wiederkommen, Mitch, auch wenn du das selber noch nicht weißt.« Mit einer eleganten Bewegung zog sie sich die Bluse über den Kopf und stöhnte leicht, als Mitch sanft ihre Brüste berührte und sich seiner Klamotten entledigte. Sie war zart, leicht wie eine Feder, voller Leidenschaft. Mitch sah kurz die Sterne, dann nur noch sie.

Eng umschlungen klebten danach ihre Körper aneinander, sie streichelten sich, hielten sich fest. Erst nach Minuten merkte Mitch, dass sie beide voller Sand waren. Sie lachten und rannten dann Hand in Hand in das immer noch warme Wasser. Sie spielten mit den Wellen und Mitch flüsterte ihr ins Ohr: »Special night with a special Lady.«

Mitch macht die Augen auf, sieht, dass mittlerweile das Kabinenlicht ausgeschaltet ist, und merkt, dass er immer noch grinst. Diese Nacht mit Mon war das Irrste, was ihm seit langer Zeit passiert war. »Am Strand, ich glaube es nicht, Mann, komme mir vor, als wäre ich wieder Zwanzig.«

Sie hatte kein Preisschild herausgeholt, sondern ihre Handynummer auf einen Zettel geschrieben und geflüstert, er solle anrufen, wenn er wieder in Thailand sei. Sie müsse jetzt nach Hause zu ihrem Sohn, sie bat ihn, sie an einer Stelle abzusetzen, wo sie auch noch spät ein Sammeltaxi bekommen könne.

Eine halbe Stunde danach war er wieder in seinem Hotel, hatte kontrolliert, ob Carens Band noch im Versteck lag, und war dann ungläubig den Kopf schüttelnd unter der Dusche verschwunden. Danach speicherte er Mons Nummer in sein Handy, behielt aber ihren Zettel, faltete ihn und packte ihn in sein Portemonnaie. Er wusste, wie vergänglich Handys waren.

Im Airport Bangkok hatte es freies WLAN gegeben, und Mitch hatte einiges von der Seite des Bundesamtes für Verfassungsschutz heruntergeladen, vor allem Presseartikel, die er jetzt im Flugzeug studiert. Er sucht nach Namen mit dem Anfangsbuchstaben D.

Dummerweise beginnen im Deutschen verdammt viele Namen mit D. Er liest diverse Artikel über Auftritte von Verfassungsschützern vor diversen Untersuchungsausschüssen des Bundestags und einiger Landtage. In diesen Artikeln taucht ziemlich häufig der Hauptabteilungsleiter Rechtsextremismus/Rechtsterrorismus auf, ein Mann namens Werner Dickmann. Der SPIEGEL hat ihn einmal einen politischen Neandertaler genannt, einen Mann, der so rechts sei, dass für ihn die Bezeichnung konservativ nur bedingt passen würde. Er sei schon lange im Amt, egal ob der Präsident von der CDU oder von der SPD gestellt worden war. Mitch notiert den Namen, Werner Dickmann, zweifellos ein Kandidat für die Rolle des D.

Eben dieser Werner Dickmann sitzt in diesem Augenblick in seinem Kölner Eckbüro, niemand würde ihm die innere Anspannung ansehen, unter der er steht. Ihm ist von der Überwachungsabteilung mitgeteilt worden, dass Mitch nach Thailand geflogen ist, was ihn nicht überrascht hat. Der Einbruch bei Wagner hatte Dickmann erstaunt, war für ihn aber kein Grund zur Sorge. Er hatte sich am Tag nach dem Einsatz bei Karl Schwanberg, dem Leiter des Landesamtes Thüringen, für die schlagkräftige Hilfe bedankt. Dickmann hatte um Diskretion gebeten, die Aktion stünde in Zusammenhang mit Aufräumarbeiten zur NSU-Affäre. Das Thüringer Landesamt, das unter seinem damaligen Leiter in den Anfangstagen des NSU eine sehr zwielichtige Rolle gespielt hatte, war auch heute noch dankbar für alle Aufräumaktivitäten, die dem Behördenleiter peinliche Fragen vor dem sehr aktiven Untersuchungsausschuss des Landtages ersparten. Schwanberg hatte sich für keine Details interessiert. Dickmann lächelt, solche Kollegen mag er.

Dann bestellt er seinen Wagen, verabschiedet sich kurz von Ursula Bettner, seiner Sekretärin, teilt ihr mit, er sei den Rest des Tages außer Haus und mobil nur in äußerst dringenden Angelegenheiten zu sprechen.

Er hat ein wichtiges Date in einem sicheren Haus im Kölner Umland, im Behördenjargon Objekt 17 genannt. Dickmann ist um 15:00 mit Generalmajor Neubert und der neuen amerikanischen Geheimwaffe verabredet.

Er erreicht das idyllisch im Bergischen Land gelegene Haus 15 Minuten zu früh. Eine knappe Begrüßung für den Housekeeper von Objekt 17, einen verschwiegenen älteren Herrn, dann entlässt er seinen Fahrer mit der Bitte, ihn um 18:00 abzuholen.

Neufeld und der Amerikaner sind pünktlich, Dickmann bittet erst Neufeld alleine zu sich, der Housekeeper betrachtet den muskulösen Ex-CIA-Mann sehr reserviert, bietet dann einen guten deutschen Filterkaffee an, den der Gast auch gerne annimmt. Der hochgewachsene Amerikaner setzt sich ans Fenster und blickt bewundernd in die idyllische Landschaft.

Drinnen nimmt Neubert Platz, er wirkt aufgewühlt. »Werner, bei allem Respekt, was sollte dieser Schnellschuss in Bergroda? Das war so verdammt knapp, da war keine wirklich professionelle Vorbereitung mehr möglich, unser Mann musste improvisieren. Warum?«

Dickmann gießt beiden einen kleinen Cognac ein. »Vielleicht wollte ich ja rauskriegen, ob er genau das kann. Ernsthaft, ich musste ein Ende kappen, eine Verbindungslinie unterbrechen. Das hatte sich leider ganz kurzfristig ergeben, diente der Sicherheit von Aktion Uckermark.«

»Gut, dass du selbst mit dem Thema beginnst, bist du dir sicher, dass wirklich noch eine große Aktion nötig ist, eigentlich entspannt sich die Lage doch langsam.«

Dickmann sitzt jetzt kerzengerade: »Was, bitte sehr, nennst du Entspannung? Soll Deutschlands Sicherheit von ein paar Hanseln an der mazedonischen Grenze abhängen? Die Grenzer kriegen morgen von den Schleppern 5 000 Euro und dann ist die Grenze nachts für ein paar Stunden wieder offen. Das ist der Balkan, das sind keine Leute, auf die man sich verlassen kann. Ich zermartere mir seit Wochen das Hirn nach Alternativen, es gibt keine. Die Kölner Silvesternacht war ein Gottesgeschenk, aber so etwas ist nicht planbar, ist nicht wiederholbar, wir können keine Hundertschaft maghrebinischer Antänzer kaufen und Köln beliebig häufig nachspielen. Das war ein Glücksfall, auf den man propagandistisch aufsatteln konnte. Aber alles, was man so erreicht, ist eine Veränderung der Atmosphäre im Inland und eine Stärkung der AfD. Bis aber die AfD so weit ist, dass große Koalitionen in den Ländern und im Bund nicht mehr möglich sind, werden wir bereits so viele gebärfreudige Moslemfamilien im Land haben, dass wir bald alle zur Einweihung der großen Moschee nach Berlin geladen werden, wo dann Mama Merkel mit Kopftuch die Gäste aus Saudi-Arabien begrüßt. Nein, wir haben leider nicht die Zeit, um zu warten, wir müssen jetzt das Übel an der Wurzel packen.«

»Und was bitte sehr ist die Wurzel, wir haben doch keinen Einfluss auf die Lage in Syrien?«

»Nein, haben wir nicht, aber Putin. Momentan entscheidet Putins Luftwaffe, wie viele Flüchtlinge wir kriegen. Das passiert halt, wenn Moskauer KGB-Profis als Gegner Hausfrauen, wie unsere Freundin aus der Uckermark und Washingtoner Softies wie Obama haben. Putin diktiert, was in der nächsten Zeit geschieht. Aber Putin kann so viele Flüchtlinge produzieren, wie er will, das Entscheidende ist, wohin diese Flüchtlinge gehen wollen. Dabei ist es völlig egal, ob die Flüchtlinge mit Schlauchbooten nach Lesbos und dann über die Balkanroute kommen oder ob sie geordnet und gezählt in der Türkei ein Flugzeug besteigen. Wohin wollen sie? Darum geht es. Zurzeit schreien alle, wir gehen nach Deutschland zu Mama Merkel. Ist dir aufgefallen, dass fast alle Flüchtlinge an ihren Smartphones hängen? In diesem Krieg geht es um die Macht der Bilder. Was für Deutschlandbilder laufen denn zurzeit im Netz? Auf Facebook, auf Instagram, auf Twitter, auf allen erdenkliche Plattformen, immer wieder Merkel mit den Flüchtlings-Selfies und Bilder aus den ersten Tage der Welle, Bilder von den Idioten in den Bahnhöfen mit ihren Willkommen-Schildern. Diese Bilder sagen alle dasselbe: kommt nach Deutschland! Kaum einer teilt Bilder von brennenden Heimen, das kriegen die gar nicht mit. Das müssen wir ändern.«

»Wie Werner, rede endlich Klartext.«

»Wir werden mit kalter militärischer Präzision ein Flüchtlingslager angreifen, wir werden Bomben von großer Kraft explodieren lassen, und wir werden mit dieser Aktion 80 bis 120 Menschen töten. Das ist leider unvermeidlich. Die Bilder dieses Anschlags werden binnen einer Stunde auf jedem Handy zwischen Damaskus und Kabul sein, es werden fürchterliche Bilder sein, die aber eine klare Aussage haben: Kommt nicht nach Deutschland, Deutschland ist nicht sicher, in Deutschland werden eure Kinder und eure Frauen sterben.«

Neubert ist sprachlos, trinkt seinen Cognac auf ex, starrt Dickmann an. »Das kannst du nicht wirklich meinen, das geht nicht, wir können auf keinen Fall so einen Anschlag verantworten. Das kann nicht dein Ernst sein.«

Dickmann schüttelt den Kopf: »Peter, mein Gott, du kennst mich, meinst du, ich bin verrückt geworden oder leide plötzlich unter Mordlust? Nein, ich bin und bleibe ein Mann der kühlen Analyse. Angela Merkel bricht vor unseren Augen ihren Amtseid, sie verändert mutwillig die Zusammensetzung unserer Bevölkerung, sie experimentiert mit der Zukunft Deutschlands, sie liefert das Volk einer beispielslosen Überfremdung aus, ohne auch nur daran zu denken, den Deutschen eine Chance zur Mitbestimmung zu gewähren. In zehn Jahren werden wir unser Land nicht mehr wiedererkennen, deine Enkel werden bereits eine Minderheit im eigenen Land sein. Wir haben 2015 über eine Million Moslems aufgenommen, 2016 werden es vielleicht ein paar weniger sein, aber nicht substantiell. Bis Merkel politisch gestoppt wird, und das wird kommen, werden weitere 1 bis 1,5 Millionen Moslems hier sein. Wenn es so etwas wie ein Recht auf Widerstand gibt, dann ist jetzt der Tag gekommen, ich sage dir, wir handeln in Notwehr.«

»Willst du dich zu dem Anschlag bekennen, ihn begründen, ihn auf deine Kappe nehmen?«

Dickmann schüttelt gequält den Kopf: »Nein, mir liegt nichts an der öffentlichen Märtyrerrolle. Am Tatort wird man einen toten Neonazi finden – ein bedauerlicher rechtsextremer Anschlag.«

Neubert schüttelt sich: »Ich verstehe dich, ich teile auch deine Analyse, aber es ist verdammt schwer vorstellbar, dass deutsche Patrioten so etwas machen.«

»Peter, wir sind in einer nationalen Notsituation. Es geht um Notwehr, es geht nur so, es ist alternativlos. Nur so stoppen wir die aggressive Einwanderung.« Neubert windet sich, ist sich unschlüssig. Dickmann setzt nach: »Es ging immer nur um diese eine Frage – was sind wir bereit zu tun, um unser Volk, um unsere Art zu leben zu beschützen? Das Gutmenschengejammer macht hilflos. Hätte man vor zwei Jahren vor Lampedusa ein Schiff versenkt, wäre dieser Mittelmeer-Wahnsinn erst gar nicht ins Rollen gekommen. Bei so einem Angriff wären vielleicht 300 Menschen gestorben, mittlerweile sind viel mehr ertrunken, 10 da, 25 hier, es fällt nur nicht so auf. Im Süden und im Osten warten Millionen Menschen auf eine Chance, nach Europa zu kommen. Niemand hier will sie wirklich, aber alle haben Angst, sich die Hände schmutzig zu machen. Besonders hier, in Deutschland , dem Land der Schuldgefühle, der Befindlichkeitspropheten. Wenn wir heute mit einem Anschlag hundert Leute töten, werden wir langfristig Leben retten, wir werden damit einen sonst in Deutschland unvermeidlichen Bürgerkrieg verhindern. Unternehmen wir nichts, wird es zu Kämpfen zwischen Einheimischen und Fremden kommen. Davon bin ich überzeugt, das ist meine historische und moralische Rechtfertigung.«

Dickmann lässt sich in seinen Sessel zurückfallen, atmet tief und schwer. Neubert schaut an ihm vorbei, blickt aus dem Fenster, sieht den gepflegten Garten, der im Licht der ersten Frühlingssonne besonders schön aussieht. Welch friedliches Bild, ein deutsches Idyll – wie aus längst vergangenen Tagen. Neubert schüttelt sich, steht auf, macht ein paar Schritte, dreht sich dann abrupt um, geht auf Dickmann zu und salutiert militärisch. »Du hast mich überzeugt, ich bin dabei.«

Dickmann steht auf, die beiden reichen sich die Hände, sehen sich in die Augen. »Peter, wir erfüllen nur unsere

Pflicht, nicht mehr und nicht weniger. Und jetzt Schluss, wir sind Männer der Tat, wir haben eine ziemlich komplexe Operation vor uns. Fangen wir an.«

Neubert springt auf, eilt zur Tür und bittet den Amerikaner ins Zimmer.

In der Kölner Verfassungsschutzzentrale sitzt Julian Mahler nervös an seinem Schreibtisch. Seine Gedanken kreisen immer wieder um dieselbe Frage: Hat er die verdammte DVD an den richtigen Platz im Safe seines Kollegen Ottmar Bahr zurückgelegt oder nicht. Er hatte Bahr in jener Nacht besoffen gemacht, dabei aber leider selber auch das eine oder andere Promillchen abbekommen. Hatte die DVD auf dem zweiten oder doch auf dem dritten Brett gelegen? Bahr hat bis jetzt geschwiegen. Der Typ müsste einen eigenen heftigen Fehler einräumen, um Julian anschwärzen zu können. Macht er das? Keine Ahnung. Julian geht ziellos über den Flur, steht plötzlich vor Dickmanns Büro, klopft und tritt ein. Ursula Bettner sitzt da, blickt ihn freundlich an, erst jetzt sieht Julian, dass unter dem Schreibtisch der lächerliche Dackel sitzt und wedelt, ein sicheres Zeichen, dass der Chef nicht da ist. »Hallo, Frau Bettner, gibt es eine Chance, den Chef kurz außer der Reihe zu sprechen, ich habe ein dringendes Anliegen.«

Ursula Bettner schüttelt den Kopf. »Der Chef ist auf einem auswärtigen Termin, wird heute, wenn überhaupt, erst sehr spät ins Büro kommen. Aber Herr Mahler«, sie lächelt etwas verlegen, »dürfte ich Sie um einen Gefallen bitten, ich muss dringend etwas im Haus erledigen, möchte aber den Hund nicht alleine lassen, könnten sie vielleicht, nur für ein paar Minuten?«

Julian strahlt sie an. »Aber Frau Bettner, das ist doch selbstverständlich, los, gehen Sie, ich bewache Ihren Kampfhund.«

»Tausend Dank, der kleine Kerl heißt Benny und ist wirklich lieb.«

Strahlend eilt sie aus dem Zimmer. Julian zählt bis zehn, guckt dem Dackel tief in die Augen, murmelt: »Schnauze, Benny, keinen Ton, kapiert?«

Mit zwei, drei Schritten hat er die Tür zum Chefzimmer erreicht, drückt die Klinke runter, aber Dickmann hat sein Reich verschlossen. »Natürlich, wäre auch zu einfach gewesen«, flucht Julian Mahler.. Dann fällt sein Blick auf den altmodischen Tischkalender, den Ursula Bettner hingebungsvoll akribisch führt. Er eilt um den Schreibtisch herum, zischt in Richtung Dackel, der auf die plötzliche Bewegung mit einem Knurren reagieren will. Er liest den säuberlichen Eintrag: 15:00 Besprechung O17. Julian grinst, na also besser als nichts, er weiß, O17 bedeutet Objekt 17, er kennt das sichere Haus im Oberbergischen Kreis, er stammt aus der Gegend.

Schon fliegt die Tür auf, atemlos stürmt Ursula Bettner ins Büro, Benny wedelt und freut sich, Julian verabschiedet sich schnell.

Er kennt das Haus genau, während seiner Ausbildungszeit hatte er mehrere Tage dort zugebracht, sich mit dem Housekeeper angefreundet, der auch seine Eltern kennt. Objekt 17 liegt im idyllischen Nümbrecht, er selber stammt aus dem nahegelegenen Waldbröl. Mahler besorgt sich die Telefonnummer des Hauses, wühlt in alten Notizen nach dem Namen des Verwalters und wählt die Nummer. »Hallo Herr Haller, erinnern Sie sich, ich bin es, der Julian Mahler aus Waldbröl, ja genau, der Sohn von der Gerda, genau. Herr Haller, nichts Wichtiges, aber ich bräuchte einen Tipp. Momentan ist doch mein Chef, der Kollege Dickmann, bei Ihnen, ja?«

»Herr Mahler, welche Überraschung, ja, der Herr Dickmann ist hier, aber ich würde ihn ungern stören, ehrlich gesagt.«

»Nein, nicht stören, auf keinen Fall, ist wahrscheinlich ein wichtiger Termin, oder?«

»Keine Ahnung, um was es da geht, General Neubert ist hier und ein sehr militärisch wirkender Amerikaner, der Mann riecht nach Special Forces. Aber was wollen Sie eigentlich, Herr Mahler?«

Julian lacht, als wäre er ertappt worden. »Ganz ehrlich, ich will früher aus dem Büro abhauen, habe Hochzeitstag und wollte nur wissen, ob Dickmann noch da ist und hoffentlich noch eine Weile bleibt. Bitte, nicht verraten.«

Haller lacht: »Hau ab und bring der Frau ein paar schöne Rosen mit. Die bleiben hier bestimmt noch eine ganze Weile hocken, das riecht nach längerer Sitzung.«

»Alles klar, Herr Haller, besten Dank und Grüße daheim.« Er legt auf. »Neubert und ein amerikanischer Rambo, was zum Teufel plant Dickmann da schon wieder?«

Mitch ist endlich wieder zu Hause, steht vor dem Spiegel und grinst sich an: »Mann, was für eine verrückte Nummer.« Aber langsam beginnt sein Jagdfieber alle anderen Gefühle zu verdrängen. Endlich hat er was Handfestes. Fred Wagner und die NSU-Typen werden von derselben Nummer gelenkt. Naja, gelenkt vielleicht nicht, aber sicher ist, sie wählen dieselbe Nummer.

Er telefoniert seine Kontakte ab, schließlich erreicht er einen alten Kollegen aus investigativen Tagen, Rainer Schildner, einen quirligen Freak und eine wandelnde Enzyklopädie in Sachen Rechtsradikale. Er bringt schnell das Gespräch auf den Verfassungsschutz, fragt, welchem hochrangigen Beamten man am ehesten zutrauen könne, mit Neonazis über Bande zu spielen. Rainer wittert sofort eine Geschichte, will wissen, ob Mitch was Konkretes hat. Mitch wischt die Nachfragen beiseite und bringt Rainer ins Plaudern. Schnell fällt der Name

Werner Dickmann. Rainer meint, der Mann habe was Unheimliches, sei einerseits ein Fossil aus der frühen Jahren der BRD, andererseits aber wirke er schnell und erinnere manchmal eher an einen klassischen amerikanischen Agenten als an einen piefigen deutschen Schlapphut. Mitch bedankt sich, Rainer zögert, bevor er sich verabschiedet: »Hey Mitch, weißt du, ich bin richtig froh, dass du endlich mal wieder an einer vernünftigen Sache sitzt und nicht mehr nur deine netten Begleitreportagen machst. Gut, freut mich echt, lass uns bald mal wieder einen trinken gehen und bleib dran.«

Nach diesem Gespräch wühlt Mitch weiter, telefoniert mit einem SPIEGEL-Kollegen, auch der hält Dickmann für eine sehr schräge Figur. Mit Anfangsbuchstaben D bringt der Hamburger Kollege noch zwei Männer vom BND ins Spiel, Mitch aber ist überzeugt davon, dass er beim Verfassungsschutz zu suchen hat. Der Verfassungsschutz hat die Kontakte in die rechte Szene, nicht der BND. Mitch ist sich recht sicher, dass Dickmann D. ist.

Im Objekt 17 ist Werner Dickmann aufgestanden, um den eintretenden Amerikaner zu begrüßen. Dickmann ist recht hochgewachsen, aber sein durchtrainiertes Gegenüber überragt ihn um einen halben Kopf. Dickmann tritt staatsmännisch auf, schüttelt dem Amerikaner die Hand, verbeugt sich, stellt sich vor. »Sehr erfreut, Sie kennenzulernen, Mister Taylor, ich habe mir sagen lassen, sie haben deutsche Vorfahren? Wollen wir Deutsch sprechen oder besser Englisch?«

»Auch sehr erfreut, Mister Dickmann, meine Großmutter kam aus dem angeblich sehr schönen Odenwald, mit ihr habe ich Deutsch gesprochen, und ich habe es nicht verlernt. Sagen Sie einfach Marc zu mir.«

»Okay, Marc. Besten Dank erst einmal für die saubere und fehlerlose Arbeit in Bergroda, ich habe den ermittelnden Kollegen von der Polizei schon einen Hinweis zukommen lassen, dass auch wir an die ukrainische Spur glauben, ich habe ihnen Material versprochen, das sie eine Weile beschäftigen wird. Nun, Marc, unsere eigentliche Arbeit ist eine bis zwei Nummern größer, aber ich würde sagen, sie passt zur Höhe Ihres Honorars.«

Marc lächelt und nickt zustimmend, als Dickmann ihm einen Scotch anbietet.

»Marc, ich habe vor allem eine Frage: Können sie auch gut mit Semtex umgehen? Wir reden hier über einen etwas explosiven Job.«

»Klar, Herr Dickmann, wir wurden bei den Seals für Einsätze hinter den feindlichen Linien ausgebildet, da sind Sprengstoffjobs an der Tagesordnung. Allerdings, ich habe hier in Deutschland keinerlei Quellen für Semtex, das Zeug müssten Sie mir besorgen.«

»Kein Problem, Marc, den Sprengstoff kriegen Sie, frisch aus Tschechien und original verpackt.«

Dickmann steht auf, geht zu einem Schreibtisch, holt einen Ordner aus der obersten Schublade. Er nimmt mehrere Fotos aus den Klarsichthüllen. »Dies, meine Herren, ist eine Luftaufnahme des Kasernengeländes in Berbenbach, liegt in Südhessen, etwa vierzig Autominuten von Frankfurt entfernt. Ihr seht hier im Vordergrund eine sehr befahrene Bundesstraße, hinter dem Zaun die historischen Gebäude, die heute alle leer stehen. Das Areal ist um 1900 als Garnison bebaut worden, im Zweiten Weltkrieg hat die Luftwaffe hier hinten einen Flugplatz angelegt, der auch intensiv benutzt wurde. Nach 45 zog die US-Army hier ein, die 2008 den Stützpunkt räumte. Jetzt wurde hier in diesem Teil des Areals eine große Flüchtlingsunterkunft eingerichtet, in der etwa 1000 Menschen leben.« Dickmann zeigt mit seinem Finger auf ein anderes Luftbild. »Hier befindet sich die Kantine mit dem großen Versammlungssaal. Alles, was ich jetzt sage, Marc, ist eine Anregung, den genauen Plan erwarte ich von Ihnen. Also, ich stelle mir vor: Eine kleine Ladung wird oberirdisch nahe der Unterkünfte gezündet. Sie soll schocken und die Menschen zu dem ihnen vertrauten Sammelpunkt treiben – in die Kantine. Etwa vier Minuten nach der ersten Ladung zündet eine deutlich stärkere Ladung in oder neben der Kantine, Ziel ist es, die Kantine zu zerstören und eine hohe Anzahl von Opfern zu erreichen.«

Dickmann holt tief Luft, er sieht, dass Marc Taylor ihn staunend anschaut, einen Schluck Scotch hinunterstürzt und dann ein tiefes Wow hören lässt. »Wow, Mr Dickmann, das ist tough shit, sie wollen ein Blutbad, damit habe ich nicht gerechnet, ich dachte, wir reden hier über eine Art Polizeiaktion, aber das, was Sie da wollen, ist bloody Terror.«

»Nein, Herr Taylor, das ist kein Terror, das ist nationale Notwehr. Wir verteidigen uns hier gegen dieselben Moslems, die Sie in Afghanistan gefoltert haben. Aber wir müssen das jetzt nicht diskutieren. Für Sie liegen 1 Million Dollar auf dem Tisch, wollen Sie das Geld, oder nicht?«

Taylor kratzt sich am Kinn, man sieht, der Mann fühlt sich unwohl, fühlt sich überrumpelt. Generalmajor Neubert mischt sich ein, legt dem Amerikaner vorsichtig eine Hand auf den Unterarm und deutet mit der anderen Hand auf Dickmann: »Marc, das ist nicht seine verrückte Privatidee, dahinter steht eine große Gruppe hoher deutscher Offiziere und Geheimdienstler. Wir haben lange über diese Aktion debattiert und sie einstimmig gebilligt. Dickmann hat recht, wir sind in einer Notwehrsituation. Wenn wir Angela Merkel gewähren lassen, dann wird in zehn Jahren in dem Odenwalddorf deiner Großmutter ein Taliban zum Bürgermeister gewählt. Dies ist kein Terror, das ist Abschreckung. Das ist ein Kollateralschaden, so heißt das doch bei euch in Afghanistan.«

Taylor schüttelt sich, steckt sich eine Zigarette an und grollt dann: »Okay, it is a fucking job, aber ich mache ihn.« Er starrt jetzt Dickmann direkt in die Augen: »Sie garantieren den Rückzug, wir müssen über Sicherheiten sprechen. Ich habe keine Lust, nach der Operation verhaftet zu werden und als islamhassender, psychisch kranker Ex-GI der Polizei und der Presse zum Fraße vorgeworfen zu werden.«

Dickmann hält Taylors Blick stand. »Marc, die Sicherheit kannst du sofort bekommen. Ich werde ganz offen zu dir sein, das hier ist der ganze Plan. Ich stelle dir einen Gehilfen, einen bekannten deutschen Neonazi. Er wird dir bei der Ausführung assistieren, er wird auf dein Kommando hören. Du sorgst nach der Explosion dafür, dass er nicht lebend das Kasernengelände verlässt, die Polizei wird ihn finden und damit einen Schuldigen und eine glaubwürdige Erklärung für den Anschlag haben. Eine bedauerliche Attacke verrückter Neonazis. Wir werden Razzien machen, werden die üblichen Verdächtigen verhaften – und alles ist in Ordnung. Außer uns beiden hier im Raum kennt dich niemand in Deutschland. Es gibt keinerlei Spuren zu dir. Du nennst mir jetzt einen Ort, wo du hin willst, und einen neuen Namen, dann hast du zwei Tage nach dem Anschlag einen neuen Pass und ein Business-Ticket an einen Ort deiner Wahl. Klingt das fair?«

Marc Taylor reicht Dickmann die Hand: »Klingt fair, wir haben einen Deal.« Dickmann wirkt erleichtert und wendet sich jetzt zu Neubert: »Peter, ganz wichtig, besorge du möglichst schnell aus Washington Pläne der Kaserne, vor allem Pläne des Untergrunds, Kanalisation, geheime Gänge etc. Das ist ein sehr altes Objekt, ich bin mir sicher, da gibt es reichlich Möglichkeiten, sich unterirdisch zu bewegen.« Der Generalmajor nickt, kein Problem, er kenne jemanden aus dem Archiv, das sei eine leichte Übung.

Die drei Herren besprechen noch verschiedene Kommunikationswege und Dickmann sagt zu, dass sich der Neonazi binnen einer Woche mit Marc trifft. Sie stoßen an, die Stimmung allerdings bleibt beklemmt, keiner hat Lust, auf diesen Plan eine Flasche Champagner zu köpfen. Normalerweise zählt man Kollateralschäden nach einem Einsatz, diesmal liegen die Opferzahlen vorher auf dem Tisch. Ziemlich hart – selbst für Profis.

Julian Mahler ist gerade dabei, seinen Computer runterzufahren, er denkt bereits an einen angenehmen Abend, da fliegt seine Bürotür auf und ein derangiert wirkender Ottmar Bahr stürzt ins Zimmer. »Mahler, du Scheißkerl, mach dein verdammtes Testament! Du hast mich abgefüllt neulich Abend, und du hast dich an meinem Safe zu schaffen gemacht.«

Julian sortiert seine Gesichtszüge, merkt, dass in Bahrs Zorn viel heiße Luft steckt. Er spürt, dass Bahr nicht weiß, wie dieser Auftritt enden soll. »Ottmar, brüll bitte nicht so ordinär in meinem Büro rum, was willst du eigentlich, ich war neulich abends selber so zu, dass ich deinen Scheißschrank gar nicht gefunden hätte. Außerdem, wie zum Teufel hätte ich deinen Safe öffnen sollen?«

»Der Safe war offen und du Kameradenschwein hast die Gelegenheit genutzt. Was zum Teufel hast du mit der DVD gemacht?«

»Mit welcher DVD, was redest du für einen Mist?«

»Du weißt genau, von welcher DVD ich rede, sie lag nicht mehr da, wo sie immer liegt, du warst der einzige, der Zugang zum Safe hatte. Was willst du mit der DVD? Rede verdammt nochmal.«

Julian springt jetzt hinter seinem Schreibtisch hoch, macht zwei schnelle Schritte auf Bahr zu, baut sich vor dem gut einen Kopf kleineren Kollegen auf. Er packt Bahr an der Krawatte. »Nur mal ganz hypothetisch, was ist denn Spannendes auf dieser DVD drauf, welches Dienstgeheimnis hast du bei offener Tür liegen gelassen?«

Bahr macht sich frei, weicht zurück und zischt: »Ich werde Dickmann erzählen, was für eine Nummer du hier abziehst. Viel Vergnügen, Herr Mahler.«

Julian ist in einer schnellen Bewegung wieder auf Tuchfühlung, seine Hand wieder an der Krawatte des Gegners. »Hör zu, Klugscheißer, wenn diese DVD wirklich so wichtig ist, dann solltest du sie dem Präsidenten auf den Tisch knallen, das ist dein wirklicher Chef, nicht Dickmann.«

»Ich arbeite für Dickmann und sonst niemanden, Dickmann ist mein Chef, er hat meine Loyalität.«

»Ottmar, wach auf. Du bist Beamter der Bundesrepublik Deutschland, und du weißt so gut wie ich, dass dein lieber Dickmann hier gewaltigen Mist baut.«

»Julian, halt den Mund, Dickmann ist mein Chef, der Mann hat mehr geleistet, als du in vier Leben schaffen wirst. Ich muss ihn einfach informieren.«

»Dann tu, was du nicht lassen kannst, er wird dich wegen deiner Schlampigkeit einen Kopf kürzer machen. Aber okay, dein Spiel.«

Julian ist mittlerweile stocksauer, denkt eine kurze Sekunde nach, lässt alle Vorsicht fahren. »Du weißt, was auf der DVD drauf ist, Herr Regierungsrat Bahr, du weißt, dass es da um ein Verbrechen geht, in das unser lieber Dickmann anscheinend verstrickt ist. Ich fordere dich hiermit auf, gemeinsam mit mir die Führung dieser Behörde darüber in Kenntnis zu setzen, dass hier ein hochrangiger Mann einen Privatkrieg führt. Also, Herr Bahr, morgen früh beim Präsidenten, ich mache den Termin, gut?«

Bahr weicht zurück, orientiert sich Richtung Tür. »Mit dir gehe ich nirgendwo hin. Lass mich nachdenken, ich melde mich bei dir.« Ottmar Bahr stürmt aus dem Zimmer, als habe er den Leibhaftigen gesehen. Die Tür fällt krachend ins Schloss.

Julian Mahler wischt sich den Schweiß von der Stirn, er könnte schreien vor Wut. Verflucht, sein Schicksal ist in der Hand dieses Idioten. Er hat geblufft, die DVD wird ihm alleine nichts nutzen, sein Wort gegen das von Dickmann, keine Chance. Er weiß jetzt, dass die Uhr tickt, er hätte zwar gerne noch länger gewartet, aber er muss jetzt Gas geben, muss Kontakt zu Mitch aufnehmen.

Dickmann sitzt im Fond seines Dienstwagens auf dem Weg zurück nach Köln. Er ist tief in Gedanken. Die Reaktion des Amerikaners hat ihn doch stark verunsichert. Taylor hatte spontan mit Abscheu reagiert, hatte den Plan blutigen Terrorismus genannt. Ein Profikiller reagiert entsetzt, was sagt das über seinen Plan? Hat er, Dickmann, denn jegliches Maß verloren? Er befiehlt dem Fahrer, ihn zum Melatenfriedhof zu bringen, den großen Kölner Friedhof, auf dem auch seine Gattin Hildegard ihre letzte Ruhe fand. Dort angekommen, bittet er den Fahrer, eine halbe Stunde zu warten. Er genießt die Ruhe des Friedhofs, verharrt vor der berühmten Sensenmann-Skulptur von August Schmiemann, Totenkopf und Sense, sind das seine neuen Orden?

Jetzt steht er vor Hildegards Grab. Die beauftragte Gärtnerei hat gut gearbeitet, er sammelt ein paar abgefallene Blätter auf, setzt sich dann auf eine Bank und stützt den Kopf in beide Hände. Was ist nur mit ihm? Was ist aus ihm geworden? Er erteilt Mordaufträge, als wäre er ein Mafiapate, aber er ist kein Killer, er ist Werner Dickmann, ein deutscher Beamter. Er hat tausendmal über Recht und Unrecht gegrübelt, aber hier auf dem Friedhof fühlt es sich anders an. Hildegard hätte keine toten Frauen und Kinder akzeptiert, aber nur mit diesen Bildern würde er sein Ziel erreichen können. Auch Hildegard hätte diese Millioneneinwanderung abgelehnt.

Ich habe keine Wahl, denkt er, es ist meine Pflicht. Hildegard, bete für mich, ich muss diesen Weg zu Ende gehen, es ist mein Opfer, ich muss.

Mitch ist voller Wut noch spät in die Redaktion gefahren. In ihm brodelt es.

Er hat keinen Bock mehr auf Vorsicht, er ist mittlerweile fest davon überzeugt, dass Werner Dickmann der ominöse D. ist. Mitch murmelt vor sich: »So ein Gott verdammter Typ, was denkt der, wer er ist. Okay, mein Guter, jetzt ziehen wir in den Krieg.« Er fährt seinen Computer hoch, ruft die Seite mit dem offiziellen Star TV Logo auf und formuliert ein Schreiben an die Presseabteilung des Bundesamtes für Verfassungsschutz.

Mitch diktiert sich selber laut den Text. »An das Bundesamt für Verfassungsschutz, vorab als Fax. Sehr geehrte Damen und Herren, die Frankfurter Redaktion von Star TV arbeitet zurzeit an einer Geschichte für ein Magazin der ARD. Es geht um neue Vorwürfe gegen das Bundesamt für Verfassungsschutz, namentlich gegen den Hauptabteilungsleiter Dr. Werner Dickmann. Nach uns vorliegenden Informationen soll Herr Dr. Dickmann während der letzten Jahre direkten Kontakt zu den seinerzeit im Untergrund lebenden Mitgliedern des NSU gehabt haben. Wir beabsichtigen, in einer der nächsten Sendungen über diese neuen belastenden Indizien zu berichten. Aus Gründen der journalistischen Fairness bitten wir hiermit um ein zeitnahes Interview mit Herrn Dr. Dickmann. Da Herr Dr. Dickmann in jüngster Vergangenheit mehrfach in unterschiedlichen Untersuchungsausschüssen aussagte und dabei auch öffentlich auftrat, sehen wir ein nachrichtendienstliches Anonymitätsgebot als nicht gegeben.

Wir bitten Sie, sich zur Terminabsprache mit unserm Herrn Berger unter den oben genannten Nummern in Verbindung zu setzen. Hochachtungsvoll.«

Mitch lacht zufrieden. So – das wird im Amt einschlagen wie eine Bombe. Mal sehen, wie die Jungs jetzt ziehen.

Am nächsten Morgen wacht Julian Mahler nach einer fast schlaflosen Nacht völlig zermartert auf. Er streicht der neben ihm schlafenden Sofia zart über die Haare und verschwindet im Bad. Nach einer eiskalten Dusche geht es ihm besser. Er lässt einen Zettel für Sofia auf dem Küchentisch und schleicht sich aus der Wohnung. Er erwartet jederzeit einen Anruf von Dickmann. Er will, er muss Material gegen Dickmann zusammenstellen. Er will ins Objekt 17, vielleicht gibt es da etwas zu holen. Er wird wehmütig, als er auf die vertrauten Landstraßen abbiegt. Alles riecht nach Heimat, nach Geborgenheit, aber Julian ist nervös und ängstlich. Dickmann wird ihn schlachten wollen. Er muss Dickmann erledigen, bevor er selber dran ist. Er ist sich sicher, dass Bahr zu Dickmann rennen wird.

Endlich hat er den Abzweig nach Nümbrecht erreicht, jetzt noch ein kurzes Stück im Ort, dann liegt auch rechts schon das idyllisch wirkende Objekt 17. Er klingelt, begrüßt fröhlich Herrn Haller, der ihn überrascht anschaut. »Herr Haller, ich war gestern Abend noch bei den Eltern, habe da übernachtet und dachte, ich schau mal kurz bei Ihnen vorbei, weil wir doch gestern erst telefoniert haben.«

»Julian Mahler, ich glaube es nicht, aber Junge, was soll das? Du hast gestern erzählt, du hättest Hochzeitstag und würdest dann bei deinen Eltern übernachten – komisch.«

Julian gerät leicht ins Stottern, beichtet dann eine Ehekrise mit Riesenkrach, der ihn zu Muttern flüchten ließ.

Haller, der Housekeeper, macht einen Kaffee und hat nichts dagegen, dass sich Julian kurz im Besprechungsraum umschaut. Ein sauberer, aufgeräumter Raum, Haller hat für Ordnung gesorgt. Als die beiden in der Küche Kaffee trinken, schlägt sich Haller mit der flachen Hand an die Stirn. Er steht auf und kommt nach einer Minute mit einem Foto in der Hand zurück. »Hat dein Chef liegen gelassen, gib ihm das bitte mit besten Grüßen«

Julian nimmt das Foto und hat es plötzlich eilig. Im Wagen starrt er auf das Foto, ein Luftbild einer Kaserne, historische Gebäude und dahinter eine Menge Flachbauten. Was nur plant Dickmann? Ein US-Rambo und eine US-Kaserne, was soll das? Er stöhnt und bereitet sich innerlich auf einen bösen Tag vor.

Als Werner Dickmann gegen 9:00 sein Büro betritt, findet er einen völlig aufgedrehten Mitarbeiter der Presseabteilung vor. »Herr Hauptabteilungsleiter, damit muss ich sofort zum Präsidenten, wollte nur kurz Ihre Meinung hören.« Der Mann wedelt aufgeregt mit einem Fax.

Dickmann schnappt sich das Papier, liest und reagiert völlig gelassen. »Machen Sie sich nicht lächerlich und belästigen Sie nicht den Präsidenten mit diesem Unsinn, lassen Sie den Wisch hier, das kläre ich mit einem Anruf, danke.« Der Pressemensch ist erleichtert, zum Präsidenten geht er ungern. Er bedankt sich, bittet um Informationen, wie man die Sache weiter behandeln soll. Dickmann verspricht sich zu melden. »Frau Bettner, bitte geben Sie mir umgehend den Chef des Frankfurter Büros von Star TV, keine Ahnung, wie der Mann heißt.«

Er gießt sich einen Morgenkaffee ein, da klingelt schon das Telefon. »Chef, Herr Herbert Ahlers, Star TV Frankfurt, am Apparat.« Dickmann wartet eine halbe Minute, meldet sich dann mit sonorer Stimme: »Guten Morgen, Herr Ahlers, wie schön, dass Sie die Zeit haben, Dr. Dickmann hier vom Bundesamt für Verfassungsschutz. Herr Ahlers, ich rufe wegen Ihres Faxes von gestern Abend an. Ich finde das – ehrlich gesagt – ein abenteuerliches Anschreiben, hätten Sie die Güte und würden mir erklären, um was es hier eigentlich geht?«

Ahlers ist völlig konsterniert und hat keine Ahnung, von was der Geheimdienstler da eigentlich redet.

»Lieber Herr Ahlers, ich habe mir Ihr Fax nicht eingebildet, Sie beschuldigen mich schwerer Straftaten, drohen mit einer Sendung in der ARD und wollen jetzt mit der ganzen Sache nichts zu tun haben. So geht das nicht, Herr Ahlers. Entweder erklären Sie sich jetzt – oder Ihr Schreiben geht an unsere Rechtsabteilung.«

»Lieber Dr. Dickmann, von meinem Büro ist kein Fax an das Bundesamt gegangen, wir arbeiten an keiner Geschichte über das Bundesamt, Moment, wer bitte hat denn für Star TV unterschrieben oder wer ist als Kontakt angegeben?«

»Die Unterschrift ist unleserlich, ohne getippte Unterzeile, merkwürdig. Als Kontaktperson wird ein Herr Mathias Berger genannt, kennen Sie den Herrn?«

Dickmann hört ein Stöhnen an der anderen Seite der Leitung, dann ein heftiges Hüsteln. »Allerdings kenne ich Herrn Berger, in der Tat ein Mitarbeiter meiner Redaktion, der allerdings in keiner Weise befugt war, dieses Fax zu schicken. Ich bitte vielmals um Entschuldigung, es gibt unsererseits keine Anfrage, wir haben keinerlei Vorwürfe gegen Sie, all dies tut mir über die Maßen leid.«

Mitch kommt gegen 10 Uhr ins Büro. Sogleich fragt er die Sekretärin, ob es einen Anruf oder ein Fax aus Köln gegeben habe. Die Dame verneint, sagt dann aber, dass der Chef fünfmal angerufen habe. »Du sollst sofort hochkommen«. Mitch nickt, geht erst noch mal in sein Zimmer. Er hat eine vage Ahnung davon, was jetzt kommt. Er irrt sich, es kommt schlimmer.

Mitch steht kerzengerade im Vorzimmer des Chefs, muss die üblichen drei Minuten warten, wird dann in das Büro gebeten. »Mitch, wir können das hier jetzt sehr kurz und zivilisiert machen. Hast du ein Fax mit einer Interviewanfrage an das Bundesamt für Verfassungsschutz geschickt, in dem du einen hochrangigen Beamten schwerer Vergehen beschuldigst – und hast du all das auf Briefpapier von Star TV und in unserem Namen gemacht?«

»Ja, habe ich und ich würde das gerne begründen. Ich arbeite an einer Riesenstory …«

Ahlers fällt ihm jetzt laut ins Wort: »Mitch, haben wir je über diese Geschichte gesprochen? Nein. Haben wir beide jemals über Herrn Dickmann gesprochen, nein. Hast du je in diesem Büro über Dienstvergehen von Herrn Dickmann gesprochen? Nein.«

Mitch zieht den Kopf ein, das ist jetzt heftiger als erwartet.

»Mitch, ganz ehrlich, ich habe die Schnauze voll von dir. Ich kann dein dauerndes Gejammer nach Relevanz nicht mehr hören. Du bist ein guter Filmemacher, aber das sind andere auch. Und deine Frechheit, im Namen von Star TV Privatrecherchen zu machen, noch dazu in einem sehr sensiblen Bereich, das geht nicht. Mitch, sorry, du bist raus. Mach die Flüchtlingsstory fertig, dafür gebe ich dir vier Monate, und danach will ich dich hier nicht mehr sehen. Kapiert? Alles Weitere wird unser Justitiar mit dir besprechen. Und jetzt lass mich bitte allein, ich muss ein peinliches Entschuldigungsschreiben an Herrn Dickmann verfassen.«

Mitch macht ein steinernes Gesicht, als er an den interessiert schauenden Sekretärinnen vorbeigeht. Er ist sprachlos, so cool hat er Ahlers selten erlebt, aber auch total devot gegenüber Dickmann. Der wird ihm Angst gemacht haben, hat bestimmt gedroht, mit Prozess und dem Minister. Da knickt

Ahlers natürlich sofort ein. Das sind keine Journalisten, das sind verdammte Bürohengste, sollten lieber Kühlschränke verkaufen, aber keine Filme. Er ist draußen, verdammt, das wird finanziell eng, denkt Mitch, aber das riecht auch nach Freiheit.

»Gefeuert«, schreit er über den Gang. »Endlich.«

13

Als Basim Marwan aufwacht, weiß er einen langen Moment nicht, wo er sich befindet. Er starrt auf eine weiße Wand, die Helligkeit schmerzt seinen Augen. Er hat schon mehrere Nächte nicht mehr richtig schlafen können – eigentlich seit der Bootsfahrt nach Lesbos nicht mehr. Wenn er die Augen schließt, verfällt er in eine fast bewusstlose Starre, die aber nie länger als eine halbe Stunde andauert und die ihm nie die Erfrischung eines tiefen und ruhigen Schlafes schenkt. Basim hat das Gefühl, auf Treibsand zu laufen, es gibt nichts Festes mehr in seinem Leben, er hat jede Orientierung verloren. Er trifft keine Entscheidungen mehr für sich und seine Familie, er wird verwaltet, über ihn wird verfügt. Er hatte sich gefreut, als sie aufgefordert wurden, das große bayrische Durchgangslager zu verlassen. Endlich würde Mayla nicht mehr den anzüglichen Blicken der jungen afghanischen Männer ausgesetzt sein, er hatte sogar von einem kleinen eigenen Haus für sich und seine Familie geträumt.

Dann waren sie in Friedenau angekommen.

Als ihr Bus gegen Abend durch eine enge Straße fuhr, sah er rechts und links grölende junge Männer, die mit hasserfüllten Gesichtern ihm unverständliche Parolen brüllten. Jan, der Kameramann aus dem Team von Mitch, wurde fast von einer Flasche am Kopf getroffen. Unter Polizeischutz hasteten sie in ein dreistöckiges Gebäude, im Eingangsbereich sahen sie einige arabische Familien, die scheinbar schon länger hier wohnten. Dann begrüßte sie ein sehr freundlicher älterer Herr, der sich als Dieter Stiller vorstellte, der Heimleiter. Neben Herrn Stiller stand ein junger Iraker, der Dolmetscher. »Ich möchte alle Neuangekommenen im Namen der thüringischen Landesregierung recht herzlich begrüßen. Ich möchte mich für die lautstarken Herren da draußen entschuldigen, das sind mitnichten die Bürger von Friedenau, das sind Idioten aus der ganzen Gegend, die so auf sich und ihre kruden Ideen aufmerksam machen. Die meisten Bürger hier heißen sie genauso willkommen wie die Mehrheit unserer Landsleute im Westen. Auch Angela Merkel stammt aus dem deutschen Osten, das wird ja gerne vergessen.«

An dieser Stelle machte Stiller eine Pause und sah in die skeptischen dunklen Augen der Menschen vor ihm. Basims Nachbar, ein etwa 45-jähriger Syrer, zischte ihm zu: »Der Mann ist gut, aber das Dorf da draußen ist voller Nazis. Wir müssen hier weg, es ist gefährlich hier, glaube mir.«

Als hätte Heimleiter Stiller das Flüstern mitgehört, setzte er seine Rede fort: »Dennoch muss ich Sie auf einige Gefahren aufmerksam machen. Es kann, auch tagsüber, immer wieder zu Provokationen durch Skinheads kommen, das sind die jungen Männer mit Glatze, auch durch ihre Tattoos erkennbar. Gehen Sie bitte Auseinandersetzungen aus dem Weg, jeder von Ihnen bekommt eine Notfallnummer auf das Handy, dort können Sie jederzeit bei Gefahr anrufen. Es ist sicherer, in kleinen Gruppen rauszugehen oder in Begleitung deutscher Helfer. So, jetzt zeigen wir den Neuen erst mal die Zimmer.«

Familie Marwan hatte zwei Zimmer im dritten Geschoss zugewiesen bekommen, ein Luxus im Vergleich zu den Zuständen in Bayern. Eine kleine Küche mussten sie sich mit zwei weiteren Familien teilen.

Basim steht auf, reibt sich die Augen, hört Samiras Stimme aus der Küche, sie plaudert mit einer Nachbarin. Eine Woche sind sie jetzt in Friedenau und Basim hat schon Sehnsucht nach Bayern. So voll das Lager dort auch war, so sehr es nach den vielen Menschen roch, es hatte einen großen Vorteil gehabt: Neben der offiziellen – deutschen –Struktur gab es auch eine andere, eine geheime Ebene der Flüchtlinge. Eine Art Basar, eine Börse mit Tipps, legalen und illegalen, es gab Informationen und Kontakte zu Schwarzhändlern, zu Jobvermittlern, zu Schleppern, alles, was für Menschen ohne Heimat überlebenswichtig ist.

Das fehlt hier in Friedenau völlig.

Und dadurch kommt sich Basim noch ausgelieferter vor, noch abhängiger von den Deutschen und den Launen ihrer Verwaltung. Hier in Friedenau werden sie nie wirklich selbstständig leben können. Es gibt kaum genug Arbeit für die Einheimischen, es gibt schlicht nichts zu tun für die Neuen. Am Marktplatz bieten zwei türkische Kebab-Imbisse vertrautes Essen, die Türken sehen es aber nicht gern, wenn sich eine Gruppe Flüchtlinge längere Zeit für einen Plausch vor dem Imbiss aufhält. Die Türken fürchten die Skins. »Vor einigen Jahren hat mein Imbiss zweimal gebrannt«, hatte Mehmet, einer der Türken erzählt.

Die Tür fliegt auf und Amir kommt mit seinem obligatorischen Fußball reingestürmt. »Papa, der Onkel Stiller hat mir einen Platz im Fußballclub besorgt, ich darf da mit trainieren, erst mal auf Probe. Gefällt mir gut, die sind auch alle freundlich. Jetzt fällt morgen aber das Training aus, weil die Großen den Platz brauchen. Dafür ist unser Training erst um sechs Uhr am Abend in der Turnhalle der Schule. Darf ich da bitte hin, ja?«

Basim streichelt Amir über den Kopf, schnappt sich den Ball, wirft ihn seinem Sohn zu, der ihn geschickt fängt. »Hey, mein Kleiner, sag mal, wie gefällt es dir hier eigentlich, kommst du klar?«

Amir nickt. »Ich weiß, dass Mama und Mayla es hier doof finden, aber mir gefällt es. Die Jungs beim Fußball sind okay zu mir, nur der Torwart mag mich nicht, der sagt dauernd, ich würde nach Knoblauch stinken, aber der hat nur Angst, dass ich besser bin als er. Deswegen muss ich auch ins Training, ich habe so lange nicht mehr gespielt, der letzte, der mit mir trainiert hat, war Baset, damals zu Hause.«

Als er Baset erwähnt, sieht sein Vater die Tränen in den Augen des Kleinen, und Basim verflucht innerlich den verdammten Krieg und den verdammten Diktator, der aus seinem Land einen Friedhof und aus einem der besten Nachwuchstorhüter Syriens einen auf Rache sinnenden Gotteskrieger gemacht hat. »Amir, es sind böse Zeiten für uns alle, aber so Gott will, wird alles besser werden. Ich spreche mit Herrn Stiller wegen des Trainings, wenn der meint, es sei sicher, dann kannst du gehen.«

Amir jubelt und Basim macht sich auf den Weg zum Büro des Heimleiters. Stiller begrüßt ihn, ruft den Dolmetscher dazu, bietet beiden einen Kaffee an. Dieter Stiller freut sich, als er erfährt, dass Amir sich bei den jungen Kickern wohl fühlt. Das mit dem Training sei in Ordnung, die Schule nur zehn Minuten entfernt. Dann fasst sich Basim ein Herz und spricht den Heimleiter direkt an: »Herr Stiller, wie soll das hier weitergehen, wie kann ich in Friedenau eine Arbeit finden, wo kann meine Tochter Mayla hier eine Lehre anfangen. Wir wollen nicht ewig um Almosen bei den Deutschen betteln, wir wollen arbeiten, wir wollen leben, endlich an unserer eigenen Zukunft arbeiten. Hätten wir nicht viel bessere Chancen in einer großen Stadt mit vielen Ausländern? Hier haben die Menschen Angst vor uns, und weil sie Angst haben, werden sie böse und greifen uns an. Es ist nicht gut für meine Familie hier, ich möchte lieber nach München oder Frankfurt, nach Köln oder Hamburg oder Berlin. Geht das?«

Stiller streicht sich mit der Hand über die Haare, nimmt einen Schluck Kaffee, denkt kurz nach und sagt: »Herr Marwan, Sie sind ein intelligenter tatkräftiger Mann, das merkt man sofort, wenn man Ihnen gegenübersitzt. Ich kann komplett verstehen, wie Sie sich fühlen, kann nachvollziehen, was Sie gerade gesagt haben, schätze Ihren Wunsch, Eigeninitiative zu entwickeln. Aber andererseits stehe ich hier vor Ihnen als ein Vertreter des deutschen Staates und da muss ich leider sagen, dass Ihr Schicksal in den nächsten Monaten nicht von Ihren eigenen Entscheidungen abhängt, sondern von Verwaltungsverfügungen deutscher Behörden. Sie müssen zunächst abwarten, wie die Asylanträge beschieden werden. Da Sie Syrer sind, stehen die Ampeln auf Grün, aber es dauert. Ich will ehrlich sein. Warum sind Sie hier in Friedenau, Herr Marwan? Weil der deutsche Staat eine gerechte Verteilung der Flüchtlinge zwischen den einzelnen deutschen Ländern sicherstellen will und weil der Staat den rechtsradikalen Schreihälsen nicht den Triumph gönnen kann, hier dieses Heim zu schließen. Darum geht es – und nicht in erster Linie um die besten Chancen für Sie und Ihre Familie. Das ist leider Politik, Herr Marwan! Wären tausend syrische Familien gekommen, wäre alles kein Problem, aber bei einer Million Zuwanderern in einem Jahr wird alles sehr kompliziert, da gibt es dann keine Einzelschicksale mehr, sondern nur noch große Linien. Dass Sie persönlich das als ungerecht und falsch empfinden kann ich absolut verstehen. Aber ich will Sie nicht anlügen, Herr Marwan, wir leben in beschissenen Zeiten.«

Stiller ist erschöpft, trinkt hastig seinen Kaffee und entschuldigt sich dann.

Basim verlässt das Büro, tritt auf die Straße vor das Heim, sieht die Absperrgitter der Polizei und schüttelt traurig den Kopf. »Beschissene Zeiten, da haben Sie recht, Herr Stiller.«

Werner Dickmann sitzt in seinem Eckbüro und lässt die letzten Tage Revue passieren. Er schmunzelt, als er an sein Telefonat mit Mitchs Chef denkt. Was für ein schlapper Gegner, der Mann war schnell eingeknickt. Aber Dickmann hatte vor allem eines verstanden: alles, was Mitch Berger da unternahm, geschah auf eigene Rechnung. Er hatte keinerlei Auftrag, keinerlei Unterstützung. Gut zu wissen, denkt Dickmann. Dann lässt er sich das gestrige Gespräch mit Mister Taylor durch den Kopf gehen. Der Mann hat ihm gefallen, sogar sein Zögern bei der Annahme des Jobs. In Taylor lebt wohl noch ein Stück alter soldatischer Identität, denkt Dickmann, der Mann ist kein abgestumpfter Auftragskiller. Im Gegenteil, Taylor hat Dickmann einen Terroristen genannt. Gut, der Mann versteht die großen Zusammenhänge nicht, denkt Dickmann und blättert gedankenverloren in den Luftbildern aus Berbenbach. Plötzlich fällt ihm auf, dass ein Bild, eine totale Ansicht der Gesamtanlage fehlt. »Verflucht«, schimpft Dickmann, »ich werde alt.«

Er greift zum Hörer und befiehlt Frau Bettner, ihn sofort mit dem Housekeeper von Objekt 17 zu verbinden. »Hallo, Haller, Dickmann hier. Ich muss gestern im Besprechungszimmer ein Foto liegen gelassen haben, wären Sie so nett, es bitte per Dienstpost, streng vertraulich, an mich zu schicken.«

»Das wird leider nicht möglich sein, Herr Hauptabteilungsleiter.«

»Und warum verdammt noch mal nicht?«, unterbricht Dickmann den etwas langsam sprechenden Haller.

»Weil das Foto bereits auf dem Weg zu Ihnen ist. Ich wollte es gerade abschicken, da kam zufällig der junge Herr Mahler vorbei, ich habe mir erlaubt, es ihm zu treuen Händen zu überreichen. Ich hoffe, das war kein Fehler.«

Dickmann biss sich in die Unterlippe, bemühte sich aber um einen konzilianten Ton. »Nein, alles in Ordnung, Herr Haller. Das nächste Mal halten Sie sich bitte an den Dienstweg, Sie haben nicht zu entscheiden, welcher Mitarbeiter welches Material zu sehen bekommt. Glücklicherweise handelt es sich hier um keine große Geheimsache, sondern um ein altes Problem mit den Amerikanern. In diesem Sinne, Herr Haller, einen schönen Tag noch.«

Dickmann knallt den Hörer auf und flucht. Was zum Teufel hatte der geleckte Julian Mahler im Objekt 17 zu suchen? Okay, Dickmann erinnert sich, seine Eltern leben in Waldbröl, gleich um die Ecke. Aber er ist zu lange im Geschäft, um an Zufälle zu glauben. Spitzelt der junge Mahler ihm nach? Woher hat er gewusst, dass er im Objekt 17 war? Gibt es in der Amtsspitze Misstrauen gegen ihn, er erinnert sich, dass seinerzeit der Präsident persönlich Mahler in seiner Abteilung untergebracht hat. Er beschließt, kein Wort zu Mahler zu sagen, ihn aber unter interne Beobachtung zu stellen.

Mitch sitzt zu diesem Zeitpunkt in einem Frankfurter Café, trinkt seinen zweiten Espresso Macchiato und versucht herauszufinden, ob er sich eigentlich gerade zu Tode betrübt oder aber völlig euphorisch fühlen soll. »Vielleicht eine neue Form von psychischem Defekt«, grinst er, »das sogenannte Mitch-Berger-Syndrom, der fließende Übergang von altersbedingten Existenzängsten zu spätpubertärem Freiheitsdrang. Scheiße, ich bin draußen! Mann, wenn das die Bank erfährt? So what, dann verkaufe ich die Hütte halt, die eine Hälfte kriegt die Bank, die andere Hälfte wird zwischen Lilly und mir geteilt. Ist doch was. Kein Grund, sich verrückt zu machen.« Mitch will die vier Monate Gnadenfrist nutzen, um möglichst lange Zugriff auf das Recherchepotential der Firma zu haben. Außerdem schuldet er den Marwans einen schönen Film.

Mitch greift zum Handy und ruft Jan in Friedenau an. Er erfährt von den Angriffen auf den Bus, von der Flasche gegen die Kamera, immerhin ist Jans Kopf heilgeblieben. Mitch erzählt Jan von der Kündigung und wundert sich, dass Jan ihm gratuliert.«Mitch, sei froh. Du hättest alleine die Kurve nicht mehr gekriegt. Du warst kreuzunglücklich in dem Job, jetzt zwingen sie dich, ins kalte Wasser zu springen. Du sitzt doch angeblich an einer Riesenstory, also mach sie, mach sie gut und scheiß dir nicht in die Hosen. Und komm endlich her, lass uns zum Abschluss noch einen guten Film machen.«

»Okay, Jan, hast ja recht. Sitze schon so gut wie im Auto. Bis später, oder spätestens morgen.«

Er stellt seinen Festnetzanschluss auf Rufumleitung, gibt der Sekretärin die Hoteladresse in Friedenau und bittet etwaige Post umgehend per Kurier nachzusenden. Dann füllt er grinsend einen Reiseantrag aus, verspricht den Damen im Sekretariat eine rauschende Abschiedsfete, holt den Alfa aus der Tiefgarage, und donnert in Richtung Friedenau.

Julian Mahler ist auf der Rückfahrt vom Objekt 17, kurz vor Köln, als sein Handy klingelt. Die Sekretärin der Abteilung ist dran, sie entschuldigt sich für die Störung, ein Herr lasse sich einfach nicht abweisen, ob sie verbinden dürfe. »Lieber Gott, Herr Mahler, welch ein Glück, dass ich Sie erwische, Haller hier aus Nümbrecht, ich muss Sie dringend sprechen.«

»Hallo, Herr Haller, was gibt es so Dringendes, wir haben uns doch erst vor einer knappen Stunde verabschiedet.«

»Herr Mahler, der Chef hat angerufen, der Dr. Dickmann. Er war stinksauer, als ich ihm gesagt habe, dass Sie das Foto haben und es nach Köln bringen. Bitte, Julian, tue mir einen großen Gefallen, kaufe bitte einen braunen Umschlag, stecke das Foto da rein und lass dir nicht anmerken, dass du das Bild gesehen hast. Er hat was von Geheimhaltung geschimpft. Bitte, tue das Foto in einen Umschlag und liefere es sofort ab«

Julian lässt sich nicht anmerken, wie sehr ihm diese Info auf den Magen schlägt. »Alles klar, Herr Haller, mache ich, kein Problem, wir Waldbröler müssen doch zusammenhalten.« Er legt auf und schreit aus voller Kehle: »So ein gottverdammter Mist! Wie erkläre ich Dickmann, dass ich in dem sicheren Haus war, der glaubt ja nicht an Zufälle.«

Mahler merkt, dass sein Zorn sich unmittelbar auf die Geschwindigkeit des Wagens überträgt. Er zwingt sich langsamer zu fahren, denkt nach. In seinen Gefühlen Dickmann gegenüber verändert sich gerade etwas. Zunächst hat er Dickmann für ein Karrierehindernis gehalten. Jetzt aber versteht er immer klarer, dass Dickmann ein doppeltes Spiel spielt. Der Hauptabteilungsleiter missbraucht seine hohe Stellung im Dienst für seine eigene private Politik, die nichts mit der Politik der Regierung zu tun hat. Dickmann hatte augenscheinlich seine Finger in der NSU-Affäre gehabt, Dickmann hatte Parlamentsausschüsse belogen. Dickmann ist ein verdammter Staatsfeind. Aber was könnte er beweisen, wenn es hart auf hart käme. Er könnte dem Präsidenten des Bundesamtes die DVD vorspielen. Die bewies aber nur, dass irgendjemand das NSU-Duo überwachte. Kein direkter Bezug zu Dickmann.

Er gibt wieder mehr Gas, er hat eine Entscheidung getroffen. Er verlässt die Autobahn, nimmt nicht den geraden Weg zum Amt, sondern biegt in ein Einkaufzentrum ein. In einer Media-Markt-Filiale kauft er zwei Prepaidhandys, eilt zu einem Papierwarengeschäft, kauft zwei Din-A4-Umschläge, einen wattierten und einen normalen. Er adressiert den wattierten Umschlag, lässt eines der Prepaidhandys in den Umschlag gleiten, geht zur Post, frankiert den Umschlag und wirft ihn ein. Dann steckt er das Foto in den zweiten Umschlag, steigt in den Wagen und fährt auf schnellstem Weg zum Bundesamt für Verfassungsschutz.

Er geht direkt zu Dickmanns Büro, bittet Frau Bettner um eine Minute der kostbaren Zeit des Chefs. Bettner greift zum Hörer, wartet einen Moment, macht Julian dann ein Zeichen zum Eintreten. Mahler geht mit einem freundlichen Lächeln auf den Schreibtisch zu, reicht Dickmann den braunen Umschlag. »Herr Hauptabteilungsleiter, ich habe heute im Haus meiner Eltern übernachtet und bin heute früh auf einen Kaffee bei Haller im Objekt 17 vorbeigefahren, einem alten Freund meiner Eltern. Haller bat mich, Ihnen diesen Umschlag zu überreichen, bitte sehr.«

Dickmann schaut hoch, lächelt verbindlich, kann sich dann aber eine Anspielung auf die pikante Situation nicht verkneifen. »Warum hat der gute Haller bloß keinen Hauspostumschlag genommen, aber egal, besten Dank, Herr Mahler, sehr freundlich.«

Julian Mahler verlässt das Büro, kratzt sich am Kopf. »Hat er das jetzt gefressen oder nicht? Wie immer bei Dickmann – keine Ahnung.«

Amir ist völlig außer Atem, das Training ist härter und vielfältiger als ihr Gekicke daheim in Syrien. Am Ende gab es ein flottes Spiel sieben gegen sieben, Amir hat die erste Halbzeit im Tor gespielt, dann auf der linken Außenbahn. In der Halle zu spielen, war für ihn ein völlig ungewohntes Erlebnis. Er hat eine schöne Flanke vors Tor gebracht, ein kräftiger deutscher Junge hat direkt verwandelt. Als der Kerl, immerhin einen Kopf größer als er, zum Abklatschen kam, fühlte sich Amir glücklich.

Jetzt hat er sich frisch gemacht, will sich gerade anziehen, als der reguläre Torhüter der Friedenauer E-Jugend auf ihn zukommt. »Glaub bloß nicht, dass du Scheißflüchtling hier Tormann spielen wirst. Hier spielen keine Neger und keine Araber, merk dir das.«

Amir murmelt: »Wer besser, wird spielen« und ist stolz auf sich. Die anderen Jungs schauen hoch, aber keiner mischt sich ein. Nur der Torschütze klopft Amir beim Verlassen der Kabine anerkennend auf die Schulter. Amir beeilt sich, aber als er draußen auf der Straße steht, ist der andere schon verschwunden. Es ist dunkel geworden, Amir muss sich jetzt alleine zum Heim durchschlagen. Er hat sich den Weg gemerkt und läuft los.

Nur ein paar Ecken von der Turnhalle der Schule entfernt sitzt Fred Wagner seit drei Uhr und säuft mit ein paar alten Freunden aus der Skin-Szene. Es gibt Bier und Schnaps und Schnaps und Bier. Fred ist schräg drauf, er ist morgen Mittag am Frankfurter Hauptbahnhof mit einem ihm unbekannten Amerikaner verabredet, sie sollen gemeinsam nach Berbenbach, einem Kaff im Osten von Frankfurt, um Vorbereitungen für die große Aktion zu treffen. Fred hat noch Dickmanns harte Stimme im Ohr: »Der Amerikaner ist ein Vollprofi, er ist der Chef im Ring, du tust exakt das, was er dir sagt. Politische Diskussionen mit ihm kannst du dir sparen, er ist ein Söldner. Aber er ist ein Mann mit unschätzbaren Erfahrungen, er hat Qualifikationen, die du in Deutschland nur bei den Kameraden vom KSK findest. Also, bitte keinen Streit mit ihm, wäre ungesund für dich.« Fred ist gespannt auf diesen Super-Yankee, aber vor allem ist Fred nicht gut drauf. Der Streit neulich mit Dickmann, unmittelbar danach der rätselhafte Mord an Maik – Freds heile Naziwelt hat Risse bekommen.

Er springt auf: »Leute, ich muss dringend lüften, können ja eine Runde bei unseren Flüchtlingen vorbeischauen.« Der Vorschlag trifft auf johlende Zustimmung, Wagner bereut schon, ihn gemacht zu haben, er darf heute in keine Schlägerei mit den Bullen geraten. Laut grölend ziehen sie los.

Mitch ist gerade in Friedenau angekommen. Er parkt wie gewohnt am Marktplatz, holt sich schnell noch beim türkischen Imbiss eine Cola und eine Portion Falafel. Da sieht er Basim und Samira ein paar Schritte neben dem türkischen Imbiss stehen. Er wischt sich den Mund ab, geht rüber zu den beiden. »Hallo Frau Marwan, hallo Basim, wie geht es Ihnen.«

Die Marwans freuen sich, ihn zu sehen, Samira strahlt, zeigt auf den Imbiss: »Riechen wie zu Hause, gut gegen Heimweh.« Mitch lacht und fragt dann nach den Kindern.«Mayla im Heim, ist Deutschkurs, Amir Turnhalle, Fußball spielen. Kommen mit nach Hause, Amir jetzt kommen.« Mitch nickt und gemeinsam laufen sie Richtung Heim.

Amir hat kein gutes Gefühl, mutterseelenallein im Dunkeln auf der Straße. Längst bereut er, dass er seinen Vater gebeten hat, ihn nicht abzuholen, er wollte vor den anderen Kickern nicht wie ein Kleinkind aussehen. Er hört plötzlich ganz in der Nähe Männerstimmen ein Lied brüllen, und als er um eine Kurve kommt, werden die Stimmen plötzlich lauter. Noch zwei Ecken, dann hat Amir das Heim erreicht. Er kommt nur bis zur nächsten Ecke. Vier Typen stehen plötzlich vor ihm, drei Glatzen und ein Mann mit braunen Haaren. Einer der Glatzen brüllt los: »Hey, du Araberzwerg, bleib stehen, was willst du Arsch im deutschen Friedenau?« Der Skinhead zieht sich eine schwarze Hasskappe über und beginnt auf Amir einzuschlagen. Auch die anderen haben blitzschnell ihre Schlägermontur komplettiert, Amir sieht jetzt drei schwarze Kappenträger auf sich zu kommen. Sie bilden einen Kreis um ihn, stoßen ihn herum. Alle prügeln auf ihn ein, und einer zieht plötzlich, für Amir nicht erkennbar, einen Totschläger aus der Tasche. Als Fred Wagner das Metall blitzen sieht, geht er dazwischen. Er durchbricht den Kreis, gibt Amir rechts und links eine kräftige Ohrfeige, drängt ihn aber gleichzeitig aus der Umzingelung. Amir schaut hoch, sieht im Licht der Straßenlaterne den braunhaarigen Mann und die braunen, eng stehenden Augen, hört, wie der Mann ruft: »Renn los, du Araberscheißer, renn zu Mama.« Dann ein kräftiger Tritt, der Weg aus dem Kreis ist frei und Amir stürzt los.

Die Skins reißen ihre Kappen runter, drehen sich zu Fred Wagner um: »Was für eine Scheiße war das denn, hast du dein Herz für kleine Araber entdeckt, du Schwuchtel?« Wagner grinst gequält: »Tut mir leid Jungs, ich habe morgen ein wichtiges Auswärtsspiel und heute Abend keinen Bock auf Bullen. Eine Runde auf mich – und vergessen.«

Amir rennt so schnell er kann, er hat panische Angst. Er sieht die schwarzen Kappen vor sich und das Gesicht mit den braunen Augen und den braunen Haaren. Eigentlich hat der Braune ihm ja geholfen, aber Amir fühlt, dass der Mann böse ist. Amir rutscht aus, knallt auf die Straße, spürt den Geschmack von Blut im Mund. Er reißt sich hoch, weiß einen Moment nicht, wo er ist, sieht dann aber in nur fünfzig Meter Entfernung das erleuchtete Heim und – er glaubt es nicht – vor dem Haus seine Eltern und Mitch, den Mann, der ihm den Fußball geschenkt hat. Amir schreit und Basim stürzt ihm entgegen, nimmt ihn hoch in seine kräftigen Arme. Dann ist Samira da, küsst ihn, trocknet seine Tränen und zieht ihn ins Haus. Neben dem Büro von Heimleiter Stiller gibt es ein kleines Notfallzimmer mit einer Liege, Medikamenten und Verbandszeug.

Amir weint nicht mehr, er stottert los: »Die haben Kappen aufgehabt, schwarze Kappen, Aber einer nicht, der hatte braune Haare und braune Augen, den habe ich genau gesehen, er hat mir Ohrfeigen gegeben, der hat mich getreten, aber er hat mich auch befreit.«

Mitch versteht nur die Hälfte, kapiert aber, dass Amir einen der Schläger gut beschreiben kann. »Lasst uns die Polizei holen, Amir kann den Mann beschreiben, die Polizei hier kennt die Typen, die für so was in Frage kommen.«

Basim legt Mitch die Hand auf den Arm, schaut ihn mit todernstem Gesicht an: »Keine Polizei rufen, wenn Polizei, Glatzen kommen wieder, werden Amir wieder schlagen. Glatzen deutsch, Polizei deutsch, Amir Araber. Keine Polizei holen.« Mitch blickt zu Samira und auch sie schüttelt den Kopf. »Amir jetzt Ruhe, warme Milch trinken, schlafen. Nicht jetzt Polizei.«

Amir protestiert wild, als die Eltern ihn ausziehen. Man sieht die Spuren der Schläge, aber auch, dass Amir nicht ernsthaft verletzt ist. Er hat Glück gehabt.

Mitch bleibt unten, als die Eltern mit Amir weggehen, um den Kleinen ins Bett zu bringen. Mitch gibt Jan ein Zeichen – der Kameramann hat die Gespräche zwischen Mitch und den Eltern aus diskretem Abstand gedreht. Jan setzt die Kamera ab, Drehende. Mitch nimmt sein Handy und wählt die Nummer eines Lokaljournalisten, eines tapferen Mannes, der unermüdlich über die rechte Szene im Ort schreibt, schon häufig bedroht wurde und doch nicht aufgibt. Mitch verabredet sich mit ihm im Büro des Kollegen, der nur einen Katzensprung entfernt arbeitet. Die beiden verstehen sich auf Anhieb gut, Mitch erklärt, was dem kleinen Amir wiederfahren ist. Dann bittet er um Fotos der bekanntesten Skins im Ort und um ein aktuelles Bild von Fred Wagner. Der Lokaljournalist kann helfen, gibt Mitch fünf großformatige schwarz-weiß Bilder.

Mitch lädt den Kollegen auf einen Wein in ein Lokal am Marktplatz ein. Sie stoßen an, der Kollege heißt Thomas und Mitch lernt schnell, wie schwer und mühsam es ist, hier als aufrechter Journalist zu bestehen. Die Stadt hat zu spät begonnen, sich gegen die immer frecher agierende rechte Szene zu wehren. Anfangs, als es noch einfach gewesen wäre, wurde vieles verharmlost, sollten auf keinen Fall potentielle Investoren abgeschreckt, durfte der Ruf der neuen Länder nicht beschädigt werden. Dann durfte man nicht zu streng mit von der Wende verunsicherten, orientierungslosen Jugendlichen umgehen. Viel zu lange wurde nur von Einzeltätern gesprochen, die sich verfestigenden organisatorischen Strukturen wurden verleugnet. Mitch merkt, wie in ihm der Ärger hochkocht. Er bestellt eine zweite Flasche Wein, der Kollege genießt es offenbar, mal frei von der Leber weg schimpfen zu können. Dann kommt Thomas mit einer guten These. Ihm ist beim Studium rechter Texte aufgefallen, dass Islamisten und Rechte einiges gemeinsam haben. Beide fordern eine starke eigene kulturelle Identität, klare Geschlechterrollen, Bereitschaft, für den Glauben zu kämpfen. »Eigentlich müssten sie sich wunderbar verstehen, die Islamisten und die Glatzen, verrückt ...«

Mitch nimmt einen kräftigen Schluck. »Stimmt, glaubensstark und heilsbesoffen sind beide. Viel glauben, wenig denken – für mich sind Islamisten Faschisten mit Vollbart. Hier bei euch im Städtchen aber sind die Vollbärte nicht das Problem, eure Ausländerhasser brauchen keine Vollbärte, um auszurasten, da reicht ein kleiner Junge wie Amir. Kotzt mich an, vier Männer prügeln ein Kind. Echte Helden.« Die beiden stoßen an, Thomas verspricht, ein Auge auf Amir zu halten.

In Köln brennt noch Licht im Büro von Werner Dickmann. Der Hauptabteilungsleiter hat nachgedacht. Zunächst war er nach Mahlers forschem Auftritt geneigt gewesen, an einen Zufall zu glauben. Dann aber hatte der Skeptiker gesiegt. »Es gibt keine Zufälle in diesem Gewerbe, und wenn du die Wahl hast, denke immer die Variante mit den bösesten Konsequenzen zu Ende.«

Dickmann ist sich sicher, dass Julian Mahler ihm hinterherzuspionieren versucht, ob aus eigenem Antrieb oder im Auftrag, zunächst gleichgültig, später vielleicht überlebenswichtig. Da Frau Bettner schon zu Hause bei ihrem Dackel weilt, schaut er selber im Telefonverzeichnis der Abteilung nach, greift dann zum Hörer. »Herr Bahr, gut, dass Sie noch da sind. Ich hätte eine Aufgabe für Sie, die keinen Aufschub duldet. Kommen Sie doch bitte sofort in mein Büro. Danke.«

Dickmann hat keine Ahnung, dass er Bahr mit diesem Anruf an den Rand des Herzinfarktes befördert hat, und als es klopft, bittet Dickmann einzutreten. »Herr Bahr, schade, dass wir schon so lange nicht mehr persönlich das Vergnügen hatten. Ich schätze Ihre Arbeit, seien Sie versichert, dass ich ein Auge auf Ihrer Laufbahn habe, ich weiß, auf wen ich mich hier verlassen kann.« Bahr rutscht auf dem Besucherstuhl hin und her. Er ist felsenfest davon überzeugt, dass Dickmann sich nach Mahler und der DVD erkundigen will, und setzt schon an, doch Dickmann fährt ungerührt fort: »Ich brauche Ihre Hilfe in einer etwas pikanten Angelegenheit, ich erwarte uneingeschränkte Diskretion, auch und vor allem gegenüber der Spitze des Hauses. Ich habe hier zunächst etwas alleine zu klären. Ich, lieber Herr Bahr, habe Grund zur Annahme, dass sich unser Kollege Julian Mahler illoyal verhält, ich verdächtige Herrn Mahler, mir hinterherzuspionieren, Dossiers über mich angelegt zu haben und vieles mehr. In einem Nachrichtendienst ist so ein Verhalten unmöglich und wird ernste Konsequenzen haben. Sie müssen mir helfen, Beweise gegen Mahler zu sammeln, wir müssen einen hieb- und stichfesten Fall haben, dann erledigen wir Mahler beim Präsidenten. Ja, was ist los, Herr Bahr?«

Bahr kann nicht mehr an sich halten, er unterbricht den Chef, was er sich unter normalen Umständen nie getraut hätte. Er erzählt die ganze unselige Geschichte: Julians Versprechen eines Dates von Bahr mit dieser überaus attraktiven Freundin von Mahlers Frau. Julians Flaschenparade, sein bedauerlicher Alkohol-Blackout. Sein Versäumnis mit dem geöffneten Safe. Dann sein Erschrecken, als er bemerkt, dass eine NSU-DVD nicht am richtigen Platz liegt, wahrscheinlich kurzfristig entfernt wurde. Ja, Bahr packt aus.

Dickmann erstarrt, ist enttäuscht und sauer. »Warum, Herr Bahr, haben Sie mit diesem Geständnis so lange gewartet. Ich bin schwer enttäuscht. Und warum zum Teufel bewahren Sie eine solche DVD bei sich im Büro auf?« Dickmann wartet auf keine Antwort, er funktioniert jetzt wie ein Uhrwerk. »Sie, Herr Bahr, sind morgen früh um 8 Uhr in diesem Büro. Sie werden von mir eine Liste mit Akten und Archivalien erhalten, die Sie komplett, ich wiederhole: komplett der Vernichtung zuführen werden. Was ich eingangs über Mahler gesagt habe, vergessen Sie getrost, Sie haben mir gerade den Beweis geliefert, dass Mahlers Verrat noch viel weiter geht, als ich angenommen habe. Gehen Sie jetzt, Sie haben morgen viel zu tun. Morgen Abend wird es in dieser Abteilung keine NSU-relevanten Akten mehr geben, dafür haften Sie mir! Verstanden?«

Bahr nickt und wischt sich den Schweiß ab, als er das Büro verlässt. Dickmann ist wütend, er gießt sich einen doppelten Cognac ein und murmelt: »Dann also ein Zwei-Fronten-Krieg, Zwergenaufstand, Mitch Berger und Julian Mahler, ihr werdet euch wundern.« Dann schreibt er eine Notiz für morgen früh – Julian Mahlers internes Spezialprogramm.

14

Fred Wagner sitzt im ICE nach Frankfurt und starrt auf sein Handy. Er liest die SMS, die er von einer ihm unbekannten Nummer empfangen hat. Treff 11:30 Frankfurt Hbf, Nordseite, vor Hotel Steigenberger, schwarzer Land Rover. Er antwortet und schickt sein Okay in den Äther. Sein Kopf brummt noch, das letzte Bier war eines zu viel gewesen. Die Jungs waren sauer, weil er den kleinen Araber hatte laufen lassen. Komisch, aber es hatte ihm einfach keinen Spaß gemacht, sich an der Angst des Kleinen aufzugeilen.

Wird er weich oder hat er Schiss vor dem, was jetzt vor ihm liegt? Er weiß es nicht, will auch nicht darüber nachdenken. Er nickt ein, das gleichmäßige Fahrgeräusch des ICE macht müde.

Als er aufwacht, fährt der Zug gerade in den Bahnhof Fulda ein. Er mustert die Leute draußen auf dem Bahnsteig, eine Frau erinnert ihn vage an Caren. Sofort wird ihm kalt. Caren – seit diesem verrückten letzten Abend in Samui kehren die Bilder immer wieder zurück. Nachdem ihm die Wachen den Zutritt verweigert hatten, hatte er es geschafft, über den Zaun in dieses stinkteure Resort einzudringen. Es folgte eine elende Suche in dem weitläufigen Gelände. Er war über mehrere Mauern gestiegen, hatte sich seine Hose an einem Busch zerrissen und befand sich plötzlich, hinter einer Hecke stehend, unweit von Carens Pool. Er war mit der Absicht, Caren zu töten, nach Thailand geflogen, Dickmanns ständige Sticheleien hatten ihn mürbe gemacht. Jetzt sah er Caren bei geöffneten Türen in dem Bungalow vor einem Spiegel sitzen und sich schminken. Dann brach ein verdammter Ast des Busches, hinter dem er steckte. Es knackte laut. Caren drehte sich um, spähte nach außen. Dann stand sie auf. Fred erschrak zu Tode, als er ihr Gesicht sah: Sie hatte sich weiß geschminkt, trug eine Art Totenmaske. Ihm wurde eiskalt, ein verrückter Gedanke übermannte ihn – sie ist schon tot, sie kommt, um mich mitzunehmen. Blitzschnell war er aufgesprungen. Als Caren sich dem Gebüsch auf der Terrasse näherte, hatte er bereits die Außenmauer des Bungalows überwunden und war geflohen.

Schon drei Stunden danach saß er im Flieger nach Bangkok. Erst später, als er von Carens Tod erfuhr, begriff er die Zusammenhänge – er hatte sie bei den Vorbereitungen zu ihrem Selbstmord gestört.

Er hätte sie retten können.

Aber er war geflohen, wie so häufig in seinem Leben.

Der ICE stoppt kurz in Hanau, erreicht dann Frankfurt. Schon, merkwürdig, dass ihn das Schicksal wieder nach Frankfurt führt. Wie häufig war er in diesem Bahnhof angekommen, in froher Erwartung einer langen wilden Nacht.

Jetzt wartet ein amerikanischer Killer auf ihn.

Fred Wagner sieht den auf der Nordseite des Hauptbahnhofs geparkten Land Rover sofort, schwarz metallic, breite neue Schlappen, ein bulliges, geiles Auto. Das Fenster links surrt nach unten, der Fahrer winkt ihm. Fred steigt ein, der Fahrer gibt Gas, startet den schweren Wagen, der seidenweich anzieht. »Geiles Auto, hallo ich bin Fred Wagner.«

»Okay, Fred, nenn mich Marc. Wir haben einen ziemlich hässlichen Job vor uns, wie weit bist du informiert?«

»Gar nicht, nur über die politische Stoßrichtung.«

Marc Taylor nickt, biegt mit dem Wagen in den Hof eines Motel One in Frankfurt-Niederrad ein. »Habe hier zwei

Zimmer auf eine saubere Kreditkarte geblockt, mach dich frisch und sei in zehn Minuten bei mir, Zimmer 124.«

Als Fred Wagner das schmucklose Zimmer 124 betritt, sieht er den total durchtrainierten Marc Taylor vor einem Tisch stehen, auf dem mehrere großformatige Fotos sowie Baupläne liegen. Der Amerikaner zeigt auf ein Luftbild. »Das hier ist unser Zielobjekt. Das Kasernengelände Berbenbach, hier, siehst du diese dreistöckigen Gebäude? Darin sind etwa 1 000 Flüchtlinge untergebracht. Unser Job ist es, das Lager anzugreifen und eine große Anzahl von Personen zu töten. Probleme damit?«

Wagner schluckt. »Was heißt das: Sollen wir da mit automatischen Waffen reingehen und ein Blutbad veranstalten?«

»No, my boy, dein Chef hätte es gerne etwas effektiver. Ich erwarte im Laufe der nächsten Woche eine größere Ladung Semtex aus Tschechien, wir machen es mit einem großen Knall. Beziehungsweise erst mit einem kleinen Knall zum Aufscheuchen, dann werden hoffentlich alle in die Kantine rennen, dann folgt der zweite Knall.«

Wagner schaut auf die Bilder. »Okay, in dem Lager sind Araber, die niemand aufgefordert hat, nach Deutschland zu kommen. Wenn nationale Führer wie Dickmann der Meinung sind, dies sei ein legitimes Ziel, dann bin ich bereit, den Befehlen zu folgen.«

Der Amerikaner sieht Fred Wagner neugierig an. »Wow, dem Führer folgen, du glaubst tatsächlich an dieses ganze Zeug. Gut ich habe noch nie mit einem Nazi gearbeitet, bin gespannt, was du drauf hast, wenn es eng wird. Jetzt schau her. Das hier sind amerikanische Pläne des Geländes, vor allem Karten der unterirdischen Installationen. Hier läuft eine Bundesstraße, rechts liegen Garagen und Lagerhäuser, links alte, leer stehende Kasernengebäude. Wir werden einen Einstieg in die Kanalisation suchen, etwa hier« – er deutet jetzt auf einen Plan, der das Abwassersystem des Geländes zeigt – »dieser Kanal hier sieht gut aus, darin können wir gebückt bis in das Building Nr. 4505 laufen. Dort sollte, etwa da, ein Deckel nach oben in die Kellerräume führen. Diese historischen Gebäude sind alle leer, nach meinen Informationen gibt es tagsüber zwei Posten mit einem gehbehinderten Schäferhund, nachts nur gelegentliche Patrouillen.« Marc schaut Fred fragend an, der nickt: »Alles klar.«

Marc rollt jetzt eine verwirrend aussehende Karte mit blauen und schwarzen Linien auf dem Tisch aus. »So, hier ist Building 4505, und jetzt schau her, deine Freunde von der Wehrmacht haben uns einen roten Teppich ausgerollt. Hier, direkt neben Building 4505 steht Building 4507 – und siehst du da diese dicke schwarze Linie? Das ist ein fetter Tunnel, den deine Freunde von der Luftwaffe gegraben haben. Der führt unter der ganzen Anlage durch, bis hier ganz hinten zum alten Flugfeld. Durch den Tunnel hat die Luftwaffe die Bomben und andere Spielsachen zu ihren Fliegern geschafft. Für uns interessant ist dieser Punkt hier.« Er pocht auf die Karte und blickt dann, Beifall heischend, in Freds Gesicht: »Hey, my Nazifriend, hier berührt der Tunnel den Keller des Gebäudes, in dem die Kantine des Flüchtlingslagers ist. Und hier müsste eine alte Verbindungstür sein, die müssen wir finden, dann können wir in aller Ruhe hundert Kilo Semtex an den Fußboden der Kantine schrauben, und ab geht's ins Paradies. Allah u akbar.«

Fred starrt auf die Karte, begreift langsam, welche Linie der Tunnel ist, sieht den Berührungspunkt der Linie mit der eingezeichneten Wand des Kellers und kapiert, was Marc meint. »Das klingt machbar, wir werden nur aufpassen müssen, keinen Lärm zu machen, wahrscheinlich kann diese verdammte Tür nur mit Gewalt und mit einer Flex geöffnet werden.«

Marc nickt, befiehlt dann den sofortigen Aufbrauch. »Wir checken jetzt die Anlage von außen, heute Nacht wird es ernst, dann kommt unser erster Versuch, in sie reinzukommen.« Marc zeigt auf eine Kiste mit Werkzeug, Seilen, Lampen, Plastiküberwürfen. »Bring das Ding runter zum Auto, wir starten in fünf Minuten.«

Am Frankfurter Kreuz fahren sie auf die A3 Richtung Würzburg. Wagner ist hin und weg, er hat noch nie in so einem Auto gesessen. Taylor spricht unterwegs kaum ein Wort, manchmal, wenn es durch Wälder geht, knurrt er Komplimente für die deutsche Landschaft. Sie verlassen die Autobahn, fahren auf einer Schnellstraße, wechseln dann auf eine gut ausgebaute Bundesstraße. Marc geht vom Gas, plötzlich sehen sie linker Hand die alten Kasernengebäude stehen, rechts leere Häuser, ehemalige Reifenhandlungen, Reparaturwerkstätten für Trucks, Lagerhallen, alles leer.

Marc bremst abrupt, biegt rechts in einen verlassenen Hof.

Sie sehen Lagerschuppen, verwahrlost, runtergekommen, augenscheinlich unbenutzt und aufgegeben.

Marc prüft die Tür des Schuppens, entdeckt eine kleine Seitentür, die sich mit etwas Gewalt öffnen lässt. »Okay, merk dir den Eingang, jetzt lass uns erst mal die Gegend begutachten, ich möchte nicht, dass hier gleich ein Bauarbeitertrupp um die Ecke kommt und uns anmacht.«

Durch eine Lücke im Zaun kommen sie problemlos wieder auf die Straße. Auf der gegenüberliegenden Seite liegen die verlassenen alten Kasernengebäude, in einer Einfahrt parkt ein verbeulter Opel Caravan mit der Aufschrift eines lokalen Wachdienstes. Marc überquert die Straße, geht auf den Eingang zu. Ein Schäferhund kommt eher gemächlich um die Ecke und bellt, dann folgt sein Herrchen, ein älterer Mann, der ein Bein hinter sich herzieht. »Hallo Sir«, Marc winkt den Wachmann zu sich, »hallo, ich war hier in dieser Kaserne als GI stationiert, vor etwa 15 Jahren. Kann ich meinem jungen deutschen Freund hier einmal das Gelände zeigen, würde selber auch gerne noch mal die Räume sehen, in denen ich damals schuften musste. Geht das? Hier my US-Passport.« Der Wachmann schüttelt den Kopf, verweist auf seine Befehle, meint, das sei leider unmöglich. Marc verwickelt ihn in ein Gespräch über das Leben im Allgemeinen und das Wacheschieben im Besonderen. Er erfährt, dass der Wachmann samt Hund um 18:00 das Gelände verlässt, dass nachts nur zweimal eine Streife im Wagen über das Gelände patroulliert. Sie verabschieden sich wie alte Kumpel, Marc grinst zufrieden, als er mit Fred im Schlepptau die Bundesstraße überquert.

»Geht doch nichts über einsame Männer, sie lieben es zu plaudern. Der hätte uns in fünf Minuten von seiner Blasenschwäche und in zehn Minuten von Eheproblemen mit seiner übergewichtigen Frau erzählt. Wir wissen jetzt, dass wir problemlos nachts mit einer Flex und Bohrmaschinen arbeiten können.«

Mit entschlossenen Schritten nähert sich Marc einem leer stehenden Schuppen, der früher wohl für Lkw-Reparaturen genutzt wurde. »Wir müssen einen Einstieg in die Kanalisation finden, folge den Rohren hier, achte auf einen fetten Gullydeckel.«

Nach einer Viertelstunde wird Wagner fündig. Marc schnappt sich eine Eisenstange, stemmt den schweren Deckel des eisernen Gullys weg, holt eine starke Halogenlampe aus den Tiefen seines Rucksacks und leuchtet in den Schacht. Rechs führt eine eingemauerte Eisenleiter nach unten. »Jesus fucking Christ, wir haben Glück, das sieht perfekt aus. Wir haben unseren Einstieg. Los hilf mir, den Deckel wieder drauf, dann hauen wir ab, zurück nach Frankfurt. Kommen heute gegen 23:00 zurück, dann steigen wir ein und checken den ganzen Weg bis zu unseren Freunden aus dem Morgenland.«

»Warum willst du nach Frankfurt zurück, lass uns doch hier ein Hotel nehmen, ist doch viel einfacher und spart Zeit.«

Marc winkt ab. »Wir beide würden hier auffallen wie bunte Hunde, einer, der leicht sächselt, eindeutig ein Ossi, und einer mit amerikanischem Akzent, den hier jeder sofort als ehemaligen GI erkennt. Wie erklärst du denen, warum du um 22:00 Uhr das Hotel verlässt und dreckig wie ein Schwein morgens um halb vier zurückkommst? Nein, wir wohnen in Frankfurt, im Motel 1 registriert nur ein Computer, wann du zurückkommst. Hier geht das nicht. Die Leute merken sofort, dass wir anders sind.«

»Wie das?«

»Ganz einfach, schau mir in die Augen, was siehst du?«

»Gar nichts, höchstens Ruhe und Kälte.«

»Genau, und wenn du den Leuten hier in die Augen schaust, dann siehst du ihre Frauen, ihre Kinder, ihre Dackel, ihre Magengeschwüre, ihre Sorgen und ihre Versicherungen. Wir sehen anders aus, weil wir anders sind. Wir sind Heimatlose, Söldner, Leute von einem anderen Stern.«

»Du vielleicht, ich nicht, ich weiß genau, wohin ich gehöre, ich bin Deutscher, ich kämpfe für mein Land, und ich werde nie ein Fremder in meiner Heimat sein.«

»Träum weiter, kleiner Nazi, wir reden weiter, wenn du mit stolzer Brust vor hundert Toten stehst, während dein Land auf den Titelseiten der Zeitungen Fotos von toten Babys bringt. Glaubst du wirklich, dein Land wird dich lieben für diesen Job, kleiner Nazi?«

»Nenn mich nicht kleiner Nazi! Wenn du das alles so fürchterlich findest, warum zum Teufel bist du hier?«

»Weil ich einen Haufen Dollars dafür kriege, kleiner Nazi! Ich habe mal für mein Land gekämpft und bin fast verreckt dabei, jetzt kämpfe ich nur noch für mich. Ende des Gelabers, wir fahren zurück, kommen heute Nacht wieder.«

Bundesamt für Verfassungsschutz, drittes Untergeschoss, zentrales Archiv: Regierungsrat Ottmar Bahr knallt seinen Ausweis auf den Scanner, in seinem Gefolge betreten vier weitere Herren die hochgesicherten heiligen Hallen, drei Mitarbeiter der Hauptabteilung Dickmann und ein junger Hospitant. Bahr hat einen hochroten Kopf, er kommt von einem erneut unangenehmen Termin in Dickmanns Büro. Die Liste in seiner Hand macht ihn schwindelig. Dickmann hat Großreinemachen angeordnet. Bahr hat mehrere engbeschriebene Seiten erhalten, eine akribische Auflistung aller zu vernichtenden Archivalien.

Bahr stürmt direkt in das Büro des Archivleiters. »Ich komme im Auftrag des Hauptabteilungsleiters Dickmann, wir haben hier und jetzt umfangreiche Sicherungsarbeiten an Archivbeständen unserer Hauptabteilung vorzunehmen. Bitte sperren Sie den Zugang zum Archiv für alle anderen Personen, dieser Auftrag hat höchste Priorität.«

Der Archivleiter Thomas Lüngen, ein älterer Herr aus dem Rheinland, normalerweise die Ruhe selbst, protestiert heftig. »Bei allem Respekt vor dem Kollegen Dickmann, Sie können hier nicht wie ein Erschießungskommando in mein Archiv stürmen und die Schließung der Räume für alle übrigen Mitarbeiter verlangen. So läuft das nicht, junger Mann.«

Statt zu antworten, schnappt sich Bahr das Telefon des Archivleiters, wählt Dickmanns Nummer, bittet Frau Bettner, ihn zum Chef durchzustellen, und reicht dann den Hörer wortlos an den verdutzten Archivleiter. Bahr kann nicht hören, was Dickmann dem Mann mitzuteilen hat, aber die Wirkung ist frappierend. Lüngen wird blass, schnappt nach Luft, schließt die Augen, murmelt nach einigen sehr langen Minuten: »Ganz wie Sie wünschen, Herr Dickmann.« Er legt den Hörer auf, schaut aus zusammengekniffenen Augen Ottmar Bahr an. »Toller Mann, Ihr Chef. Das Archiv gehört Ihnen, bitte bedienen Sie sich.«

Bahr staunt, eine so schnelle und vollständige Kapitulation hat er nicht erwartet. »Herr Lüngen, bitte sperren Sie den Zugang und veranlassen Sie, dass Ihre Mitarbeiter uns umgehend diese hier gelisteten Aktenbestände vorgelegen.« Er knallt Dickmanns Liste auf den Tisch des immer noch nicht gefassten Archivleiters.

Bahr lockert die Krawatte, lässt sich das Zimmer mit den Aktenvernichtern, den Reißwölfen öffnen.

Ein schneeweißer Raum, in Reihen stehen die letzten Modelle der Firma HSM nebeneinander, der FA 500.3, der bis zu 500 Blatt gleichzeitig frisst, daneben mindestens 10 HSM Hard Drive Shredder, Maschinen zur Vernichtung von DVDs, Sticks und dergleichen. Zwei Mann nehmen die Akten von den laut protestierenden Archivaren entgegen, zwei bedienen die Reißwölfe.

Lüngen hat abgedreht, das alles ist zu viel für ihn. Ottmar Bahr hängt mittlerweile das Hemd aus der Hose, er wischt sich den Schweiß von der Stirn, liest sorgfältig die Beschriftungen der Akten und bekommt ein immer mulmigeres Gefühl: Sie vernichten hier exakt jene Vorgänge, nach denen diverse parlamentarische Untersuchungsausschüsse gefragt haben. Ihm ist klar, dass er sich hier gerade strafbar macht, dass er gegen klare Weisungen des Amtschefs verstößt. Er folgt Dickmanns Befehlen, bewegt sich dabei auf sehr dünnem Eis. »Operation Rennsteig«, liest er, »V-Mann-Tarif«, alles Akten aus der Anfangszeit des NSU. Akten, in denen aufgelistet ist, wie eng ein Netz von V-Leuten das NSU-Trio umgab, in denen deutlich wird, dass Quellenschutz immer ernster genommen wurde als Strafverfolgung.

Werner Dickmann sitzt unterdessen an seinem Schreibtisch und schlürft einen Kräutertee, den seine Sekretärin gerade streng nach seinen Anweisungen aufgebrüht hat. Ein zynisches Lächeln umspielt seinen Mund. Nur neunzig Sekunden hat er gebraucht, um dem Archivchef klarzumachen, wer hier der Chef im Ring ist.

Er blättert in einem dünnen Ordner, der vor ihm auf dem Schreibtisch liegt. »Internes Dossier/Archiv Lüngen« steht auf dem Deckblatt. Dickmann schüttelt missbilligend den Kopf, während er das Foto auf der zweiten Seite des Aktenordners betrachtet. Da liegt der feine Herr Lüngen in einem Sessel, vor ihm kniet ein maximal zehn Jahre alter dunkelhäutiger Junge, der sich intensiv am geöffneten Hosenlatz des Archivchefs zu schaffen macht. Ein Kölner Polizist hatte das Bild bei einer Razzia gegen einen Kinderpornoring beschlagnahmt. Dickmann bat den Kölner Kollegen, ihm das Bild zu überlassen, er würde das intern regeln. Der Kölner Polizist stimmte damals gerne zu, es lohnte sich immer, bei Werner Dickmann einen Gefallen gutzuhaben. Dickmann hatte danach sein Dossier gegen Lüngen nie eingesetzt, heute aber hat es Wunder gewirkt. Er hatte nur den Namen des Klubs genannt, in dem sich Lüngen damals verwöhnen ließ.

Er nimmt den Ordner, öffnet eine Schreibtischtür, zieht die Hängeregistratur heraus, hängt die Akte Lüngen an ihren Platz, betrachtet einen Augenblick seinen kleinen Schatz. 78 Dossiers hat er hier in seinem Schreibtisch, natürlich auch eines über den amtierenden Präsidenten des Bundesamtes.

Einige Stockwerke höher tigert Julian Mahler in seinem Büro hin und her. Die Unsicherheit über Bahrs Verhalten macht ihn kirre. Er wählt dessen Nummer, wird automatisch an die Abteilungssekretärin weitergeleitet. »Hallo Susanne, Julian hier, ich suche den Kollegen Bahr, Ottmar Bahr. Hast du eine Ahnung, wo der steckt?«

»Ja, der Gute hat sich vor zwei Stunden in den Keller verabschiedet, der ist im Archiv, Sonderauftrag vom Chef.«

Mahler eilt aus seinem Büro und nimmt den Aufzug in das dritte Untergeschoss. Julian liebt diese Räume, in denen Abertausende von Akten lagern, viel bürokratischer Unsinn, aber auch so manche Dokumente, die das Zeug haben, Minister zu stürzen oder Geschichtsbücher zu korrigieren. Der gesamte Archivbereich ist Hochsicherheitszone. Direkt gegenüber der Aufzugstür befindet sich die erste Sicherheitsschleuse. Julian legt seinen Dienstausweis auf den Scanner und wird aufgefordert, seinen Zugangscode einzugeben. Der Bildschirm leuchtet rot, Julian liest: ZUGANG VERWEIGERT: ZUGANG NUR MIT SONDERBERECHTIGUNG CODE 012. Julian flucht, Code 012 bedeutet, dass im Archiv eine umfängliche Recherche oder Umschichtung läuft, zu der nur autorisierte Personen Zugang haben. Julian will gerade gehen, als er einen Hospitanten auf die Schleuse zukommen sieht. »Hallo Julian, bist du auch abkommandiert? Dann zieh dich um, sonst versaust du dir dein schönes Burberry-Hemd. Hier tobt die Schlacht am Reißwolf.«

»Nein danke, ich wollte zu Ottmar, ist der da?«

»Mann, der ist nicht nur da, der ist heute der große Kommandant. Er hat einen Riesenzettel von Dickmann persönlich, wir schreddern alles, was nach NSU riecht, nicht nur Akten, auch DVDs, Bänder, USB-Sticks, alles. Eigentlich, ehrlich gesagt, eine schräge Nummer, aber von oben befohlen.«

Der Hospi strebt zum Aufzug, Julian bleibt noch unschlüssig stehen, versucht das Gehörte zu verdauen. Dann sieht er Ottmar Bahr in Richtung Schleuse eilen. Julian begreift, dass Bahr über die Videoüberwachung sein Gespräch mit dem Hospitanten beobachtet hat. »Na, Herr Mahler, Probleme mit dem Dienstausweis, ja, das könnte dir in Zukunft häufiger passieren.«

»Was macht ihr da eigentlich, Bahr, schredderst du etwa auch Akten, für die es Anfragen von Ausschüssen gibt? Du weißt, das hat der Präsident ausdrücklich verboten.«

»Was für Ausschüsse?«

»Stell dich nicht doofer, als du bist, die NSU-Ausschüsse natürlich.«

»NSU, nie gehört. Wenn ich hier fertig bin, dann hat es im Bundesamt nie auch nur einen einzigen Vorgang NSU gegeben. Und, lieber Julian, falls du jetzt zum Präsidenten rennen willst, der ist in Brüssel, kommt morgen Mittag zurück, schönen Tag noch.«

»Fick dich, Ottmar Bahr, du verdammter Idiot, weißt du, was du da machst? Du deckst schwere Verbrechen.«

»Ich decke gar nichts, ich befolge Befehle. Und jetzt verpiss dich hier, sonst hole ich den Wachdienst. Habe keinen Bock mehr, mit dir zu reden, das werden bald andere machen, du verdammter Verlierer.«

Julian ballt die Fäuste in den Taschen, holt den Aufzug, fährt zurück in sein Büro. Wenigstens weiß er jetzt, dass Bahr bei Dickmann gebeichtet hat. Es wird also eng, er braucht dringend einen Plan B. Er holt ein Prepaidhandy aus der Tasche, drückt eine gespeicherte Nummer, keine Antwort. Mist, die Zeit läuft leider gegen ihn.

Unten im Archiv rinnt Ottmar Bahr der Schweiß über das leicht aufgedunsene Gesicht. Es hat ihm gutgetan, dem glatten, fast provokant selbstsicheren Julian Mahler Angst zu machen. Aber, er spürt auch, dass das ein schaler Triumph war. Ist Dickmann wirklich noch Herr des Verfahrens? Akten vernichtet eigentlich nur jemand, der sich in die Enge gedrängt fühlt. Hat er, Ottmar Bahr, etwa auf das falsche Pferd gesetzt? Dickmann hat Macht, aber Dickmann steht auch kurz vor dem Ruhestand. Was wird aus seinen Getreuen, wenn der große Chef weg ist?

Wieder fährt sich Bahr mit dem bereits nassen Taschentuch über die Stirn. Er muss sich absichern. Ein kurzer Blick über die Schulter, ein prüfender Blick nach oben, alles sauber, die Überwachungskamera im Aktenvernichtungsraum ist ausgeschaltet. Dann nimmt Ottmar Bahr allen Mut zusammen, zieht aus den vor ihm liegenden Ordnern zwei Kladden zur »Operation Rennsteig« heraus, sowie eine Kladde, die mit »Heilbronn« beschriftet ist. Er steckt sich das Material hinten auf den Rücken unter den Gürtel.

Trotz der Hitze zieht er sein Jackett an, schließt die Knöpfe, die Jacke spannt etwas, aber das ist nicht ungewöhnlich bei Ottmar Bahr. Er schnauft erleichtert, treibt seine Gehilfen zu schnellerer Arbeit an.

Gegen 21:00 verlässt der schwarze Land Rover den Parkplatz des Motel 1 im Frankfurter Stadtteil Niederrad und steuert auf die A3 Richtung Osten.

Der Wagen schnurrt über die Autobahn, die beiden Insassen, der Exnavy Seal Marc Taylor und der Thüringer Neonazi Fred Wagner, starren in die Dunkelheit, hängen ihren Gedanken nach. Während der Fahrt wird kaum ein Wort geredet.

Sie biegen auf die Bundesstraße, haben schnell Berbenbach erreicht. Taylor lenkt den schweren, voll beladenen Wagen geschickt auf die Schotterpiste neben der Straße, zieht eine Linkskurve, löscht die Scheinwerfer und kommt nach wenigen Metern hinter der Truckhalle zum Stehen.

Die Tür, die sie am Nachmittag angelehnt hatten, ist immer noch offen. Sie dringen in den stockdusteren Schuppen ein und befestigen Lampen an den mitgebrachten Helmen. Beide tragen Gummistiefel und Schutzkleidung. Schnell ist der Kanaldeckel beiseite geräumt, der Einstieg in das Labyrinth der zum Teil uralten Abwasserkanäle der alten Garnison kann beginnen.

Sie kriechen gebückt durch ein etwa 150 Zentimeter hohes Rohr, plötzlich beginnt der Boden über ihnen zu beben. »Wir sind jetzt unter der Bundesstraße«, zischt Marc Taylor, »hoffentlich kommt kein Schwertransporter.«

Das Rohr wird enger, gabelt sich. Taylor zeigt nach rechts, geht vor. Plötzlich weitet sich das Rohr zu einer Art Kanal, die Wände sind jetzt mit Ziegeln gemauert. »Hey Mann, wie geil, ein Lob den Kartenzeichnern der US-Army, good boys. Wir sind in building 4505.« Marc Taylor ist begeistert.

Und tatsächlich: Eine völlig verrostete Leiter führt nach oben zu einem Deckel. Marc gibt Fred ein Zeichen, er soll den Deckel aufstemmen, während Marc blitzschnell seine Waffe zieht und in die Öffnung zielt.

Der Weg ist frei, oben ist alles stockdunkel, kein Geräusch zu hören. »Listen, mein kleiner Nazi, wenn wir in einer guten Woche wiederkommen, dann hast du bitte auch eine Waffe dabei, du hast doch eine gute Knarre, oder?«

Fred nickt und tut so, als ließe er eine Pistole um seinen Zeigefinger kreisen.

»Wow, Nazi spielt Cowboy, wie schick. Pass bloß auf, dass du dir nicht in den Stiefel schießt. Schneller ziehen ist unsere Spezialität, wir sind die aus dem Wilden Westen, ihr seid ja immer lieber nach Osten geritten, vor allem im Winter.«

Fred würde dem Ami gerne eine aufs Maul hauen, aber er traut sich nicht, der Exsoldat hat sicher ein paar ganz üble Tricks im Repertoire. Ohne größere Probleme kommen sie in das Treppenhaus von Building 4505. »Pass auf, jetzt an der Außentür hier und an dem Eingang zum Gebäude 4507 dürfen keine sichtbaren Spuren entstehen. Hier kommt der Tageswächter vorbei, hier könnte nachts auch mal der Wagen der Security halten. Alles klar?«

Sie bohren den Schließzylinder einer nach außen führenden Tür auf, stehen jetzt zwischen den Gebäuden 4505 und

4507. Lautlos huschen sie auf die Hinterseite von 4507, finden eine außen gelegene Kellertreppe, an deren Ende eine verschlossene Tür den Weg versperrt. Sie stemmen die Tür vorsichtig auf, versuchen so wenig wie möglich das Holz des Rahmens zu beschädigen. Nach drei Minuten schweißtreibender Arbeit sind sie eingedrungen. Sie holen ihre Ausrüstung zu sich und reparieren beide Türen so, dass bei einer oberflächlichen Kontrolle nichts bemerkt werden kann.

Im Keller von Gebäude 4507 gibt es an der eingezeichneten Stelle tatsächlich eine völlig verrostete Eisentür. Hier hilft nur die batteriegespeiste Flex. Marc Taylor steht mit gezückter Waffe oben Schmiere, während sich Fred Wagner wegen des Lärms der Maschine fast in die Hosen macht. Er kämpft und hat nach wenigen Minuten den Riegel glatt durchtrennt. Er öffnet die knarrende Tür und atmet vermodert riechende Luft ein, starrt in ein tiefschwarzes Loch. Er lässt den Halogenscheinwerfer kurz aufblitzen, Stufen führen in die Tiefe. Er holt Marc und die Ausrüstung, sie verschließen die Tür von innen und marschieren. Es ist schwärzer als schwarz in diesem seit Jahrzehnten nicht mehr betretenen Gang. Nur mühsam finden sie im Licht ihrer starken Helmlampen einen Weg durch Schlamm und Schotter. Der Gang ist jetzt breit und mannshoch. Plötzlich ein Rascheln und ein Zischen vor ihnen. »Scheißratten«, flucht Wagner.

»Keep cool, wir sind selber Ratten, fuck, das sind unsere Landsleute.« Marc lacht höhnisch und konzentriert sich darauf, die Schritte zu zählen. Nach den amerikanischen Plänen haben sie etwa 350 Meter zu bewältigen.

Es ist ein ekliger Weg, mehr als einmal treten sie auf verendete Tiere, fette Ratten, aber auch Katzen. Marc stoppt, holt eine weitere, noch stärkere Lampe aus seinem Rucksack. »Achte jetzt auf der rechten Mauerseite auf eine alte Tür, wir müssten bald die Position erreicht haben.« Nach etwa zwanzig Meter tatsächlich eine Tür, auch diese völlig verrostet. Mit Mühe gelingt es, sie aufzustemmen.

Jetzt sind sie in einem alten gemauerten Gewölbe, der Boden besteht aus Kopfsteinpflaster. Ein Gang biegt links ab, am Ende eine alte Eisenleiter mit einem halbrunden Geländer. Die Leiter führt senkrecht nach oben – und zu einem Gullideckel, den sie hochdrücken können. Frische klare Luft strömt in ihre Lungen, sie atmen gierig, steigen aus dem Kanalschacht aus, liegen jetzt keuchend flach am Boden, Marc mit schussbereiter Waffe. »Hey, my Nazifriend, das ist fantastisch, siehst du, wo wir sind?« Fred schüttelt den Kopf, er ist immer noch damit beschäftigt, den modrigen Gestank aus seiner Nase loszuwerden.

»Mann, kapierst du es nicht: Der Flachbau gleich hier ist die Küche und gleich daneben angebaut ist die Kantine. Volltreffer, das Gewölbe da unten liegt genau unter unserem Ziel, besser hätte es nicht sein können. Wir werden ihnen den Fußboden wegbomben, wir sind Ratten, wir kommen von unten, just great!«

Der Amerikaner klatscht Fred ab, dabei rutscht der Ärmel seines Overalls hoch. Fred starrt auf einen äußerst muskulösen Arm und ein Tattoo: »In front of´em all«. Fred deutet auf die Tätowierung. »Was heißt das?«

»Ist eine Erinnerung an Korea, ich war mal eine Weile am 38. Breitengrad stationiert, an der Grenze zu Nordkorea. Vor allen anderen – wir waren die erste Linie, direkt vor uns die verrückten Nordkoreaner. Lange her, vergiss es.« Marc zieht den Ärmel runter, hat keinen Bock auf Geplauder. Er deutet nach links. »Siehst du die Treppe da, da könnten wir die erste Ladung platzieren, den Warnschuss, ich checke das mal.« Marc federt hoch, huscht gebückt in Richtung der Treppe, die in ein flaches Gebäude führt. Fred starrt in die Dunkelheit, Marc zeigt den hochgestreckten Daumen, er scheint mit dem Platz zufrieden zu sein.

Julian hat drei Zigaretten auf der Feuertreppe geraucht und ist langsam wieder in der Lage, klar zu denken. Dickmann weiß also Bescheid, Dickmann sieht jetzt in ihm ein Sicherheitsrisiko. Klar ist auch, dass er raus muss aus diesem verdammten Amt, raus aus Dickmanns Dunstkreis. Er eilt in sein Büro, öffnet die oberste Schublade seines Schreibtisches, nimmt einen engbeschriebenen Zettel mit einer angehefteten Visitenkarte heraus und wählt eine Berliner Nummer. Am Draht ein alter Freund, der in Berlin in der Personalabteilung des Innenministeriums arbeitet. Julian hat schon mehrfach mit ihm über die Möglichkeit eines Wechsels nach Berlin gesprochen. Jetzt ist es soweit, Julian bittet um einen möglichst zeitnahen Termin, erfährt zu seiner Freude, dass er in drei Tagen in Berlin sein und sich vorstellen soll.

Julian ballt die Faust, er freut sich.

Eine gute Stunde später bekommt Werner Dickmann einen Computerausdruck in sein Büro gebracht: eine Liste aller von Julian Mahler gewählten Nummern, eine Liste aller Mails und aller aufgerufenen Webseiten.

Dickmann lächelt, das versteht er unter internem Spezialprogramm. Er sieht, dass die letzte gewählte Nummer zur Personalabteilung des Innenministeriums gehört. Dickmann greift zum Hörer, bittet seine Sekretärin, ihn mit dem Chef der Personalabteilung des BMI zu verbinden. »Hallo Kurt, ja Werner hier aus Köln. Kurt, du musst mir einen Gefallen tun. Bei dir wird sich ein junger Mann aus meiner Hauptabteilung melden, ein Regierungsrat namens Julian Mahler, ein begabter Mann, guter Arbeiter, ich schätze ihn sehr, leider aber auch ein Mann, der sein Privatleben nicht im Griff hat. Er ist verheiratet, seine Frau ist schwanger, er aber hat vor zwei Monaten eine Affäre mit einer mehr als zweifelhaften Dame in Berlin angefangen. Ich befürchte, er wird sich bei euch bewerben, weil er zu seiner Geliebten will. Ich und vor allem die schwangere Ehefrau wären dir dankbar, wenn du seinen Wunsch ablehnen könntest. Ich habe der Gattin versprochen, ihn zur Räson zu bringen, dafür aber muss er in Köln bleiben. Kann ich auf dich rechnen Kurt?«

»Aber Werner, klar doch, jederzeit. Verlass dich auf mich, kein Problem.«

Lächelnd legt Dickmann auf. Er bestellt einen Kräutertee, ist zufrieden. Er liebt Kämpfe, bei denen er schon im Voraus weiß, wie der Gegner ziehen wird. »Pass gut auf, Julian Mahler«, zischt er, »ich hasse Verräter, vor allem kluge Verräter.«

Fred Wagner und Marc Taylor haben ihre Frischluftpause beendet und sind wieder in dem Gewölbe, das sich teilweise unter den Kellerräumen der Kantine befinden muss. Marc inspiziert mit der Halogenlampe die Decken. »Siehst du, das hier ist recht frischer Beton, das ist der Boden des neuen Teils des Speisesaals. Wir werden in dem Gewölbe unten unser Lager einrichten. Die Türe wird von uns verriegelt werden. Habe keine Lust, dass irgendeine bekiffte Küchenhilfe hier rumirrt und den Schock des Lebens kriegt. In dem Gewölbe lagern wir Ausrüstung, Schaltkästen und vor allem das Semtex. Und so, mein Freund, wird die Aktion laufen. Wir steigen nachts ein. Wir präparieren drei Sprengsätze. Wir warten hier bis etwa 18:00 des nächsten Tages. Dann wird Bombe eins gezündet, oben unter der Treppe, die wird die Außenwand des Hauses wegfegen, zwei, vielleicht drei Zimmer zerstören. Sie wird Panik auslösen, wird die Leute in den gewohnten Versammlungssaal treiben, in die Kantine. Dann etwa fünf Minuten später detoniert hier ein sehr großer Sprengkörper, den wir unter den Fußboden der Kantine platzieren. Der Fußboden ist neu und dünn, er wird einstürzen und alle nach unten reißen. Hier«, er zeigt auf einen Gewölbebögen, »hier hängt Bombe drei. Die wird alle treffen, die samt dem Fußboden nach unten gestürzt sind. Wenn alles so läuft, wie ich mir das gerade vorstelle, wird das Gewölbe über den Leuten einstürzen, also Begräbnis inklusive, zum selben Preis.«

Es gelingt Marc nicht wirklich, über den eigenen Witz zu lachen, auch Fred schluckt schwer. Er ist geschockt, kann sich die Aktion zum ersten Mal bildlich vorstellen, es wird ein Massaker werden. Ihm ist klar, dass Dickmann genau das will, Bilder, die abschrecken, Bilder, die entsetzen sollen, aber trotzdem ist ihm schlecht bei der Vorstellung, dass er für die Herstellung dieser Bilder verantwortlich zeichnet.

Sie verriegeln die Gewölbetür, machen sich schweigend auf den Weg durch den jetzt noch düstereren Tunnel. Der Umstieg in das Gebäude 4505 klappt, bald stehen sie wieder in der alten Lkw-Halle. Sie säubern sich notdürftig, verstauen ihr Equipment.

»Hör zu, Fred«, bricht Marc das Schweigen, erstmals nennt er Fred bei seinem Namen, »hör zu, wenn dir das zu hart ist, kann ich das verstehen. Du warst noch nie richtig im Krieg, du hast vielleicht ein- oder zweimal jemanden umgelegt, aber das hier ist eine andere Hausnummer. Wenn du raus willst, sag es jetzt. Wenn du aber jetzt nicht aussteigst, dann bist du unter meinem Kommando, und das heißt ganz einfach: Kommen wir unter Feuer, dann rette ich dich mit meinem Leben, machst du aber schlapp und gefährdest die Aktion, dann werde ich dich ohne Zögern töten. Kapiert?«

Fred Wagner nickt. »Ich bin dabei, Scheißami.« Die beiden geben sich kurz die Hand, werfen die verdreckten Sachen in den Land Rover und starten Richtung Frankfurt.

Auch in Köln ist es spät geworden. Julian Mahler sitzt in seinem Wagen und drückt zum hundertsten Mal auf die Wahltaste seines Prepaidhandys.

Wieder keine Antwort. Er schüttelt verzweifelt seinen Kopf, will gerade den Wagen starten, da sieht er einen etwas derangiert wirkenden Ottmar Bahr über den Parkplatz schreiten. Bahr steigt in einen dunkelgrünen Passat.

»Passt zu dir, die Karre«, murmelt Julian und lässt seinen Audi TT an. Bahr verlässt Köln-Chorweiler, aber nicht um Richtung Innenstadt abzubiegen, wie Julian vermutet hat, sondern Bahr fährt in ländliche Gefilde, Richtung Bergheim. »Der Arsch wohnt in der Pampa«, schimpft Julian, das wird die Verfolgung um einiges schwieriger machen.

Sie überqueren die Erft, dann biegt Bahr plötzlich in eine kleine Straße ab, steuert auf einen Gemeinschaftsparkplatz, verlässt den Wagen, betritt ein dreistöckiges Haus, in dem maximal sechs Parteien wohnen. »Mann, Mann, das passt alles wie die Faust aufs Auge. So ein verdammter Spießer, und dieser lächerliche Typ hat mich im Amt flachgemacht. Mist.« Julian spürt, wie die Wut in ihm wächst.

Jetzt steht er vor der Eingangstür des Hauses und hat Glück, dass die Tür nicht ins Schloss gefallen ist. Anhand der Klingelschilder schätzt er, dass Bahr im zweiten Stock links wohnt. Er hastet lautlos die Treppe hoch, steht vor einer soliden Holztür, sieht das Türschild O. Bahr. Er klopft laut und vernehmlich, klingelt zusätzlich, hört Schritte zur Tür kommen, springt zur Seite und sagt betont akzentuiert mit leicht verstellter Stimme: »Regierungsrat Bahr, bitte öffnen Sie.« Die Hauptmann-von-Köpenick-Nummer zieht, die Tür öffnet sich einen Spalt und Julian springt, ohne groß nachzudenken, mit aller Kraft dagegen. Bahr fliegt zurück in den Flur, Julian dringt in die Wohnung ein.

Bahr hat sich von seinem Schreck erholt, packt Julian am Revers: »Raus aus meiner Wohnung oder ich hole die Polizei, raus sofort.« Julian streicht Bahrs Hand von seinem Jackett, er ist ihm körperlich überlegen, legt einen Finger auf seine Lippen: »Psst Ottmar, du willst doch deine Nachbarn nicht wecken. Sollen die alle mitkriegen, dass du schwul bist und deinen Freund mitten in der Nacht rauswirfst!«

»Julian, bist du jetzt völlig durchgedreht, was soll der Auftritt hier?«

»Ist mir scheißegal. Glaubst du, lieber Ottmar, ernsthaft, ich lasse mir meine Karriere und mein Leben von dir kaputt machen, ohne mich zu wehren? Du erzählst jetzt bitte sehr genau, was Dickmann weiß und was er vorhat, oder das hier wird gleich sehr hässlich.« Bahr schüttelt sich, dreht Julian den Rücken zu.

Plötzlich bemerkt Julian, dass Bahr sein Handy in der Hand hat und verliert die Beherrschung. Er schlägt voll zu, trifft Bahr seitlich an der Schläfe, holt wieder aus, trifft die Nase, die sofort heftig zu bluten beginnt. Wieder schlägt Julian zu, jetzt geht Bahr stöhnend zu Boden. Julian kickt das Handy unter einen Schrank, sieht Bahrs Aktentasche auf dem Wohnzimmertisch liegen, packt die Mappe, schüttelt sie und zu seinem Erstaunen fallen drei als Geheime Verschlusssachen gekennzeichnete Akten auf den Tisch. Bahr kommt hoch, hechtet Richtung Tisch, nur um sich dabei einen fetten rechten Haken von Julian zu fangen. Krachend geht Bahr wieder zu Boden.

»Na, jetzt bin ich aber platt, Dickmanns Lieblingshampelmann klaut Akten. Wie erklärst du das denn dem Alten?«

Bahr blutet, schnappt sich eine Serviette, versucht die Blutung zu stillen. »Leg die Akten zurück, Julian, sonst gibt es hier ein Unglück. Wie soll das enden, ich schreie die Nachbarn zusammen, willst du mich umlegen, oder was?«

»Keine schlechte Idee, Ottmar, aber ich habe eine andere. Lass uns mit der Scheiße aufhören, sei bitte vernünftig, morgen ist der Präsident zurück, wir gehen zu ihm, du zeigst ihm die Akten, sagst, es sei dir gelungen, sie vor Dickmanns Vernichtungsorder zu retten. So kommen wir beide raus aus der Sache. Dickmann wird dir den Diebstahl nicht verzeihen, also müssen wir uns zusammentun gegen Dickmann, verstehst du das?«

»Hör auf mit der Leier, du wirst auch beim Präsidenten gegen Dickmann verlieren, was meinst du, was Dickmann alles in seinen Schubladen hat, genug über dich und genug über den Präsidenten. Außerdem mache ich keine gemeinsame Sache mit einem Schläger wie dir.«

Julian zuckt die Schultern, greift in die Tasche, holt sein Handy heraus, macht ein Foto von den auf Bahrs Wohnzimmertisch liegenden Akten, Bahr selber im Hintergrund. Julian grinst. »So, damit wäre klar, diese Akten waren bei dir in deiner Wohnung. Wie willst du das je Dickmann verklickern? Er ist schon sauer, dass du so spät mit der DVD-Nummer zu ihm gekommen bist, die Sache jetzt ist viel schlimmer, er gibt dir eine zweite Chance und du klaust Akten! Also, komm runter vom Baum, tut mir leid, dass ich dich verprügelt habe, aber schalte jetzt bitte dein Hirn ein. Mein Angebot: Waffenstillstand – und wenn Dickmann gegen einen von uns vorgeht, haben wir beide diese netten Papierchen hier als Lebensversicherung. Okay?«

Bahr brummt der Kopf, er sieht noch etwas teigiger aus als sonst, er tupft sich mit einem Taschentuch das Blut von der Lippe. »Gut, ich mag dich nicht, aber alles andere wäre Blödsinn.«

Julian springt auf, packt mit einer schnellen Bewegung die Akten und ist schon im Flur. »Gut – und erkläre bitte morgen im Büro, du hättest einen Unfall gehabt, jeder weiß, wie gefährlich so ein Haushalt sein kann.«

»Lass die Akten hier, Julian, verdammt.«

»Hör zu, ich stecke tiefer in der Scheiße als du, ich kann dir nicht trauen, ich brauche den Beweis deiner Verfehlung, sonst lässt du mich doch sofort über die Wupper gehen.« Julian grüßt militärisch, zieht die Tür hinter sich zu und beeilt sich aus dem Haus zu kommen. Er springt in seinen Wagen, startet und gibt Gas. Nichts wie weg. Er ist immer noch in einer miesen Situation, aber jetzt hat er wieder eine Chance.

Marc Taylor und Fred Wagner erreichen gegen 4:00 früh das Motel One in Frankfurt. Marc bleibt jetzt hier, Fred will ein paar Stunden pennen und dann zurück nach Friedenau. Sie haben alles durchgesprochen, sie werden sich in zehn Tagen wiedersehen, in genau elf Tagen soll der Anschlag Deutschland erschüttern.

Fred wälzt sich in seinem Bett, die drei Bier von der Autobahnraststätte reichen nicht für einen festen Schlaf. Er wacht immer wieder auf und grübelt. Marc Taylor ist ihm unheimlich, der Typ ist knallhart, ein Killer durch und durch. Dann fällt ihm sein toter Freund Maik ein, kein guter Gedanke, um einzuschlafen. Fred hat das Gefühl, er sei gerade dabei, sein Leben endgültig gegen die Wand zu fahren. Aber er hat längst vergessen, wo die Bremsen sind. Und ein Lenkrad hat er schon lange nicht mehr.

15

Mitch hat einen leichten Kater, als er morgens um 7:30 im schönen Hotel zur Post in Friedenau aufwacht. Der Abend mit dem Kollegen der Lokalzeitung war intensiv, lehrreich, aber vielleicht eine halbe Flasche zu lang gewesen. Heute stehen Dreharbeiten mit den Marwans im Flüchtlingsheim sowie ein Interview mit dem Heimleiter auf dem Programm. Mitch hat sich außerdem vorgenommen, einige Stammplätze der Skins abzulaufen und die dort Rumhängenden nach dem Angriff auf Amir zu fragen. Das kann eine interessante Szene werden. Skins, vor allem mit ein paar Bier intus, reagieren auf Kameras wie Pitbulls auf einen Hüftknochen. Solange sie noch in der Phase des Bellens sind, kann man gefahrlos die Kamera laufen lassen, dann aber ist ein schneller, geordneter Rückzug angesagt.

Noch einen Moment bleibt er im Bett liegen, folgt den Gedanken, die durch seinen Kopf ziehen. Mitch ist ein wenig ratlos: Wie zum Teufel kann er an belastbare Informationen über D. oder Werner Dickmann kommen? Sein einziger Zugang ist und bleibt Fred Wagner. Er muss versuchen, mit Wagner zu reden, es gibt keine bessere Möglichkeit.

Mitch springt unter die Dusche, denkt kurz mit Wehmut an den Strand in Thailand und gibt sich dann zwei Minuten eiskalt, das alte Hausmittel zum Wachwerden. Minuten später ist er auf dem Weg zum Frühstück, Jan und sein Assistent werden schon da sein.

»Hallo, Herr Berger, kommen Sie doch bitte einen Moment«, der Hotelierportier winkt aufgeregt, »ein Bote war da für Sie, schon ganz früh. Hier bitte, eine Unterschrift.« Er wedelt mit einem braunen DIN-A4-Umschlag. Mitch quittiert die Sendung und sucht sich einen ruhigen Platz in der Nähe der Rezeption. Der Brief war nach Frankfurt an die Redaktion gegangen, von dort dann per Kurier an das Hotel weitergeschickt worden. Ein Lob den Sekretärinnen von Star TV.

An Mathias Berger adressiert, kein Absender. Auffällig: Die Handschrift ist die gleiche wie auf der ersten anonymen Sendung, die ihm die DVD beschert hat. Er reißt den Umschlag auf, diesmal ist es keine DVD, sondern eine etwa fünf Zentimeter hohe, rechteckige Schachtel. Er öffnet die Box, starrt auf ein Handy.

Prepaid, Mitch aktiviert das kleine Ding, der Speicher ist leer, das Telefon wirkt völlig unbenutzt. »Kann ja wohl nur bedeuten, dass mich jemand anrufen wird. Der Typ, der das Ding hier gekauft hat, kennt die Nummer, also wird er sich melden.«

Mitch merkt, wie seine Stimmung steigt, es wird etwas passieren, es wird weiter gehen, die Flaute wird ein Ende haben. Gut, er ist seinen Job los, aber er ist wieder auf der Jagd, er verbeißt sich in eine Story, für die es sich lohnt. »Das ist das Leben«, denkt Mitch, »herzlich willkommen, ich habe dich vermisst.«

Mitch setzt sich zu dem Kamerateam, nimmt einen schnellen Espresso und ein wenig Obstsalat, dann starten die drei zum Flüchtlingsheim.

Als sie in die zum Heim führende Straße einbiegen, sehen sie an der Ecke drei Skins, die ihnen den Stinkefinger zeigen. Jan bremst, Mitch lässt die Scheibe runter und ruft: »Was ist los, habt ihr Frühschicht heute? Aufpassen mit Restalkohol im Straßenverkehr!«

»Lügenpresse, verpisst euch«, kommt die kehlige Antwort.

Am Heim angekommen. winkt der Heimleiter Mitch in sein Büro. »Herr Berger, auf ein Wort. Ich habe gestern mit meinem Vorgesetzten gesprochen, der wiederum hatte den Bürgermeister zu Besuch. Wir alle sind der Meinung, dass die Anwesenheit ihres Teams die Situation hier in Friedenau zusätzlich anspitzt. Sie werden die Schläger von gestern suchen, was Ihr gutes Recht ist und bestimmt sehr gut für Ihren Film. Ich aber frage mich, ist das gut für Amir, ist das gut für seine Familie? Nein. Die Dreharbeiten machen die Familie zur Zielscheibe für Angriffe.«

»Alles klar, Herr Stiller, aber was soll das heißen? Wollen Sie mir meinen Film verbieten, wollen Sie mir hier im Heim Hausverbot erteilen, nur damit Ihr schönes Friedenau keine schlechte Presse kriegt?«

Dieter Stiller schüttelt angewidert seinen Kopf, wechselt plötzlich ins vertraute Du. »Wir waren schon mal weiter, Mitch. Ich mache mir echt Sorgen um die Sicherheit des Kleinen. Ich will, dass Amir eine Chance hat, glücklich zu werden – das ist mir wichtiger als jeder Film. Ich kann deine Dreharbeiten nicht verbieten, ich will das auch gar nicht. Was wir aber können, ist, die Familie Marwan zu verlegen. Freu dich, du musst nicht mehr in den wilden Osten fahren, die Marwans gehen zum nächstmöglichen Termin in das hessische Lager Berbenbach. Da gibt es sogar einen Fußballclub, in dem Amir mitmachen kann. Dein Film wird etwas langweiliger, aber das Leben der Marwans etwas ruhiger. Das ist doch für alle am besten.«

Mitch starrt Schiller überrascht an, schluckt und grinst etwas gequält. »Okay, ich sehe deinen Punkt. Ich denke allerdings genau andersrum, ich denke, Öffentlichkeit schützt. Unsere Dreharbeiten schützen Amir, die Marwans und auch Dein Heim.«

»Falsch, Mitch, die Skins pfeifen auf die Öffentlichkeit, im Gegenteil, sollte es ihnen gelingen, die Hauptfigur eines

Flüchtlingsfilms während der Dreharbeiten ins Krankenhaus zu schicken, dann würden sie das als Triumph werten und sich feiern, wenn diese Heldentat im Fernsehen läuft. Und dann noch auf You Tube.«

Mitch zuckt die Schultern: »Nicht auszuschließen. Okay, muss ich fressen, kann ja eh nichts dran ändern. Wissen die Marwans schon Bescheid?«

»Nein, dachte, das wäre eine schöne Schlussszene für euch, wir könnten sie jetzt rufen.« Mitch steht auf, gibt dem Heimleiter die Hand. »Na toll, der Mann denkt an den Film, guter Mann. Ernsthaft, Dieter, ich schätze deinen Einsatz hier, du machst einen richtig guten Job, aber glaube bloß nicht, du wärst mich los. Mit deinen Glatzen bin ich noch nicht durch.«

Mitch ruft Jan, um den Dreh zu besprechen. Plötzlich klingelt ein Telefon. Mitch reagiert erst nicht, das ist nicht der Klingelton, auf den er programmiert ist, sondern ein völlig geschmackloser, nervender Lärm. Dann fällt ihm das neue Handy ein. »Jan, da muss ich ran, bitte muss da wirklich ran.« Mitch rennt aus dem Heim, mittlerweile hat das Telefon gut sechsmal geklingelt. »Ja, hier Mitch Berger, mit wem habe ich das Vergnügen?«

Schweigen in der Leitung, Mitch denkt schon, er sei zu spät drangegangen. Dann hört er ein Atmen. »Hallo, Herr Berger, sorry für diese ungewöhnliche Art der Kontaktaufnahme, ist leider nötig. Wir kennen uns nicht, sollten uns aber dringend treffen. Wir haben gemeinsame Feinde, ziemlich mächtige Feinde.«

»Feinde, wen meinen Sie damit, reden wir von einem hohen Beamten aus Köln?«

»Ich sehe, wir verstehen uns Herr Berger. Ja, es geht um einen Herrn aus Köln, es geht um Werner Dickmann, der Mann ist mein Chef.«

Mitch merkt, dass sich seine Nackenhaare sträuben. »Sie gehören also auch zu der Schlapphuttruppe. Was schlagen Sie vor, ich kann hier gerade sehr schlecht sprechen.«

»Alles klar, ich melde mich in einer Stunde wieder, suchen Sie sich ein ruhiges Plätzchen, wir müssen einige Minuten konzentriert reden.«

Es knackt in der Leitung, Mitch starrt auf das Telefon. Ein Verfassungsschützer also, einer aus Dickmanns Umgebung, das ändert alles. Also gehörte die Überwachungskamera im Camper dem Verfassungsschutz, verflucht, das wird eine Riesenstory. Mitch ballt die Faust, ihm rauschen die Ohren – besser gar nicht drüber nachdenken.

Er eilt ins Haus, nimmt Jan zur Seite, tuschelt ihm zu, er müsse leider wieder weg. Jan reagiert genervt. »Ich weiß ja, dass du gefeuert bist, aber ich habe auch gedacht, wir seien uns einig, hier noch einmal einen sauberen Job abzuliefern. Verdammt, wir haben den Marwans einen guten Film versprochen, und ganz ohne Reporter geht das leider nicht.«

Mitch windet sich. »Jan, tut mir leid, aber bitte glaube mir, hier läuft im Hintergrund eine Riesenstory. Wir werden bald soweit sein, dass wir aus ihr einen Film machen können, dann bist du dabei. Bitte lass mich jetzt nicht hängen.«

»Okay, Mann, hau schon ab, ich grüße die Marwans von dir.«

Mitch streckt seinen Daumen hoch und verschwindet im Höchsttempo.

Er muss jetzt nachdenken. Was, wenn das Telefon und der Anruf eine verdammte Falle sind? Dann wird es gefährlich, aber es würde auch bedeuten, dass die Gegenseite nervös wird. »Wo stehe ich«, denkt Mitch, »eins ist auf jeden Fall klar: Durch Carens Band und durch die DVD ist die Telefonnummer 0170 2004001 zweimal bestätigt. Aber das ist noch immer kein Beweis gegen Dickmann.«

Mitch sitzt jetzt in einem kleinen Park, trinkt einen Becher Latte macchiato, als ihn wieder der fürchterliche Klingelton erschreckt.

»Hallo, ja, Mitch hier, sagen Sie, wie soll ich Sie nennen, Kumpel?« Eine kurze Pause, dann stellt sich Julian vor. »Gut, Julian, ich habe exakt drei Fragen, die muss ich stellen, bevor wir sprechen, in Ordnung?« Julian stimmt zu. »Also, warum haben Sie mir diese DVD geschickt, warum nicht dem SPIEGEL oder der Süddeutschen, da sitzen doch bessere Leute?«

»Ganz einfach, Mitch, ich darf doch Mitch sagen? Ich wollte Sie auf Fred Wagner hetzen. Hätte der SPIEGEL die DVD bekommen, wäre eine normale NSU-Recherche angelaufen. Ich weiß aber, dass Wagner in der Schattenwelt des Werner Dickmann eine wichtige Rolle spielt. Dickmann wird man nie knacken, aber vielleicht kommt man über Wagner an belastbares Material gegen ihn. Ich musste für Dickmann einmal das Umfeld von Caren abklären, da bin ich auf Sie gestoßen. Ich war mir sicher, dass Sie sich fragen würden, warum Ihnen jemand diese DVD schickt, und ich wusste, dass die Antwort nur lauten konnte: wegen Caren und wegen Fred Wagner.«

»Gut, akzeptiert, leuchtet mir ein. Übrigens, wenn du mich schon Mitch nennst, dann können wir auch das Sie weglassen. Wir ziehen ja vielleicht zusammen in den Krieg. Geht das Band denn weiter. Läuft der Time Code weiter?«

»Ja, Mitch, das Band geht weiter, du wirst es sehen, wenn wir uns treffen, du wirst staunen.«

Mitch ärgert sich, dass Julian ihn nur so anspitzt, aber dann stellt er die dritte Frage: »Sagt dir die Telefonnummer 0170 2004001 etwas?«

Julian zögert, denkt nach, verneint dann. »Keine Ahnung, was soll das für eine Nummer sein?«

»Diese Nummer steht in Wagners Kontakten unter D., auf der DVD sieht man Mundlos diese Nummer wählen.«

»Was, auf meiner DVD? Ist mir nicht aufgefallen. Das wird Dickmanns Nummer für die Kommunikation mit seinen Nazis sein. Der Mann hat jede Menge Telefone, ich weiß nicht ob du dir im Klaren bist, dass Dickmann eine richtig große Nummer ist. Wir werden verdammt vorsichtig sein müssen. Ich bin bereits in Ungnade gefallen und bin mir sicher, dass ich überwacht werde. Bei dir weiß ich es, dein Telefon solltest du nur noch für Anrufe bei deiner Mutter verwenden – und wahrscheinlich hast du längst ein paar Wanzen in deiner Wohnung. Dickmann weiß alles über dich, deinen Kontostand, deine Herzprobleme, deine Saufereien. Du kannst dein letztes Belastungs-EKG mit ihm diskutieren, natürlich auch deine aktuellen Leberwerte.«

»Na super, wer wird schon vom Verfassungsschutz aufgefordert, weniger zu trinken!«

Julian lacht, fragt dann, ob Mitch am Abend in Berlin sein könne.

»Ja, schaffe ich problemlos, bin ja schon in Thüringen, kein Problem.«

»Sei gegen 18:00 in Berlin-Mitte, ich rufe an und gebe einen Treffpunkt durch. Und bitte, achte auf etwaige Verfolger, du musst sicher sein, dass du sauber bist, wenn wir uns sehen, im Zweifel lass immer das Treffen platzen.«

»Alles klar, Julian, bis später in Berlin.« Mitch muss an sich halten, um nicht laut zu schreien. Er ist wieder im Geschäft, die Reise geht weiter.

Und schon hastet er zurück ins Heim, wo die Marwans gerade aus dem Gespräch mit Heimleiter Stiller kommen. Jan nickt zufrieden, sie haben also eine schöne Szene im Kasten. Mitch fragt Basim und Samira, was sie von dem Umzug halten. Beide bedauern, die neuen und eigentlich schönen Räume aufgeben zu müssen, aber beide sind auch erleichtert, Friedenau verlassen zu können, der Angriff auf Amir steckt ihnen noch in den Knochen. Mayla fragt, wie weit es von Berbenbach in die nächste größere Stadt sei. Mitch beruhigt sie. »Es ist eine halbe Stunde nach Frankfurt, die Stadt wird dir gefallen, viele Hochhäuser, viele Jobs, viele Ausländer und Plätze zum Shoppen ohne Ende.« Dann dreht er sich zu Amir um: »Hey Kleiner, ich wohne auch in Frankfurt, wenn du willst, kommst du mal samstags mit ins Waldstadion zur Eintracht, ist eine super Stimmung im Stadion!«

Basim nimmt Mitch zur Seite, bittet ihn, in den letzten Tagen in Friedenau keinen Ärger mehr zu machen, also nicht zur Polizei zu gehen, nicht die Skins wegen des Angriffs auf Amir zu befragen. Mitch grinst, zeigt auf den Heimleiter. »Hat Stiller mit dir gesprochen? Aber versprochen, Basim, wir werden später nochmal nach Friedenau zurückkommen, wenn ihr weg seid, den Dreh mit den Skins brauche ich, aber das geht auch nach eurer Abreise. In Berbenbach werdet ihr sicherer sein als hier, es ist gut so.«

Basim nickt zufrieden, sie verabschieden sich, in zehn Tagen wird das Team wieder hier sein, um den Umzug in den sicheren Westen zu drehen.

Dann hat Mitch es eilig. Er ruft Jan noch zu, dass er jetzt nicht nach Frankfurt, sondern dringend nach Berlin muss. Eine halbe Stunde später hat Mitch den Alfa Spider vollgetankt und startet Richtung A 4. Auch diesmal ist ihm beim Tanken nicht der kleine Metallkasten aufgefallen, der hinten unter dem Kotflügel sitzt und alle 30 Sekunden kurz rot aufblinkt.

Er kommt gut voran, wechselt auf die A9, kein Stau vor Bitterfeld, kein Stau auf dem Berliner Ring. Mitch ist gegen 16:30 in Berlin Mitte, er hat noch Zeit, gönnt sich eine nostalgische Stunde. Lilly hatte einige Jahre in Berlin gelebt, er steuert instinktiv ihren alten Turf an, schlendert die Torstraße entlang. Er staunt über das Tempo der Veränderung. Aus dem SED-Parteiarchiv mit angeschlossenem Institut für Marxismus-Leninismus ist das Soho House, ein Membership Hotel mit Rooftop Pool geworden. Statt Parteiausweis die Amex Platin Card, statt Studierstube für Parteibonzen jetzt ein Spielplatz für glückliche Besitzer von Briefkastenfirmen. Ein bisschen vom rohen Charme der Wendejahre ist noch da, aber die Immobilienbranche hat sich längst die Filetstücke gesichert. Die raue Einmaligkeit Berlins verschwindet langsam, verdrängt durch glatte austauschbare Eleganz. Dann Freude bei Mitch, Lillys alte Lieblingskneipe existiert noch, das trois minutes, fast unverändert, mit Lampen aus dem alten Palast der Republik und einer richtig guten Mannschaft in der Küche. Er hat hier endlose Abende mit Lilly verbracht bei fantastischer Foie gras, bei Bouillabaisse und moules frites. Leider ist es noch zu früh zum Essen, er setzt sich draußen auf die Torstraße, genießt die Frühlingssonne, bestellt einen Espresso und einen Sancerre, der noch genauso gut schmeckt wie vor drei Jahren. Er macht ein Foto, schickt es an Lilly nach München, dann ertönt der nervtötende Klingelton des neuen Prepaidhandys.

Julian hat einen fürchterlichen Tag hinter sich, einen Tag, der ihm Dickmanns Einfluss überdeutlich gemacht hat. Er war am frühen Nachmittag bei seinem Freund, dem Personaler des BMI, eingetroffen. Der empfing ihn anders als sonst, kühl, genervt. »Sag mal, Julian, ich hatte dich immer für einen cleveren Kerl gehalten, der weiß, wie das Spiel läuft. Warum zum Teufel erzählst du in Köln herum, dass wir beide heute einen Termin haben und dass ich dir einen Job besorgen will?«

Julian fällt aus allen Wolken. »Ich habe mit niemand gesprochen, mit keinem Menschen, ich bin doch kein Idiot.«

»Dann erkläre mir bitte«, zischt der erregte Personaler, »warum mich mein Chef anruft, mir jede Verhandlung mit dir untersagt und bestens über unsere Pläne informiert zu sein scheint?«

Julian wird blass, sein Magen krampft. Er ahnt, was gelaufen ist, will seinen Freund aber da nicht mit reinziehen. Er verabschiedet sich so schnell, dass es fast unhöflich wirkt. Er irrt durch Berlin, will zur Ruhe kommen und nachdenken. Aber eigentlich ist alles sonnenklar. Dickmann hat von seinen Pläner erfahren und sie wahrscheinlich mit einem einzigen Telefonat gestoppt. »Mist«, flucht er, »dieser elende Mistkerl. Er hat mich voll auf dem Kieker. Verdammt, er ist gefährlich. Ich muss mit Mitch sprechen, das Band muss öffentlich gemacht werden. Jetzt zählt jede Stunde.«

In der Nähe von Mariupol in der Südukraine, etwa zwanzig Kilometer von der Schwarzmeerküste entfernt, fliegt die Tür eines verwahrlosten Gehöfts mit einem lauten Scheppern auf, ein ungepflegt wirkender Mann mit dichtem Bart tritt heraus in den Nieselregen. Er schafft noch drei, vier Schritte, dann klappt er vornüber wie ein Taschenmesser, übergibt sich. Nach zwei, drei Minuten richtet er sich wieder auf, torkelt zurück Richtung Hütte.

Drinnen warten zwei Männer auf ihn, die beide deutlich weniger betrunken wirken. Beide tragen Militärklamotten und Abzeichen des Freiwilligenkorps des Rechten Sektors aus Kiew. »Igor, Kamerad, was ist los mit dir, verträgst du nichts mehr?«

Sie reichen dem dritten Mann erneut die Wodkaflasche. Er nimmt genussvoll stöhnend einen großen Schluck, steckt sich eine Zigarette an, raucht hastig. Wieder kreist die Wodkaflasche, wieder trinkt Igor deutlich mehr als die beiden jungen Männer mit dem militärischen Haarschnitt. Igor drückt seine

Zigarette in einem übervollen Aschenbecher aus. Einer der beiden Begleiter holt aus seiner Jackentasche einen kleinen verschließbaren Plastikbeutel, nimmt sorgfältig die Kippe aus dem Aschenbecher und verschließt den Beutel, der bereits gut fünf Kippen enthält.

Plötzlich und ohne jeden erkennbaren Ansatz schlägt der andere den volltrunkenen Igor mit einem fürchterlichen Handkantenschlag direkt unter die Nasenwurzel zu Boden. »So, du Verräterschwein, Ende der Vorstellung.«

»Igor Dimitrov, im Namen der ukrainischen Nation teile ich dir mit, dass du wegen Verrat und Feigheit vor dem Feind zum Tode verurteilt bist. Aber sei nicht traurig, du wirst im Westen noch einen großen Auftritt haben, davon hast du doch immer geträumt. Ruhm der Ukraine, Ruhm den Helden.«

Die beiden rollen den bewusstlosen Igor Dimitrov auf den Rücken, einer nimmt ein Wattestäbchen, tupft damit etwas Speichel auf. Das Wattestäbchen kommt in einen zweiten Plastikbeutel. Sie rollen Igors Ärmel hoch, stechen eine feine Nadel in Victors Vene und entnehmen etwas Blut. Auch das wird fachgerecht verstaut. Der ältere der beiden holt eine zweite Spritze hervor und injiziert eine farblose Flüssigkeit in Igors Ader. Der stöhnt kurz auf, scheint danach noch fester zu schlafen. Jetzt verlassen die beiden Männer das baufällige Gehöft, gehen ein paar Meter zu einem geparkten Lada mit Allradantrieb, öffnen die Heckklappe – jeder hat jetzt einen Molotow Cocktail in der Hand. Ohne zu zögern, entzünden sie die Flaschen, werfen sie in das Haus, das sofort lichterloh zu brennen beginnt. Die beiden springen in den Wagen und fahren, ohne sich auch nur einmal umzuschauen, Richtung Landstraße. Hinter ihnen steigt schwarzer Rauch in den dunkelgrauen Himmel. Sie haben Befehl, die gesicherten Proben in der Sanitätsstelle ihrer Einheit abzugeben. Als sie dort ankommen, fällt ihnen eine wartende dunkle Limousine mit Kiewer Nummer auf. Sie berichten ihrem Kommandanten, der lobt sie, drückt jedem einen Geldschein in die Hand und eilt dann mit den Plastikbeuteln in sein Büro, in dem ein Zivilist auf ihn wartet.

»Ja, Mitch hier, Julian, bist du das? Was ist los, Mann, du klingst wie ein Grab.«

»So ähnlich fühle ich mich auch. Unser gemeinsamer Freund hat meine geplante Versetzung nach Berlin hintertrieben. Er hat mich auf der Abschussliste, das ist jetzt völlig klar. Wir haben nicht mehr viel Zeit und müssen ungeheuer vorsichtig sein. Kennst du dich in Berlin aus? Okay, gut, wir treffen uns im Tiergarten, versuche, am Großen Stern zu parken, laufe dann auf einem Parkweg, immer Richtung Neuer See. Mach Pausen unterwegs, setzt dich auf eine Bank, warte einen Moment. Ich werde dich beobachten, werde checken, ob du verfolgt wirst. Du gehst bis zum Neuen See, dort ist ein gut besuchtes Lokal, setzt dich an einen Zweiertisch, ich werde dich ansprechen. Kapiert?«

Mitch brummt Zustimmung, nimmt sein Handy vom Ohr, zahlt seine Getränke, richtet Grüße an einen der Besitzer des trois minutes aus und startet dann den Alfa. Er biegt links auf die Friedrichstraße, dann rechts Richtung Kanzleramt, fährt ein paar Kurven zwischen Kanzleramt und Reichstag, erreicht dann die Straße des 17. Juni. Er hat mehr Glück als Verstand, findet direkt am Großen Stern einen der raren legalen Parkplätze.

Mitch steigt aus, orientiert sich kurz und marschiert los. Nach hundert Metern hält er an, nimmt auf einer Parkbank Platz und späht ins Grüne. Es gelingt ihm freilich nicht, etwas Verdächtiges zu bemerken. Jogger, Radfahrer, Pärchen, junge Familien mit Kinderwagen, alles völlig normal. Er läuft mal schneller, dann wieder langsamer, ihm fällt kein Verfolger auf.

Er erreicht das Café, viele Tische im Biergarten draußen sind leer, er fröstelt ein wenig in der schwächer werdenden Abendsonne, trotzdem nimmt er einen Zweiertisch. Mitch wartet, versucht, nicht allzu auffällig um sich zu schauen. Ein gutangezogener Mittdreißiger läuft genau auf seinen Tisch zu, dreht aber im letzten Moment ab und umarmt eine viel zu stark geschminkte Blondine, die wie aus dem Nichts aufgetaucht ist. Mitch atmet auf, da legt sich von hinten leicht eine Hand auf seine Schulter, und er hört die bereits vertraute Stimme von Julian: »Hallo Mitch, du scheinst sauber zu sein, ich habe dich jetzt schon eine Viertelstunde beobachtet, sieht gut aus.« Julian setzt sich Mitch gegenüber, die beiden beäugen sich. Gut zwanzig Jahre trennen die Männer und einige Kilos. Mitch trägt strenges Schwarz, Armani Jeans, Lederjacke, Julian ist eher der dezente Beamte im dunkelblauen Anzug und blau-weiß gestreiften Button-Down-Hemd. Julian hat eine größere Aktentasche dabei, die nicht ganz leicht zu sein scheint. Als der Kellner kommt, bestellen beide Espresso und Mineralwasser.

»Wir bleiben nur ein paar Minuten hier, es gibt gleich um die Ecke ein ruhiges Hotelfoyer, hier können wir unmöglich die DVD sehen.«

Der Kellner kommt und Julian bezahlt sofort. Wenige Minuten später stehen sie auf, verlassen den Park, schlendern an der spanischen Botschaft vorbei. Julian zielt auf ein beeindruckendes Gebäude, das einmal, so erklärt er Mitch, die Botschaft des dänischen Königreiches war, heute beherbergt es ein schickes Hotel. Sie betreten eine angenehm ruhige Lobby, außer ihnen sind nur noch zwei in ihre Laptops vertiefte Chinesenpärchen und ein paar junge spanische Nachwuchsmodels anwesend. Mitch und Julian Mahler versinken in einer großen bequemen Designercouch. Sie bestellen zwei Weißwein. Von ihrem Platz aus haben sie den Eingang im Blick, von hinten kann sich niemand nähern. »Perfekter Platz«, meint Julian, öffnet seinen Koffer und holt einen Laptop heraus.

»Mitch, bevor wir hier Kino machen, erzähl mal rasch, was dir passiert ist, seit du die DVD bekommen hast.« Mitch macht es kurz, berichtet, wie ein genialer Cutter die berühmte Nummer herausfand, erzählt von seinem Einbruch bei Wagner, seinem Niederschlag und dem manipulierten Handy. Er erzählt von Thailand, lässt sein Strandabenteuer aus, erwähnt Carens Abschiedsband mit dem zweiten Hinweis auf die Geheimnummer. Er erwähnt, leicht peinlich berührt, seine Interviewanfrage an Dickmann und dessen Konter, der seinen Rauswurf zur Folge hatte. Julian schüttelt den Kopf: »Na super, da sind wir ja weit gekommen, du bist geflogen, ich stehe kurz davor. Eigentlich haben wir nichts – nur das Band.«

»Hey Mann, apropos Band, kann ich es jetzt endlich sehen«, mault Mitch, der ein wenig beleidigt ist, dass Julian eher enttäuscht auf seinen Bericht reagiert.

»Glaub bloß nicht, du erfährst jetzt die ganze Wahrheit über die NSU, mittlerweile gibt es da eher viele Wahrheiten. Aber das Band ist heftig genug.« Julian nimmt den Laptop auf die Knie, prüft noch mal die Umgebung und startet dann die DVD.

Mitch sieht zunächst die bekannten Bilder. Dann aber läuft das Band weiter. Plötzlich öffnet sich die Tür des Campers, eine dunkle Gestalt betritt den Wagen, dann ist eine zweite Gestalt in der Tür. »Scheiße«, stöhnt Mitch, »das ist Maik Milber, der tote Skin aus Bergroda und, fuck, das glaub ich nicht, das ist Fred Wagner!« Milber und Wagner tragen Headsets, also Knopf im Ohr und kleines Mikro vor dem Mund, sie sind eindeutig mit außen verbunden. Milber schnappt sich die Pumpgun, der erste NSU-Mann geht zu Boden, fällt auf den

Rücken, tot. Bevor der zweite NSU-Mann reagieren kann, erwischt ihn Fred Wagner mit einem Handkantenschlag gegen den Adamsapfel.

Die beiden legen den geschockten NSU-Mann auf den Boden, laden die Pumpgun durch, erschießen ihn und feuern dann in die Küchenzeile des Campers. Milber drückt dem Toten die Pumpgun in die Hand, er und Wagner sprechen hektisch in ihre Mikrophone, blicken aus dem hinteren Fenster des Campers und verlassen dann auf dessen rechter Seite in höchster Eile das Wohnmobil, aus dem jetzt Feuer lodert.

Mitch stöhnt, das Ganze ging blitzschnell und passt überhaupt nicht zu dem, was er über das Ende der NSU-Mörder wusste. »Du musst dir die Zeitabläufe klarmachen, dann werden die Bilder verständlich«, Julian Mahler hat das Band gut hundertmal gesehen und kann das Gesehene mittlerweile einordnen.

»Das war eine ungeheuer eng und frech geplante Nummer. Wenige Sekunden, nachdem Wagner und Milber den Camper betreten haben, fährt draußen der erste Streifenwagen vor. Die beiden Uniformierten hören die Schüsse, und genau das sollen sie auch. Die Beamten gehen sofort in Deckung. Verständlich, so was ist nicht gerade Alltag für Streifencops. Von ihrer Position aus können sie die rechte Seite des Campers nicht einsehen. Ich schwöre dir, es gab eine weitere Kamera da draußen, die die ganze Straße überwacht hat. Die Aufnahme allerdings dürfte längst im Reißwolf gelandet sein. Der Mann am Monitor lenkt Milber und Wagner über die Headsets auf die nicht bewachte Seite des Campers, die beiden können abhauen.«

Julian trinkt einen hastigen Schluck, Mitch schüttelt sich und protestiert: »Warum sollte Dickmann die NSU-Leute töten lassen?«

Julian hebt ungeduldig die Hand: »Weil er Angst hatte, dass sie lebendig gefasst werden könnten und dann vielleicht reden würden. Weil er Angst hatte, die Kontrolle zu verlieren. Sein Albtraum sind aussagewillige Nazis, die mit der Bundesanwaltschaft kooperieren könnten.«

Julian lächelt bitter. »Dickmann ist ein absoluter Kontrollfreak. Verdammt, hör zu, wie es weitergeht. Er hat den Leiter des Einsatzes irgendwie auf Linie gebracht. Der veranlasst jetzt alle die Sachen, die wie idiotische Fehler aussehen, die in Wirklichkeit aber sehr effiziente Maßnahmen einer professionellen Cover-up-Operation sind. Fakt ist, dass dabei fast alle Spuren verwischt werden. Er nimmt den Feuerwehrleuten, die zuerst den Camper betreten haben, die Fotos ab, und diese Bilder bleiben verschwunden. Er lässt den von Löschwasser völlig durchfluteten Camper an den Haken eines Abschleppwagens hängen und fährt damit durch die halbe Stadt, bis im Inneren des Wagens das totale Chaos herrscht. Viele Ungereimtheiten sind in dieser Variante plötzlich erklärbar, Böhnhardt und Mundlos hatten keinerlei Rußpartikel in der Lunge, warum auch, sie waren beide tot, bevor das Feuer ausbrach. Es wurden zwei Hülsen von Schrotpatronen neben der Leiche von Mundlos gefunden. Ein Toter kann aber nicht mehr durchladen, ein lebendiger Maik Milber aber wohl.«

Während er sich selber reden hört, wird Julian so richtig klar, wie eiskalt durchdacht der Plan war: »Das war eine klassische Aufräum-Operation, Dickmann liebt so etwa. Er betont immer, wie wichtig es sei, der ermittelnden Polizei eine plausible Geschichte zu hinterlassen und alle Verbindungslinien zu den Hintermänner abzuschneiden.«

Mitch hält es nicht mehr auf seinem Platz, er tigert vor der Couch auf und ab. »Was ein Risiko, warum legt er die Leute nicht in Ruhe irgendwo im Wald um, warum unter den Augen der Polizei, was, wenn mehr Beamte gekommen wären?«

»Gute Frage, Mitch, kann ich dir beantworten. Wenn die Polizei rechtzeitig mit einem SEK vor Ort gewesen wäre, dann hätte man eben vier tote NSU-Männer gefunden, beide, Milber wie Wagner, sind vorbestrafte, notorische Neonazis, die hätten sich nicht ergeben, die hätten gekämpft und wären draufgegangen. Keine Spur zu Dickmann. Die Kamera, die diese Aufnahme gemacht hat, wurde nie in dem Camper gefunden.«

Mitch schnappt nach Luft, bestellt einen Scotch für sich, Mineralwasser für Julian. Er wartet, bis die Kellnerin wieder außer Hörweite ist, und dann sprudeln alle seine Zweifel aus ihm heraus. »Warum, was hat Dickmann mit dem NSU am Hut, warum beendet er die Mordserie zu diesem Zeitpunkt, ist Dickmann der eigentliche Kopf des NSU?«

»Ruhig, Mitch, und bitte leiser. Ich kann hier auch nur spekulieren, ich war in kaum eine dieser alten Operationen eingebunden. Wir machen in Köln hauptsächlich andere und vor allem ganz legale Sachen. Nein, Dickmann ist definitiv nicht der Erfinder und der Chef des NSU. Die haben schon ganz alleine und von selbst angefangen. Aber Dickmann ist verantwortlich für den völlig übertriebenen Kult um die V-Leute. Wir hatten viel zu viele, wir haben zu viel an alle möglichen Idioten bezahlt, und unter Dickmann wurde Quellenschutz heiliggesprochen. So hat nicht nur Dickmann gehandelt, so tickte damals der halbe Dienst, vor allem die Landesämter. Um den NSU gab es V-Leute, die geschützt werden mussten, Corelli, Tarif, um nur einige Decknamen zu nennen. Dann, glaube ich, hat Dickmann, der weit vor der Polizei wusste, wer da mordend durch Deutschland zieht, das einfach laufen lassen, er hat das als Testballon empfunden, falls es mal nötig sein sollte, Ausländer zu vergraulen, wie ich es einmal wortwörtlich von ihm gehört habe. Dickmann leidet unter Überfremdungsängsten, du müsstest ihn mal hören, wenn er über Merkel und die Flüchtlingspolitik schimpft. Dagegen ist Alexander Gauland ein Liberaler.«

Mitch nippt an seinem Scotch, schüttelt immer wieder den Kopf. »Hast du mitgekriegt, dass Maik Milber vor einigen Tagen mit einem hochprofessionellen Snipergewehr erschossen wurde, angeblich von ukrainischen Waffenhändlern.«

»Ja, kam mir merkwürdig vor. Vielleicht haben wir Dickmann tatsächlich aufgescheucht, und er hat wieder Mal mit Aufräumen begonnen. Verdammt, da fällt mir gerade ein, dass Dickmann sich neulich in einer unserer Außenstellen mit einem amerikanischen Special Forces Mann getroffen hat, zu dem würde so eine Waffe passen. Dann allerdings muss sich dein Freund Fred Wagner langsam Sorgen um seine Gesundheit machen, er ist einer der letzten Zeugen.«

Mitch schlägt sich mit der flachen Hand an die Stirn. »Stimmt, Mann. Ich werde ihn morgen anrufen, ihn warnen und vielleicht zu einer Aussage bewegen.«

Er holt zwei Weißwein, die beiden beginnen jetzt an ihrem Matchplan zu tüfteln. Mitch bekommt einen Tag, um Wagner zu bearbeiten. Julian, der die DVD erst mal bei sich behält, darf morgen nicht ins Bundesamt für Verfassungsschutz gehen, zu gefährlich. Mitch wird zwei Kollegen vom SPIEGEL und vom ZDF ansprechen, die werden das Band vorab mit den nötigen Erläuterungen zu sehen bekommen, in zwei bis drei Tagen dann in Berlin zu einer großen Pressekonferenz laden und zeitgleich das Band online stellen.

Julian schaut auf die Uhr, er will um 21:20 den letzten Flieger nach Köln kriegen, Sofia hat ihm auf die Mailbox gesprochen, sie werde ihn abholen, es gäbe spannende Neuigkeiten. Die beiden neuen Freunde klatschen sich ab, versprechen, vorsichtig zu sein. Kontakt nur über die Prepaidhandys. Julian ruft ein Taxi und startet nach Tegel.

Mitch freut sich auf den Weg durch den Tiergarten, sein Kopf brummt, er braucht dringend frische Luft. Er will in Mitte ein Hotel nehmen und bestimmt noch mal ins trois minutes schauen.

Auf dem Weg durch den jetzt unangenehm dämmrigen Park fühlt sich Mitch beobachtet. Hinter einer Hecke glaubt er zwei Gestalten auszumachen. Er beschleunigt seine Schritte, prompt werden auch die beiden Schatten schneller. Mitch bemerkt entsetzt, dass die beiden Figuren, bei gleichbleibendem Tempo, ihm den Weg zum Ausgang des Parks abschneiden werden. Mitch rennt los, die aufsteigende Panik macht ihn schneller. Mit einem für seine Verhältnisse sensationellen Sprint erreicht er unbeschadet den Ausgang. Die Verfolger bleiben zurück. Am Großen Stern herrscht glücklicherweise noch Betrieb, Leute winken Taxis herbei, ein Touristenbus fährt gerade ab.

Er schafft es ins Auto, startet, biegt auf den Kreisverkehr am Großen Stern ein. Mitch flucht, er hat jetzt kapiert, dass dies alles viel mehr als eine geile Story ist, hier geht es um Leben oder Tod. Er bemerkt einen fetten schwarzen SUV, der ihm folgt. Mitch gibt Vollgas, rast die Straße des 17. Juni runter, Richtung Brandenburger Tor. Er sieht im Rückspiegel den SUV näherkommen, der Wagen ist verdammt schnell. Er muss von dieser elenden Riesenstraße runter, irgendwohin, wo es viele Menschen und möglichst viel Polizei gibt. Während Mitch noch überlegt, ob er am Brandenburger Tor rechts zur US-Botschaft brettern soll oder lieber links Richtung Reichstag, trifft plötzlich ein harter Schlag die rechte Heckseite des Alfa Romeo, der Wagen schleudert nach links, beschreibt mit quietschenden Reifen einen Halbkreis. Mitch gibt sofort wieder Gas, fängt den Wagen, hält die Spur. Mitch rast jetzt den

17. Juni in Gegenrichtung wieder hoch. Er hat etwa 75 Meter Vorsprung vor dem SUV, die Mistkarre aber kommt näher und näher.

Mitch schreit: »Scheiße ich bin immer noch auf dieser Riesenrollbahn, wo sind hier Bullen, verdammt, die Typen machen mich flach.«

Plötzlich erkennt Mitch, etwa fünfzig Meter voraus, die Yitzak Rabinstraße. Mitch bremst im letzten Moment, reißt das Steuer hart nach rechts, schleudert mit quietschenden Reifen in die Kurve.

Durch die Bäume sieht er das hell erleuchtete Kanzleramt. Mitch grinst, bei Merkel gibt es Polizei, mehr als genug. »Danke, Yitzak Rabin«, murmelt er.

Auch der SUV hat die Kurve geschafft, ist jetzt wieder fast auf Tuchfühlung. Mitch rast über die Scheidemannstraße, rechts und links verhindern beleuchtete Poller ein Ausscheren auf die Wiese vor dem Reichstag. Das Kanzleramt fliegt auf ihn zu, jetzt zwingen Poller den Verkehr in eine Rechtskurve. Der SUV ist höchstens noch fünf Meter hinter dem Alfa. Plötzlich sieht Mitch links eine Lücke im Pollerwald, er reist das Lenkrad herum, der Wagen schleudert, touchiert einen Poller, dann kracht Mitch in den Zaun des Kanzleramtes. Er sieht verschwommen im Spiegel den SUV eine Vollbremsung machen, dann nach rechts abbiegen und verschwinden. Sekunden später flackert Blaulicht und Mitch starrt in die Mündungen einiger MPs. »Raus, du Idiot, Hände hoch, wir wollen deine Hände sehen.« Mitch grinst, mit einem fröhlichen »Leute, bin ich froh, euch zu sehen« steigt er mit erhobenen Händen aus dem ramponierten Spider und wird sofort festgenommen.

Julian Mahler ist in Tegel längst durch die Sicherheitskontrolle, er sitzt vor seinem Gate, wartet auf den Aufruf zum Boarding. Er hat vor wenigen Minuten mit Sofia telefoniert, die sehr geheimnisvoll tat, aber die Katze nicht aus dem Sack ließ. Wie immer hat Sofia Julians Stimmung schlagartig verbessert, heute Abend allerdings nur für kurze Zeit. Julian weiß, dass er und Mitch für Dickmann jetzt eine große Gefahr sind. Es geht längst um viel mehr als um Karrierechancen. Dickmann spielt mit harten Bandagen, Julian grübelt, ob er nicht Sofia von der Bedrohung erzählen muss. Gedankenverloren öffnet er seine Aktentasche, checkt die DVD, holt dann eine Kopie des Fotos aus dem Objekt 17 heraus. Er denkt über Maik Milbers Tod nach, hat plötzlich die Stimme von Fritz Haller im Ohr, dem Housekeeper von Objekt 17, der ihm von dem Treffen Dickmanns mit einem Amerikaner berichtete, der stark nach Special Forces aussah. »Schon komisch«, murmelt Julian vor sich hin, »Dickmann trifft einen Rambo und zwei Tage später wird Maik Milber mit einem Kunstschuss erledigt. Aber was hat dieses Kasernengelände damit zu tun, die Bilder haben sie sich ja wohl zusammen angeschaut.« Er starrt auf das Luftbild eines weitläufigen militärischen Komplexes, im Hintergrund ist eine stillgelegte Rollbahn zu erkennen, vorne eine Bundesstraße mit alten Gebäuden aus der Gründerzeit. Plötzlich schreckt er aus seinen Gedanken hoch, spürt eine Hand auf seiner Schulter.

»Mann, Julian, ist das lange her, hast dich kaum verändert, siehst fit aus.« Julian braucht zwei Sekunden, dann hat er Bert, einen Bekannten aus dem Jurastudium, erkannt. Bert starrt neugierig auf das Foto. »Bist du auch in der Immobilienbranche und interessierst dich auch für Berbenbach? Sag bloß, wir sind Konkurrenten!«

Julian hat keine Ahnung, wovon der Studienfreund da redet, der einfach weiterplappert: »Wir sollten gerade von der Gemeinde den Auftrag bekommen, ein Vermarktungskonzept für die alten denkmalgeschützten Gebäude aus der Kaiserzeit zu entwickeln, da kommt die hessische Landesregierung und knallt ein riesiges Flüchtlingslager mitten in die Immobilie. Ein Hammer, es ist schon schwer genug, Eigentumswohnungen in diesem Berbenbach zu verkaufen, aber wer zum Teufel kauft schon neben 1 000 Arabern samt Kindern. Kannst du vergessen, der Deal ist tot.«

Julian bemüht sich um eine höfliche Antwort, da rettet ihn die Ansage, dass der Flieger nach Köln zum Einsteigen bereit sei. Bert zuckt bedauernd die Schultern, drückt Julian eine protzige Visitenkarte in die Hand und drängt zum Gate, er hat ein Businessticket, darf schon in den Flieger.

In Julians Kopf dreht es sich. Dickmann studiert mit einem Special-Forces-Mann Bilder einer Kaserne, in der ein großes Flüchtlingslager steht. Warum? Er holt das Handy aus der Tasche, wählt Mitchs Nummer. Der Ruf geht ab, aber keine Antwort. »Verdammt, so ein Amateur«, flucht Julian. Dann muss er los, seine Reihe ist aufgerufen. Der Flieger ist komplett voll, Julian findet mühsam einen Platz für seine Tasche mit dem Laptop, lässt sich auf seinen Gangplatz fallen, schaltet seine beiden Handys in den Flugmodus und schließt die Augen, um etwas Ruhe zu finden.

Mitch wird zu diesem Zeitpunkt gerade aus seiner Zelle geholt, alle seine Angaben sind jetzt vom Computer bestätigt, sein Alkoholwert lag gerade noch im vertretbaren Rahmen. Man glaubt ihm, dass er kein Attentat auf die Kanzlerin geplant hatte, sogar seine Verfolgungsstory nimmt man ihm so halbwegs ab, die Videoüberwachung des Kanzleramts hat ein mit hoher Geschwindigkeit wegrasendes SUV erfasst. Leider waren die Nummernschilder mit Schlamm unkenntlich gemacht.

Zwei Stunden später wird Mitch entlassen. Er wird eine Rechnung über den beschädigten Zaun und den Abtransport eines schrottreifen Alfas bekommen, ferner eine Strafanzeige wegen Sachbeschädigung. Als er gerade gehen will, nimmt ihn ein Beamter zur Seite. »Hören Sie zu, guter Mann, die Kollegen glauben Ihnen die Fluchtstory nur bedingt, aber vielleicht haben Sie ja recht, immerhin haben wir hinten unter dem linken Kotflügel ihres Alfas einen ziemlich professionellen Peilsender gefunden. Jemand wusste genau Bescheid, wo immer Sie gerade waren.«

Mitch bekommt seine Papiere, seine zwei Handys und den sonstigen Besitz zurück. Er ruft ein Taxi, lässt sich ins Hotel Honigmond in der Tieckstraße fahren, hat Glück, kriegt ein Zimmer. Kaum ist er allein, schnappt er sich das Prepaidhandy, sieht einen verpassten Anruf von Julian, ruft zurück. Er flucht, keine Antwort, das verdammte Prepaid Teil hat natürlich auch keine Mailbox. Er schimpft, geht runter in die Bar, bestellt einen doppelten Laphroaig , schimpft weiter leise vor sich hin.

Julian schreckt hoch, als der Flieger in Köln aufsetzt, er ist voller Vorfreude auf Sofia. Welches Geheimnis will sie ihm bloß offenbaren? Er hätte auch einige Geheimnisse zu beichten, aber das lässt er lieber, er will einen friedlichen Abend mit seiner schönen Frau und keinen Krieg wegen Dickmann. Außerdem will er Sofia nicht unnötig ängstigen.

Wie gewohnt, stellt er noch im Flieger sein Handy auf normalen Betrieb, vergisst aber, das Prepaidhandy aus dem Flugmodus zu nehmen. Am Ausgang fliegt ihm Sofia um den Hals, küsst ihn zärtlich, aber als er nach ihrem Geheimnis fragen will, legt sie ihm ihren Finger auf die Lippen. Als sie in Sofias Auto sitzen, drückt sie ihre schlanken Hände auf seine Wangen, küsst ihn leidenschaftlich und lächelt dann strahlend.« Julian, ich bin schwanger, du wirst Vater.«

Julian spürt, wie sich die Welt um ihn dreht, er hat das Gefühl, auf einem großen Kettenkarussell zu sitzen. Immer schneller dreht sich alles, und immer mehr fällt von ihm ab, bei jeder Umdrehung verschwindet etwas aus seinen Gedanken, Berbenbach, das Foto, das Flüchtlingslager, das Prepaidhandy, Mitch, Dickmann, die Gefahr, alles fliegt weg. Was bleibt, sind Sofias große Augen, die ihn erwartungsvoll ansehen. Er küsst sie, flüstert: »Ich freue mich unendlich, ich liebe dich.«

16

Am nächsten Morgen, zu einer für ihn sehr ungewohnten Zeit, sitzt Mitch bereits im Taxi nach Tegel. Er hat einiges mit der Kfz-Versicherung zu regeln, muss mit seinem Anwalt über die zu erwartende Anzeige wegen mutwilliger Beschädigung des Kanzleramtes reden. Er muss seine Kontakte aktivieren, um die Pressekonferenz vorzubereiten. Der Plan ist klar: Eine große Pressekonferenz in Berlin gegen 11:00 vormittags, am Abend davor erste, noch vage Informationen in den Spätnachrichten, ARD oder ZDF, wer immer anspringt. Am Vormittag dann eine exklusive Geschichte bei SPIEGEL-online, kurz vor Anfang der Pressekonferenz. Wird eine Bombe werden, aber warum meldet sich Julian nicht? Er muss Julian warnen, ihm von dem gestrigen Angriff berichten. Dass ihr Treffen beobachtet wurde, dass Julian genauso gefährdet ist wie er selbst. Aber sein neuer Gefährte geht nicht ans Telefon. Langsam macht Mitch sich Sorgen. Mitch stöhnt, er hat immer noch wacklige Beine und verdammt schlecht geschlafen.

Dann muss er grinsen: »Wer kann von sich schon rühmen, von Angela Merkel gerettet worden zu sein?« Der Taxifahrer fragt nach dem Flugsteig: »Die Lufthansa nach Frankfurt, Gate 9 bitte.« Mitch steigt aus, schlendert am Check-in vorbei, er fliegt nur mit Handgepäck. Im Warteraum versucht er wieder und wieder Julian zu erreichen.

Keine Antwort.

Als Julian endlich aufwacht, ist Mitch bereits in der Luft. Julian räkelt sich im Bett, noch völlig verträumt und glücklich, sie hatten eine magische Nacht, haben den Nachwuchs und ihre Liebe gefeiert.

Heute hat Julian glücklicherweise frei.

Sofia ist schon weg – zur Arbeit. Auf dem Küchentisch liegt ein Zettel von ihr, zwei große, sich küssende Strichmännchen, daneben ein kleines mit dicken Windeln. Die Zeichnung umrandet mit Lippenstiftabdrücken ihres vollen Kussmundes. Der Text darunter beginnt mit einem Liebesschwur, wird dann allerdings schnell praktisch. Sofia will am Nachmittag ihre Eltern in Dortmund besuchen und bittet Mitch, ihren Wagen durch die Waschanlage zu fahren.

Julian ist plötzlich hellwach, er tickt erst jetzt, dass er den ganzen Abend nicht mit Mitch gesprochen hat. Er holt das Prepaidhandy und bemerkt zu seinem Entsetzen, dass es immer noch im Flugmodus ist.

Er flucht vor sich hin, als er liest: sieben verpasste Anrufe.

»Ich Idiot«, tobt Julian, »der arme Kerl muss sich die Finger blutig gewählt haben.« Sofort wählt er Mitchs Nummer, keine Antwort. Die sanfte, verträumte Stimmung der letzten Nacht ist verflogen, Julian wechselt in den Kampfmodus, merkt aber auch, wie die Furcht in ihm hochsteigt. Sieben verpasste Anrufe können nur bedeuten, dass bei Mitch etwas total schiefgelaufen ist.

Wieder wählt er die Nummer, wieder keine Antwort.

Julian wäscht sich in rasendem Tempo, er ist verunsichert, ängstlich und nervös. Verdammt, Dickmann ist nicht nur ein alter verbohrter Rechter, der ihm das Leben schwer macht, Dickmann ist ein Verbrecher. Vielleicht droht Julian etwas viel Schlimmeres als Ärger im Büro? Vielleicht ist auch Sofia in Gefahr? Die DVD und die Akten müssen weg, er muss seine Trümpfe besser schützen.

Er packt die DVD und die Akten in einen Umschlag, legt das Foto aus dem Objekt 17 dazu, nimmt Sofias Wagen, fährt zu seiner Bank, wo er ein Schließfach besitzt. Unterwegs wählt er immer wieder die Nummer von Mitch.

Julian deponiert den Umschlag mit der DVD, dem Foto und den Akten in seinem Schließfach, bittet einen Bankangestellten um einen Umschlag, adressiert diesen an die Filiale der englischen Bank, in der Sofia arbeitet, zu ihren Händen, persönlich, vertraulich. Er wirft den Schließfachschlüssel in den Umschlag, schreibt einen kurzen Zettel, erklärt, um was für einen Schlüssel es sich handelt, versichert Sofia seine ewige Liebe.

Er frankiert den Brief und wirft ihn ein. Er fühlt sich jetzt etwas besser, aber von Mitch hat er immer noch keine Antwort.

Dann startet er in Richtung Waschanlage. Für einen Moment erschrickt er, hat das Gefühl, eine schwarze Limousine verfolge ihn. Dann biegt der große Wagen ab.

Julian erreicht die Waschanlage, lenkt den Wagen in die Führungsschiene, stellt den Motor ab, legt den Leerlauf ein. Jetzt wird der Schaum auf der Frontscheibe des Wagens violett, ein Schriftband in einem weißen Kreis verkündet, dass soeben eine spezielle Polymer-Versiegelung erfolge.

Julian schließt die Augen, träumt vor sich hin. Der Wagen nähert sich der Trockenstation, an deren Ende die Autos frisch geföhnt, sauber und getrocknet durch ein selbsttätiges Rolltor nach draußen entlassen werden.

Julian hat nicht bemerkt, dass beim letzten Öffnen des Rolltors eine Gestalt in die Anlage gehuscht ist. Ein großer Mann in einem dunklen Anorak mit hochgezogener Kapuze beugt sich über einen wasserdichten Seesack. Er holt vorsichtig eine AK 47 Kalaschnikow heraus, stellt die Maschinenpistole auf Dauerfeuer. Geschmeidig springt er vor dem Trockengebläse mitten in die Waschstraße, macht zwei schnelle

Schritte auf Sofias Auto zu und eröffnet ohne Zögern das Feuer. Julian erlebt den eigenen Tod wie einen Traum. Er sieht das Mündungsfeuer, ohne zu verstehen, was es bedeutet.

Ein Dutzend Kugeln zerfetzen seinen Kopf und seine Brust, Julian ist sofort tot. Der Schütze muss warten, bis Julians Wagen die automatische Türöffnung auslöst. Er holt einen kleinen Plastikbeutel mit zwei Zigarettenkippen heraus und deponiert diese an einer trockenen Stelle. Jetzt öffnet sich langsam das Tor, der Killer marschiert los, als das Tor einen knappen Meter hochgefahren ist. Er bückt sich, verlässt in aller Ruhe die Waschstraße, legt draußen zwei weitere Kippen ab und verschwindet dann auf dem großen Parkplatz der Anlage. Der weiße Wagen mit völlig zerschossener Frontscheibe wird von dem automatischen Förderband der Waschanlage nach außen gedrückt, bleibt antriebslos in der Ausfahrt stehen, blockiert die Anlage, die automatisch abschaltet. Ein Mitarbeiter stürmt zur Ausfahrt, will gerade zu schimpfen beginnen, als er den toten Julian im Auto entdeckt. Ein krasses Bild, ein vor Sauberkeit glänzendes Auto, eine völlig zerschossene Frontscheibe, ein blutüberströmter, von zahlreichen Kugeln zerfetzter Fahrer. Der Waschstraßen-Mann schreit auf, alarmiert seinen Chef und die Polizei.

Mitch ist vor zehn Minuten auf dem Frankfurter Flughafen gelandet. Er schaltet den Flugmodus des Prepaidhandys aus, sieht im Display fünf verpasste Anrufe, ist einerseits beruhigt über das Lebenszeichen von Julian, andererseits genervt, weil Julian auf seinen erneuten Anrufversuch wieder nicht reagiert. Mitch schnappt sich ein Taxi, zahlt zähneknirschend die fälligen 45 Euro für eine Fahrt ins Nordend. Unterwegs drischt er unentwegt Julians Nummer in seine Tastatur.

Mitch merkt, dass er immer unruhiger wird. Er hat ganz intensiv das Gefühl, alles laufe total falsch.

Er spürt, dass etwas geschehen ist. Trotz düsterer Gedanken ist er froh, mal wieder in seiner Wohnung zu sein. Er fährt die Kaffeemaschine hoch, trinkt einen doppelten Espresso, will sich ablenken und wählt Fred Wagners Nummer in Friedenau. Keine Antwort. Er denkt über Wagner nach, ihn plötzlich als Killer in Dickmanns Auftrag zu sehen, hat Mitch total verblüfft. Eigentlich komisch, er hatte keinerlei Probleme, Wagner den Mord an Caren zuzutrauen, ihn aber als Killer im NSU-Camper zu sehen, geht ihm nur schwer runter.

Plötzlich klingelt sein Handy, Mitch freut sich schon, dass Julian sich meldet, aber es ist nicht das Prepaidhandy, das klingelt, sondern sein reguläres Telefon. Es ist Fred Wagner. Mitch staunt, der Mann ruft tatsächlich zurück. Wagner klingt wie auf Speed, er legt sofort los. »Hör zu, Mann, ich will nur eine Sache klarstellen, also pass auf, ich sag es nur einmal. Mir hat ein Vögelchen gesungen, dass du in Koh Samui warst, in Carens Hotel. Eigentlich ist es mir scheißegal, was du denkst, aber hör zu: Ich habe Caren nicht getötet. Ich war da, da hat sie noch gelebt, sie sah aber so aus, als wolle sie sich töten. Ende der Durchsage.«

»Wagner, hör zu, das weiß ich alles. Du hast ihr zwar das Leben zur Hölle gemacht, aber durch dein Auftauchen hast du ihr Leben um genau einen Tag verlängert. Wenn du zu ihr gegangen wärst, hätte sie vielleicht weiterleben wollen. Aber es war ihre eigene Entscheidung. Ihr Leben, ihr Tod.«

Mitch hört Wagner erstaunt aufatmen, er hatte wahrscheinlich mit Flüchen und Beschimpfungen gerechnet. Dann wagt Mitch einen Versuch. »Weißt du eigentlich, wer deinen Freund Maik auf dem Gewissen hat? Sollte dich verdammt beunruhigen. Wer Maik weghaben will, der hat auch dich im Visier. Du solltest langsam daran denken, deinen Arsch zu retten. Falls du einen Schlussstrich ziehen willst, könnte ich dir helfen, mich interessiert dein Auftraggeber. Warum willst du für einen durchgeknallten Verfassungsschützer sterben?«

Mitch hört Fred Wagner höhnisch lachen: »Hör zu, du Freund aller ach so unterdrückten Araber, du hast nicht die geringste Ahnung, was hier gerade wirklich läuft. Merk dir eins, ich werde nie, weder für dich noch für die Bullen, den Kronzeugen machen. Kapiert?« Mitch sieht förmlich, wie Wagner das Telefon in die Ecke knallt.

»Das wird nichts mit Wagner«, sagt Mitch zu sich selbst, »andererseits, er hat angerufen. Es war ihm wichtig, klarzumachen, dass er Caren nicht auf dem Gewissen hat. Merkwürdige Mörderehre. Ich muss ihn noch mal anrufen, wir brauchen seine Aussage.« Dann stutzt er: Warum hat Wagner ihn einen Araberfreund genannt? Bisher war er eine rote Socke oder eine linke Sau oder ein dummer Wessi, woher kamen plötzlich die Araber?

Beschäftigt sich Wagner mit Flüchtlingen?

Wieder wählt er Julians Nummer, lässt es lange klingeln. Und diesmal, nach sechs-, siebenmal Läuten wird das Gespräch plötzlich angenommen. »Ja, hallo, wer ist da bitte?«

Mitch erstarrt, er hört eine ihm völlig unbekannte Stimme. Er nimmt all seinen Mut zusammen und antwortet: »Wer zum Teufel sind Sie, ich möchte Julian Mahler sprechen, sofort.«

»Wer sind Sie, nennen Sie bitte ihren Namen.«

Mitch ist perplex: »Was ist mit Julian, ich möchte sofort mit Julian Mahler sprechen, wo ist er?«

»Hier spricht die Kölner Polizei, Mordkommission, zum letzten Mal, wer sind Sie?«

Mitch würgt es, er hat das Gefühl, eine stählerne Hand quetscht seinen Brustkorb zusammen, er legt auf, Tränen schießen ihm in die Augen. »Der Typ hat Mordkommission gesagt, Julian muss etwas passiert sein, die Polizei hat sein Handy, verdammt.« Mitch hat Julian nur einen Tag gekannt, aber er hat das Gefühl, einen guten Freund verloren zu haben. Mitch schluchzt, aber er muss wissen, was passiert ist. Wieder wählt er Julians Nummer.

»Kommissar Heyen hier, Mordkommission Köln, bitte nennen Sie Ihren Namen, wer sind Sie?«

Mitch flüstert mit tonloser Stimme: »Was ist mit Julian Mahler, ich will Julian sprechen.«

»In welcher Beziehung stehen Sie zu Herrn Mahler?«

Mitch atmet tief, fühlt sich unfähig, irgendetwas zu sagen. Darf er dem Beamten trauen? Oder steht ein Leutnant von Werner Dickmann neben dem Polizisten und führt Regie? Plötzlich hört Mitch im Hintergrund Stimmen, jemand redet von Spurensicherung, ein anderer von Abtransport. Mitch versteht plötzlich die ganze verdammte Wahrheit: Julian wurde ermordet, sein einziger Mitkämpfer ist tot. Mitch merkt, dass der Mann von der Mordkommission immer noch am Telefon ist. »Julian ist tot, nicht wahr?«

»Ich darf erst mit Ihnen sprechen, wenn ich weiß, wer Sie sind.«

»Er ist ermordet worden, der verdammte Verfassungsschutz hat ihn umgelegt. Fragen Sie nach Werner Dickmann, Herr Kommissar, das ist sein Mörder.« Mitch hat in das Handy geschrien, jetzt wirft er es mit aller Kraft an die Wand. Er heult los, wild, unkontrolliert. Das ist zu viel, gestern die Jagd auf ihn, heute Julians Tod. Mitch fühlt sich allein, gottverlassen allein. Gestern Abend hatte er einen Freund und einen Plan gehabt, jetzt hat er nichts mehr.

Etwa eine halbe Stunde später betreten zwei Beamte, ein Mann und eine Frau, die Niederlassung der britischen Barclays Bank in Köln. Sie weisen sich als Polizisten aus, fragen nach Sofia Mahler. Die Dame am Empfang bittet sie einen Moment Platz zu nehmen, spricht leise in ihr Telefon. Wenige Minuten später erschein Sofia Mahler, die in ihrem schwarzen Businesskostüm blendend, aber ein wenig müde aussieht. Die Polizisten stehen auf: »Frau Mahler, mein Name ist Heyen, Kripo Köln, das ist meine Kollegin Weimann, können wir uns irgendwo ungestört unterhalten?«

Sofia ist beunruhigt, bittet die Beamten ihr zu folgen. Sie betreten Sofias kleines, aber schmuckes Büro. Auf dem Schreibtisch zwei Monitore mit Börsenkursen, ein Blumengesteck und ein echtes Starporträt von Julian, ein schwarz-weiß Foto, mit kurzer Hose und verträumten Blick, im Hintergrund ein südfranzösischer Hafen.

»Frau Mahler, Sie müssen jetzt sehr stark sein, es tut mir unendlich leid, aber ich muss Ihnen mitteilen, dass Ihr Mann«, unwillkürlich blickt der Kommissar Julians Foto an, »Ihr Mann heute Morgen umgekommen ist, mein aufrichtiges Beileid.«

Sofia starrt den Polizisten an, schlägt eine Hand vor den Mund, Tränen schießen in ihre Augen, dann schüttelt sie den Kopf. »Nein, das ist völlig unmöglich, Julian ist wahrscheinlich noch zu Hause im Bett, er hat frei heute, Sie müssen sich irren. Nein, das ist nicht wahr, ich bin schwanger, das kann nicht wahr sein, das muss eine Verwechslung sein.« Sofia dreht sich um die eigene Achse, »Ich muss nach Hause, muss ihn suchen, da wird er sein. Lassen sie mich, ich muss nach Hause.«

»Gut Frau Mahler, wir begleiten Sie gerne, wir fahren Sie, bitte beruhigen Sie sich.«

Nach einer kurzen Fahrt in einem zivilen Polizeifahrzeug erreichen sie das Haus, das Sofia heute Morgen noch beschwingt und voller Glück verlassen hatte. Sie sieht sofort, dass etwas nicht stimmt, die Eingangstür ist aufgebrochen, steht halb offen. »Bleiben Sie zurück, Frau Mahler«, der Kommissar und seine Kollegin haben beide ihre Dienstwaffen gezogen, öffnen jetzt die Wohnungstür ganz. Sie sichern den Flur, tasten sich vor zu den anderen Räumen. Wohn- und Arbeitszimmer bieten ein Bild der Verwüstung, Schubladen rausgerissen, ihr Inhalt auf dem Boden verstreut. Aktenordner geöffnet und gefleddert. Sofia betritt ihre Wohnung, als wäre sie zum ersten Mal hier. Sie bewegt sich wie in Trance. Anders als die Beamten geht sie zunächst ins Schlafzimmer, sieht das noch zerwühlte Bett, die Kissen riechen nach Julian. Ihr wird schwindelig, sie weint, als sie sich aufs Bett fallen lässt.

Die Beamten sind jetzt bei ihr. »Wo ist Julian, was ist geschehen, reden Sie endlich.«

»Frau Mahler, Ihr Mann wurde ermordet, er wurde in Ihrem Wagen in einer Autowaschanlage erschossen.«

Beim Wort Autowaschanlage verliert Sofia die Fassung, sie schluchzt, bricht in Tränen aus. »Meine Schuld«, keucht sie, »das ist alles meine Schuld, das verdammte Auto.«

Die beiden Beamten sind jetzt ganz Ohr: »Was meinen Sie mit Ihre Schuld, Frau Mahler.«

»Ich habe ihn da hingeschickt, ich habe ihn gebeten, mein Auto waschen zu lassen.«Sie zeigt auf ihren Zettel, der in all dem Chaos immer noch auf dem Küchentisch liegt.

»Können Sie auf den ersten Blick erkennen, ob hier etwas fehlt, wurde etwas gestohlen?«

Sofia schaut kurz um sich. »Nein, scheint alles da zu sein, wir haben hier keine Kostbarkeiten. Die Bang und Olufsen Anlage ist da, mein Schmuck ist hier, das größte Chaos scheint bei Julians Unterlagen zu sein.« Sofias Blick verhärtet sich, sie ballt ihre Fäuste: »Herr Kommissar, mein Mann war beim Verfassungsschutz, beim Bundesamt hier in Köln. Er hatte böse Konflikte mit seinem Chef, mit Werner Dickmann.«

Die beiden Polizisten sehen sich an, das ist bereits das zweite Mal, dass dieser Name fällt. »Meinen Sie den Werner Dickmann, einen Hauptabteilungsleiter?«

»Ja, genau den. Wo ist Julian, darf ich ihn sehen.«

»Ja, aber jetzt noch nicht, er ist in der Gerichtsmedizin, wir werden Sie hinbringen, wenn es soweit ist.« Die Kommissarin Weimann verlässt das Zimmer, ruft in der Gerichtsmedizin an, hinterlässt ihre Handynummer, bittet darum, Julians Leiche vor der Identifizierung durch seine Frau unbedingt etwas zu schönen, der Anblick wäre sonst für Sofia unerträglich.

Mitch sitzt in seiner Frankfurter Wohnung, unfähig, einen klaren Gedanken zu fassen. Zwei Gedanken kreisen ständig in seinem Kopf: Wagner kann es nicht gewesen sein, zu dem Zeitpunkt hat er mit ihm telefoniert. Das Band ist verloren, Julian hat es mitgenommen, Mitch hat keine Ahnung, ob der Mörder die DVD hat oder ob sie noch irgendwo in Julians Wohnung liegt.

Er beschließt, einen Tag zu warten, dann will er Julians Frau anrufen. Er hat nichts in der Hand, er ist zurück auf null. Eine Pressekonferenz in Berlin, vergiss es, womit soll er die bestreiten, etwa mit dem halben Band, das nur belegt, dass irgendjemand die NSU-Leute überwacht hat?

Im Hintergrund läuft sein Fernseher, n-tv.

Plötzlich sieht Mitch das ihm wohlbekannte Gebäude des Bundesamtes für Verfassungsschutz. Auf dem roten Laufband unten liest er: Spektakulärer Mordanschlag auf Verfassungsschützer. Mitch macht den Ton lauter. In wenigen Minuten wird ein Sprecher des Bundesamtes eine Erklärung zum Mord an Julian abgeben. Mitch sieht, wie ein Allerweltsgesicht an das Mikrofon tritt, die anwesenden Kollegen begrüßt.

»Meine Damen und Herren, im Namen des Präsidenten des Bundesamtes für Verfassungsschutz muss ich ihnen leider mitteilen, dass heute Vormittag ein Mitarbeiter unserer Behörde, Regierungsrat Julian Mahler, Opfer eines heimtückischen Mordes wurde. Herr Mahler leitete unsere hausinternen Ermittlungen zum Tode des Rechtsextremisten Maik Milber, der wahrscheinlich von ukrainischen Waffenhändlern erschossen wurde. Wegen enger Verbindungen zu deutschen rechten Kreisen war auch unser Haus in die Ermittlungen eingeschaltet. Die Polizei hat heute am Tatort in Köln Spuren gesichert, die auch in diesem Fall auf eine ukrainische Verbindung hindeuten. Alle Fragen zur Tat und zum Stand der Ermittlungen richten Sie bitte ausschließlich an die zuständige Kölner Kriminalpolizei. Unser Amt trauert um einen verdienten und beliebten Mitarbeiter, unsere Gedanken sind bei seiner Frau und seiner Familie. Besten Dank. Bitte keine Fragen.«

Mitch springt auf, brüllt hilflos seinen Zorn heraus. »Ukrainer, ihr Arschlöcher! Julian hätte mir erzählt, wenn er in die Milber-Ermittlungen eingeschaltet gewesen wäre. Das war Dickmanns Version der Ereignisse, der Sack killt Julian und lässt dann im Fernsehen seinen Mist verlesen. Wahnsinn. Wenn mir nichts Weltbewegendes einfällt, kommt der Mann damit durch.«

Mitch holt seine Flasche Laphroig aus der Bar, gießt sich zwei Fingerbreit ein, schaut hoch in den sonnigen Himmel über Frankfurt und trinkt auf Julian. Mitch ist so verzweifelt wie lange nicht mehr, er spürt die Tränen kommen und schämt sich nicht.

Langsam wird es zur Gewohnheit, sich von toten Freunden verabschieden zu müssen.

17

Im Süden von Köln, im Stadtteil Zollstock, liegt versteckt auf dem Gelände der Konrad-Adenauer-Kaserne die Zentrale des Militärischen Abschirmdienstes. Hier residiert Generalmajor Peter Neubert, Abteilungsleiter, beim MAD zuständig für Extremismus/Terrorismus/Spionageabwehr.

Abgesehen von seiner offiziellen Tätigkeit ist Generalmajor Neubert der engste Vertraute von Werner Dickmann. Als im Zuge der NSU-Affäre auch der MAD unter Druck geriet – der Dienst hatte immerhin mal versucht, Uwe Mundlos als V-Mann zu gewinnen –, hatte Neubert die enge Zusammenarbeit mit Werner Dickmann schätzen gelernt. Er hielt Dickmann nicht nur für einen Patrioten, sondern vor allem für einen Profi, der sich von keinem neugierigen Politiker und schon gar nicht von Journalisten die Butter vom Brot nehmen ließ.

Auch gegen den MAD wurden im Zusammenhang mit der Operation Rennsteig heftige Vorwürfe erhoben, die Dienste sollen sich fast ein Dutzend V-Leute aus dem Umfeld des Thüringer Heimatschutzes geteilt haben, die de facto mit ihrem Spitzellohn die Organisation erst richtig groß gemacht hatten.

In dieser Zeit hatte Dickmann seinem Vertrauten Neubert geholfen, Neubert schuldete Dickmann mehr als einen Gefallen.

Der stets drahtige Neubert absolviert sein morgendliches Jogging, aber heute können auch die drei Kilometer am Rhein seine Stimmung nicht verbessern. Neubert macht sich Sorgen, auch er hat in den Nachrichten der letzten Tage ständig vom

Tod des Dickmann-Mitarbeiters Mahler gehört. In einem Telefonat mit ihm gab sich Dickmann wortkarg, versicherte aber, er habe alles unter Kontrolle. Trotzdem haben die Schlagzeilen über das Bundesamt für Verfassungsschutz Neubert verunsichert.

Er ist tief verstrickt in den geplanten Anschlag, er hat geholfen, die Planung abgenickt, allem zugestimmt. Jetzt aber quälen ihn Zweifel. Sein Telefon klingelt, die Sekretärin meldet einen Anruf des BND-Hauptabteilungsleiters Kratscher. Neubert bittet um Verbindung zu einer sicheren Leitung.

»Hallo, dass ich das noch erleben darf, der Kollege Kratscher meldet sich aus Berlin? Hast du den Umzug überlebt, habt ihr schon eine Wohnung gefunden?«

In Geheimdienstkreisen wusste jeder, dass Kratscher es hasste, nach Berlin versetzt worden zu sein. Gemeinsam mit seiner Frau hatte er sich in Pullach ein heimeliges Bauernhaus ausgebaut, jetzt musste er zwei Jahre vor der Pensionierung in den riesigen BND-Neubau an der verkehrsumtosten Müllerstraße mitten im verhassten Berlin.

»Mein lieber Generalmajor, bitte keine Witze über mein schweres Schicksal in Berlin. Wir müssen ernsthaft reden. Mir haben ein paar vertrauenswürdige Herren aus Langley berichtet, zurzeit arbeite ein etwas aus dem Ruder gelaufener Navy Seal freiberuflich in Deutschland. Ferner wurde mir berichtet, dass ein gut aussehender deutscher Generalmajor die Reise dieses talentierten Herren geplant und bezahlt habe. Kann es sein, dass du dieser gut aussehende General bist, kann es weiter sein, dass der Aufenthalt dieses Mannes etwas mit Dickmann und seinen ominösen Ankündigungen zu tun hat?«

Neubert stöhnt, er wittert Probleme. »Gunther, mach langsam. Ich hoffe, diese Gerüchte unserer CIA-Freunde haben deine Ohren erreicht, aber nicht die Akten deines Dienstes? Diskretion ist überlebenswichtig. Übrigens, von wegen ominöser Ankündigungen, ich erinnere mich an ein Treffen auf Schloss Meseberg, bei dem auch deine Wenigkeit anwesend war. Da wurde Dickmanns Vorgehen per Akklamation gebilligt. Warum jetzt kalte Füße kriegen?«

»Verdammt, Peter«, Neubert kann den übergewichtigen Kratscher schnaufen hören, »verdammt, es geht hier nicht um kalte Füße, es geht schlicht darum, dass sich seit dem Treffen damals die Geschäftsgrundlage geändert hat. Die Balkanroute ist zu, es sind weniger Flüchtlinge, weshalb jetzt noch mit so einer Hammer-Operation um die Ecke kommen?«

Neubert merkt, wie er ungeduldig wird, er hat absolut keine Lust, jetzt mit Kratscher eine Grundsatzdebatte zu führen. Andererseits muss er den BND-Mann davon abhalten, die CIA-Hinweise in den täglichen Lagebericht für das Kanzleramt einfließen zu lassen. Er hat die Kontakte des Dicken unterschätzt, er muss ihn jetzt wieder einfangen.

»Gunther, enttäusche mich nicht. Ich kenne dich als weit vorausblickenden Mann. Was erleben wir gerade? Die Flüchtlingskrise macht eine Pause, mehr nicht. Du weißt so gut wie ich, dass ein Hauptteil der aus der Türkei auszufliegenden Syrer nach Deutschland kommen wird. Was passiert, wenn Erdogan den ganzen Deal noch platzen lässt? Du weißt auch, welche Welle sich da gerade in Libyen aufbaut. Da sammeln sich Zehntausende aus der Sahelzone, all die Goldkettchen tragenden Jungs aus Mali, Burkina Faso, Nigeria und Guinea warten nur darauf, deine Töchter kennenzulernen. Was wird noch alles kommen? Du weißt besser als ich, dass Ägypten mit seinen über 80 Millionen Einwohnern immer wackeliger wird, auch von dort werden bald unzählige Enttäuschte weg wollen. Und für die liegt Libyen um die Ecke. Noch ist die Überfahrt riskant, aber, ich verspreche dir, im Sommer beginnt die Hochsaison. Alle werden wieder jammern über die Toten vor Lampedusa, der Papst wird kommen, und wir werden sie wieder alle aus dem Wasser holen, obwohl keiner sie haben will. Und alle werden wieder sagen, Asyl, Asyl, wir wollen nach Deutschland. Niemals wird die NATO einen Militäreinsatz in Libyen starten, um dort die Küste dicht zu machen. Erzähl mir nicht, die Flüchtlingskrise sei vorbei. Ein Kapitel ist vorbei, das nächste öffnet sich gerade. Dickmann will den Leuten ein für alle Mal die Lust auf Deutschland nehmen. Damit hat er recht, ich unterstütze ihn. Dich bitte ich, wenigstens neutral zu sein. Das, mein Freund, heißt, keine Gerüchte über einen freilaufenden Navy Seal aktenkundig machen, auf keinen Fall an den Koordinator des Kanzleramtes weiterreichen. Können wir uns da auf dich verlassen?«

Wieder schnauft Kratscher tief, ringt hörbar nach Luft. »Peter, okay, deine Lageanalyse trifft, aber was soll der Mist da in Köln, der Tote aus Dickmanns Abteilung, ist doch dumm so was.«

Neubert grinst, er spürt, dass er Kratscher einfangen wird. »Gunther, da ist was schiefgelaufen, aber es wurde rechtzeitig gehandelt, da kommt nichts mehr. In ein paar Tagen wird die Polizei in Köln einen Erfolg vermelden können. Sie werden einen per Gentest überführten Ukrainer präsentieren. Leider ist der Mann tot, bei Mariupol verbrannt. Alles wird gut.«

»Okay, Peter, dann werden wir mal dem Kanzleramt die neuesten Gerüchte aus Langley ersparen, gibt halt sehr viele Schwätzer da drüben. Einen schönen Tag noch.«

Neubert legt erleichtert auf, geschafft. Der Dicke wird den Mund halten, bis auf Weiteres jedenfalls. Neubert greift zum Telefon, bittet um eine Verbindung zu Werner Dickmann.

Fred Wagner sitzt im ICE nach Frankfurt, starrt immer wieder auf die Nachricht auf seinem Handy: Count Down. Die Message ist von Marc Taylor: das vereinbarte Zeichen für den Beginn der großen Operation.

Noch hat Fred Wagner eine Stunde Fahrt bis zum Frankfurter Hauptbahnhof. Ihm klingt immer noch der Satz von Mitch in den Ohren: »Weißt du eigentlich, wer deinen Freund Maik auf dem Gewissen hat. Sollte dich verdammt beunruhigen. Wer Maik weghaben wollte, der hat wahrscheinlich auch dich im Visier.«

Wagner hat tausendmal hin und her gegrübelt, Sinn ergibt nur eine Variante: Dickmann hat Maik töten lassen. Dann aber hat Mitch recht, dann ist auch er in Gefahr. Aber das, was Mitch ihm anbietet – die Judasrolle, alles auszupacken –, würde das Ende seines bisherigen Lebens bedeuten. Zeugenschutzprogramm, falsche Papiere, falscher Name, wahrscheinlich irgendwo in Schottland oder Idaho. Fred hat keinen Bock auf ein einsames Leben im Untergrund, er braucht den Geruch von Heimat und frisch gezapftem Bier. Sein Leben ist zwar am Arsch, aber es ist sein Leben.

In Frankfurt holt Marc Taylor ihn am Bahnhof ab. Der Amerikaner mustert Fred: »Hi, mein Nazifreund, hoffe, du hast deine Hausaufgaben gemacht. Hast du deine Waffe, hast du einen Schlafsack?« Fred bejaht beide Fragen und Marc startet den Land Rover. Die Fahrt geht zu einem Self Storage auf der Mainzer Landstraße, nur wenige Hundert Meter vom Bahnhof entfernt. Marc hat an alles gedacht: Er hat eine Box angemietet, an die man bis auf wenige Meter mit dem Auto heranfahren kann.

Marc öffnet die Box, der Land Rover steht mit geöffneter Heckklappe in etwa fünf Metern Entfernung.

Marc grinst leicht spöttisch. »Schon mal mit Sprengstoff hantiert?« Fred Wagner schüttelt den Kopf. »Dann hab ich was für dich, schau mal in die Kiste dahinten, aber bitte vorsichtig mit dem Baby.« Fred grinst unsicher, öffnet zögernd einen größeren Karton, starrt auf mehrere Pakete einer gelblichen Masse, die wie Knete aussieht und in Plastikfolie verschweißt ist. EXPLOSIVE PLASTIC liest er auf dem Aufkleber, SEMTEX H.

Fred beginnt leicht zu schwitzen, er blickt gerade auf eine der berüchtigtsten Substanzen überhaupt. »Damit haben die verdammten Libyer den PAN AM-Flieger runtergeholt, damals über Lockerbie. Kannst du kneten, kannst du verformen, wie immer du es brauchst. Wir werden es direkt unter die Decke kleben. Um es hochzujagen, brauchst du einen Initialsprengstoff, den haben wir hier, bestes HMTD.« Marc zeigt stolz einige Sprengkapseln.

«Was zum Teufel ist HMTD?«, fragt Fred, der immer noch ein wenig weiß um die Nase ist.

»Willst du nicht wirklich wissen, mein Nazifreund. Es sei denn, du hattest eine Eins in Chemie. Fängt mit Hexa an, dann folgen 24 weitere Buchstaben.«

Fred fragt nicht weiter nach. Er und Marc verladen das Semtex jetzt wie rohe Eier, gut 35 Kilo haben sie von dem Zeug. Sie verpacken eine Zündanlage, elektrische Sprengzünder, diverses Werkzeug, Wasser, Essen, Schlafsäcke, Verbandszeug.

Dann fahren zu einem Motel in Autobahnnähe, am Abend werden sie nach Berbenbach starten.

Mitch sitzt immer noch in seiner Frankfurter Wohnung und brütet. Er hat sich die Festnetznummer der Mahlers in Köln besorgt, aber Sofia geht nicht dran. »Da ruft wahrscheinlich gerade die halbe Journaille an, bildhübsche Witwe trauert um tapferen Verfassungsschützer, schöne Story. Ist klar, dass die Lady nicht ans Telefon geht, wahrscheinlich hat sie die Wohnung verlassen, schläft bei einer Freundin«, flucht Mitch. Er hat Sofias Arbeitgeber recherchiert, aber die Vermittlung der Bank weigert sich, Nachrichten für Frau Mahler entgegenzunehmen.

Mitch ist ratlos. Er überlegt, die DVD, die er besitzt, auf den Markt zu werfen. Der SPIEGEL und die Politik-Magazine von ARD und ZDF würden da einsteigen. Mit Kusshand. Aber was bringt das? Bewiesen wäre nur, dass jemand den NSU überwacht hat. Mehr nicht. Er könnte die DVD zu cash machen, kein Problem, aber er würde damit weder Dickmann treffen noch Julian rächen.

Sein Problem: Er weiß viel mehr, als er beweisen kann. Mitchs einzige Chance ist Wagner. Vielleicht ändert der seine Meinung. Er beschließt, die Zeit zu nutzen, um die Reportage mit den Marwans voranzutreiben. Er telefoniert mit Jan, sie beschließen, noch heute am späteren Nachmittag nach Friedenau zu fahren, morgen früh wird ein Kleinbus die Marwans nach Berbenbach bringen. Da wollen sie dabei sein.

Als Mitch mit seinem Team Richtung Friedenau startet, verlassen auch Marc Taylor und Fred Wagner das Motel.

Sie halten noch mal, kaufen Obst, Nüsse und Schokolade, auf sie wartet eine Nacht in dem kalten Gewölbe. Bei Einbruch der Dämmerung erreichen sie Berbenbach. Im Kasernengelände kein Licht, alles liegt im Dunklen. Der Flüchtlingstrakt ist von der Straße aus durch die leerstehenden Gebäude verdeckt. Sie biegen links von der Bundesstraße ab, fahren unbeobachtet hinten in die alte, jetzt schon vertraut wirkende Lkw-Halle hinein. Marc pfeift durch die Zähne. »Ab jetzt tragen wir Lederhandschuhe, hier dein Paar. Die ziehst du noch nicht mal zum Pissen aus.«

Sie beginnen mit dem Ausladen des Wagens, das gesamte Equipment muss durch die engen Rohre unter der Straße durch. Danach folgt der Gebäudewechsel, der Einstieg in den unterirdischen Gang zum alten Flughafen, gut 350 Meter, mit dem ganzen Zeug auf dem Rücken – kein leichter Job. Fred schwitzt wie ein Schwein. Er flucht, Marc grinst: »Denk an deinen Opa in Stalingrad, wenigstens erfrierst du nicht. Sei stolz, mein kleiner Nazifreund, dieser Gang wurde von Reichsmarschall Göring für die deutsche Luftwaffe in Auftrag gegeben. Ist also ein Heimspiel für dich.«

Fred verdreht die Augen, er hat absolut keinen Sinn für dumme Witze. Marc hat ihm zwar versichert, Semtex könne durch Erschütterungen nicht zur Explosion gebracht werden, aber er glaubt dem verrückten Ami kein Wort. Das einzige, was ihn etwas beruhigt: Auch Marc schleppt gut 15 Kilo Semtex, dazu die Sprengkapseln.

Fred ist heilfroh, als sie endlich den Übergang in das Gewölbe unter der Kantine erreicht haben. Sie laden ab, um eine halbe Stunde zu rasten, dann kommt die zweite und letzte Tour. Sie werden die Nacht in dem Gewölbe verbringen, am nächsten Morgen dann werden sie die beiden Hauptsprengsätze anbringen und verkabeln, den Weg zu der vorgesehenen Stelle für die erste Bombe beobachten. Die kleine Bombe an der Hauswand soll drahtlos gezündet werden, sie müssen also einmal ungesehen aus dem Schacht raus, die Bombe deponieren und wieder rein.

Für Fred wird die ganze Aktion langsam auf eine beklemmende Art wirklich. In weniger als 24 Stunden werden hier 35 Kilo Semtex eine Menge Menschen in den Tod reißen. Marc wiederholt wieder und wieder die Abläufe.

»Die beiden starken Ladungen sind hier fest angebracht und verkabelt. Die Zeitzünder sind eingestellt, das hat ein Profi für mich gemacht. Du erkundest, ob draußen die Luft rein ist. Ich gehe raus, platziere die Bombe an der Hütte, maximal ein Kilo, ich renne zurück, zünde das Ding drahtlos. Sobald du die Detonation hörst, drehst du erst diesen Schlüssel nach rechts, dann diesen nach links.« Marc deutet auf den elektrischen Zünder, der über zwei Schlüssel zur separaten Zündung verfügt. »Dann laufen die Uhren. Ladung eins zündet in viereinhalb Minuten, Ladung zwei in genau fünf Minuten. Wir treffen uns hier im Gewölbe, nehmen alles mit, was irgendwelche Rückschlüsse auf uns geben könnte, und sprinten dann durch diesen verdammten Gang. Ich habe keine Ahnung, was 35 Kilo Semtex mit diesem Luftwaffentunnel machen werden. Auf jeden Fall wäre ich gerne im Building 4507, wenn hier der Laden in die Luft fliegt.«

»Und was machen wir, wenn das Ding nicht hochgeht?«

»Gute Frage, my boy. Wenn die erste Bombe nicht hochgeht, bleiben wir hier und versuchen das Ganze am nächsten Tag noch mal. Wenn die erste explodiert, die Hauptbombe aber nicht, dann sind wir gottverdammte Looser und flüchten wie die Hasen. Dickmann wird mir einen fetten Teil vom Honorar abziehen, keine Ahnung, was er mit dir macht. Vielleicht öffentlich kreuzigen.«

Fred merkt, dass ihm schlecht wird, was nicht nur an der Luft im Gewölbe liegt. Marc hantiert noch eine Weile an der Technik, dann rollt er sich in seinen Armeeschlafsack und schließt die Augen. Sein Revolver liegt griffbereit neben ihm.

Fred will sich noch nicht hinlegen, das Kopfsteinpflaster des Fußbodens sieht nicht gerade einladend aus. Er will sich ein wenig umzusehen. Er streift durch das Gewölbe, kontrolliert die Tür, die zu den Lagerräumen der Kantine führt. Sie ist fest verschlossen, von ihrer Seite her blockiert. Er geht in den Verbindungsgang, der das Gewölbe mit dem Flughafen-Tunnel verbindet, sieht plötzlich, dass es hinter dem stillgelegten Kanalschacht, durch den Marc die erste Bombe nach oben bringen will, noch einen zweiten gemauerten Schacht gibt, auch hier führt eine Leiter nach oben. Fred klettert die Leiter hoch, es gelingt ihm, den Deckel hochzudrücken. Er füllt seine Lungen mit frischer Luft. Der zweite Schacht ist vielleicht 150 Meter von dem Flüchtlingsheim entfernt. Fred sieht, dass hinter einigen Fenstern noch Licht brennt. Ihm schießt durch den Kopf, dass viele dieser Leute morgen zur selben Zeit tot sein werden. Er versucht, sich selber zu agitieren: »Niemand hat euch gerufen, ihr könnt nicht zu Hunderttausenden in unser Land einmarschieren und glauben, ihr wärt hier willkommen. Selber schuld.« Aber so ganz allein in dieser klaren Nacht kommen ihm die eigenen Worte merkwürdig hohl vor. Plötzlich hört er ein Motorengeräusch, Scheinwerferlicht erhellt das Pflaster vor ihm. Schnell bringt Fred den Deckel wieder in die richtige Position. Der Security-Wagen zieht seine Kreise. Fred geht zurück, rollt seinen Schlafsack aus, legt sich hin und starrt mit offenen Augen in die Dunkelheit.

Mitch und sein Team sind gegen 9 Uhr im Flüchtlingsheim, Jan flucht, als er sieht, dass Samira schon fast alles gepackt hat. Blitzschnell hat er die Kamera bereit, dreht noch die letzten Handgriffe. Amir weigert sich standhaft, seinen Fußball einzupacken, den wird er nicht aus der Hand geben. Mitch kickt ein bisschen mit ihm, fragt ihn dann, ob er froh sei, hier wegzugehen. Jan mit seiner Kamera dreht das Ganze. »Mir hat die Fußballmannschaft gefallen, die waren alle nett zu mir und die haben hier einen tollen Rasen. Es war auch schön, dass wir hier eine eigene Wohnung hatten und es nicht so gestunken hat wie in dem Heim in Bayern. Aber es gibt halt die Glatzen, ich hab Angst draußen allein, ich kann mich doch nicht gegen vier Glatzen wehren.« Amir hat sofort wieder Tränen in den Augen, wenn er an die Prügelei denkt.

In dem Moment tänzelt Mayla herein: »Ich bin froh, dass wir hier wegfahren, die Leute wollen uns nicht. Vielleicht haben die Angst, dass wir immer mehr werden. Ich finde es auch langweilig hier, hoffentlich ist in diesem Berbenbach mehr los.« Jetzt kommen auch Basim und Samira hinzu, beide sind erleichtert, Friedenau verlassen zu können. Seit dem Angriff auf Amir, haben sie keine ruhige Minute mehr gehabt. Jetzt fällt die Spannung ab, ein bisschen Feierstimmung kommt auf.

Mitch zeigt ihnen ein paar Bilder von Frankfurt auf seinem Handy, die Marwans staunen über die Hochhäuser. Besonders das EZB-Gebäude imponiert Basim. Mitch erklärt ihnen, dass Frankfurt mit der S-Bahn zu erreichen ist. Wenn erst einmal die Bürokratie erledigt ist, wenn sie gültige Papiere haben und als Kriegsflüchtlinge anerkannt sind, dann könnten sie auch versuchen, in Frankfurt Arbeit zu finden.

Heimleiter Dieter Stiller kommt vorbei, Basim schüttelt ihm die Hand, bedankt sich im Namen seiner Familie. Dann dreht er sich zu Jan und der Kamera, zeigt auf Stiller, reckt den Daumen nach oben. »Guter Mann, das ist guter Mann.«

Am frühen Nachmittag fährt ein Kleinbus vor, Basim beginnt Gepäck einzuladen. Gegen 15 Uhr ist der Bus startklar, vor ihnen liegen knapp 300 Kilometer, in gut drei Stunden werden sie in der neuen Unterkunft ankommen. Dieter Stiller winkt zum Abschied und ruft: »Ich drücke euch die Daumen für einen ruhigen und friedlichen Aufenthalt.« Die Marwans winken, dann verlässt der Bus Friedenau, Mitch und sein Team fahren hinterher.

»Hier habe ich zweimal auf die Fresse gekriegt, glaube kaum, dass ich hier noch mal vorbeikomme«, murmelt Mitch. Dann fällt ihm der geplante Nachdreh mit den Skins ein. »Okay, einmal noch, verbrannte Erde hinterlassen und dann weg.«

Marc und Fred haben wenig geschlafen, dafür viel gearbeitet. Sofern man Vorbereitungen für einen Massenmord Arbeit nennen kann. Die Bomben sind präpariert, die Kabel sitzen an den richtigen Stellen der Zündanlage. Sie wollen gegen halb acht abends loslegen, bis dahin heißt es warten. Fred hat hin und wieder das unbehagliche Gefühl, dass Marc ihn von der Seite mustert, als würde er ihn taxieren. Marc poliert seit einer Viertelstunde hingebungsvoll seine Smith and Wesson Model 29, Kaliber 44Magnum, ein echt böse aussehendes Teil. Fred will ihm nicht nachstehen und säubert seinen deutschen Klassiker, eine Walther PPK. Fred ist ununterbrochen am Grübeln. Was zum Teufel mache ich hier eigentlich, ich sitze hier in einem dunklen Loch mit einem Profikiller und bereite ein Massaker vor. Warum, warum ich? Unwillkürlich denkt er an Mitch und sein Angebot. Wenn diese Bomben hier explodiert sind, gilt dieses Angebot nicht mehr. Dann werden sie ihn jagen und erledigen. Wenn er aber jetzt Marc ausschalten und den ganzen Plan hier vereitelten könnte, wäre ihm die grenzenlose Dankbarkeit der Staatsgewalt sicher. Aber auch der Hass und die Verachtung seiner Kameraden, seiner ganzen Szene. Wenn seine Leute wüssten, dass er Böhnhardt und Mundlos auf Befehl eines Verfassungsschützers erledigt hat, würde er die gleiche Verachtung erfahren und wäre sofort zum Abschuss freigegeben. Fred hat die Aktion im Camper damals vor sich selbst als einzige Möglichkeit gerechtfertigt, den beiden zu helfen. Lieber tot als lebenslanger Knast. Das gilt auch für ihn, verdammt noch mal. Es ist zu spät, um umzukehren. Dann lieber abtreten mit einem großen Knall.

Der Bus mit den Marwans und der Wagen des sie begleitenden Kamerateams biegen gegen 18:00 von der Autobahn ab, nähern sich Berbenbach auf der Bundesstraße. Der Fahrer des Busses wird langsamer, die Marwans sehen auf der linken Seite Lagerschuppen und unbenutzt wirkende Lkw-Hallen. Rechts alte Gebäude, die ebenfalls alle leer wirken. Das gesamte Kasernengelände ist umzäunt. Der Bus fährt in eine mit Zäunen gesicherte Einfahrt, stoppt an einer Schranke, zeigt ein paar Dokumente, dann rollt der Bus weiter. Basim wundert sich, warum der Zaun mit Sichtblenden verhängt ist. Ein wenig erinnert ihn dies alles an ein Gefängnis. Er wird unruhig.

Mitch zeigt dem Security-Mann noch die Drehgenehmigung für das Lager. Als ihr Wagen passieren darf, zeigt Jan auf die Zäune mit den grünen Sichtblenden. »Warum machen die das? Warum sollen die Deutschen nicht die Flüchtlinge sehen und umgekehrt, versteh ich nicht.« Mitch zuckt die Schultern, er kapiert das auch nicht.

Sie sehen den Bus mit den Marwans, der vor dem Verwaltungstrakt parkt. Mitch und Jan beeilen sich, unmittelbar hinter den Marwans betreten sie das Büro des Heimleiters. Ein freundlich blickender Herr, Ende fünfzig, grauhaarig, Brillenträger, erhebt sich hinter seinem Schreibtisch, kommt auf die Familie zu. »Liebe Marwans, liebe Medienleute, mein Name ist Winfried Kettler, ich bin der Heimleiter. Ich hoffe, Sie hatten eine angenehme Anreise. Ganz herzlich willkommen in Berbenbach, mein Kollege aus Friedenau hat mich über die bedauerlichen Angriffe auf Sie und vor allem auf den kleinen Amir unterrichtet. Hier sind Sie völlig sicher, hier sollen Sie zunächst zur Ruhe kommen, dann wird im Laufe der nächsten Woche für die Kinder die Schule beginnen und für sie alle fangen dann auch bald die Integrationskurse an.«

Danach schickt er den Dolmetscher mit den Marwans in die Unterkunft, bittet Mitch, noch einen Moment zu bleiben. Er schüttelt Mitch die Hand, bevor er mit den üblichen Belehrungen beginnt. Niemand darf gegen seinen Willen gedreht werden. Bei Interviews mit Kindern müssen die Eltern zustimmen, am besten anwesend sein. Mitch hört mit einem Ohr zu, er kennt den Text. Dann bedankt er sich bei Herrn Kettler, strebt dem Ausgang zu, hält inne, dreht sich um: »Herr Kettler, warum sind die Zäune hier eigentlich mit Sichtschutzplanen abgehängt? Das schafft doch eine künstliche Distanz zum Ort?«

Kettler seufzt. »Nicht meine Entscheidung, wird überall so gemacht, ist wohl eine Entscheidung von oben.«

Mitch nickt, hat dann aber noch eine Frage. »Warum werden eigentlich die schönen historischen Gebäude am Straßenrand nicht für die Flüchtlinge benutzt, wäre doch viel schöner als dieses Gebäude hier?«

Kettler nickt. »Das ist eine lange Geschichte. Die Gemeinde will die alten Gebäude als Eigentumswohnungen verkaufen. Als das Land dieses Gelände hier für Flüchtlinge brauchte, war die Gemeinde alles andere als begeistert. Dieses Gebäude hier ist der Kompromiss, der gefunden wurde.«

Mitch verabschiedet sich, eilt einen schmucklosen Gang entlang, blickt durch ein Fenster nach außen, sieht einen mit Kopfsteinpflaster belegten Hof, nach rechts eine weite leere Fläche, das muss der alte Flughafen sein, nach links in einiger Entfernung zwei der historischen Gebäude, mit Mühe kann er die aus der US-Army-Zeit stammenden Gebäudenummern erkennen – Building 4505 und 4507.

Dann hört er Amir rufen, blickt über den Gang und sieht den Kleinen aufgeregt winken. Mitch beeilt sich und betritt das neue Reich der Marwans. Sie haben Glück gehabt, zwei kleine Zimmer bekommen, je eins für die Eltern und die Kinder. Mayla scheint etwas genervt, sie hat von einem eigenen Zimmer geträumt. Küche und Bad müssen mit anderen Familien geteilt werden. Ihre neue Nachbarin, auch eine Syrerin, empfiehlt die Kantine, das Essen sei gut, es gäbe kein Schweinefleisch, überhaupt sei die Kantine so etwas wie das soziale Herz der Einrichtung.

Die Marwans beginnen auszupacken, Mayla hat sich im Kinderzimmer sofort das Bett am Fenster gesichert. Basim holt das Gepäck aus dem Bus, Amir begleitet ihn nach draußen, schaut sich um, beschließt dann, seine neue Umgebung zu erkunden. Drinnen herrscht Betrieb, schnell sind die wenigen Besitztümer verstaut, Jan dreht die ganze Aktion, Mitch fragt, wie das neue Zuhause gefällt.

»Wir sind hier in Sicherheit«, antwortet Samira für die ganze Familie, »und wir sind dafür dankbar .Wir wollen jetzt ein neues Leben beginnen, wir wollen morgens ohne Angst aufwachen und abends ohne Angst ins Bett gehen. Am meisten freut mich, dass die Kinder nächste Woche schon in die Schule gehen können, das ist toll, nicht wahr, Amir?« In dem Moment bemerkt sie erst, dass Amir nicht im Zimmer ist. »Wo ist Amir, wo ist der Kleine?« Sie wird lauter, ruft jetzt mit Panik in der Stimme, rennt auf den Gang, schreit mit voller Kraft. Keine Antwort.

Basim schlägt sich mit der Faust gegen die Stirn: »Verdammt, er war mit mir am Bus. Dann bin ich rein mit Gepäck und habe nicht auf ihn geachtet.«

Mitch beruhigt ihn, legt einen Arm um Basims Schulter. »Der Kleine wird die Gegend checken wollen, kein Grund zu Sorge, komm, wir gehen ihn suchen.«

Fred hat einige Zeit geschlafen, dann haben er und Marc alles nochmal und nochmal überprüft. Die Anschlüsse stimmen, alles Werkzeug ist eingepackt, selbst ihr Abfall ist verstaut, sie können das Gewölbe innerhalb von fünf Sekunden verlassen, keine Spur wird auf sie deuten. Marc schaut auf seine Uhr. »In dreißig Minuten gehe ich raus, dann beginnt unser kleines Feuerwerk!«

Fred Wagner ist höllisch nervös. Er muss raus, sonst dreht er durch. »Ich geh mal ein paar Schritte, mir sind die Gelenke eingerostet.« Marc nickt.

Fred betritt den Verbindungsgang zum Flughafentunnel, dann erinnert er sich an den zweiten stillgelegten Kanal, den er gestern gefunden hat. Plötzlich spürt er ein unstillbares Verlangen nach Frischluft, diese modrige Totenluft hier unten bringt ihn um. Er klettert die Eisenleiter hoch, bemüht, kein Geräusch zu machen. Es gäbe Prügel, wenn Marc ihn jetzt sähe, Irrsinn, dreißig Minuten vor der Aktion darf man kein Risiko eingehen. Aber Fred ist das jetzt egal, er braucht Frischluft wie ein Alkoholiker seinen morgendlichen Schnaps, nur zehn Sekunden, aber sofort.

Vorsichtig drückt er den Deckel nach oben, er kann die gute Luft schon riechen. Er ist gierig auf mehr, stößt den Deckel zurück, quetscht sich hoch, erstarrt und kapiert in derselben Sekunde, dass er einen riesigen Fehler gemacht hat.

Er blickt direkt zu einem kleinen Jungen auf, der ihn völlig entgeistert anstiert. Fred kommt der Kleine irgendwie bekannt vor, er legt einen Finger auf seine Lippen. Doch schon löst sich die Starre des Jungen, blankes Entsetzen steht jetzt in seinen Augen. Der Kleine schreit auf, dreht sich blitzschnell um, rennt in Richtung Heim. Fred schließt den Deckel, flucht vor sich hin. Unten vor der Leiter steht plötzlich Marc, knallt ihm eine, packt ihn am Kragen. »Bist du verrückt geworden, willst du jetzt noch alles kaputt machen, eine Million Dollar verbrennen? Los, du verdammter Idiot, Planänderung, wir fangen sofort an.«

Amir rennt über den Hof, als wäre der Leibhaftige hinter ihm her. Ja, er war es, er hat ihn erkannt, den Mann aus Friedenau, der ihn geohrfeigt hat, der Begleiter der Maskenmänner. Amir weint und wimmert vor sich hin, er weiß nicht mehr, wo er ist. Plötzlich hört er seinen Namen, hört Basims Stimme und dann die hellere, verzweifelt klingende Stimme seiner Mutter. Die Eltern sind aufgeregt, wahrscheinlich wütend, weil er einfach verschwunden ist. Eine Sekunde überlegt er, ob er sich verstecken soll, da sieht er die Eltern, auch Mitch und Jan und Mayla, alle suchen ihn. Amir springt in die Arme seiner Mutter, schluchzt und wimmert: »Er ist da, er ist hier, da hinten.«

»Ganz ruhig, Amir.« Basim streichelt ihm zart über den Scheitel.

»Wer ist da, Kleiner, wen hast du gesehen?«, fragt Mitch, der vor Amir kniet und ihm in die Augen schaut, »wen hast du gesehen?«

Amir ringt nach Luft: »Den Mann, den bösen Mann mit den Glatzen, den Mann, der mich geschlagen hat, aus Friedenau der, der mit den Masken.« Der Kleine ist völlig verängstigt. »Er ist aus dem Boden gekommen, er war heute ganz klein, ich habe nur seinen Kopf gesehen, aber er ist hier! Kommen jetzt auch die Masken?«

»Ruhig, Amir, niemand tut dir hier etwas, Friedenau ist ganz weit weg. Hier ist niemand aus Friedenau, ganz bestimmt nicht.«

Amir ist verzweifelt. Warum glaubt ihm Mitch bloß nicht, er hat ihn doch gesehen, den Mann. »Bitte, er war es, er kam aus der Erde, es war der Mann mit den braunen Haaren, ich habe ihn gesehen.«

Plötzlich kommt Mitch ein Gedanke – und er fragt Jan nach dem Autoschlüssel. Er holt seine Tasche aus dem Wagen, kniet nieder und zeigt Amir die Bilder der Skins, die ihm der Lokaljournalist überlassen hat. »Erkennst du einen, war es der hier? Nein, okay, war es der hier? Auch nicht, und was ist mit dem hier?«

Wieder schüttelt Amir verzweifelt den Kopf: »Nein, es ist der mit Haaren, der hat Haare.«

Mitch hat nur noch ein Foto in seiner Tasche, das von Fred Wagner. Mitch glaubt felsenfest, dass der Kleine sich das alles nur einbildet, weil er Angst hat, für sein Weglaufen bestraft zu werden. Mitch nimmt trotzdem das Foto von Wagner aus der Tasche. »Was ist mit dem, der hat Haare.«

Amir schlägt die Hand vor den Mund, er schluchzt, erleichtert und erschrocken zugleich. »Ja, ja, das ist er, er ist hier!«

Mitch hat plötzlich ein flaues Gefühl im Bauch – das kann nicht sein, was soll Fred Wagner hier wollen? Das hier ist nicht sein Jagdgebiet, er fährt doch nicht nach Hessen, um Flüchtlinge zu verprügeln. Dann fällt ihm ein, dass Wagner ohne jeden Zusammenhang von Arabern gesprochen hat. Was, wenn der Kleine recht hat, was, wenn hier eine rechte Sauerei gegen Flüchtlinge laufen soll?

»Amir, mein Freund, noch mal ganz ruhig. Das ist sehr wichtig jetzt. Hast du diesen Mann gesehen? Ja, gut. Was meinst du mit: Er kam aus der Erde?«

»Da ging so ein Deckel hoch, dann kam er da hoch.«

»Ein Deckel? Wo war das, los, zeig mir das!«

Amir befreit sich aus Samiras Armen, Basim nimmt seine Hand, sie laufen los. Mitch ist mit Jan hinter ihnen, drei, vier Flüchtlinge haben sich angeschlossen. Amir biegt um die Ecke nahe der Kantine, läuft weiter über den Hof, vorbei an einer Hecke, alle Erwachsenen hinter ihm. Amir bleibt stehen. »Hier war es, aber wo ist der Deckel?«

Mitch kapiert plötzlich, was der Kleine meint. Fred muss aus der Kanalisation gekommen sein, es kann sich nur um einen Kanaldeckel handeln. Vielleicht gibt es hier stillgelegte Abflüsse. Mitch läuft einen Halbkreis und wird fündig. »Amir, komm her, war es hier?« Mitch zeigt auf einen recht großen Deckel.

Amir nickt. »Ja, hier ist es, hier ist er hochgekommen.«

»Scheiße«, flucht Mitch, der vergeblich versucht, den Deckel mit bloßen Händen anzuheben. »Wir brauchen ein Brecheisen, wir müssen das Teil hochhebeln, holt jemand sofort ein Brecheisen?« Einer der Flüchtlinge rennt los, Richtung Verwaltung. »Sollen wir die Polizei holen?«, fragt Jan.

Mitch schüttelt den Kopf. »Ich bin mir nicht sicher, ob der Kleine die Wahrheit sagt oder ob wir es hier mit einem Fall von kindlicher Angstfantasie zu tun haben. Ich gehe da jetzt runter, dann rufen wir die Polizei. Ich will nicht gleich am ersten Drehtag einen Fehlalarm verantworten müssen.«

Der Flüchtling kommt zurück, in der Hand ein solides Brecheisen, vorne schön abgeflacht. Sie finden eine Stelle, wo sie den Hebel ansetzen können.

Was sie vor lauter Eifer und Anstrengung nicht sehen, ist Marc Taylor, der in einiger Entfernung auftaucht und geschmeidig Richtung Hauswand sprintet. Er hat ein Päckchen in der Hand, an seinem Gürtel einen länglichen Gegenstand mit Antenne.

18

Marc Taylor rast vor Wut. Der Naziarsch hat wahrscheinlich alles vermasselt. Marc hasst es zu verlieren, noch mehr hasst er es, einen großen Teil von einer Million Dollar zu verlieren. Nur weil der Idiot unbedingt Frischluft gebraucht hat. Marc hat laut lachen müssen, als Fred mit der Erklärung kam, hat er ihm gleich noch eine verpasst. In Wirklichkeit hat der Nazi Schiss gekriegt, wollte wohl türmen. Doch Marc gibt noch lange nicht auf. Er ist jetzt im vollen Kampfmodus, ist wieder im Einsatz. Es gibt keine überflüssigen Gedanken mehr, alles Denken und Fühlen ist dem Ziel untergeordnet. Marc ist eine gut ausgebildete, hocheffiziente Tötungsmaschine. Er hat ein Kilo Semtex in der Hand und einen drahtlosen Zünder. Er wird die erste Bombe hochgehen lassen, dann schnell wieder runter, und die Truppe, die da vorne einsteigen will, wird er gnadenlos unter Feuer nehmen. Er hat nicht vor, sich von einer Horde Amateure stören zu lassen.

Er hofft, dass Fred Wagner sich von den Eindringlingen nicht überraschen lässt, sondern ebenfalls sofort schießt. Vielleicht klappt ja noch alles.

Werner Dickmann tigert nervös in seinem Büro auf und ab.

Heute Abend ähnelt der Raum eher einer Einsatzzentrale. Dickmann hat zwei zusätzliche Monitore aufbauen lassen. Auf dem einen Bildschirm laufen alle Meldungen der großen Presseagenturen ein, vor ihm auf dem Tisch liegen drei Telefone, er hat eine Standleitung zum hessischen Landesamt, das wiederrum mit der hessischen Polizei verbunden ist. Sein geheimes Telefon ist reserviert für Anrufe von Marc Taylor und Fred Wagner. Dieses Telefon ist bis jetzt still geblieben.

Keine Nachrichten sind gute Nachrichten, sagt sich Dickmann, der aufgeregt durch sein Büro tänzelt. Monatelang hat er sich diesen Abend vorgestellt, monatelang darauf hingearbeitet. Er schaut auf die Uhr, Marc Taylor hat ihn gestern Abend über die Abläufe in Kenntnis gesetzt, in weniger als einer halben Stunde geht es los.

Glücklicherweise war der Flüchtling, der das Brecheisen geholt hat, auch so klug, zwei große Stablampen mitzubringen. Der Kanaldeckel ist schnell aufgestemmt, scheppernd gibt der Deckel den Weg nach unten frei. Mitch sieht eine in die Wand verankerte uralte Eisenleiter vor sich, nimmt all seinen Mut zusammen, steigt etwas hüftsteif in den Schacht ein. Basim will ihn festhalten. »Ist mein Sohn, ich gehe zuerst und stelle den Mann.«

Mitch schüttelt den Kopf und beginnt mit dem Abstieg. Er hält in der einen Hand eine Lampe, klammert sich an den rostigen Eisenstufen fest. Je tiefer er kommt, desto düsterer wird es, desto modriger und muffiger wird die Luft. Er blickt nach oben in Basims Gesicht: »Nein, ich habe eine ältere Rechnung.«

Jetzt hat Mitch endlich wieder festen Boden unter den Füßen. Nur spärlich erhellt der Strahl der Taschenlampe den düsteren Gang. Mitch wartet am Fuße der Leiter, hilft Basim, der es sich nicht hat nehmen lassen, als Nächster abzusteigen.

Mitch will weiter, aber Basim hält ihn fest. »Warte, bis die anderen auch kommen, alleine zu gefährlich.«

Endlich sind alle sechs unten angekommen. Mitch leuchtet in den Gang, bewegt sich langsam nach vorne. Der Gang macht eine Kurve, weitet sich. Mühsam tastend erreichen sie ein größeres Gewölbe, in dessen Mitte ein Metallkasten auf einer hölzernen Box steht. In der Mitte des Kastens blinkt eine kleine rote Lampe, daneben glühen zwei digitale Zeitanzeigen, das eine Fenster zeigt 4:30, das andere 5:00.

»Was zum Teufel ist das«, zischt Mitch. Basim deutet auf die Kabel, die hinten aus der Box rauslaufen. Der Strahl seiner Taschenlampe folgt den Kabeln. »Da«, ruft Mitch, »was ist das für ein Zeug?« Er starrt auf mehrere Kilo Semtex, die an der Decke des Gewölbes angebracht sind.

»Bombe«, antwortet Basim, der dergleichen aus der Heimat kennt, »ist Bombe.«

Mitch springt auf den Kasten zu, will die Kabel rausreißen. Basim schlägt seine Hand weg. »Lass mich, ich bin Elektriker, kann das besser als du.« Basim betrachtet die Anordnung der Kabel, überlegt. »Wir haben Glück, das Ding ist noch nicht scharf. Siehst du die Schlüssel hier? Die musst du drehen, dann ist die Bombe scharf, dann läuft der Countdown. Bei einer scharfen Bombe hätten wir keine Chance, das aber könnte klappen.« Mitch hat Mühe, Basims Ausführungen zu folgen, außerdem hat er Schiss, die Bombe da macht ihn tierisch nervös.

Basim überlegt kurz, holt ein Taschenmesser aus seiner Hose, beginnt einen Kontakt zu lockern. Dann zögert er, wirkt verunsichert. Er verharrt einige Sekunden, flucht dann auf Arabisch, löst entschlossen einige Kontakte.

Mitch hält den Atem an. Was für ein elender Ort, um zu sterben, denkt er, aber der große Knall bleibt aus. Dann verlöschen erst die beiden Zeitanzeigen, dann die Kontrolllampe in der Mitte. Basim dreht sich zu Mitch, streckt den Daumen hoch, grinst erleichtert, greift sich dann das Brecheisen, drischt auf die Rückseite des empfindlichen Kastens ein.

Plötzlich blendet sie eine starke Halogenlampe.

Fred Wagner kommt aus dem Tunnel in das Gewölbe gestürzt. Er sieht die Gruppe um den elektrischen Sprengzünder, eröffnet sofort das Feuer. Er nimmt sich nicht die Zeit genau zu zielen, er will die sechs Männer nicht töten, er will sie von der Bombe weghaben. Mitch spürt einen brennenden Schmerz am Bein, geht zu Boden. Den anderen gelingt es, sich Richtung Einstieg zu retten, sie klettern, ohne auf Mitch zu warten, in Panik die Leiter nach oben. Mitch rappelt sich auf, Fred ist beim Zünder, versucht den Kasten wieder anzuschließen, bemerkt aber schnell, dass Basim die Kontakte zerstört hat. »Scheiße«, flucht Wagner, dann sieht er aus dem Augenwinkel, dass Mitch sich aufzurichten versucht.

Mitch spürt, dass ihm Blut aus dem Bein läuft. Aber der Schmerz ist zu ertragen. Er sieht, dass sich Fred an dem Kasten zu schaffen macht, und denkt: Ich habe einmal vor Wagner gekniffen, nicht noch einmal, ich werde hier sowieso draufgehen, also kann ich genauso gut versuchen, den Kerl mitzunehmen. Mühsam kommt Mitch auf die Beine.

Oben hat Marc Taylor in der Zwischenzeit die Bombe an der Hauswand des Wohngebäudes platziert, hat den Zünder auf drahtlos gestellt und ist zu dem alten Kanal zurückgesprintet. Er steht bereits auf der Leiter nach unten, dreht sich zum Gebäude um und drückt den Zündknopf. Taylor sieht, wie eine Wand des Wohngebäudes wegfliegt, eine gewaltige Schotter- und Staubwolke nach oben steigt. Seine Ohren dröhnen von der Detonation, er hört Menschen voller Entsetzen schreien, dann das Wimmern der Verletzten. Marc lässt das kalt, er hat viele solcher Situationen erlebt, in Afghanistan, im Irak. Er ballt kurz triumphierend die Faust, schiebt den Kanaldeckel wieder zu, hastet dann die Leiter hinab.

Im Gewölbe unten rieseln kleinere Steine, Mörtel und Dreck von der Decke. Fred schwingt herum, zielt auf Mitch, der mit seinem verletzten Bein nur mühsam vorankommt. Er hat keine Chance, Fred rechtzeitig zu erreichen. Noch gut zwei Meter trennen die beiden. »Stop, Mitch, das war es für dich, Endstation, nimm es nicht persönlich.« Fred streckt die Waffe nach vorn, Mitch wirft sich zur Seite, fühlt einen brennenden Schmerz in der Schulter, merkt, dass bei ihm langsam die Lichter ausgehen. Mitch sieht noch, dass Wagner erneut auf ihn zielt, dann wird alles schwarz.

Marc Taylor hat den Befehl, Wagner zu töten, jetzt brennt er nach dessen Versagen darauf, diesen Teil des Jobs zu erledigen. Er stürzt in das Gewölbe, sieht Wagner mit gezogener Waffe, feuert sofort.

Zwei Kugeln des Kalibers 44 Magnum treffen Wagner in den Kopf, er schafft es nicht mehr, den Finger am Abzug erneut zu krümmen. Er fällt wie vom Blitz getroffen. Marc Taylor wirft einen kurzen Blick auf den Sprengzünder, sieht die Zerstörungen, flucht, denkt wenige Sekunden nach. Er bückt sich zu Mitch, drückt ihm seine Pistole in die Hand, legt Mitchs Finger um den Abzug, zielt auf Fred Wagner, drückt ab. Die Kugel trifft Wagners Leiche in die Brust. Marc lächelt zufrieden. Auf der Waffe sind jetzt Mitchs Fingerabdrücke, auf Mitchs Hand frische Schmauchspuren.

Marc Taylor springt auf, hastet zu Freds Leiche, durchsucht mit wenigen Handgriffen Freds Taschen. Er findet Freds Handy, steckt es ein.

In Köln streift Dickmann unruhig durch sein Büro. Zum ersten Mal seit Jahren hat er ein unstillbares Verlangen nach einer Zigarette. Plötzlich meldet sich über die Standleitung der Chef des hessischen Verfassungsschutzes. Die Zentrale der Polizei habe soeben gemeldet, dass bei einem Bombenanschlag auf die Flüchtlingsunterkunft in Berbenbach vier Personen getötet worden seien, circa 12 hätten zum Teil schwere Verletzungen erlitten. Die Bombe sei an der Außenwand eines von Flüchtlingen bewohnten Gebäudes explodiert. Erste Polizeieinheiten seien vor Ort, weitere unterwegs.

Dickmann bedankt sich, ist aber irritiert. Diese Meldung kann sich nur auf die erste Bombe beziehen, was aber war mit Nummer zwei und drei. Warum die Verzögerung? War die Aktion gescheitert? Er flucht, beginnt hektisch seinen Schreibtisch aufzuräumen.

Am Flüchtlingsheim sind mittlerweile drei Streifenwagen und mehrere Krankentransporter eingetroffen. Blaulicht flackert, Jan und Basim rennen zu einem der Polizisten, zeigen ihm den Einstieg in den stillgelegten Kanal, erklären ihm, dass da unten mindestens eine weitere Bombe, ein bewaffneter Täter und ihr angeschossener Freund Mitch seien. Der Beamte kann den aufgeregten Schilderungen nicht ganz folgen, ruft aber sofort die Zentrale an. Dort wird der sofortige Einsatz des SEK beschlossen. Die Beamten vor Ort weigern sich, in den Kanal zu steigen, Jan schreit laut Mitchs Namen, keine Antwort von unten.

Die Flüchtlinge strömen zusammen, alle reden aufgeregt durcheinander. Viele der durch die Kriegserlebnisse ohnehin traumatisierten Kinder weinen laut, klammern sich an ihre Mütter. Samira hat Amir und Mayla fest im Arm, sie strahlt erleichtert, als Basim endlich hereinstürzt. Basim berichtet, dass Mitch fehlt, vielleicht tot unten im Gewölbe liegt. Die Familie hält es im Zimmer nicht aus, sie eilen zu den anderen, drängen sich in die bereits überfüllte Kantine. Plötzlich, von einer Sekunde auf die nächste, versteht Basim den perfiden Plan. »Bombe war genau hier unten, die wollten uns alle töten, erst eine kleine Bombe, alle rennen hierhin, dann zweite Bombe, bumm!! Aber zweite Bombe nicht explodieren, wir haben den Zünder kaputt gemacht.«

Marc Taylor hat unten im Gewölbe die Sirenen der eintreffenden Polizeiwagen gehört, kalkuliert aber, dass kein Streifenpolizist hier einsteigt, zu gefährlich für normale Beamte. »Die werden brav auf das SEK warten und nicht ihr Leben und ihre Pension riskieren«, murmelt er abschätzig. Ruhig sammelt Marc alles ein, was belastend sein könnte. Dann betritt er ohne Hast den unterirdischen Gang und macht sich auf den Rückzug. Einen kurzen Moment hat er überlegt, Mitch zu erschießen, hat den Gedanken aber verworfen. Marc eilt durch den Tunnel, kann ungestört von Gebäude 4507 ins Gebäude 4505 wechseln. Er verharrt einen Moment, sieht in einigen Hundert Metern Entfernung die flackernden Blaulichter. Marc hat keinerlei Gewissensbisse, obwohl er soeben mehrere Menschen getötet hat. Er denkt nur an das Scheitern seiner Mission. Er weiß, dass Dickmann kotzen wird, so what, und er weiß, dass Dickmann einen erheblichen Teil seines Honorars einbehalten wird. Okay, so sind die Regeln. Er weiß aber auch, dass er spätestens in zwei Tagen in einem Flieger sitzen und lange Zeit nichts mehr von Flüchtlingen und Nazis hören wird.

Unbehelligt steigt er aus dem Kanal in die alte Lkw-Halle auf, packt den ganzen Krempel in den Land Rover und startet den Motor. Er fährt ohne Licht aus der Halle, stoppt plötzlich, als ein größerer Pulk dunkler Limousinen mit aufgesteckten Blaulichtern und quietschenden Reifen von der Bundesstraße Richtung Flüchtlingsheim abbiegt. »Time to go, das SEK ist da.« Er schaltet den Scheinwerfer ein, beschleunigt den Wagen, trifft, bis er die Autobahn erreicht, auf keine Polizeisperre.

Er überlegt einen Moment, wählt dann Dickmanns Geheimnummer. Dickmann hebt ab, Marc Taylor informiert ihn in knappen Worten. »Sorry, Chef, aber Ihr kleiner Nazi hat die Operation geschmissen. Ich glaube, er hatte Angst vor einer so großen Opferzahl und hat – unbewusst – durch seinen Quatsch die Aktion letztlich verhindert.«

Dickmann unterbricht Marc, er ist enttäuscht und zornig. »Sie, Mister Taylor, sind der Mann, der für diese Aktion verantwortlich war, Sie haben versagt, ganz egal, was Wagner für einen Mist gebaut hat. Was ist mit Wagner, haben sie wenigstens diesen Teil der Abmachung eingehalten?«

»Wagner ist tot, die Polizei wird einen ziemlich ramponierten Journalisten finden, der Wagner leider erschossen hat.«

Dickmann atmet auf, das also ist erledigt. Trotzdem ist die Aktion brutal danebengegangen. »Taylor, Sie sind verantwortlich, Sie waren der Chef vor Ort. Ich bin nicht bereit, die vereinbarte Summe zu zahlen, dafür ist Ihr Ergebnis zu blamabel. Vier Tote und zwölf Verletzte, lächerlich! Sie haben 100 000 Dollar erhalten, Sie bekommen 150 000 weitere und die vereinbarten Papiere, Ende.«

»An Ihrer Stelle würde ich noch mal 100 000 Dollar drauflegen, dafür bekommen Sie ein Abschiedsgeschenk.«

»Was reden Sie, Taylor, ich habe meine Summe genannt, Ende, wir sind nicht auf dem Basar.«

»Okay, wie Sie wollen, Mister Dickmann, dann muss ich das Handy von Fred Wagner anderweitig vermarkten. Sicher zahlen einige deutsche Sender und Zeitungen problemlos dafür 100 000 Dollar, gerade jetzt, da der gute Fred doch dabei ist, Karriere zu machen und eine nationale Berühmtheit zu werden. Das Handy hat viele interessante Kontakte gespeichert und auch einiges an SMSen zu bieten. Dein kleiner Nazifreund war ein eifriger Sammler, konnte sich von nichts trennen.«

Marc Taylor grinst am Steuer des schwarzen Land Rovers, der durch die sternenklare Nacht Richtung Frankfurt fliegt. Er weiß, dass Dickmann gerade schlucken muss, der große Chef ist es nicht gewohnt, geduzt zu werden. Taylor hat keine Ahnung, was Wagners Telefon enthält, er hat keine Zeit gehabt, es zu checken.

Und Dickmann fällt auf den Bluff herein. »Gut, Taylor, Sie bekommen 250000 – in cash. Am Frankfurter Flughafen, mit den Papieren. Übergabetermin folgt per SMS.« Dickmann legt auf, geht zu seiner kleinen Bar, um sich seinen Cognac zu holen. Er sieht um Jahre gealtert aus.

Sein großer Plan ist gescheitert, verhindert durch ein neugieriges Kind und einen unfähigen Neonazi, den er schon längst hätte aus dem Verkehr ziehen müssen. Dickmann schlägt die Hände vor das Gesicht. Dann macht er sich an die Planung der nächsten Tage.

Noch ist nicht alles verloren.

19

Als Mitch die Augen öffnet, denkt er einen Moment, er sei im Paradies. Er blickt in zwei mandelförmige Augen, sieht ein reizendes Gesicht, umrahmt von dunklen Haaren. Mon, denkt Mitch, toll, ich bin wieder in Thailand.

Dann öffnet er die Augen etwas weiter, erkennt jetzt einen weißen Kittel und ein Namensschild, das er nicht entziffern kann.

»Hallo, Herr Berger, Sie sind aufgewacht, wie schön. Wie fühlen Sie sich?«

Mitch will antworten, kriegt aber nur ein Krächzen heraus. »Durst«, röchelt er, »wo bin ich?«

Die Schwester reicht ihm ein Wattestäbchen mit Zitronengeschmack. »Sie dürfen noch nicht trinken. Sie wurden operiert, hier ist die Aufwachstation. Schlafen sie ruhig noch weiter, es ist alles gut verlaufen.«

Mitch dämmert angenehm vor sich hin, er meint zu schweben, fühlt sich leicht an und ist irgendwie zufrieden. Dann kommt langsam die Erinnerung.

Mitch fährt hoch, spürt einen stechenden Schmerz in der Schulter, blickt sich um. »Wo ist Wagner, der hat eine Knarre, die Bombe …« Dann sinkt er kraftlos in das Bett zurück, schläft wieder ein.

Als er das nächste Mal wach wird, steht ein gut aussehender Enddreißiger an Mitchs Bett. Hagerer Typ, längere schwarze Haare, Dreitagebart, weißer Kittel, eindeutig ein Arzt. »Willkommen zurück, Herr Berger, Sie sind mit Schussverletzungen bei uns eingeliefert worden. Das Bein ist harmlos, ein Streifschuss. Bei Ihrer Schulter haben Sie mehr Glück als Verstand gehabt. Jemand hat aus nächster Nähe auf Sie gefeuert, glücklicherweise nicht mit einer großkalibrigen Waffe. Sie haben einen glatten Durchschuss, es sind weder Knochen noch Sehnen verletzt worden, eine reine Fleischwunde, das wird heilen. Es besteht ein gewisses Infektionsrisiko, also werden Sie noch ein oder zwei Tage hier bleiben müssen. Glück gehabt.«

Mitch lächelt dem Arzt dankbar zu, schläft dann wieder ein.

Er wird wach, weil er merkt, dass sich sein Bett bewegt. Einen Moment glaubt er auf See zu sein, dann checkt er, dass sein Bett aus der Aufwachstation gerollt wird. Er sieht hellgrüne Wände, dann geht es in einen dunklen Aufzug. Mitch hebt mühsam den Kopf, bis er den Pfleger sehen kann. »Wo bin ich hier eigentlich, das ist nicht das Bürgerhospital.«

»Nein, Herr Berger, Sie sind in Hanau – im Klinikum Hanau.«

Mitchs Bett rollt jetzt einen hellgrünen Gang entlang, der Pfleger wird langsamer, plötzlich entdeckt Mitch einen uniformierten Polizisten, der genau neben der Tür steht, durch die der Pfleger sein Bett schiebt. Der Pfleger schließt die Tür, Mitch dreht sich zu ihm: »Was zum Teufel soll der Polizist da draußen, soll der auf mich aufpassen? Werde ich bedroht?«

Der Pfleger schüttelt den Kopf. »Das dürfen Sie mich nicht fragen, Herr Berger. Ich weiß nur, dass wir darauf achten sollen, dass Sie die Station nicht verlassen. Ich glaube eher, der Mann da draußen soll aufpassen, dass Sie nicht abhauen.«

»Wie sollte ich abhauen, wenn ich zu schlapp bin, um aufzustehen.«

»Herr Berger, Sie sollten mit einem Arzt oder mit Freunden sprechen.«

»Guter Mann, jetzt reden Sie schon, was ist hier los? Sie verheimlichen mir doch etwas.«

Dem Pfleger wird das Gespräch zunehmend unangenehmer, andererseits ist Mitch ihm sympathisch. »Ich weiß nicht, Her Berger, ob ich Ihnen das sagen sollte, aber ich habe läuten hören, Sie hätten jemanden erschossen, das müsse erst geklärt werden.« Mitch blickt den Pfleger entgeistert an.

Dank der segensreichen Wirkungen diverser Schmerz- und Beruhigungsmittel ist Mitch trotz dieser miesen Nachrichten wieder eingeschlafen. Als er zu sich kommt, bemerkt er erfreut, dass er ein Einzelzimmer hat, vermisst aber sein Handy und ein Zimmertelefon. Mitch klingelt, bittet die Schwester, ihm sein Handy zu besorgen. Die Schwester will sich kümmern, legt ihm schon mal die Fernbedienung des Zimmerfernsehers in Reichweite. Mitch schaltet die Glotze an, eine Kochsendung nach der anderen, er zappt durch, landet auf n-tv.

Der Anschlag ist das Topthema. Das Laufband unten im Bild meldet vier Tote, zwei Männer, eine Frau und ein Kind. 12 Personen seien zum Teil schwer verletzt. Ein Täter sei erschossen aufgefunden worden.

Dann folgt eine Live-Schalte zu einer Pressekonferenz des hessischen Innenministers, der zusammen mit drei Polizeioffizieren auf dem Podium sitzt.

Der Innenminister beginnt mit einem großen Lob für Polizei und Verfassungsschutz, es sei ein ungleich größerer Anschlag verhindert worden. Der Anschlag sei in weiten Teilen aufgeklärt, ein polizeibekannter, vorbestrafter Neonazi aus Thüringen sei am Tatort tot aufgefunden worden. Die Ermittlungen, ob es sich bei dem Toten um einen Einzeltäter handle, seien noch im Gange, es sei zu früh, zum jetzigen Zeitpunkt darüber Aussagen zu treffen. Der Täter sei von mehreren Kugeln aus derselben Waffe getroffen worden. Dann sieht Mitch zu seinem Entsetzen ein fürchterliches Bild von sich selbst als Einblendung. »Fuck«, schimpft er, » konnten die kein besseres Bild auftreiben?« Mitch lauscht wie unter Schock den Erklärungen eines Polizeioffiziers. »Der hier abgebildete Journalist Mathias Berger ist mit Mitgliedern seines Kamerateams und in Begleitung einiger männlicher Flüchtlinge als erster in das Gewölbe unter dem Anschlagsort eingedrungen. Wir haben Herrn Berger angeschossen und bewusstlos in dem Gewölbe gefunden. Herr Berger war bewaffnet. Er ist operiert worden, ist wohlauf und wird in Kürze vernommen werden können. Die Leiche des Täters wies drei Einschüsse auf, alle aus derselben Waffe. Mehr kann aus ermittlungstaktischen Gründen zurzeit nicht erklärt werden.«

Es folgt Werbung für Gartenmöbel. Mitch ist bedient. Noch nie ist er so nah am Tod vorbeigerauscht. Doch statt in Ruhe über das nachzudenken, was er gerade erlebt hat, kann er sich jetzt mit dem absurden Mist auseinandersetzen, er habe Fred Wagner mit drei Schüssen erledigt.

Die Tür öffnet sich, Mitch sieht draußen den Ärmel einer Polizeiuniform, die Schwester betritt sein Zimmer. Sie greift in ihre Kitteltasche, drückt Mitch sein schmerzlich vermisstes Handy in die Hand. »Ich weiß ja nicht, ob ich das darf, aber ist mir vollkommen egal, für mich sind Sie ein Held. Wenn Sie den Nazi nicht erschossen hätten, wären da noch mehr Leute gestorben. Wir denken alle so auf der Station. Viel Glück für Sie.«

Mitch staunt nicht schlecht, er ist noch nicht häufig als Held tituliert worden, eigentlich noch nie, jetzt also ist er ein Held, weil er Fred Wagner erschossen hat. Hätte er ja gerne, hat er aber nicht, da ist er sich ziemlich sicher. Mitch wählt die Nummer von Wilhelm Romer, seinem Freund und Anwalt.

»Mann, Mitch, habe ehrlich gesagt schon mit deinem Anruf gerechnet. Was läuft denn da für eine Nummer? War die Polizei schon bei dir? Beschuldigen sie dich wirklich? Waren noch nicht da? Gut. Pass auf, ich bin in drei Stunden bei dir, wenn die Polizei dich vernehmen will, kein Wort, du bist zu schlapp, noch zu müde.«

Zwei schlanke, gut gekleidete ältere Herren laufen im Kölner Stadtteil Riehl am Rheinufer entlang. Sie haben keine Blicke für den Fluss, der in der zarten Sonne des Frühlings glitzert. Die beiden sind in ihr Gespräch vertieft. Werner Dickmann und Generalmajor Neubert haben viel zu besprechen. Neubert boxt sich mit der rechten Faust in die linke Hand: »Wie war das möglich, so ein dummer, lächerlicher Zufall. Muss der dämliche Junge auch ausgerechnet in der Sekunde da rumrennen.«

»Der Junge war nicht das Problem. Wagner war das Problem, der hatte da nicht rauszuklettern, und Taylor hätte das verhindern müssen. Ich hätte Wagner nicht mit dieser Aufgabe betreuen dürfen. Das war eine Nummer zu groß für ihn. Aber alles schien so praktisch: Ich musste ihn loswerden und gleichzeitig brauchte ich einen Sündenbock für Berbenbach. Aber Schluss jetzt damit. Die Aktion ist gescheitert, lass uns retten, was noch zu retten ist. Die Ermittlungen in Sachen Bombenanschlag hat dummerweise der Generalbundesanwalt in Karlsruhe an sich gezogen, dahin habe ich leider kaum Drähte, wie sieht das bei dir aus?«

Neubert schüttelt bedauernd den Kopf.

Dickmann ballt die Faust. »Du sorgst bitte dafür, dass keine Gerüchte aus Washington hier die Runde machen. Mach unserem übergewichtigen Freund vom BND nochmal Feuer. Hinweise auf einen US-Rambo wären jetzt Gift. Ich werde bei der Polizei streuen, dass Wagner und Mitch Berger sich gut kennen, dass Berger von Wagner verprügelt wurde, dass also private Motive eine Rolle spielen. Wird nicht viel helfen, aber etwas Nebel kann nicht schaden. Außerdem lasse ich über das Landesamt Thüringen anregen, mal das Friedenauer Umfeld von Wagner überprüfen zu lassen. Vielleicht hat sich da aus besoffenen Randalejüngern eine veritable rechtsterroristische Zelle gebildet. Soll es ja geben. Der erschossene mutmaßliche Waffenhändler Milber hängt da natürlich auch drin. Ein Waffenhändler mit Ostkontakten kann auch eine Menge Semtex organisieren. Das wird die Meute eine Weile beschäftigen. Besser als nichts.«

Neubert bleibt plötzlich stehen.«Sag mal, Werner, hast du einen Plan B?«

»Was meinst du mit Plan B?«

»Na, was machst du, wenn alles schiefläuft, wenn wir die Kontrolle verlieren?«

Dickmann klopft Neubert auf die Schulter, hüstelt: »Musst du dir keine Gedanken machen. Ich werde mich nicht vor irgendwelche Ausschüsse oder in einen Gerichtssaal zerren lassen, dafür bin ich zu alt. Aber danke, dass du fragst!«

»Werner, ich habe für mich eine Option in den Staaten, ich bin da Partner einer Sicherheitsfirma, wenn das etwas für dich wäre, sag Bescheid!«

Mitch merkt schon am Klopfen, dass es nicht die Nachmittagsvisite und auch keine Schwester mit einem frischen Kaffee ist.

Zwei korrekt gekleidete Herren betreten das Zimmer, zeigen mit einer routinierten Bewegung ihre Dienstausweise. Zwei Hauptkommissare, einer vom Staatsschutz, einer von der Mordkommission. Beide sind der frisch gegründeten Sonderkommision Kaserne zugeteilt, bei der SoKo laufen alle Ermittlungsfäden zusammen.

»Herr Berger, wie geht es Ihnen? Ihre Ärzte waren der Meinung, dass es vertretbar sei, Sie mit einigen Fragen zu behelligen. Ist das okay für Sie?«

Mitch hat noch die Stimme seines Anwalts im Ohr, kann aber nichts dagegen tun, dass in ihm eine gewaltige Wut hochsteigt. »Gerne, es freut mich, endlich mal zwei der tollen Beamten kennenzulernen, die aus Opfern Täter machen. Wahrscheinlich kommen Sie, um mir mitzuteilen, dass in meiner Wohnung eine Quittung für den Sprengstoff gefunden und in meinem Schreibtisch ein zerlegtes Maschinengewehr entdeckt wurde. Ich werde seit Wochen verfolgt und gejagt, Julian Mahler wird ermordet, und Sie haben nichts Besseres zu tun, als mich des Mordes an Fred Wagner zu verdächtigen. Tolle Polizeiarbeit. Kompliment, meine Herren.«

Die beiden Kommissare schauen sich kurz an, der eine verkneift sich ein Grinsen, der andere scheint leicht angesäuert. »Es freut mich, dass es Ihnen augenscheinlich gut geht und also nichts gegen eine Befragung spricht. Seit wann sind Sie denn im Besitz einer Smith and Wesson Model 29, einer in Deutschland nicht ganz gebräuchlichen Waffe? Sie hatten die in der Hand, als die Kollegen des SEK Sie unten im Gewölbe fanden. Ebenfalls fanden die Kollegen einen mausetoten Fred Wagner, der drei Kugeln aus eben dieser Waffe im Körper, beziehungsweise im Kopf hatte. Zufall?«

»Sorry, die Herren Detektive, Wagner hat auf mich geschossen, erst aus einiger Entfernung und dann, als ich verhindern wollte, dass er den verdammten Bombenkasten wieder in Gang setzt, hat er mir aus nächster Nähe in die Schulter geschossen. Danach sind bei mir die Lichter ausgegangen. Irgendjemand muss mir die Knarre in die Hand gedrückt haben, Wagners Partner wahrscheinlich, oder glauben Sie ernsthaft, Fred Wagner hat das alles ganz alleine gemacht?«

»Nein, Herr Berger, glauben wir nicht, aber momentan sind Sie der Einzige, der für die Rolle des Partners in Frage kommt. Kannten Sie eigentlich Herrn Wagner schon vorher?«

Mitch zuckt bei der Frage zusammen – er hätte doch besser auf seinen Anwalt hören sollen.

»Herr Berger, wären Sie so freundlich, auf meine Frage zu antworten?«

»Ja, ich kannte Fred Wagner, ich bin im Zuge einer journalistischen Recherche auf ihn gestoßen.«

»Gestoßen ist ein guter Begriff. Herr Berger, ist es zutreffend, dass sie vor gut einem Monat in Wagners Wohnung in Friedenau von ihm zusammengeschlagen wurden? Ist es ferner zutreffend, dass Sie kurz danach in seine Wohnung eingebrochen sind?« Der Mann vom Staatsschutz grinst maliziös. Er sieht, dass Mitch Probleme hat, seine Gesichtszüge zu sortieren.

Mitch merkt, dass er sich auf verdammt unsicherem Terrain befindet. Woher zum Teufel hat der Bulle diese Informationen. »Wer hat Ihnen diese Informationen gegeben. Woher wissen Sie das? Die Polizei hat nie in dieser Sache ermittelt!«

»Herr Berger, ich muss Sie enttäuschen. Die Spielregeln sind eigentlich ganz einfach, wir fragen, Sie antworten.«

Mitch will sich gerade in seine Kissen sinken lassen und den sterbenden Schwan mimem, da klingelt das Telefon des Hauptkommissars der Mordkommission.

Der Beamte hört aufmerksam zu, schaut dabei in Mitchs Richtung, dann wieder zu seinem Kollegen. Er beendet das Gespräch, blickt jetzt seinen Kollegen direkt an. »Es gibt Neues von der Gerichtmedizin und der Spurensicherung. Sie werden Ihr Verhältnis zu Wagner erklären müssen, Herr Berger, momentan aber sind Sie erst mal entlastet. Die Gerichtsmedizin sagt, der Einschusswinkel der Kopfschüsse passt nicht zum Winkel der Brustwunde. Die Kopfschüsse wurden aus etwa vier Meter Entfernung aus seitlicher Richtung abgegeben, der Brustschuss aber aus maximal zwei Meter Distanz frontal von vorne. Der Schütze muss sich demnach in einem Halbkreis um Wagner herum bewegt haben – mit Ihrer Wunde am Bein kaum zu schaffen. Außerdem wurden Spuren in dem alten Gang, in zwei Gebäuden und in einer leeren Halle auf der anderen Straßenseite gefunden. Danach müssen wir davon ausgehen, dass eine weitere Person den Tatort nach der Explosion durch einen alten unterirdischen Gang verlassen hat. Es spricht also einiges für einen zweiten Täter. Damit sind Sie nicht mehr der einzige Verdächtige für den Tod von Wagner. Herr Berger, wir werden uns wiedersehen, Sie schulden uns noch eine Menge Erklärungen. Halten Sie sich bitte zu unserer Verfügung. Einstweilen gute Besserung.«

Mitch atmet auf, als sich die Tür hinter den beiden Kommissaren schließt. Dann schaltet er wieder die Glotze ein. Der Anschlag läuft jetzt auf allen Kanälen.

Kurzes Klopfen, die Tür öffnet sich, sein Anwalt Wilhelm Romer betritt das Zimmer. Er rüffelt Mitch, weil er mit der Polizei gesprochen hat, lässt sich dann minutiös die Unterhaltung schildern. Romer ist vor allem erfreut über die Ergebnisse der Spurensicherung. »Mann, Mitch, das macht einen Unterschied ums Ganze!«

Mitch unterschreibt eine Vollmacht, weiß sich in guten Händen. »Als erstes werde ich verlangen«, sagt Romer, »dass der Clown da draußen abgezogen wird.«

Wieder klopft es – und Mitch fallen die Augen aus dem Kopf. Lilly, seine Ex, steht in der Tür, schick wie immer, mit neuer Frisur, einem dunkelblauen Hosenanzug und mit warmen, besorgt blickenden Augen. Romer murmelt, er habe noch einen eiligen Termin, und verlässt grinsend das Krankenzimmer.

Lilly setzt sich auf das Bett, streichelt Mitch über die Haare und strahlt ihn an. »Ich habe darauf gewettet, dass du an einer Säuferleber sterben würdest. Dass du anfängst, auf dich schießen zu lassen, war nicht vorgesehen.«

Sie halten Händchen, Mitch erzählt ihr einiges, aber längst nicht alles. Dann sprudelt Lilly in ihrem gewohnten Tempo los, berichtet von ihren Münchner Erfolgen. Für Mitch fühlt sich das alles sehr schnell wieder vertraut an. Er verkneift sich die Frage, ob sie denn zurzeit mit irgendeinem wichtigen Zeitgenossen fest liiert sei. Mitch erzählt von Amir, dabei fällt ihm ein, dass Lilly gewiss Gott und die Welt in ihren Kontakten gespeichert hat. »Du kennst doch bestimmt irgendjemanden von den Bayern, wahrscheinlich sogar Hoeneß oder seinen Steuerberater. Kannst du für den Kleinen eine Besucherkarte für ein Bayerntraining organisieren, er will unbedingt Manuel Neuer kennenlernen!«

Lilly verspricht, ihr Bestes zu geben, murmelt »Pass bitte auf dich auf« und verabschiedet sich in Richtung Flughafen.

Mitch fällt danach in einen tiefen Schlaf – Bullen, Anwalt, Ex, das war zu viel für ihn.

Er hat das Abendessen verpasst, wacht auf, als im Fernsehen ein ZDF spezial zum Anschlag beginnt. Der Innenminister lobt Polizei und Verfassungsschutz, eine große Tragödie sei verhindert worden, auch durch das couragierte Einschreiten engagierter Bürger. Mitch beschließt, damit gemeint zu sein, und bedankt sich. Die neuesten Erkenntnisse zu den Spuren werden gemeldet, verbunden mit der Einschätzung, dass die Täter über erstaunliche Ortskenntnisse verfügt hätten. Dann folgt eine Schalte zu einer Pressekonferenz der thüringischen Polizei. Ein junger Pressesprecher verkündet, der Polizei sei in Zusammenarbeit mit dem Verfassungsschutz ein Schlag gegen rechte Strukturen in Friedenau gelungen. Vier bekannte

Skinheads, die allesamt zum Umfeld von Fred Wagner zählten, seien ohne Gegenwehr verhaftet worden. Auch der kürzlich ermordete Waffenhändler mit Ostkontakten, Maik Milber, habe zu der Gruppe gehört. Ein Experte vertrat die Ansicht, wer wie Milber Waffen in die Ukraine verschiebe, habe auch die Kontakte, um größere Mengen Semtex zu besorgen. Es werde geprüft, ob die Friedenauer Gruppe als terroristische Vereinigung eingestuft werden müsse.

Mitch merkt, wie er vor dem Bildschirm immer wütender wird. Alle danken dem Verfassungsschutz, niemand scheint zu bemerken, dass da jemand im Hintergrund Regie führt.

»Verdammt, Milber und Wagner sind beide Dickmanns Kreaturen. Aber ständig wird der Verfassungsschutz gelobt. Wie kann man von Tätern mit Ortskenntnissen reden und gleichzeitig Thüringer Schnapsleichen verhaften? Wie passt das? Merkt denn niemand, dass all das gewaltig stinkt? Ist ja schön für Friedenau, dass die Skins im Knast sitzen, aber ein Anschlag mit Semtex im tiefsten Westen ist doch viel zu kompliziert für die.«

Mitch glaubt Dickmanns Handschrift zu erkennen. »Woher haben die Bullen gewusst, dass Wagner mir auf die Schnauze gehauen hat? Kann nur von Dickmann gekommen sein. Verdammt, ich habe immer noch nichts in der Hand gegen den Drecksack. Wagner ist tot, Milber ist tot, wer soll da noch auspacken? Und Julian ist tot, mein Gott, Julian.«

Am nächsten Morgen geht Mitch erstmals auf dem Flur spazieren, es klappt ganz gut. Der Polizist vor seiner Tür ist abgezogen. Und bei der Visite verkünden die Ärzte, dass Mitch morgen nach Hause dürfe, aber vorsichtig sein müsse.

Zwei unauffällig gekleidete Männer, Mitte dreißig, laufen mit energischen Schritten durch den langen Gang im Kellergeschoß des Terminals 1 im Frankfurter Flughafen, Bereich

A. Ihr Auftreten hat etwas Militärisches. Sie achten nicht auf die Auslagen der Boutiquen, sie stoppen in keiner der zahlreichen Kneipen. Zielgerichtet nähern sie sich einer gesicherten Tür, hinter der die Videoüberwachung aller Parkbereiche des Terminals 1 liegt. Sie drücken auf den Knopf der Gegensprechanlage, eine schnarrende Stimme meldet sich. »Bundeskriminalamt, dies ist eine nicht angekündigte Sicherheitsüberprüfung, bitte öffnen Sie.«

Die Tür öffnet sich, die beiden betreten einen Raum, in dem fünf Fraport-Mitarbeiter auf gut hundert Monitore starren, vor sich Telefone und Mikrofone, hinter sich ein großes Regal mit Bandaufzeichnungsgeräten. Die beiden Männer zeigen dem Schichtleiter ihre BKA-Dienstausweise. Sie erklären kurz die Notwendigkeit dieser überraschenden Kontrolle, verbieten den Fraport-Männern, Kollegen und Vorgesetzte über den Besuch zu informieren, es fänden zeitgleich an anderen Stellen ebenfalls Kontrollen statt, niemand dürfe vorgewarnt werden. »Uns interessiert besonders der oberirdische Bereich des an das Airport Center grenzenden Parkhauses. Wo stehen die Aufzeichnungsgeräte?« Der Fraport-Angestellte zeigt den Besuchern alles, wird dann gebeten, sich für die nächsten Minuten in den Aufenthaltsraum nebenan zu begeben. Die beiden Besucher starren auf schwarz-weiße Monitore, die endlose Reihen eng geparkter Autos zeigen.

Zur selben Zeit verlässt ein älterer Herr den Flughafen-Fernbahnhof und orientiert sich Richtung Terminal 1, Bereich A. Er trägt eine größere Aktentasche, biegt in den ersten Gang nach rechts ein, folgt der Beschilderung Frankfurt Airport Center. Als er die Lobby des Centers durchquert, vibriert sein Telefon. Werner Dickmann liest eine kurze SMS: Parkbereich 908. Er leitet die SMS weiter.

Einer der beiden BKA-Beamten im Kontrollraum nickt seinem Kollegen zu, starrt dann auf sein Handy: Neunter Stock, 908. Die beiden konzentrieren sich jetzt auf den Monitor für die Sektion 908. Sie sehen zwei Reihen Autos, im hinteren Bereich steht ein kräftig gebauter Mann neben einem BMW. Sonst ist alles ruhig. Der eine der beiden Beamten drückt jetzt auf die Stopptaste des entsprechenden Aufzeichnungsgeräts. Der andere schaltet den Monitor ab. Die Parkreihen im Bereich 908 werden nicht mehr überwacht, es gibt keine Aufzeichnung.

Dickmann hat das Airport Center verlassen, der Gang führt direkt in den achten Stock des Parkhauses. Er schaut auf seine Uhr, jetzt ist die Aufzeichnung unterbrochen, in vier Minuten und dreißig Sekunden muss alles erledigt sein. Dickmann hat 250000 Dollar in Cash dabei und einen australischen Pass auf den Namen Jonathan Dole. In der Tasche seines Übergangsmantels steckt eine lange nicht mehr benutzte, aber gut gepflegte Walther PPK. Marc Taylor hat verlangt, dass Dickmann selber Pass und Geld übergibt, von dem alten Herrn erwartet der Amerikaner keinen Angriff. Dickmann öffnet eine Tür, betritt ein schmuddelig wirkendes schmales Treppenhaus, steigt einen Stock nach oben, öffnet die Tür und ist jetzt im Bereich 908. Er stellt die Aktentasche neben der Tür ab. Er läuft ins Helle, die Rückwand des Parkdecks ist offen, lässt Tageslicht hereinfallen. Er fühlt sich unbehaglich, jetzt gibt er ein perfektes Ziel ab. Dickmann geht die Reihen der Wagen entlang, erkennt jetzt in circa fünfzig Meter Entfernung Marc Taylor, der lässig an einem BMW lehnt.

Marc sieht Dickmann auf sich zu kommen, grinst, überzeugt davon, dass sein Plan der bessere ist. Er hat Dickmann erst im letzten Moment die Nummer der Parkbox gegeben, zu spät für den alten Fuchs, um noch ein großes Feuerwerk zu bestellen. Außerdem ist hier viel Betrieb. Marc fühlt sich sicher, von Dickmann selber geht keine Gefahr aus, der ist ein Planer, kein Killer.

Marc hat einen südafrikanischen Pass auf den Namen Leander Sanders in seiner Brieftasche und eine Lufthansa-Business-Bordkarte für den Flieger nach Johannesburg, Abflug in zwei Stunden. Er will ein oder zwei Wochen in Südafrika abwarten, dann zurück in seine Wohnung nach New York. Er denkt nicht daran, den bei Dickmann bestellten Pass für die Ausreise zu verwenden, viel zu gefährlich.

Dickmann bleibt zwei Schritte vor Taylor stehen, legt einen dicken braunen Umschlag auf den Kofferraumdeckel des BMW. »Geld und Pass, wie besprochen, dürfte ich bitte das Handy haben?« Taylor macht einen Schritt auf den Umschlag zu, greift in seine Jackentasche, holt ein Handy heraus, reicht es Dickmann und nimmt dann den Umschlag. Er ärgert sich, dass der Umschlag verschlossen ist, das Aufreißen erfordert zwei Hände und seine Aufmerksamkeit. Dickmann nutzt diese Sekunde der Irritation, seine rechte Hand gleitet in die Manteltasche, er umfasst die entsicherte Waffe und feuert durch den Stoff seines Mantels dreimal auf Marc, der blutend zu Boden geht. Dickmann reißt die Waffe aus dem Mantel, springt auf Taylor zu und schießt ihm zwei weitere Kugeln in den Kopf. Dickmann zieht blitzschnell den Mantel aus, rollt ihn zusammen, lässt Wagners Handy in die Hosentasche fallen, nimmt den Umschlag mit Pass und Geld, blickt sich jetzt um. Alles ist ruhig. Dickmann eilt auf den Ausgang zu, stopft Mantel und Umschlag in die bereitstehende Aktentasche, öffnet die Tür und ist wieder in dem engen Treppenhaus. Er hastet die Treppe hinab, wenige Sekunden später betritt er wieder den großen Gang, der Parkhaus und Airport Center verbindet. Ein kurzer Blick auf die Uhr, alles passt.

Im Kontrollraum schalten die angeblichen BKA-Männer den Monitor und die Bandaufzeichnung wieder an, bedanken sich bei den Fraport-Mitarbeitern und verlassen den Kontrollraum. Erst einen ganzen Tag später wird ein aufmerksamer Beamter der Frankfurter Mordkommission bemerken, dass auf einer Bandaufzeichnung genau vier Minuten dreißig Sekunden fehlen. Leider ausgerechnet auf dem Band, das den Bereich überwacht, in dem die Leiche eines Südafrikaners gefunden wurde.

Mitch ist glücklich, er ist zu Hause in seiner Wohnung, steht auf seinem Balkon und blickt mit ehrlicher Wiedersehensfreude auf seine Frankfurter Skyline. Er hat das Gefühl, langsam aus einem Alptraum zu erwachen. Gleichzeitig weiß er, dass noch gar nichts vorbei ist. Manches fügt sich in seinem Kopf, er begreift jetzt Wagners höhnisches Lachen und den Satz: »Du hast keine Ahnung was hier wirklich läuft.«

Hatte er auch nicht.

Nicht im Traum hätte er es für möglich gehalten, dass Dickmann einen Anschlag dieser Größenordnung plant. »Noch mal eine ganz andere Nummer als die NSU-Sachen. Da ist er langsam reingerutscht, da hat er angefangen zu vertuschen, bis er dann allerdings aktiv eingriff, Killer losschickte, um seine Interessen nicht zu gefährden. Böhnhardt und Mundlos hätten nie lebend verhaften werden dürfen, das wäre zu gefährlich gewesen. Trotzdem die Aktion jetzt, das ist irre, ein kalt geplanter Massenmord. Aus ideologischen Gründen, weil der Mann die Politik der Regierung aushebeln will, für die er angeblich arbeitet. Der Typ ist verrückt, ein Killer, in Südamerika hätte er einen Putsch geplant«, murmelt Mitch, als sein Telefon klingelt.

Am Rohr der Redaktionsleiter einer großen Berliner Talkshow. Er erzählt, dass die Redaktion eine Sondersendung zum Anschlag plane. Mitch sei der Mann der Stunde, also würden sie ihn gerne für heute Abend um 22:45 in Berlin zu der Sendung einladen. Mitch blickt auf seine Uhr. Es ist 14:15, das wäre zu schaffen. Er wittert eine Chance. »Zwei Bedingungen: Ihr besorgt Flug, Hotel und alles andere, und ich werde zwei DVDs mitbringen, die ihr auf mein Kommando in die Sendung einspielt. Es geht dabei um sensationelles Material, das unbearbeitet bleibt und ungeschnitten läuft, beide Sequenzen zusammen dauern weniger als drei Minuten. Okay?« Er hört ein Schnaufen, dann heftigen Widerspruch.

»Nein, das ist nicht verhandelbar, das ist meine Bedingung – dann sitze ich eben morgen bei SPIEGEL-TV.«

Mitch kennt den Redaktionsleiter von früher, ein guter Journalist, ein Vollprofi. Und schon kommt die Frage, mit der Mitch gerechnet hat. »Wenn das Material so gut ist, dann brauchen wir das vorab, für Trailer und für die Nachrichten.«

Mitch schüttelt den Kopf. »Nein, ist mir zu heiß. Kündigt ruhig eine große Enthüllung an, aber das Material läuft erst in der Livesendung.«

Der Redaktionsleiter knurrt unzufrieden, sagt, er melde sich in zehn Minuten. Mitch weiß genau, was jetzt passiert, der Mann muss mit seinem Chefredakteur sprechen. Mitch hat eine unverschämte Bedingung gestellt. Kein Sender der Welt schickt gerne Material in den Äther, das niemand vorher gesehen hat.

Nach zehn Minuten klingelt das Telefon. »Wir brauchen von dir eine eidesstattliche Erklärung, dass auf dem Material nicht zu Straftaten aufgerufen wird und keine anstößigen oder brutalen Bilder gezeigt werden.«

»Kriegt ihr, kein Problem.«

»Okay, Mitch, dann sind wir im Geschäft. Hätte nie gedacht, dass ich dich mal in die Sendung einlade. Du bist auf dem 17-Uhr-Flieger, nimm bitte ein Taxi, das Parkhaus am Flughafen ist gesperrt, da ist scheinbar jemand erschossen worden.«

Mitch ballt die Faust, legt sich einen Anzug zurecht, er hat nur einen, der zu seiner jetzigen Figur passt. Dann ruft er Romer an, seinen Anwalt.

Mitch erklärt, was er vorhat. Romer ist skeptisch: »Du darfst nur Sachen behaupten, die du auch beweisen kannst. Sonst ballert der dich mit Klagen zu. Stelle Fragen, Fragen sind besser als apodiktische Behauptungen.« Mitch bedankt sich und ruft ein Taxi. Die zwei DVDs hat er dabei.

Der Fahrer hat Probleme, das Terminal 1 zu erreichen, es gibt heftige Staus, der Fahrer erzählt Mitch, die Polizei habe das Parkhaus geschlossen, eine Leiche sei gefunden worden. Mitch erreicht den Flieger auf den letzten Drücker, er fällt erschöpft in seinen Platz, schließt die Augen, ist sofort eingeschlafen.

In Berlin angekommen, fällt ihm ein, wie er hier vor wenigen Tagen immer wieder versucht hat, Julian zu erreichen. All das ist gerade mal eine gute Woche her, jetzt ist Julian tot. Mitch merkt, dass er schlucken muss. »Heute Abend, Julian, heute Abend beginnt die Rache.«

Mitch erreicht das Studiogebäude, es herrscht die übliche Hektik vor Livesendungen. Er wird vom Redaktionsleiter und der Moderatorin begrüßt, die ihn auszuhorchen versucht, worin denn seine große Überraschung bestehen werde. Mitch lächelt verbindlich, sagt aber nichts.

Der Redaktionsleiter fragt Mitch nach den DVDs, die müssten eingelesen werden. Mitch weigert sich. »Die gebe ich erst in der laufenden Sendung raus.«

Dann sitzt er in der Maske, bittet die Maskenbildnerin um eine extra Portion Puder, er ist noch schwach, fürchtet stark zu schwitzen. In der Maske und auf dem Gang davor herrscht jetzt Durcheinander, die Gäste treffen ein, alle Politiker selbstverständlich in Begleitung ihrer Pressesprecher. Mitch hört nur Gesprächsfetzen, er fühlt sich fremd, die Luft ist stickig, riecht nach schwerem Parfüm und Schweiß. Mitch wird dem Staatssekretär des Innenministeriums vorgestellt. Er nimmt Komplimente für seinen Einsatz entgegen, versucht sich dem dann folgenden Small Talk zu entziehen. Die übrigen Gäste kommen, ein Vertreter der Opposition, ein Orientalist, ein Traumaforscher und ein bekannter amerikanischer Terrorexperte, der sehr gut Deutsch spricht. Wieder bekommt Mitch Komplimente und beste Genesungswünsche. Alle scheinen sich zu kennen, Küsschen da, Schulterklopfen dort.

Dann werden sie in das Studio geführt. Es gibt einen Anheizer, der das Publikum auflockern soll. Es ist gleißend hell und ohne größere Vorankündigung wird der Vorspann der Sendung eingestartet, ein Aufnahmeleiter steht jetzt vor der Moderatorin und gibt ihr Sekundenzeichen. 5, 4, 3, 2, 1 – sie strahlt in die Kamera und beginnt gewohnt souverän. »Herzlich willkommen zu einer Spezialausgabe meiner Sendung. Es geht um den Anschlag auf das Flüchtlingsheim Berbenbach. Ich freue mich, Ihnen heute Abend den Mann vorstellen zu können, der maßgeblichen Anteil daran hatte, dass in Berbenbach nicht noch mehr Menschen zu Tode kamen. Bitte begrüßen Sie mit mir Herrn Mitch Berger.«

Mitch hört den Applaus, sieht, wie zwei Kameras auf ihn schwenken, nickt so freundlich er kann in die Objektive. Dann werden die anderen Gäste vorgestellt. Mitch merkt, dass er sich nur schwer konzentrieren kann. Die Studiolampen blenden ihn, es ist heiß, er beginnt zu schwitzen.

Die erste Frage an Mitch ist ein Heimspiel, er soll berichten, wie es zu der Entdeckung der Bombe im Gewölbe kam. Mitch bemüht sich, seine Erregung zu unterdrücken, ihm bleibt die Luft weg, sein Mund ist trocken. Er spricht jetzt bewusst langsam, dann fängt er sich, erzählt die Geschichte von

Amir, dem kleinen syrischen Tormann, der bei einer ersten Erkundung im Lager den Attentäter Fred Wagner erkannte.

Die Regie blendet ein schmeichelhaftes Bild von Amir ein, dem sofort die Herzen von halb Deutschland zufliegen. Der Staatssekretär fühlt sich bemüßigt, die Stimmung mit einem Lob auf die Sicherheitsorgane des Bundes wieder abzukühlen. Als er zu sehr abschweift, unterbricht ihn die Moderatorin und bittet den Traumaforscher zu erklären, was solche Erlebnisse mit Kindern machen. Mitch hat das ungute Gefühl, die Sendung gleite an ihm vorbei, er fühlt sich viel schwächer als gedacht. Er versucht, sich in die dahinplätschernde Diskussion einzumischen, aber immer wieder verpasst er den Einsatz, verliert seinen Gedanken. Mitch merkt, er wird es nicht schaffen, einfach aufzustehen und die Sendung umzufunktionieren. Er merkt, dass ein Assistent der Aufnahmeleitung ihn fragend anschaut – er ist also derjenige, dem er die DVDs geben soll, wenn es denn so weit ist. Mitch würde am liebsten aufstehen und wegrennen. Schließlich rettet ihn der Staatssekretär, der unmittelbar neben ihm sitzt und plötzlich unverhohlen die Arbeit der tapferen Männer und Frauen des Verfassungsschutzes lobt. Mitch spürt eine blinde Wut in sich aufsteigen.

Er fährt herum, starrt den Staatssekretär an. »Entweder haben Sie keine Ahnung oder Sie lügen wie gedruckt. Ihre Ehrenerklärung für die Dienste ist viel zu pauschal. Ich werde Ihnen meine Damen und Herren«, Mitch hört sich plötzlich selber sprechen, er wendet sich jetzt direkt an das Publikum, »ich werde Ihnen jetzt erzählen, was ich in den letzten Wochen erlebt habe. Sie werden eine Geschichte hören, die ich in unserem Land nie für möglich gehalten hätte. Aber sie ist wahr. In dieser Geschichte geht es um eine Verschwörung innerhalb der Dienste, um eine Verschwörung mit dem Ziel, die Flüchtlingspolitik der Kanzlerin zu konterkarieren. Wir werden von einem Menschen erfahren, der aus ideologischen Gründen bereit war, einen Massenmord zu begehen. In dieser Geschichte kommen zwei Verfassungsschützer vor, Herr Staatssekretär. Einer ist ein Held, der andere aber ein Verbrecher.«

Dann fängt Mitch an, er erzählt von der anonym erhaltenen DVD, er steht auf, gibt das Band dem Aufnahmeleiter, Sekunden später hört er das Kommando, MAZ kommt, die Bilder aus dem Camper laufen jetzt, sind in jedem deutschen Haushalt zu sehen. Mitch erklärt dem Publikum, was da zu sehen ist: die letzten Minuten der beiden NSU-Killer. Es herrscht atemlose Stille im Studio, die Moderatorin nickt Mitch zu, er soll weitermachen. Mitch fragt die Zuschauer, wer diese Bilder gemacht haben könnte? Er gibt die Antwort: nur ein Geheimdienst, nur der Verfassungsschutz. Mitch bittet, die zweite DVD einzuspielen, jetzt zeigt er, wie sie die Nummer 0170 2004001 ermittelten. Dann schluckt er, spricht sich Mut zu und legt los: »Diese Nummer, die Herr Böhnhardt da in höchster Not wählt, gehört einem hohen deutschen Verfassungsschützer, dem Hauptabteilungsleiter Werner Dickmann aus dem Kölner Bundesamt für Verfassungsschutz.« Alle starren auf Mitch. Er bemerkt, dass jemand der Moderatorin Kommandos auf den Kopfhörer gibt. »Dieses Band geht weiter meine Damen und Herren, im zweiten Teil sehen wir, dass die NSU-Mörder nicht etwa Selbstmord begehen, sondern von Fred Wagner, also von dem Attentäter aus Berbenbach, und einem Komplizen getötet werden. Getötet im Auftrag von Herrn Werner Dickmann. In dem Handy von Fred Wagner findet sich die Telefonnummer, die Böhnhardt wählte. Dickmanns Nummer, er ist der Mann, der die Fäden zieht.«

Die Moderatorin versucht einzugreifen, aber Mitch lässt sich nicht bremsen. »Ich habe dieses Band von einem tapferen

Verfassungsschützer erhalten, von Herrn Regierungsrat Julian Mahler. Herr Mahler wurde letzte Woche in Köln von einem unbekannten Täter erschossen. Ich weiß nicht, von wem, aber ich weiß, wer diesen Mord in Auftrag gab, Herr Werner Dickmann vom Bundesamt für Verfassungsschutz. Und es geht noch weiter: Ich beschuldige Herrn Werner Dickmann, bis zuletzt Kontakt zu Fred Wagner gehabt zu haben und damit auch mindestens Mitwisser des Anschlags von Berbenbach zu sein.«

Jetzt greift die Moderatorin durch: »Danke, Herr Berger, das war sehr starker Tobak, ich mache darauf aufmerksam, dass dies ausschließlich Ihre Meinung ist und Sie daran gemessen werden, ob Sie diese Behauptungen belegen können. Herr Staatssekretär, Sie haben das Wort.«

Der Staatssekretär braucht einen Moment, bis er seine Fassung wiederfindet: »Ich habe hier eine Menge Behauptungen gehört, aber keinerlei Beweise. Die Videoaufnahmen aus dem Camper sind erstaunlich, die Existenz dieses Materials wirft viele Fragen auf, denen wir nachgehen werden. Was die hier gerade gemachten Äußerungen zu Herrn Werner Dickmann betrifft, so kann ich nur ganz energisch widersprechen. Werner Dickmann ist ein angesehener und mehrfach ausgezeichneter Beamter. Das alles klingt nach krudester Verschwörungstheorie. Für mich vollkommen unglaubwürdig, vor allem aus dem Mund eines Mannes, der noch nicht schlüssig erklärt hat, warum er die Pistole in der Hand hatte, mit der Fred Wagner erschossen wurde. Aber selbstverständlich werden wir allen Vorwürfen nachgehen. Der Präsident des Bundesamtes für Verfassungsschutz wird eine umfangreiche Untersuchung veranlassen.«

Mitch merkt, dass er dem Mann nur schwer folgen kann, er hört all die gestanzten Politikersprechblasen wie durch einen Filter, alles hat plötzlich ein Echo, sein Blutdruck muss kurz vor 180 sein. Aber Mitch ist glücklich. Er hat es gemacht, er hat gerade Dickmann vor einem Millionenpublikum einen Mörder genannt. Jetzt wird eine riesige Lawine ins Rollen kommen. Die Medienmeute wird sich auf Dickmann stürzen. Und der wird seine Anwälte auf Mitch hetzen. Egal, er hat gekämpft.

20

Immer noch brennen die gnadenlosen Scheinwerfer, die gierigen HD-Kameras warten auf jede unbewusste Regung der Gesichtsmuskeln. Die Zeit scheint still zu stehen, es kommt Mitch vor, als dauere die Talk Show schon ewig. Nach seinem großen Auftritt haben die Kräfte merklich nachgelassen. Er versucht, seine Position zur Flüchtlingsfrage zu erklären. Er glaubt an Gefühl und Härte, an Empathie und Hilfsbereitschaft für alle in echter Not, egal in welcher Zahl sie kommen, aber auch an Härte gegenüber all denen, die Liberalität ausnutzen, um sich einen schnellen materiellen Vorteil zu verschaffen. Er bekommt Beifall, aber Mitch ist sich nicht sicher, ob die Leute ihn verstanden haben.

Dann setzt die Moderatorin zum Schlusswort an. »Ich danke unseren Teilnehmern für die lebhafte Diskussion, ich danke Ihnen daheim für Ihre Aufmerksamkeit. Ich bin mir sicher, dass das, was hier heute Abend gesagt wurde«, jetzt blickt sie Mitch an, »die Republik in der nächsten Woche in Atem halten wird. So oder so. Vielen Dank und auf Wiedersehen.«

In der Kölner Privatwohnung von Werner Dickmann klingelt das Telefon. Dickmann, der sprachlos vor dem Fernseher sitzt, hebt ab. Generalmajor Neubert ist am Telefon. »Werner, hast du gerade die Talkshow gesehen, eine Katastrophe. Der Kerl hat dich einen Mörder genannt, vor einem sehr großen Publikum, das ist der GAU!«

Dickmann gibt sich cooler, als er ist. »Ich werde ihn verklagen, ich werde aus allen Rohren schießen, ich glaube nicht, dass der Rotzlöffel irgendeinen Beweis hat. Hätte er das ganze Band, dann hätte er es gezeigt. Unser Archiv ist sauber, Wagners Handy kann er nicht vorlegen, das hat er nicht. Peter, entschuldige, ich habe den Präsidenten auf meinem Handy.«

Der Abspann dröhnt, alle stehen auf, die Lampen werden endlich runtergedreht. Der Redaktionsleiter eilt auf Mitch zu, der den Anpfiff seines Lebens erwartet – aber es kommt anders. »Hammerhart, Mitch, hammerhart. Ich hoffe, du weißt, was auf dich zukommt. Für uns war es sensationell. Wir werden eine Mörderquote haben und in allen Agenturen erwähnt werden.« Er schlägt Mitch krachend auf die Schulter und wendet sich dann dem etwas säuerlich blickenden Staatssekretär zu.

Die Moderatorin winkt Mitch zu sich. »Mutig, mutig! Ich hoffe, du kannst das beweisen, sonst wird dich das eine Menge Geld kosten. Ich sage nur: alles Gute!«

Eine Horde Fotografen stürmt auf Mitch los, Blitzlichtgewitter, dann kommt die Welle der Print-Kollegen. Plötzlich hat Mitch vier, fünf Visitenkarten der besten deutschen Zeitungen und Magazine in der Hand, in seinen Ohren dröhnen Worte wie »exklusiv«, »sind bereit zu zahlen«, »bieten Rechtsschutz« …

Mitch bahnt sich einen Weg durch die Menge, verschwindet in der Maske, schlägt die Hände vors Gesicht, merkt erst jetzt, dass seine Hände zittern.

»Herr Präsident, was verschafft mir die Ehre, was kann ich für Sie tun?« Eine Sekunde Schweigen in der Leitung, dann donnert der Präsident des Bundesamtes für Verfassungsschutz los. »Ich vermute, Sie haben diese grandiose Fernsehsendung gesehen. Das ist das Schlimmste, was je über unseren Dienst oder über einen unserer Mitarbeiter behauptet wurde. Ich weiß, dass Sie sich für unangreifbar halten, dank Ihrer tollen Dossier-Sammlung. Dickmann, ganz ehrlich, ich mag Sie nicht, Sie können sich Ihr Dossier über mich in den Hintern stecken, alles, was ich Ihnen jetzt sage, kommt direkt aus dem Kanzleramt. Sie können mich gerne mit den alten Sachen angreifen, es wird Ihnen nichts nützen, denn falls ich falle, dann gehen der Minister oder das Kanzleramt direkt gegen Sie vor. Wir verlangen morgen Vormittag eine Pressekonferenz von Ihnen, in der Sie entweder ihren Rücktritt erklären oder aber alle Vorwürfe zurückweisen und juristisch konsequent gegen diesen Berger vorgehen. Habe ich mich klar ausgedrückt? Für diese Pressekonferenz stehen Ihnen übrigens alle Ressourcen unseres Hauses zur Verfügung, danach erwarte ich, dass Sie sich zurückziehen, Sie sind bis zur Klärung aller Vorwürfe vom Dienst suspendiert. Habe ich mich klar ausgedrückt?«

Es klackt in der Leitung, Dickmann starrt auf die Glotze, in der gerade in aller Ausführlichkeit über Vorwürfe gegen den Verfassungsschutz berichtet wird. Dickmann holt sich einen Cognac, wählt dann die Nummer des Pressesprechers des Bundesamtes.

Mitch wacht völlig geschafft gegen 10 Uhr am nächsten Morgen in seinem Berliner Hotelzimmer auf. Er blickt auf sein blinkendes Handy, liest 14 verpasste Anrufe. Dazu Messages ohne Ende.

Mitch schaltet den Fernseher ein, er hat noch etwas Zeit, sein Flieger geht erst um 12:30.

Die Sender haben nur ein Thema, die Vorwürfe gegen Dickmann. Mitch beobachtet fasziniert Bilder aus Berbenbach. Vor dem Flüchtlingsheim Berge von Blumen und Kerzen, Hunderte junger Leute, die ihre Trauer und ihre Wut zeigen. Einige halten ein Transparent hoch: WER SCHÜTZT UNS VOR DEM VERFASSUNGSSCHUTZ.

Gut zweihundert Männer und Frauen sind bereits jetzt zu dieser frühen Stunde auf den Beinen, der Kommentator erzählt, es würden im Laufe des Tages mehrere tausend Menschen erwartet. Eine Gruppe Demonstranten skandiert: Verfassungsschutz – Mörderschutz.

Mitch ist begeistert, das ist mehr, als er gehofft hat. Er springt unter die Dusche, will zum Flieger und nach Hause. Plötzlich stoppt er, der Sprecher im Fernsehen kündigt für 15 Uhr eine Pressekonferenz des Bundesamtes für Verfassungsschutz an.

In Köln läuft Sofia Mahler ziellos durch ihre Wohnung. Es ist jetzt eine gute Woche her, dass Julian ermordet wurde. Sofia leidet, besonders macht ihr zu schaffen, dass Julian immer noch nicht beerdigt, seine Leiche immer noch nicht freigegeben ist. Gestern Abend hat sie Mitch in der Talkshow gesehen. Als er Julian einen Helden nannte und Dickmann des Mordes beschuldigte, ist sie weinend zusammengebrochen.

Sie setzt sich nun an Julians Schreibtisch, holt Briefpapier, beginnt gerade einen Brief an Mitch zu schreiben, als das Telefon klingelt. Sie nimmt ab, am anderen Ende eine Kollegin aus der Bank, mit der sie eng befreundet ist. »Sofia, mein Schatz, geht es so halbwegs bei dir? Hör zu, Mäuschen, ich störe dich ungern, aber hier in der Bank liegt seit Tagen ein merkwürdiger Brief für dich. Nein, ich weiß, dass du nicht arbeiten willst, das verstehe ich doch. Ich habe heute früh den Stapel auf deinem Tisch gesichtet, wollte sehen, ob etwas wirklich Dringendes dabei ist, das wollte ich dann erledigen. Da habe ich diesen Brief gesehen, Sofia, und ich glaube, ich habe die Schrift erkannt. Der Brief ist von Julian.«

Sofia muss sich setzen, ihre Beine lassen sie ihm Stich. Sie legt die Hand auf ihren Bauch – als wolle sie ihr ungeborenes Kind schützen. Ein Brief, völlig unmöglich, sie weiß aber auch, dass ihre Freundin nie einen geschmacklosen Witz auf ihre Kosten machen würde.

»Danke, ich komme sofort. Bin in einer halben Stunde da. Ich sehe fürchterlich aus, kannst du mir den Brief runterbringen? Gut, bis gleich.«

Sofias Gedanken fahren Karussell, sie macht sich frisch, legt etwas Rouge auf, eilt auf die Straße. Er ist ihr fürchterlich, mit Julians Auto zu fahren, aber sie hat keine Wahl. Entgegen ihren sonstigen Gewohnheiten heizt sie heute durch die Stadt, sie hat plötzlich das Gefühl, Julian warte auf sie. Immer wieder lässt sie die letzten Stunden des Todestages Revue passieren. Sie war früh aufgestanden, Julian schlief noch, er war erschöpft und angespannt aus Berlin gekommen, dann ihr Geheimnis, die Schwangerschaft, Julians Freude, eine lange Liebesnacht, zarter noch als sonst. Sie schrieb ihm einen Zettel, die verfluchte Bitte, ihren Wagen zu waschen. Schluss. Warum sollte Julian an diesem Morgen einen Brief an sie geschickt haben? Was war in Berlin gewesen? Sie denkt an die Talkshow gestern, sicher weiß dieser Mitch mehr. »Ich werde ihn anrufen«, flüstert Sofia. Als sie noch zwei Kurven bis zur Bank hat, ruft sie die Freundin an: »Komm bitte runter, bin gleich da.«

In Berbenbach ist Basim Marwan seit der Nacht des Anschlags ein berühmter Mann. Die Lokalzeitung hat ihn interviewt, Mitch hatte einem Fernsehmann erzählt, dass es Basim war, der die Bombe entschärfte. Daraufhin wurde Basim von einem Lokalsender interviewt, später am Abend sah er sich selbst in einer Sendung namens Hessenschau. Alle waren stolz auf ihn. Basim hat die Erlebnisse gut weggesteckt, es hat ihm gefallen, endlich wieder einmal etwas gemacht zu haben. Er hasst sein Flüchtlingsleben hasst die verdammten Passivität, zu der er verurteilt ist. Er versteht die Deutschen nicht. Einerseits wollen sie nicht, dass die Flüchtlinge Geld vom Staat bekommen, andererseits aber verbieten sie ihm zu arbeiten. Er hat eine Bombe entschärft, er kann auch Fernseher reparieren, einen Fön wieder zum Laufen bringen oder eine Waschmaschine reparieren. Als er den Heimleiter bat, ihm bei einem kleinen Flugblatt zu helfen, mit dem er seine Leistungen anpreisen wollte, hat der Heimleiter entsetzt abgelehnt.

Heute aber ist Basim neben der Spur. Seit einer halben Stunde sitzt er regungslos unter einem Busch und starrt auf sein Handy. Eine Whats App von seinem Bruder Mehmet aus Raqqa hat ihn sprachlos gemacht. In merkwürdig starren, stark religiös unterlegten Worten bat Mehmet um Unterstützung. Ein Freund werde nach Deutschland kommen, um dort eine Arbeit für den Kalifen zu erledigen. Der Mann brauche Hilfe, Papiere, Unterkunft für ein paar Tage. Basim möge helfen, Allah werde es ihm danken.

Damit sind Basims schlimmste Befürchtungen wahr geworden. Seit er weiß, dass sich sein älterer Bruder dem IS angeschlossen hat, lebt er mit der Sorge, sein Bruder könne um Hilfe für eine Aktion des IS in Deutschland bitten.

Basim hat immer die Bitten des älteren Bruders erfüllt. Das jetzt aber hat eine andere Qualität. Basim verabscheut die Methoden des IS, er hat gemeinsam mit Mitch gekämpft, er will jetzt nicht helfen, Deutsche zu töten. Aber Mehmet ist sein älterer Bruder, dem er Respekt schuldet.

Mit quietschenden Reifen kommt Julians Audi TT zum Stehen. Kurz darauf taucht Sofias Freundin auf, streichelt Sofia zart über die Wange, drückt ihr einen braunen Umschlag in die Hand. Sofia erkennt auf den ersten Blick Julians Handschrift. Sie reißt den Umschlag auf, ein Schlüssel fällt in ihren Schoß und ein kleiner Zettel. Julian schreibt, der Schlüssel gehöre zu seinem Schließfach. Sofia möge den Schüssel bitte in ihrem Büro aufbewahren. Sollte ihm, Julian, etwas zustoßen, dann bitte er sie, das Schließfach zu leeren und den Inhalt zu Mitch Berger nach Frankfurt zu bringen. Das sei ungeheuer wichtig.

Sofias Augen füllen sich mit Tränen. Julian schreibt von seiner großen Liebe, schreibt, wie sehr er sich auf die Zukunft und das Kind freue. Alles verschwimmt vor Sofias Augen. Das Baby wird ohne einen Vater aufwachsen, sie hat ihre große Liebe verloren. Julian hat sich also bedroht gefühlt, er hat seinen Tod geahnt. Und wenn Mitch recht hat, dann ist Werner Dickmann sein Mörder. Wie oft hat sie mit Julian über Dickmann gestritten. Jetzt ist es an der Zeit, Dickmann zu erledigen.

Mitch hat es geschafft – er ist zu Hause. Im Taxi, sowohl in Berlin als auch jetzt in Frankfurt, hat er zig Telefonate mit Journalisten gehabt, die alle über seine Story berichten wollen. Er hat dem SPIEGEL einen Namensartikel versprochen, seine Sicht der Ereignisse. Ihm schwirren tausend Sachen durch den Kopf, sein Anwalt hält sein Material für viel zu dünn, um damit Dickmanns Schuld beweisen zu können. »Weiß ich selbst«, murmelt Mitch, »aber jetzt in dem ganzen Wirbel kann unendlich viel passieren. Dickmann kann einen Fehler machen, Zeugen können auftauchen, ich musste den Stein ins Wasser werfen.«

Mitch ist zufrieden mit sich. Viel zu lange hat er Risiken vermieden, viel zu lange hat er dem Leben erlaubt, mit ihm zu spielen, statt selber mit dem Leben zu spielen. Er hat alles gerne dem Zufall überlassen, hat Kismet gesagt, wenn ihm seine eigene verdammte Bequemlichkeit im Weg stand. Selbst diese Story jetzt war ein Geschenk. Julian hätte die DVD auch an Stefan Aust oder an jeden anderen Großjournalisten schicken können.

Hat er aber nicht. Jetzt muss Mitch beweisen, dass er Julians Vertrauen verdient.

In Köln beginnt in einem großen Saal des Bundesamtes die Pressekonferenz. Auf dem Podium zwei Männer, der Pressechef des Hauses und Werner Dickmann. Dickmann trägt seinen besten dunkelblauen Anzug, einen Dreiteiler, dazu ein dezent blauweiß gestreiftes Hemd mit roter Krawatte. Er beobachtet die Kameraleute und Fotografen, die sich zu seinen Füßen drängen, mit einem leicht arroganten Zug um die Mundwinkel. Er sieht gut aus, groß, grauhaarig, hält sich gerade. Einzig ein geplatztes Äderchen im linken Auge verrät seine Anspannung.

Der Pressechef eröffnet die Veranstaltung. »Meine Damen und Herren, wir können uns lange Vorreden sparen, sie alle kennen die Vorwürfe, die gestern Abend in einem national ausgestrahlten Programm gegen den Hauptabteilungsleiter Herrn Dr. Werner Dickmann erhoben wurden. Ich bin ermächtigt, Ihnen mitzuteilen, dass der Präsident der Behörde Herrn Dr. Dickmann bis zur Klärung der Vorwürfe vorläufig vom Dienst suspendiert hat. Dies ist ein ganz normaler Vorgang, der keinerlei Vorverurteilung bedeutet. Aber angesichts der Schwere der Vorwürfe hat der Präsident keinen Ermessensspielraum. Lassen Sie mich dennoch deutlich machen: Wir gehen davon aus, dass Herr Dr. Dickmann alle Vorwürfe entkräftet, um dann voll rehabilitiert an seinen Schreibtisch zurückzukehren. Das Wort hat Herr Dr. Dickmann.«

Dickmann Blickt auf die Meute, die da unten auf den kleinsten Fehler von ihm wartet. Er hasst solche Veranstaltungen, aber die Lage ist, wie sie ist. Er ordnet einige Blätter mit Notizen, drückt dann auf den Mikroknopf vor ihm: »Meine Damen und Herren, erlauben Sie mir eine kurze persönliche Vorbemerkung. Ich bin noch nie in meinem langen Leben so angegangen und beleidigt worden wie gestern. Ich bin kein großer Freund gerichtlicher Auseinandersetzungen, hier aber bleibt keine Wahl. Ich habe heute durch meine Anwälte Strafanzeige wegen Beleidigung und übler Nachrede gegen Herrn Mathias Berger stellen lassen. Wir haben ferner Herrn Berger eine Unterlassungserklärung sowie ein Verlangen auf Widerruf zustellen lassen. Wir haben den ausstrahlenden Sender aufgefordert, die gestrige Sendung aus der Mediathek zu entfernen und auch eine ausschnittsweise Verwendung der Sendung zu untersagen.«

Die ersten Agenturmeldungen laufen sofort auf Handys und Computern.

Köln: Dickmann suspendiert.

Köln: Dickmann wehrt sich juristisch gegen Vorwürfe.

Köln: gestrige Sendung gesperrt.

»Lassen Sie mich die Vorwürfe der Reihe nach abarbeiten. Der Verfassungsschutz, weder das Bundesamt noch die Landesämter, hat zu keinem Zeitpunkt den Camper der NSU-Täter videoüberwacht. Wie die von Herrn Berger vorgeführten Bilder entstanden sind, kann ich Ihnen nicht erklären. Zunächst einmal müssen diese Bilder technisch untersucht werden. Es waren auch Journalisten, die vor einigen Jahrzehnten Hitlers Tagebücher präsentiert haben. Es waren Kollegen vom BKA, die sie als Fälschung enttarnten. Was die gestern präsentierte Telefonnummer betrifft, ist mir diese Nummer nicht bekannt. Es ist keine von unserem Amt benutzte Nummer. Ich werde eine entsprechende Erklärung unserer Kommunikationsfachleute nachreichen. Ob sich diese Nummer auch auf dem Handy von Fred Wagner befindet, entzieht sich meiner Kenntnis. Ich fordere Herrn Berger auf, den Beweis anzutreten und dafür das Handy von Herrn Wagner vorzulegen.«

Dickmann hält einen Moment inne, trinkt einen Schluck Wasser. In Frankfurt sitzt Mitch gebannt vor dem Fernseher und stöhnt: »Scheiße, der hat Wagners Handy, natürlich, ich Idiot.«

Dickmann räuspert sich und fährt fort: »Herr Wagner war in der Tat V-Mann des Bundesamtes. Er hat keine schlechten Dienste geleistet, er hat valide Informationen geliefert, etwa zu den Waffengeschäften des Herrn Milber und zu den Aktivitäten der mutmaßlichen Friedenauer Terrorzelle. Dass sich Herr Wagner an einem Bombenanschlag beteiligt hat, der eine große Zahl Menschen töten sollte, schockt uns alle hier zutiefst. Aber wir können den V-Männern leider nur vor die Stirn schauen, nicht dahinter. Erwähnt werden muss in diesem Zusammenhang aber auch, dass die Herren Wagner und Berger eng miteinander verbandelt waren. Wagners Exgeliebte, die vor einigen Monaten Selbstmord verübte, war eine enge Freundin von Herrn Berger. Herr Berger ist vor einigen Wochen von Herrn Wagner niedergeschlagen worden. Kurz danach ist Herr Berger in das Haus von Herrn Wagner eingebrochen. Angesichts dieser engen Beziehungen hat die Polizei noch eine ganze Reihe Fragen an Herrn Berger, deren Beantwortung Herr Berger bis jetzt schuldig geblieben ist. Mit am schmerzhaftesten war gestern für mich der Vorwurf, dass ich meinen eigenen Mitarbeiter Julian Mahler getötet haben soll. Das ist schäbig. Regierungsrat Mahler war ein enger Mitarbeiter. Herr Mahler hat für unser Haus an der Aufklärung des Mordes an Herrn Milber in Bergroda gearbeitet. Sein Tod steht im Zusammenhang mit diesen Ermittlungen. Ich kann Ihnen heute mitteilen, dass der Mord an Herrn Mahler weitgehend aufgeklärt ist. Am Tatort gefundene Zigarettenkippen ermöglichten die Ermittlung der Täter-DNA. Ukrainische Kollegen haben jetzt eine Blutprobe mit identischem Genmaterial gefunden. Der Täter ist ein Mitglied des sogenannten Rechten Sektors, ein Mann namens Igor Dimitrov. Wir glauben, dass die Ermittlungen von Herrn Mahler erfolgreich waren und dass die Waffenhändlermafia deswegen zugeschlagen hat. Leider ist der Täter vor etwa vier Tagen in der Gegend von Mariupol verbrannt, vermutlich eine Abrechnung im Milieu. Wir haben Herrn Mahler posthum für einen Orden vorgeschlagen, wir werden seiner stets in Ehren gedenken.«

Dickmann ist damit am Ende seiner Rede, Fragen werden nicht zugelassen, der Pressechef beendet die Pressekonferenz.

Push-Meldungen:

Köln: Attentäter Fred Wagner war V Mann.

Köln: Wagner und Journalist Mitch Berger privat verbandelt.

Köln: Mord an Mahler aufgeklärt, Täter tot.

Einige Stockwerke über dem Konferenzsaal wühlt der Leiter der technischen Aufklärung des Bundesamtes, Dirk Schulz, in den Tiefen seines Schreibtisches. Er findet einen Ordner mit dem Aufkleber »Dickmann Informel«. Er wühlt in den Unterlagen, nimmt ein Blatt Papier heraus, geht zum Reißwolf und vernichtet das Blatt »Rufumleitungen zu 0170 2004001«. Schulz schüttelt den Kopf. »Nie hätte ich gedacht, den Chef mal so zu erleben. Auf mich kann er sich verlassen. Für mich ist Dickmann der Chef. Ende. Aus.«

In Berbenbach hat sich die Zahl der Demonstranten vor dem Flüchtlingsheim vervielfacht. Gut 2000 Leute rufen: »Say it loud, say it clear, refugees are welcome here.« Wieder sieht man das Transparent: WER SCHÜTZT UNS VOR DEM VERFASSUNGSSCHUTZ. Wieder skandieren junge Leute: Verfassungsschutz Mörderschutz. Ein bärtiger Mann schnappt sich ein Megaphon und ruft mit heiserer Stimme: »Leute, gerade melden die Presseagenturen, an der Frankfurter Uni ist eine

Demonstration mit etwa 3 000 Leuten Richtung Innenstadt gestartet. Und – es lebe die Hauptstadt, in Berlin fordern gut 5 000 Menschen vor dem Brandenburger Tor die Abschaffung aller Dienste.« Begeisterter Jubel, Sprechchöre ertönen: VERFASSUNGSSCHUTZ MÖRDERSCHUTZ. Der Bärtige am Megaphon macht weiter: »Wir fordern vollständige Aufklärung. Wer sind die Mörder von Berbenbach, wer sind die Hintermänner?«

Sofia ist in Julians Bankfiliale eingetroffen. Die beiden haben gegenseitige Vollmachten, Sofia hat den Schlüssel, kein Problem. Jetzt sitzt sie an einem abgewetzten Schreibtisch und öffnet die Box. Sie sieht eine DVD, mehrere Akten STRENG GEHEIM und ein größeres Schwarz-Weiß-Foto, das sie an die Fernsehberichte der letzten Tage erinnert – das muss die Kaserne in Berbenbach sein. Auf der Rückseite steht in Julians Handschrift: erhalten von Fritz Haller Objekt 17, Haller sagt Treffen Dickmann, Neubert, amerikanischer Rambo. Sofia seufzt: »Mein Gott, Julian, auf was hast du dich da eingelassen. Dein Freund Mitch hat recht, Dickmann steckt hinter allem. Du wolltest gegen Dickmann kämpfen und bist mitten in ein Verbrechen gestolpert. Deswegen musstest du sterben. Armer geliebter Julian.« Sie trocknet die Tränen, nimmt die Unterlagen an sich und verlässt die Bank. Sie weiß, was sie zu tun hat.

Am nächsten Morgen erwacht Basim. Sein Handy schrillt, Samira dreht sich unwillig zur Seite. Basim nimmt den Ruf an, stürzt nach draußen, wo er ungestört ist. Er hört die zerhackt klingende Stimme eines guten Freundes aus Syrien. Plötzlich versteinert Basims Gesicht, er kämpft mit den Tränen. Das Gespräch dauert noch eine gute Minute, bricht dann ab. Plötzlich steht Samira neben ihrem Mann. »Was ist los, Basim, was geschieht in der Heimat. Bitte, rede mit mir, rede endlich mit deiner Frau.«

Basim legt seinen Kopf auf Samiras Schulter. »Er ist tot, Mehmet ist tot, mein älterer Bruder Mehmet ist tot. Sie haben ihn umgebracht, die Hunde, sie haben ihn geköpft.« Samira schlägt die Hände vor das Gesicht, streichelt Basim über den Kopf. »Ich habe eine Nachricht bekommen«, schluchzt Basim, »habe mich gewundert, weil er ganz anders klang als sonst, wie ein Automat, gar nicht wie Mehmet. Es klang alles falsch. Er wollte Hilfe für einen Anschlag in Deutschland. Ich war verzweifelt, was soll ich tun? Ich muss Mehmet gehorchen, aber ich habe nichts gegen die Deutschen. Jetzt erfahre ich von einem Freund, dass Mehmet schon seit über zehn Tagen tot ist, hingerichtet in Raqqa, geköpft. Die Hunde haben sein Telefon genommen und in seinem Namen geschrieben. Ich sollte denken, mein Bruder erbittet Hilfe. Die Hunde, sollen sie alle verrecken.«

Werner Dickmann dreht unruhige Runden in seinem Wohnzimmer. Seit Jahren war er tagsüber nicht mehr zu Hause. Er ist nach der Pressekonferenz kurz hoch in sein Büro gefahren, hat sich von einigen Mitarbeitern verabschiedet, einige Unterlagen aus dem Safe genommen und die beiden Fotos auf seinem Schreibtisch eingepackt. Das Bild seiner verstorbenen Frau Hildegard hat er hier gleich neben den Fernseher gestellt. Das Bild, das den jungen Dickmann mit seinem großen Vorbild, dem ehemaligen BKA-Präsidenten Dickopf, zeigt, hat noch keinen Platz gefunden. Nie hätte er es für möglich gehalten, dass der Präsident ihn so rüde suspendiert. Es war ernüchternd, sein Dossier – seine Lebensversicherung – ist plötzlich wertlos.

Mit seinem Auftritt auf der Pressekonferenz ist er zufrieden, hat aber aus der Resonanz in den Medien gemerkt, dass eine sehr große Skepsis gegenüber seiner Version herrscht. Vor allem der tote Ukrainer ist nicht gut angekommen. Viele Journalisten reagieren mit beißendem Spott. Über eine punktgenaue Selbstentzündung wird gewitzelt. Seine Anwälte hingegen machen ihm Mut.

Dickmann schaltet den Fernseher ein, sieht Bilder von den Demonstrationen in Berbenbach, Frankfurt und Berlin. Stündlich steigen die Teilnehmerzahlen. »Die Gutmenschen machen mobil«, zischt Dickmann ärgerlich. Solche Kundgebungen lassen ihn zwar kalt, er ist aber Profi genug, um zu wissen, dass solche Bilder die politische Atmosphäre verändern. Sein Telefon klingelt mehrfach, alte Freunde berichten, dass für morgen auch Kundgebungen in Hamburg, Köln und Heidelberg geplant sind.

Neubert hat wieder nach dem Plan B gefragt. Dickmann hat nur einen halben. Sollte es eng werden, wird er zunächst nach Südamerika gehen, er hat einige Rücklagen, aber so weit ist es noch lange nicht.

Am späten Nachmittag klingelt es in Mitchs Wohnung im Frankfurter Nordend Sturm. Mitch hört eine Frauenstimme über die Gegensprechanlage, er öffnet, hört das Geräusch hochhackiger Schuhe auf der Treppe. In der kurzen Zeit, bis die Dame oben ankommt, checkt Mitch sein Äußeres, zieht schnell ein Jackett über. Dann staunt er nicht schlecht: Vor seiner Tür steht eine äußerst attraktive junge Frau.

»Hallo, Herr Berger, wir kennen uns nicht, mein Name ist Sofia Mahler, ich bin Julians Frau. Darf ich reinkommen?« Mitch bleibt einen Moment die Luft weg, dann bittet er Sofia in die Wohnung. Er führt sie in sein Arbeitszimmer, schiebt Papiere, Fotos und andere Unterlagen zur Seite. »Sie schickt der Himmel, ich habe unzählige Male versucht, sie zu erreichen. Julians Tod ist furchtbar, wir waren am Abend vorher in Berlin zusammen, dort hat man versucht, mich über den Haufen zu fahren, ich konnte glücklicherweise entkommen. Hatte mehr Glück als Julian. Es tut mir so leid.«

Er holt Wassergläser, Tassen, stellt einen Tee auf, entschuldigt sein Chaos.

Dann legt Sofia eine Aktentasche auf den Tisch und beginnt zu erzählen. Sie dankt Mitch für seine Worte über Julian in der Talkshow, es hat ihr gutgetan, dass Mitch Julian einen Helden genannt hatte. Sie erzählt von dem Brief, dem Schließfach und Julians Bitte, all das Material Mitch zu übergeben.

Jetzt öffnet sie die Aktentasche und die beiden beugen sich über den Inhalt. »Das ist die Original-DVD, damit können wir beweisen, dass Wagner und Milber im Camper waren und die NSU-Leute getötet haben.« Mitch blättert durch die Akten. »Das sind Aktenteile, deren Existenz von Dickmann bestritten wird. Die muss Julian vor der Vernichtung gerettet haben.«

Sofia fällt ihm ins Wort: »Er kam neulich sehr spät und wütend nach Hause, erzählte, dass Dickmann einen Kollegen namens Ottmar Bahr, den Julian wohl überhaupt nicht mochte, beauftragt hatte, im großen Stil Akten zu vernichten!«

Dann hält Mitch das Luftbild der Kaserne von Berbenbach in der Hand. »Ist ja irre, woher hat Julian das?« Mitch dreht das Bild um, liest vom Objekt 17 und von Herrn Hallers Bericht, dass sich Dickmann, ein Generalmajor Neubert und ein amerikanischer Rambo etwa 12 Tage vor dem Anschlag getroffen und dabei Bilder der Kaserne studiert haben.

»Wer ist dieser Haller?«, fragt Mitch aufgeregt. Sofia erzählt, dass Julians Eltern im Bergischen Land leben, wo auch Haller wohne. Er unterhalte ein sicheres Haus für den Verfassungsschutz und sei ein alter Freund der Familie Mahler.

Mitch drängt Sofia, umgehend bei Julians Eltern anzurufen. Die Mutter hebt ab. Mitch muss endlose Minuten warten, in denen sich die beiden Frauen erst einmal gegenseitig trösten, dann aber fragt Sofia nach Haller. Die Mutter verspricht, Haller anzurufen und ihn zu bitten, sich umgehend bei Mitch zu melden.

Schon nach 15 Minuten klingelt das Telefon, Mitch hebt ab, hat Haller am Rohr. »Herr Haller, besten Dank für Ihren Rückruf. Herr Haller, neben mir sitzt Sofia Mahler, Julians Witwe, ich gebe Sie Ihnen kurz.«

Sofia erzählt Haller unter Tränen, wie schlimm der Tod des geliebten Mannes sie getroffen hat. Sie erklärt, dass sie und Mitch dabei seien, Julians Tod aufzuklären, sie wolle, dass Julians Mörder zur Rechenschaft gezogen werde. Dann gibt sie Mitch das Telefon zurück.

»Herr Berger, was genau wollen Sie von mir?«, fragt Haller. »Ich bin Mitarbeiter des Bundesamtes, Dickmann ist da ein großer Chef. Ich muss an meine Zukunft denken, allerdings war Julian ein guter Freund. Verflucht, ich fühle mich verantwortlich, schließlich habe ich Julian dieses verdammte Foto gegeben.«

»Herr Haller, ich würde Sie gerne morgen besuchen und Sie bitten, mir kurz schriftlich zu bestätigen, dass dieses Dreiertreffen stattgefunden hat, dass Sie das Foto gefunden und es dann an Julian weitergegeben haben. Ich verspreche Ihnen, diese Erklärung nur im Notfall einzusetzen. Außerdem Herr Haller, keine Angst, Dickmann ist suspendiert und in ein paar Tagen hinter Gittern.«

Mitch hört, dass Haller höhnisch lacht. »Lieber Herr Berger, nie, ich wiederhole, nie werden Sie Dickmann hinter Gittern sehen. Das ist nicht der Typ Mann, der hinter Gittern stirbt. Um Julian und seiner Eltern willen, ja, kommen Sie morgen gegen Mittag vorbei.«

Mitch schickt Sofia einen Luftkuss. »Er macht mit, wir kriegen seine eidesstattliche Erklärung. Damit können wir beweisen, dass Dickmann vorab von dem Anschlagplänen wusste. Gut, das ist kein juristischer Beweis, aber politisch, journalistisch ist er damit tot. Niemand wird ihm mehr glauben. Wir haben den Dreckskerl.«

Mitch hat sich von einem Freund einen alten Mercedes SLK geliehen. Sein schrottreifer Alfa steht immer noch in Berlin. Jetzt gibt Mitch Nümbrecht bei Waldbröl in das Navi ein und startet.

Es ist 9 Uhr, Mitch hat keine Zeit zu verlieren. Er stoppt noch kurz an einem Kiosk, trinkt einen Espresso und kauft zwei Zeitungen. Auf der BILD prangt ein Foto eines trainiert und hart wirkenden Gesichts, es ist der Tote aus dem Flughafenparkhaus von vorgestern. Die Polizei bittet um Hinweise, der Mann habe einen südafrikanischen Pass bei sich gehabt, er sei aber in Südafrika nicht bekannt, vieles spreche daher für einen falschen Pass. Mitch wirft die Zeitungen achtlos auf den Beifahrersitz und ist nach wenigen Minuten auf der Autobahn nach Norden.

Im Autoradio wieder zahlreiche Berichte über die immer intensiver werdenden Demonstrationen. In fast allen deutschen Universitätsstädten sind Tausende auf den Straßen. Mitch frohlockt, der Druck der Demonstranten wird ihm helfen.

Endlich rollt Mitch durch das idyllische Nümbrecht, parkt vor Hallers Haus, nimmt seine Aktentasche und die Zeitungen unter den Arm und klingelt.

Haller begrüßt Mitch mit einem festen Händedruck und versichert, zu seiner Entscheidung zu stehen. Schnell ist die eidesstattliche Erklärung verfasst, ausgedruckt und unterschrieben. Während Mitch noch mit seinem Laptop beschäftigt ist, hat sich Haller die Zeitungen gegriffen und blättert sie durch. Mitch blickt auf, als er Haller laut fluchen hört.

«Da, das gibt es doch nicht. Da ist er, da, ganz dick, auf der ersten Seite.« Mit aufgerissenen Augen zeigt Haller erregt auf die Frankfurt-Ausgabe der BILD. »Bei uns war das Foto nicht drauf, das ist er!« Haller klopft mit ausgestrecktem Zeigefinger wieder und wieder auf das Bild.

»Wer ist das?«, fragt Mitch, der Haller nicht folgen kann, »wer soll das sein?«

»Na, der Mann, über den wir die ganze Zeit reden, der Amerikaner halt. Das ist kein Südafrikaner, das ist der Amerikaner, der mit General Neubert zu dem Treffen mit Dickmann erschienen ist. Kein Zweifel, ich habe dem Mann einen Kaffee gekocht, das ist er.«

Mitch starrt Haller an, als wolle er ihn küssen. »Das ist Wahnsinn, der helle Wahnsinn, endlich haben wir mal Glück. Das ist Dickmanns Aus, Sie brauchen nie wieder Angst vor Werner Dickmann zu haben. Wir haben ihn.«

Schnell ist eine weitere eidesstattliche Versicherung geschrieben, die besagt, dass der Tote der Amerikaner war. Mitch packt seine Sachen, bedankt sich bei Haller.«Ich würde an Ihrer Stelle in den nächsten Tagen viel fernsehen. In zwei Tagen mache ich eine große Pressekonferenz in Berlin. Schauen Sie zu, Sie werden vielleicht eine der Hauptpersonen sein.« Mitch klopft Haller auf die Schulter und macht sich rasch auf die Rückfahrt nach Frankfurt.

Er hat gerade die Autobahn erreicht, als sein Handy klingelt. Es ist Romer, sein Anwalt. »Mitch, wir müssen entscheiden, wie wir mit der Unterlassung und dem Widerruf umgehen. Das sind Terminsachen, die können wir nicht ewig in der Schwebe halten.«

Mitch lacht vergnügt. »Mein Freund, dir wird ein Riesenhonorar entgehen. Ich habe neues Material, wir machen ihn flach, der Mann wird uns weder verklagen noch sonst was, der Typ ist tot, er weiß es nur noch nicht. Keine Sorge, beantrage bitte eine kleine Fristverlängerung, in 36 Stunden ist alles gelaufen, dann steht Dickmann auf der Rheinbrücke und starrt in den Fluss.«

Fast die ganze Rückfahrt über ist Mitch am Telefon. Er bestellt mit Hilfe von Berliner Freunden einen Saal in einem Hotel in Mitte für eine Pressekonferenz. Er bittet seine Frankfurter Hackerfreunde, alles für das Hochladen eines Videos vorzubereiten, pünktlich zur Pressekonferenz soll das ganze NSU-Band im Netz stehen. Er bittet einen Freund bei Star TV, den gesamten Presseverteiler zu kopieren und die Mailadressen rasch an Mitch zu senden.

Zu Hause angekommen, schreibt Mitch Einladungen zu der Pressekonferenz. Da er Angst vor einer einstweiligen Verfügung der Gegenseite hat, werden die Einladungen erst vier Stunden vor Beginn der Konferenz verschickt.

Auf dem Flug nach Berlin staunt Mitch, wie viele Menschen offenbar die Talkshow gesehen haben. Wildfremde sprechen ihn an, die meisten freundlich, andere aggressiv. Er spürt die Blicke von Menschen, die grübeln, woher sie den Kerl da kennen. Wie immer schläft Mitch im Flieger ein, trotz aller Nervosität.

Dann ist es soweit. Der eher kleine Raum des Hotels ist brechend voll. Mitch hatte auf zwei, drei Kamerateams gehofft, gekommen sind sieben. Zwei Nachrichtensender übertragen die gesamte Pressekonferenz live.

Mitch begrüßt einige Bekannte, nimmt dann das Mikro, betritt die kleine Bühne. »Liebe Kollegen, ich weiß, dass ihr hier in Berlin immer stolz auf ganz Neues seid. Nun, diese Pressekonferenz ist die erste, die ein Journalist für andere Journalisten gibt. Und deswegen wird sie auch etwas anders verlaufen. Ich bin Journalist wie ihr, ich habe gelernt, Fragen zu stellen, und das werde ich auch heute tun.«

Mitch gibt einem der Technikhelfer ein Zeichen, die DVD wird eingestartet. Sie ist über einen Beamer auf der Leinwand an der Stirnseite des Raumes zu sehen. »Sie sehen jetzt den zweiten Teil des Bandes. Die Witwe von Julian Mahler hat diese DVD im Nachlass ihres Mannes gefunden. Sie sehen, wie Fred Wagner, der nach Dickmanns eigenen Angaben sein V-Mann war, gemeinsam mit dem ermordeten Mike Milber die NSU-Leute tötet. Warum soll ein Nazi seine kämpfenden Kameraden töten? Darauf habe ich keine Antwort. Auf eine andere Frage aber gibt es eine Antwort: Warum tötet ein V-Mann zwei Nazis? Antwort: Weil sein V-Mannführer es ihm befohlen hat. Beide Täter tragen Headsets. Sie wurden also von außen geführt. Sie türmen genau in der letzten möglichen Sekunde in die einzig freie Richtung. Zufall? Glaube ich nicht.«

Mitch holt Luft, trinkt einen Schluck Wasser. Der Saal hört gebannt zu. »Dickmann hat mich aufgefordert, Wagners Handy vorzulegen. Kann ich nicht, ich gehe davon aus, dass Werner Dickmann selber im Besitz dieses Handys ist. Ich spiele Ihnen stattdessen eine Tonaufzeichnung einer toten Geliebten Wagners vor, ja, das ist die Frau, von der Dickmann sprach, und ja, sie war eine gute Freundin von mir. Ich hatte kein Verhältnis mit ihr, ich habe erst nach ihrem Tod von ihrer Affäre mit Wagner erfahren.«

Wieder gibt Mitch dem Techniker ein Zeichen. »Was Sie jetzt hören werden, stammt aus einem Band, das die tote Freundin kurz vor ihrem Selbstmord aufgenommen hat. Sie spricht über Fred Wagner.«

Jetzt dröhnt Carens Stimme aus den Lautsprechern: »Ich hatte den Eindruck, er bekam manchmal Befehle übers Telefon, ein Anruf und er war verschwunden, manchmal für Tage. Eines Nachts, nachdem er wieder so ein geheimnisvolles Gespräch hatte, habe ich sein Handy mit ins Bad genommen. Ich habe die letzte gewählte Nummer aufgerufen, es ist die Nummer 0170 2004001, in seinem Speicher ist sie abgelegt unter D.«

In dem Saal der Pressekonferenz ist es totenstill. Es sind abgebrühte Damen und Herren hier versammelt, aber in der Öffentlichkeit eine Tote zu hören, geht dann doch allen an die Nieren. Die Leute sind ergriffen.

Jetzt legt Mitch Akten auf den Tisch. Er erklärt, dass es nun gar nicht auf den Inhalt der Akten ankommt, sondern auf die Registriernummern hinten auf den Rücken. »Stellen Sie den Antrag, die Nummern davor und danach einsehen zu dürfen. Der Antrag wird abgelehnt, weil diese Akten samt und sonders vernichtet wurden. Vor etwa zehn Tagen, von einem Regierungsrat Ottmar Bahr, einem Mitarbeiter Dickmanns, auf dessen ausdrücklichen Befehl hin. Die Vernichtung dieser Akten widerspricht klaren Anordnungen des Präsidenten des Bundesamtes, sie missachtet die Wünsche diverser Untersuchungsausschüsse des Bundestages und von Länderparlamenten.«

Mitch spürt, dass die Menge da unten im Saal ihm sehr genau zuhört. Jetzt ist es an der Zeit, den großen Hammer auszupacken.

Ottmar Bahr ist mit den Nerven am Ende. Auch er hat die Pressekonferenz live im TV gesehen, er ist tausend Tode gestorben, als der verrückte Journalist seinen Namen erwähnt hat. Er ist ratlos. Dickmann ist suspendiert, augenscheinlich hat der tote Julian recht gehabt, als er Dickmanns Ende prophezeite. Und er, der treue Ottmar, hat wieder mal aufs falsche Pferd gesetzt.

In diesem Moment klingelt sein Telefon. Er erschrickt, als er im Display die Nummer des Vorzimmers des Präsidenten entdeckt. Er hebt ab, hat die zuckersüße, aber gleichzeitig auch stahlharte Stimme einer der drei Sekretärinnen des Chefs im Ohr. »Herr Bahr, der Chef möchte Sie in zwei Stunden in seinem Büro sehen. Also um 17:45. Bitte seien Sie pünktlich.«

Super, denkt Ottmar Bahr, noch zwei Stunden bis zur Hinrichtung. Er überlegt, ob er sich besaufen oder einfach abhauen soll. Aber er ist nicht der Typ für so was. Er ruft einen Bekannten an, einen Arbeitsrechtler. Er will wissen, ob er besser selber kündigt oder ob es besser ist, sich rausschmeißen zu lassen.

In Berlin hält Mitch jetzt das Foto der Berbenbacher Kaserne in die Luft. »Okay, das ist ein Luftbild einer Kaserne, nichts Tolles. Irre aber ist folgende Geschichte. Etwa 12 Tage vor dem Anschlag auf das Flüchtlingsheim in dieser Kaserne treffen sich drei Männer in einem Haus des Verfassungsschutzes. Anwesend sind Werner Dickmann, Generalmajor Peter Neubert vom MAD und dieser Mann« – jetzt wird das Zeitungsfoto von Marc Taylor an die Wand geworfen. »Ich weiß nicht, wie dieser Mann heißt, ich vermute, dass es sich um einen amerikanischen Soldaten mit Einzelkämpferausbildung handelt. Fakt ist: 12 Tage vor dem Anschlag unterhalten sich diese drei Herren unter konspirativen Umständen über die Kaserne Berbenbach.

Zufall?

Schwer zu glauben. Und es fällt mir noch schwerer, an einen Zufall zu glauben, nachdem wenige Tage nach dem Anschlag ebendieser Amerikaner erschossen in einem Parkhaus des Frankfurter Flughafens gefunden wurde. Ich sage Ihnen, was ich glaube: Dieser Herr hier ist der zweite Täter. Dieser Mann hat Fred Wagner erschossen und mir dann die Tatwaffe in die Hand gedrückt. Er musste sterben, damit der dahinter stehende Auftraggeber nicht gefährdet wird. Die beiden

Täter sind tot, aber glauben Sie ernsthaft, ein deutscher Nazi und ein amerikanischer Profi treffen sich in einer Kneipe und beschließen mal eben, Semtex zu kaufen und ein Flüchtlingsheim anzugreifen?

Nein, dieser Anschlag wurde bestellt, um die Flüchtlingspolitik der Kanzlerin zu stoppen. Wir alle wissen, von wem.

Ich danke für Ihre Aufmerksamkeit.«

Werner Dickmann hat die Übertragung der Pressekonferenz von Anfang bis Ende gesehen. Er hat zwei Cognac getrunken, dann mit Neubert gesprochen. Sie sind sich einig, dass die Sache verloren ist, Zeit für Plan B. Hastig hat er einige Unterlagen aus seinem privaten Safe im Kamin verbrannt. Seine Telefone, Festnetz und Handy, haben ständig geklingelt. Dickmann bewegt sich wie in Trance. Das Treffen im Objekt 17, das vergessene Foto, der kleine unauffällige Herr Haller, er hätte den Idioten nicht im Hause behalten dürfen, als die Besucher kamen. Er stolpert über einen versoffenen Journalisten und einen alten Hausmeister! Unglaublich. Dickmann telefoniert mit Lufthansa, ruft dann ein Taxi. Er wickelt Hildegards Bild sorgfältig in ein sauberes Taschentuch, läuft noch einmal gedankenverloren durch sein Haus. Der Wagen fährt vor. Draußen lungern bereits Fotografen und Kameraleute herum.

Push-Meldungen:

Berlin: Mitch Berger bekräftigt Vorwürfe gegen Dickmann

Berlin: NSU-Mörder begingen keinen Selbstmord. Von V-Leuten getötet.

Berlin: Der Tote vom Frankfurter Flughafen wahrscheinlich zweiter Täter von Berbenbach.

Die Medien laufen zu großer Form auf. Im TV jagt eine Sondersendung die nächste. Ein Sprecher des Verteidigungsministeriums verkündet die sofortige Suspendierung von Generalmajor Neubert.

Dickmanns Taxi setzt ihn am Kölner Hauptbahnhof ab. Er besteigt einen Zug nach Amsterdam. Er hat eine Lufthansa-Reservierung für einen Flug von Frankfurt nach Sydney gemacht, die lässt er verfallen. Er steigt stattdessen in Amsterdam Centraal aus, nimmt ein Taxi zum Flughafen und erreicht gerade noch den KLM-Flieger nach Rio de Janeiro. Er lässt sich aufatmend in einen tiefen Sessel der First Class fallen.

Geld ist jetzt egal, Dickmann hat keinen Grund mehr zu sparen.

Bereits am späten Nachmittag des nächsten Tages verkündet der Generalbundesanwalt, dass ein Ermittlungsverfahren gegen Dickmann und Neubert eröffnet worden sei, gegen beide werde wegen Anstiftung zum Mord, beziehungsweise wegen Anstiftung zu einem Sprengstoffverbrechen ermittelt. Es seien internationale Haftbefehle erlassen worden, beide Männer seien flüchtig.

Dickmann schläft schlecht. Er hat ein Zimmer im 17. Stock eines Hotelhochhauses mit direktem Blick über die Avenida Atlantica und den Strand der Copacabana. Er tritt auf den kleinen Balkon, atmet die warme Luft, die nach Meer und den schweren Aromen tropischer Blüten duftet. Er nippt an seinem Cognac.

Er grübelt, fragt sich wieder und wieder, ob er verrückt war, als sich damals die Idee des Anschlags in seinem Kopf festsetzte. Hatte er einfach den Tod seiner Frau nicht verarbeitet? Wollte er sich mit dem Anschlag am Schicksal rächen, wollte er sich selbst beweisen, dass er die Geschichte beeinflussen konnte?

Er ist nach wie vor von der Richtigkeit seiner Argumente überzeugt, erschrickt jetzt aber selber vor der Maßlosigkeit seines Plans. Er wollte Gott spielen.

Er friert – trotz des lauen Windes.

Im Zimmer schaltet er CNN ein, deutsche Sender gibt es nicht. Bereits nach wenigen Minuten sieht er Bilder aus Deutschland. Die Zahl der Demonstranten ist explodiert, 50000 in Berlin, 15000 in Hamburg, 10000 in Frankfurt. Der amerikanische Kommentator spricht von einer neuen Jugendbewegung. Dann zuckt er zusammen. Er sieht sein eigenes Foto, ein Bild, das während seiner Pressekonferenz aufgenommen wurde. CNN meldet, ein Senior Officer des deutschen Inlandgeheimdienstes sei zur Fahndung ausgeschrieben. Es werde wegen Anstiftung zum mehrfachen Mord ermittelt.

Dickmann schaltet den Fernseher aus. Er weiß, was jetzt zu tun ist. Brille kaufen, Haare färben, Bart ankleben, Rio verlassen, deutschen Touristen aus dem Weg gehen. Ein paar Wochen im Mato Grosso oder im Pantanal, bis Gras über die ganze Sache gewachsen ist. Während er noch darüber nachdenkt, spürt er wachsenden Unwillen. Nichts davon wird er machen. Er hat keine Lust mehr auf Spielchen.

Er geht noch einmal auf den Balkon, atmet tief ein, sieht das lange Anrollen der Wellen, erinnert sich, wie gerne er früher aus vollem Lauf kopfüber in die tosende Wand aus Wasser gesprungen ist. Vorbei.

Er geht in sein Zimmer zurück, greift in den Koffer, holt seine alte Walther PPK heraus. Er poliert ein letztes Mal den Rahmen von Hildegards Bild, berührt das Glas über dem Foto mit seinen Lippen. »Verzeih mir«, murmelt er, dann richtet er die Waffe gegen seine Schläfe und drückt ab.

21

Es ist endlich Sommer geworden.

Deutschland hat sich beruhigt, die Demonstrationen sind abgeflaut, der Bundestag hat einen Untersuchungsausschuss zur Dickmann/Berbenbach-Affäre eingesetzt und einen Ausschuss, der Empfehlungen zu einer Reform der Geheimdienste entwickeln soll. Beide Ausschüsse wurden mit den üblichen Verdächtigen besetzt, in der Regel eine Garantie dafür, dass alles so bleibt, wie es immer war.

Es kommen weniger Flüchtlinge, aber das mag die Ruhe vor dem Sturm sein, die neue Route ist wieder die alte, von Libyen aus nach Lampedusa und Sizilien. In Erwartung steigender Zahlen mauert Wien bereits am Brenner.

Europa häutet sich, in Österreich greift ein Rechtspopulist nach dem Präsidentenamt. In Frankreich ist der Front Nationale weiterhin stärkste Partei in allen Umfragen. Selbst im stabilen Deutschland hat sich die AfD als rechte Protestpartei etabliert. Die Menschen spüren die kommenden Veränderungen und reagieren mit Angst. Es ist die Stunde der Marktschreier, einer der lautesten und unflätigsten macht sich Hoffnungen auf das Weiße Haus.

Mitch sitzt in seiner Wohnung auf dem Balkon, trinkt einen Espresso und öffnet seine Post.

Ein Brief aus Thailand erregt seine Aufmerksamkeit. Er reißt den Umschlag auf und findet einen Gutschein für zwei Personen über eine Woche Aufenthalt in den Royal Lotus Villas. Dazu ein Begleitbrief des Managers Kun Hagen. Der beglückwünscht Mitch zu seinem Erfolg und bittet ihn, rechtzeitig eine Reservierung vorzunehmen. Kaum möglich, denkt Mitch, du würdest ziemlich dumm gucken, wenn ich mit deiner Rezeptionistin zum Frühstücksbuffet erschiene.

Heute sind nur drei Briefe gekommen, Mitch ist froh, dass der große Sturm vorbei ist. In den ersten zwei Wochen kam er sich manchmal wie ein Rockstar vor. Er wurde mit Einladungen überhäuft, musste Autogramme schreiben, Fremde klopften ihm auf die Schulter. Das alles endete jedoch genauso schnell, wie es begonnen hatte.

Er hat einige Artikel über seine Erlebnisse geschrieben und verkauft, jetzt ist die Auftragslage wieder eher dünn. Mitch arbeitet seit seiner Entlassung als freier Journalist, es gibt einfachere Jobs unter der Sonne.

Der Film über die Marwans ist endlich fertig, er soll schnell ins Programm, solange die Leute noch eine vage Erinnerung an den Anschlag in Berbenbach haben.

Vor einigen Wochen wurde Julian Mahler beerdigt. Hunderte Freunde, Bekannte, aber auch Schaulustige bevölkerten den Friedhof. Mitch stand nahe bei Sofia und Julians Eltern. Auffällig viele Mitarbeiter des Bundesamtes für Verfassungsschutz waren gekommen, was später in der Presse als eine Demonstration der jüngeren Mitarbeiter gegen die Macht der alten Seilschaften gewertet wurde. Mitch freute sich darüber, das machte ihm mehr Mut für die Zukunft als das Wirken aller Ausschüsse in Berlin. Bei der Beerdigung nahm ihn Fritz Haller zur Seite und bedankte sich, dass Mitch in Berlin auf der Pressekonferenz seine eidesstattlichen Erklärungen gar nicht erwähnt hatte. Haller wollte lieber der stille Held im Hintergrund bleiben.

Mitch hat seinem Freund den alten SLK abgekauft, mit dem er damals ins Bergische Land gedüst war. Er hat das Dach weggeklappt, lässt sich die Sonne auf den Schädel knallen. Mitch ist unterwegs nach Berbenbach, er will die Marwans besuchen, hat Amir eine Spritztour mit dem neuen Wagen versprochen.

Unterwegs hört er im Autoradio zum ersten Mal seit langem wieder eine Meldung im Zusammenhang mit dem Anschlag. Die Bundesanwaltschaft teilt mit, dass die Fahndung nach dem unehrenhaft aus der Bundeswehr entlassenen Ex-Generalmajor Neubert leider bis heute erfolglos geblieben sei.

Als Mitch in die Straße zum Flüchtlingsheim abbiegt, fühlt er – wie immer, wenn er hier ist – eine diffuse Beklemmung. Sie hatten unglaubliches Glück gehabt damals. Wäre der Kleine nicht auf Entdeckungstour gegangen, hätte Dickmanns Plan funktioniert – mit allen schrecklichen Konsequenzen.

Das Leben ist eben doch kein Schachspiel, denkt Mitch, du kannst so viele Züge im Voraus planen, wie du willst, dann kommt ein bockiges Kind und tritt einfach das Brett um.

Mitch freut sich, die Marwans zu sehen. Samira und Mayla sind bester Laune, sie sehen erste kleine Fortschritte, bald sollen ihre Asylanträge positiv beschieden werden, dann können sie auf eine Wohnung hoffen, vielleicht sogar in einer Großstadt.

Amir ist aufgeregt, er findet den Mercedes total cool, dass der Wagen schon 140000 km auf dem Buckel hat, ist ihm vollkommen egal.

Nur Basim macht Mitch Sorgen, er wirkt depressiv, ganz in sich gekehrt. Samira hat Mitch vom Tod seines Bruders erzählt. Auch heute hockt Basim wieder alleine draußen unter seinem Lieblingsbaum. Mitch setzt sich zu ihm. »Mein

Beileid, Basim, das mit deinem Bruder tut mir leid.« Basim nickt, sagt aber nichts. Mitch winkt einem Dolmetscher, bittet ihn zu übersetzen. »Basim, hör zu, du kannst nichts mehr für deinen Bruder tun. Du musst dein Leben hier leben, deine Frau und deine Kinder brauchen dich. Du hast die verdammte Bombe entschärft und einer Menge Leute den Arsch gerettet. Die Typen, die deinen Bruder geköpft haben, und der Mann, der hier alles hoch jagen wollte, das sind Brüder im Geiste, die wollen uns in einen fürchterlichen Krieg gegeneinander hetzen. Ost gegen West, Christen gegen Moslems. Denen geht es nicht um lebendige Menschen, denen geht es um die Reinheit von Ideen, denen geht es ums Rechthaben. Indem du hier den Anschlag verhindert hast, hast du auch den Mördern deines Bruders in den Hintern getreten. Er wäre stolz auf dich.«

Mitch klopft Basim auf die Schulter, springt dann kurz entschlossen auf, läuft Richtung Kantine, kommt mit zwei Flaschen Bier zurück. Er drückt Basim eine Flasche in die Hand, will mit ihm anstoßen. Basim zögert, denkt dann an das Bier damals auf Lesbos. Es war sein Willkommen in Europa gewesen, es war verboten, aber es hat verdammt gut geschmeckt. Basim schaut Mitch an, lächelt, stößt mit ihm an, nimmt einen tiefen Schluck. »Auf Mehmet«, ruft er, »auf Mehmet«, antwortet Mitch.

Südlich von Dallas rollt ein schwarzer Cadillac Escalade etwas schneller als erlaubt Richtung Norden. Er fährt in der äußeren linken Spur, obwohl auf dem achtspurigen Freeway auch rechts noch eine Menge frei wäre. Der Fahrer fühlt sich sichtbar wohl, er genießt es, ab und zu einmal auf das Gaspedal zu tippen und die geballte Kraft des Achtzylindermotors zu spüren. »Wenn ich etwas an Amerika hasse, dann das lächerliche Speed-Limit auf diesen Highways«, murmelt der

Fahrer vor sich hin. Der gutaussehende Mann, Anfang 60, mit militärisch kurz geschnittenen Haaren, spielt an seiner Ray-Ban-Sonnenbrille. Er würde liebend gerne den Motor aufheulen lassen, den Wagen nach vorne fliegen sehen. Aber er ruft sich zur Ordnung, er hat allen Grund, Ärger mit der Highway Police zu vermeiden. Exgeneralmajor Peter Neubert hat zwar fantastische amerikanische Papiere, aber man soll sein Glück nicht überstrapazieren. In seiner Brieftasche steckt ein US-Pass auf den Namen John Wyman. Mister John Wyman verfügt ebenfalls über einen Führerschein und diverse Kreditkarten, alle auf denselben schönen Namen. Mr Wyman ist Teilhaber einer in Dallas beheimateten Sicherheitsfirma. Der amerikanische Mehrheitsbesitzer ist ein alter Freund von Neubert, dem es eine Ehre war, in der Not zu helfen. Natürlich hatte er dabei auch Neuberts Kontakte im Blick, die der gemeinsamen Firma bereits zu mehreren lukrativen Jobs im Irak und in Ägypten verholfen haben. Die Firma verkauft Sicherheit, angefangen von Body Guards in Krisengebieten bis hin zu komplexeren militärischen Einsätzen in Länder der Dritten Welt. Eine Zukunftsbranche, die Experten wie Neubert braucht. Er vermisst Deutschland, aber seine aktuelle Wahl heißt Texas oder Knast, da fällt die Entscheidung ziemlich leicht.

Der deutsche Generalkonsul in Rio de Janeiro hat auf Bitten der Anwälte des verstorbenen Werner Dickmann die Überführung des Leichnams nach Köln veranlasst. In einer kurzen Zeremonie wird Werner Dickmann neben seiner Frau Hildegard auf dem Kölner Melaten Friedhof beigesetzt. Während der Beerdigung ist der Friedhof für Pressevertreter und Fotografen gesperrt. Natürlich gibt es trotzdem Fotos, sie zeigen einige ältere Herren, die schweigend vor dem Grab stehen. Es ist ein grauer Tag, trotzdem tragen fast alle der Herren Sonnenbrillen. Niemand bekennt sich mehr gerne öffentlich zu Werner Dickmann. Nach der Beerdigung folgt ein kleiner Leichenschmaus im Hinterzimmer eines unauffälligen Kölner Speiselokals. Auch diese Feier wird vor Pressevertretern abgeschottet. Acht Herren geben sich die Ehre, alles ist deutlich bescheidener als beim letzten Treffen der Gruppe im prächtigen Schloss Meseberg.

Es wird wenig diskutiert, man ist sich einig, dass es in Zukunft nur noch um die Unterstützung politischer Parteien gehen kann. Einige sehen in der AfD eine echte Chance für nationale Politik, andere prophezeien der Partei ein schnelles Ende.

Man vermeidet in den Gesprächen eine klare Distanzierung von Dickmann, betont immer wieder die angebliche Notwehrsituation, in der sich der Arme befunden hat. Die Herren sind durchweg in einem Alter, in dem man ungern feste Überzeugungen in Frage stellt.

Alle wissen, es wird wieder eine Beerdigung sein, zu der man sich wieder trifft.

Amir ist restlos begeistert. Die Eltern haben ihm erlaubt, bei Mitch in Frankfurt zu übernachten. Die beiden düsen offen über die Autobahn, Mitch hat die Musik aufgedreht, der Kleine ist hin und weg. Und Mitch merkt, welchen Spaß ihm das Zusammensein mit dem Jungen macht.

Amir findet Mitchs Wohnung riesig, der Balkon mit dem Blick auf die Hochhäuser hat es ihm angetan. Nachbarn haben Mitch ein Rad für den Jungen geliehen, die beiden starten zu einer Tour am Fluss entlang. Am frühen Abend landen die beiden in Liegestühlen am Main und beobachten den Sonnenuntergang hinter der Frankfurter Skyline.

Die Liegestühle gehören einer mobilen brasilianischen Bar, die das Flussufer mit Samba-Rhythmen beschallt. Mitch hat dem Kleinen einen Fruchtsaft besorgt und nippt selber an einer Caipirinha. Es ist Zeit für die große Überraschung. Mitch schaut Amir an. »Hey Amir, was fällt dir zu München ein?«

»Na, Bayern, die Champions League, Manuel Neuer …«

»Pass auf, Amir, ich kenne da eine Frau in München, die kennt einen, der einen kennt, der uns für die nächste Woche eine Einladung zum Bayern-Training besorgt. Da wirst du Manuel Neuer kennenlernen.«

Amir starrt Mitch an, nicht sicher, ob er da richtig gehört hat. Dann verdunkelt sich sein Gesicht. »Aber Mitch, wie soll das gehen, ich muss jetzt in die Schule, in den Deutschkurs.«

»Nicht verraten, Amir, das ist unser Geheimnis, ich habe einen Kumpel, der ist Arzt, der schreibt dich krank.«

»Was ist Kumpel?«

»Kumpel, hey Junge, wir sind Kumpels, Freunde, friends, ein Kumpel ist ein richtig guter Freund.«

Amir denkt nach, speichert das neue Wort ab.

»Also, Amir, was ist los, fahren wir nach München und treffen Manuel Neuer?«

»Ja, Kumpel, total gerne.«

Die beiden lachen, klatschen sich ab.

Mitch ist kein Bayern-Fan, aber auch er freut sich auf den Trip nach München. Und natürlich auf das Wiedersehen mit Lilly. Dann wird Mitch ernst. Er macht sich an seinem Rucksack zu schaffen, zerrt ein in Seidenpapier gehülltes Objekt hervor. Es ist ein Papierballon aus Thailand, unten offen, aus sehr dünnem Papier gefertigt. Unten eine Drahtkonstruktion, in die man ein mit Kerosin getränktes Stück Wachs steckt. Der Wachsklumpen wird angezündet, die heiße Luft steigt nach oben, der Ballon füllt sich, geht ab in die Höhe.

»In Thailand macht man das für verstorbene Freunde, die Ballons symbolisieren die Seelen, die in den Himmel steigen.

Eine gute Freundin von mir ist vor einiger Zeit in Thailand gestorben. Sie kam aus Frankfurt, sie hat immer gerne hier am Fluss gesessen. Ich will den Ballon hier für sie starten, hilfst du mir?«

Amir nickt, die beiden warten noch einen Moment, bis es dunkler wird. Dann hält Mitch den Ballon fest, und Amir entzündet mit Mitchs Feuerzeug das Wachs. Erstaunlich schnell füllt die heiße Luft den Ballon.

Mitch lässt los, der Ballon steigt in den Abendhimmel, gewinnt schnell an Höhe. »Der ist für dich, Caren«, murmelt Mitch und legt seinen Arm um Amirs Schulter.

Wind kommt auf, treibt den Ballon genau auf das nagelneue Hochhaus der Europäischen Zentralbank zu. »Verflucht«, schimpft Mitch, » gleich gibt es Feueralarm bei Mario Draghi.«

Der Ballon steigt immer höher, aber die EZB-Zentrale ist ein Gebirge aus Glas und Stahl. Es wird knapp werden.

Amir kichert, klatscht begeistert in die Hände. Dann bläst er die Backen auf, pustet aus aller Kraft. »Los, Ballon, steig schon hoch«, schreit Amir, »los, Ballon, wir schaffen das.«